古典詩歌研究彙刊

第十一輯

龔鵬程　主編

第 25 冊

張綖詞學研究

周雯　著

國家圖書館出版品預行編目資料

張綖詞學研究／周雯 著 -- 初版 -- 新北市：花木蘭文化出版
社，2012〔民101〕
目 2+332 面；17×24 公分
（古典詩歌研究彙刊 第十一輯：第 25 冊）
ISBN 978-986-254-743-4（精裝）
1.（明）張綖 2.明代詞 3.詞論
820.91   101001403

ISBN-978-986-254-743-4

9 789862 547434

古典詩歌研究彙刊
第十一輯　第二五冊　　　　　　　ISBN：978-986-254-743-4

張綖詞學研究

作　　者　周雯
主　　編　龔鵬程
總 編 輯　杜潔祥
出　　版　花木蘭文化出版社
發 行 所　花木蘭文化出版社
發 行 人　高小娟
聯絡地址　新北市永和區中正路五九五號七樓
　　　　　電話：02-2923-1455／傳眞：02-2923-1452
網　　址　http://www.huamulan.tw 信箱 sut81518@gmail.com
印　　刷　普羅文化出版廣告事業
初　　版　2012 年 3 月
定　　價　第十一輯 30 冊（精裝）新台幣 42,000 元

張綖詞學研究

周　雯　著

作者簡介

周雯，畢業於東吳大學中國文學研究所，目前為高中國文專任教師。

提　　要

　　張綖是詞史上少見同時具有詞譜、詞選、詞作及詞話的專門詞家，張綖《詩餘圖譜》為現存最早的詞譜，南湖詞凡 104 闋，而罕見的《草堂詩餘別錄》更代表了張綖的選詞標準，其中 6663 字的評點文字更呈現出他的詞學觀點。因此本論文以明代張綖詞學為研究對象，全文共分為七章：

　　第一章為緒論，說明研究動機、研究方法及範圍。

　　第二章「張綖的生平與著述」，介紹張綖現存的詩、詞、詞選、詞譜及註解杜詩的著述。

　　第三章「張綖詞學的時代背景」，明中葉詞壇堪稱明詞中興期，本章的重點即在呈現當時詞壇盛況與張綖如何推動明詞中興。

　　第四章「張綖詞論研究」，全面釐清張綖整體詞學觀點。探討張綖的豪放、婉約分體說，「體」實指風格而非派別。正變說為詞史觀點，而非批評觀點。張綖雖以婉約為詞體特質，卻也對豪放詞中之佳者予以高度讚賞。詞史流變說具有成熟的詞史觀點，從他的詞論中可見推尊詞體的理念。

　　第五章詞譜史觀照中的《詩餘圖譜》探析，除文本錯誤予以改正、討論其版本外，本章擇出明、清重要詞譜，以詞譜史觀點整理、辯正各家詞譜的著作動機、編次體例、分體體例、注調方法、選詞標準等，呈現詞譜史的流變，進而看出《詩餘圖譜》對後世詞譜的影響及價值。

　　第六章張綖詞作探析，則以內容題材為主軸，探析各詞的思想、情感、技巧，從而歸納張綖詞風。並以王老師的借鑑分法，表列出張綖詞借鑑技巧情況，進一步釐清、佐證張綖各種詞風，最後附錄附上張綖 104 闋詞的校箋。

　　第七章結論，簡略總結各章，以彰顯張綖在詞史上的價值與影響。

目

次

第一章 緒 論

第一節　研究動機與目的

　　詞於宋、清二朝蔚爲大觀，近代詞學研究成果亦多著墨於此，元、明二朝詞風因文體代興而稍顯衰頹，是以清代以降，鮮論及明詞。早期詞論家，如王易《詞曲史》〔註1〕、吳梅《詞學通論》〔註2〕，均視明詞爲詞壇「中衰」期，並整理清人評論及己身體會，從各方面闡述明詞中衰原因，並帶動詞壇討論明詞中衰議題，引起廣大討論。如趙尊嶽詳論明詞瑕疵〔註3〕，鄭騫先生作〈詞衰於明曲衰於清〉、〈明詞衰落的原因〉〔註4〕，周篤文〈金元明清詞選序〉〔註5〕，一致指出明詞弊端叢生，而有關明詞人之研究仍寥若晨星。

　　明詞遭受詞壇冷落已久，直至張璋作〈聽我說句公道話——論明代的詞及《全明詞》的編纂〉〔註6〕，以實際編纂《全明詞》體悟，提出明詞於詞史上佔有承先啓後地位，疾呼論詞者重新檢視明

〔註1〕王易撰：《詞曲史》（北京：東方出版社，1996年第一刷）。
〔註2〕吳梅撰：《詞學通論》（台北：台灣商務印書館，1988年9月第二版）。
〔註3〕趙尊嶽撰：〈惜陰堂明詞叢書敍錄〉（《詞學季刊》第3卷第4號）。
〔註4〕鄭騫撰：〈論詞衰於明曲衰於清〉（《景午叢編》，台北：台灣中華書局，1972年1月初版年，上集，頁162～169）。
〔註5〕周篤文撰：〈金元明清詞選序〉（《詞學》創刊號，1981年）。
〔註6〕張璋撰：〈聽我說句公道話——論明代的詞及《全明詞》的編纂〉（《國文天地》第6卷第6期，1990年7月）。

詞地位、價值，果然引起學術界極大迴響，如黃天驥〈元明詞平議〉〔註7〕、鄧紅梅〈明詞綜論〉〔註8〕等論文，均為明詞提出新視野、重新定位，近二十年來，明代詞人、詞選、詞論等各方面整理及研究風氣已洋洋大觀。

國內學位論文中以朴永珠《明代詞論研究》〔註9〕最早，然其研究範圍之大，非一本單薄論文所能涵蓋，故不免有失疏漏。其後明詞研究分工愈趨專精，如研究詞人、詞作者，有涂茂齡《陳大樽的詞研究》〔註10〕、陳清茂《楊慎的詞學》〔註11〕、白芝蓮《夏完淳詩詞研究》〔註12〕、黃慧禎《王世貞詞學研究》〔註13〕、江俊亮《楊慎及其詞研究》〔註14〕、杜靜鶴《陳霆詞學研究》〔註15〕、潘麗琳《劉基寫情集研究》〔註16〕、雷怡珮《楊基眉菴詞研究》〔註17〕、李雅雲《高啓扣舷詞研究》〔註18〕、謝仁中《瞿佑詞研究》〔註19〕、林惠美《楊

〔註7〕黃天驥撰：〈元明詞平議〉（《文學遺產》第4期，1994年）。

〔註8〕鄧紅梅撰：〈明詞綜論〉（《中國韻文學刊》第1期，1999年）。

〔註9〕朴永珠撰：《明代詞論研究》（文化大學中國文學研究所碩士論文，1982年6月）。

〔註10〕涂茂齡撰：《陳大樽詞的研究》（高雄師範大學國文研究所碩士論文，1992年5月）。

〔註11〕陳清茂撰：《楊慎的詞學》（台灣師範大學國文研究所碩士論文，1994年5月）。

〔註12〕白芝蓮撰：《夏完淳詩詞研究》（東海大學中國文學研究所碩士論文，1995年4月）。

〔註13〕黃慧禎撰：《王世貞詞學研究》（東吳大學中國文學研究所碩士論文，1997年5月）。

〔註14〕江俊亮撰：《楊慎及其詞研究》（東海大學中國文學研究所碩士論文，1998年7月）。

〔註15〕杜靜鶴撰：《陳霆詞學研究》（東吳大學中國文學研究所博士論文，2000年5月）。

〔註16〕潘麗琳撰：《劉基寫情集研究》（東吳大學中國文學研究所碩士論文，2000年6月）。

〔註17〕雷怡珮撰：《楊基眉菴詞研究》（東吳大學中國文學研究所碩士論文，2000年6月）。

〔註18〕李雅雲撰：《高啓扣舷詞研究》（東吳大學中文學研究所碩士論文，2000年6月）。

愼及其詞學研究》〔註20〕、蘇菁媛《陳子龍詞學理論及其詞研究》〔註21〕、沈伊玲《柳如是及其詩詞研究》〔註22〕；研究明代詞人群者，有陳美《明末忠義詞人研究》〔註23〕、鄒秀容《雲間詞派研究》〔註24〕、王秋文《明代女詞人群體關係研究》〔註25〕、徐德智《明代吳門詞派研究》〔註26〕；研究詞選者，有李娟娟《草堂四集及古今詞統之研究》〔註27〕、陶子珍《明代詞選研究》〔註28〕、謝旻琪《明代評點詞集研究》〔註29〕；研究詞學兼詞韻者，有郭娟玉《沈謙詞學與其沈氏詞韻研究》〔註30〕。總之，明代詞學研究迄今，無論質與量均可觀。然有關明中葉著名詞作家、詞論家、詞譜家張綖，曹濟平雖曾撰〈略論張綖及其《詩餘圖譜》〉〔註31〕予以專論，然受限於單篇文

〔註19〕謝仁中撰：《瞿佑詞研究》（東吳大學中國文學研究所碩士論文，2001年）。

〔註20〕林惠美撰：《楊愼及其詞學研究》（高雄師範大學國文研究所碩士論文，2002年）。

〔註21〕蘇菁媛撰：《陳子龍詞學理論及其詞研究》（彰化師範大學國文研究所碩士論文，2003年）。

〔註22〕沈伊玲撰：《柳如是及其詩詞研究》（國立台南大學教育經營與管理研究所碩士論文，2004年）。

〔註23〕陳美撰：《明末忠義詞人研究》（東吳大學中國文學研究所碩士論文，1986年4月）。

〔註24〕鄒秀容撰：《雲間詞派研究》（中興大學中國文學研究所碩士論文，1998年6月）。

〔註25〕王秋文撰：《明代女詞人群體關係研究》（東吳大學中國文學研究所碩士論文，2004年）。

〔註26〕徐德智撰：《明代吳門詞派研究》（中興大學中國文學研究所碩士論文，2006年6月）。

〔註27〕李娟娟撰：《草堂四集及古今詞統之研究》（高雄師範大學國文研究所碩士論文，1996年6月）。

〔註28〕陶子珍撰：《明代詞選研究》（東吳大學中國文學研究所博士論文，2001年6月）。

〔註29〕謝旻琪撰：《明代評點詞集研究》（東吳大學中國文學研究所碩士論文，2004年6月）。

〔註30〕郭娟玉撰：《沈謙詞學及其沈氏詞韻研究》（東吳大學中國文學研究所碩士論文，1998年1月）。

〔註31〕曹濟平撰：〈略論張綖及其《詩餘圖譜》〉，《汕頭大學學報》（人文科學版），1998年第1、2期，頁87～90。

章之篇幅與資料之不足，自不免簡略疏漏。此外，無論張綖生平或詞作、詞論均鮮見探討，而論及張綖，亦僅簡單指出渠為現存最早詞譜（《詩餘圖譜》）之作者，及詞壇豪放、婉約二體說之首倡者。

　　然《詩餘圖譜》價值如何？對後世詞譜影響為何？其優缺點為何？後人對張綖「豪婉二體說」之詮釋是否與其本意切合？張綖是否還有其他詞論未被發現、討論？而其詞作究竟是張仲謀《明詞史》中所云，凡三十餘首？抑或《全明詞》以為《全宋詞》「秦觀存目詞」為張綖詞，凡九十首？《全宋詞》「秦觀存目詞」中是否全為張綖詞？而在所列九十首外是否還有其他詞作？上列所提問題實應給予全面探討，因此欲以有限之力，重新尋找張綖相關資料，並試著重新評斷張綖在詞史上之定位與價值。

第二節　研究範圍與方法

　　研究範圍大致有三：一、《詩餘圖譜》相關問題探討。除文本錯誤予以改正、討論其版本、選詞標準、體例外，尚針對《詩餘圖譜》對後世詞譜影響作簡略討論；然後世詞譜為數甚夥，故僅以明朝至清代重要詞譜為例，如明·周暎《詞學筌蹄》、明·賴以邠《填詞圖譜》、明·徐師曾《詩餘》、明·謝天瑞《詩餘圖譜補選》、明·游元涇《增正詩餘圖譜》、明·程明善《嘯餘譜》、明·萬惟檀《詩餘圖譜》、清·葉申薌《天籟軒詞譜》、清·萬樹《詩餘圖譜》、清·康熙年間陳廷敬、王奕清等奉敕撰《欽定詞譜》等，為主要比較對象，雖未盡全面，但仍可窺見詞譜流變的概況。

　　二、張綖詞學理論研究。談張綖詞論，必先涉及《詩餘圖譜·凡例》所提「豪婉二體說」，原文是：

> 按詞體大略有二：一體婉約，一體豪放；婉約者欲其辭情醞藉，豪放者欲其氣象恢弘。蓋亦存乎其人，如秦少游之作，多是婉約；蘇子瞻之作，多是豪放。〔註32〕

〔註32〕明·張綖撰：《詩餘圖譜·凡例》（明嘉靖丙申十五年刊本，台北：

張綖首次具體提出詞分「婉約」、「豪放」二體說法，此說引起歷來詞論家廣泛討論，於詞學論壇之地位不容小覷。此文所衍生之問題有：張綖所言之「體」，究竟等同於「風格」，抑或等同於「派別」一詞涵義？二分法是否過於武斷？以秦觀、蘇軾爲婉約、豪放代表，是否最具代表性？欲釐清此諸多問題，務必先從其詩論、詞論、圖譜、詞選等著作爬梳張綖整體文學觀，避免斷章取義，扭曲張綖「豪婉二體說」本意。

張綖詞論除「豪婉二體說」外，筆者發現張綖所撰，罕爲人知的《草堂詩餘別錄》，不僅是張綖所編之詞選集，此詞集中爲數不少之評點內容，更記載著張綖諸多詞學論點及審美趣尚。因此，在張綖詞學理論研究方面，本論文是以《詩餘圖譜・凡例》、《詩餘圖譜》中附註文字、《草堂詩餘別錄》評點內容爲文本，全面探討張綖的詞學觀點及其影響、地位。

三、張綖詞探析及箋注。《全明詞》雖爲現今蒐集明詞較完備者，然所收張綖詞所據底本爲《全宋詞》「秦觀存目詞」90 首，並非第一手資料，且全部移植而未加以考證篩選，字句間亦時見謬誤，因此找出第一手可信資料，還原張綖詞，實爲首要任務。明嘉靖三十二年張綖子——張守中刻《南湖先生詩集》〔註33〕，以年代分卷，雖名爲詩集，然各卷詩後尚有「長短句」一目，全書收詞凡 104 闋，無論質或量俱屬最佳，因此本論文所列張綖詞，皆以《南湖先生詩集》爲主，其他版本爲輔；除版本校對、詞篇賞析外，並加以箋注、編年，附錄於文末。

國家圖書館藏）。

〔註33〕 明・張綖撰：《南湖先生詩集》（上海圖書館藏明嘉靖三十二年張守中刻本，《四庫全書存目叢書》本，台南：莊嚴出版社，1997 年初版）。

第二章　張綖之生平與著述

第一節　生平概述

張綖生平於文獻中記載無多，《明史》中未見隻字片語，故僅就《高郵州志》〔註 1〕及其好友顧璘所作〈南湖墓誌銘〉〔註 2〕，拼湊出約略的生平事蹟。張綖，字世文〔註 3〕，號南湖，生於明憲宗成化丁未（23 年，西元 1487 年）二月二十二日，卒於世宗嘉靖癸卯（22年，西元 1543 年）五月五日，年五十有七。張綖宗本關西，高祖輩乃陝之合水人，元季任滇南宣慰。明代元起後，張綖高祖率所部歸順明朝，明太祖詔令仍舊治，然以年衰不適任請辭，並得獲准，遂攜聖祖厚賜，擇居江淮間魚米富庶之地，占籍高郵（今江蘇省高郵縣）。曾祖名得義，祖父名仲良，父名通，歷代崇儒術、習詩書、業農賈，皆淳樸不仕。張綖十三歲遭父喪，綖行四，與兄經、紘及弟繪有「四龍」之目。張綖與其元配王氏（王磐妹），鶼鰈情深，然不幸早逝，

〔註 1〕清・楊宜崙修：《高郵州志》（《中國方志叢書》，台北：成文出版社，1970 年初版）。

〔註 2〕明・顧璘撰：〈南湖墓誌銘〉，《南湖先生詩集》（《四庫全書存目叢書》本，上海圖書館藏明嘉靖三十二年張守中刻本，台南：莊嚴出版社，1997 年初版），集 68～396。

〔註 3〕《千頃堂書目》誤作世昌，《高郵州志》、〈南湖墓誌銘〉均作世文，應從之。

張綖悲慟不已，作有多首悼亡妻作品，深摯感人。王氏生男一女一，子名守中，繼室吳氏生女二。

張綖與其兄張經、張紘、弟張繪有「四龍」之目。張經字世範、張紘字世卿，張繪字世觀，《高郵州志・文苑》中云：「（經、紘）賦性多穎慧，幼入學讀書，一過不忘，既長，發奮好學，相與切磋有成。」兄弟四人中，張經、張紘僅爲鄉進士，無意追求功名，且均未步入仕途，隱居甓社湖畔，怡情詩酒。張綖、張繪則各自官至光州知州與浙江定海縣令，然均提早辭官，杜門不出，以著述爲事。

《高郵州志》記載張經事云：

> 張經，字世範。仲弟元紘，字世卿。賦性多穎慧，幼入學讀書，一過不忘。既長，發奮好學，相與切磋有成，同叔弟綖、季弟繪，遇督學試，更迭首冠，經、紘凡十入南闈不遇，有勸之輸粟入太學者，經堅拒之，後相繼爲鄉進士復課，弟綖、繪俱登賢書。經子贍，綖子守中，俱成進士，伯仲不仕，隱居甓湖畔，怡情詩酒。〔註4〕

記張繪生平云：

> 張繪，字世觀，鄉賢綖之弟也。幼有文名，由選貢中順天癸卯鄉薦，授浙江定海縣令，適倭寇臨境，繪多方捍禦，竟不敢犯，又上〈禦倭十三策〉，皆俞用之。因舟山衛守擒亂，繪設計誅其渠魁，餘黨悉平。去任之日，囊橐蕭然，賴郡伯孫公捐俸以助歸，而杜門不出，惟以著述爲事，著有詩文若干卷。〔註5〕

張氏兄弟自小相與切磋學習，及長亦時常相爲唱和，書信往來頻繁。某日，張綖病甚，長兄張經憂形於色，有「天下寶爲天下惜，子贍心愛子由才」之句，兄弟情感篤好。張綖有不少與兄弟相互酬贈之作品，如〈病中呈世範家兄〉、〈寄弟繪〉、〈送世觀弟北赴京畿應

〔註4〕清・楊宜崙修：《高郵州志》（《中國方志叢書》，台北：成文出版社，1970年初版），卷十五，頁314。

〔註5〕《高郵州志》，卷十二，頁7。

試〉等。

綖年少時，才華已露，志已不凡，七歲讀書通大義，能作詩，時
出奇句，鄉里目爲神童。年十五，遊郡庠，謁鄉賢祠，作詩輒有俎豆。
弱冠時作〈無題〉詩及〈香奩詩〉，一時盛傳。張綖極推崇鄉先賢秦
淮海，因此除校勘秦觀作品外，心追手摹，故其詩亦似詞。至其詞作，
朱曰藩〈南湖詩餘序〉云：

> 或問先生長短句。予曰：《詩餘圖譜》備矣。先生從王西樓
> 游，早傳斯技之旨。每填一篇，必求合某宮某調第幾聲，
> 出入第幾犯，務俾抗墜圓美，合作而出。故能獨步絕響之
> 後，稱再來少游。〔註6〕

詞作饒具淮海風致，爲當時人所讚賞，有「再來少游」美稱。詩、詞
作品雖多，然不欲以此自名，嘗謂「人貴於道有見，無汲汲於立言
也。」

張綖爲人「瑰奇磊落」、「涵操不露，與世異趣。」，論學亦有獨
到處。年三十，卒業南雍，時王陽明網羅人物，訪士於汪司成，綖對
王論及武王伐紂之事，饒有獨到識見，王陽明大加驚賞，曰：「汪公
謂子豪傑，眞豪傑也。」判武昌時與呂涇野論及岳武穆班師，與論辯
《論語》數條，亦使呂涇野嘆服。

王陽明贊張綖爲豪傑，此處有必要釐清王陽明所謂「豪傑」須
具備如何條件？以進一步藉王陽明之口了解張綖其人。明代中葉傑
出人物不僅具有悲天憫人之憂患意識，並以「豪傑」自任、以「豪
傑」期人，如當時思想家陳獻章已自覺身負重任，一肩擔負起振興思
想文化之歷史責任，王陽明繼而起之，更將此種精神發揚無遺。他認
爲欲振國家，須先正士風，所以透過講學培植、爭取同道者之支持，
曾云：「豪傑之士扶持匡翼，共明良知之學於天下，使天下人皆知自
致其良知，以相安相養，去其自私自利之蔽，一洗讒妒勝忿之習，以

〔註6〕明・朱曰藩撰：〈南湖詩餘序〉(《南湖詩餘》，明末毛氏汲古閣刻《詞
　　　苑英華》本，台北：國家圖書館藏)。

濟於大同。」〔註7〕王陽明心中之豪傑須有堅毅岸然之人格、廣闊胸襟、博大之人文關懷精神，並勇於承擔挽狂瀾之文化歷史使命。張綖之生平資料雖不多，然從王陽明對其讚賞或可窺知張綖人格風範之一二。

張綖十三歲時，嘗見道旁有殍死者，撫而哭之，曰：「他日爲政，何以使天下無此餓夫也。」武宗正德癸酉（8 年，西元 1513 年），鄉薦中舉，八試進士不第；世宗嘉靖乙未（14 年，西元 1535 年），謁選爲武昌（今屬湖北）通判，專督郡賦，後遷光州（今河南潢川縣地）知州。張綖爲政，「仁以撫下，而不貸以法。」任武昌通判時，縣令於歲終催討賦稅甚急，下令捉拿許多貧民，張綖聽說此事，心疼不已，召來縣令對他說：「公賦固急，窮民凍餒，囹圄中可念也，亟使放歸，責以春和完辦。」此一合情合理寬貸措施，令「十邑之民感惠」，更使府庫稅收不致空虛。其屬邑通城盜賊橫肆，張綖嚴責捕除，並以禮義感化，使之向善，政聲自此遠播。張綖爲人謙遜，有功亦不自居，即使有人欲爲其宣揚功績，均爲張綖力止。光州地區當時土強橫肆，豪取強奪致使民不聊生，他上任不久後，大力整頓治安、終使豪強斂迹，深得光州人民民心。後又遭逢凶年飢荒，張綖呈請朝廷撥穀數萬以賑災，體恤人民，施政得當；雖天災不斷，然人禍不起，終能度過荒災之年，知州任上，深獲人民愛戴。政暇則喜弔古尋幽，多所述作，政聲文譽日隆。後往京師述職時，卻遭武昌上官誣其怠事遊詠，張綖得知後，遂罷官還鄉，百姓相顧涕泣不已。朱東橋自湖南巡撫過武昌，聞其罷官事，嘆息不已，與張綖信中有「古道難行，古心誰識」之語。

罷歸高郵後，張綖於武安湖旁構築草堂數間，號「南湖居士」，自此擺落塵俗，專心著述，隱居武安湖上，以讀書自樂。草堂藏書有藏書數千卷，張綖均手自標點，晝夜誦讀，目因之生眚，然猶令人誦讀而默聽之。張綖學詞曲於著名散曲家王磐門下，顧璘云：「南湖詩

〔註 7〕明・王守仁撰：《傳習錄》（台北：廣文書局，1994 年 5 月第三版）。

操筆立就，而尤工於長短句，率意口占，皆合格調。」清・錢謙益《列朝詩集小傳》云：「刻意填詞，每填一篇，必求合某宮某調，某調第幾聲，其聲出入第幾犯。抗墜圓美，必求合作。」朱曰藩〈南湖詩餘序〉：「或問先生長短句。予曰：《詩餘圖譜》備矣。先生從王西樓游，早傳斯技之旨。每填一篇，必求合某宮某調第幾聲，出入第幾犯，務俾抗墜圓美，合作而出。故能獨步絕響之後，稱再來少游。」張綖以曲樂背景作詞，在聲律方面之造詣，頗爲人所稱道。

第二節　師承交游

　　張綖師承妻兄王磐，兩人師生關係篤厚，時相切磋往來、互相唱和，對張綖人品、作品影響可謂至深。清・朱彝尊《靜志居詩話》云：「南湖學詞曲於王西樓，以此擅場。」〔註8〕王磐爲弘治、正德年間之著名曲家，在崑曲尚未興起之曲壇，蓋由兩派所持，一屬豪放派，以康海、馮惟敏、王九思爲主；一屬清麗派，以王磐、金鑾、沈仕爲主。王磐，字鴻漸，號西樓，江蘇高郵人，生卒年不詳，大約是西元 1470 年至西元 1530 年間人。著有《野菜譜》、《西樓詩集》、《西樓樂府》一卷〔註9〕，共有小令六十五首，套數九首，作品筆墨整飭、典雅華美，又兼具清峻樸實之長，繼承張可久清麗之風，工題贈、善諧謔、寫懷詠物，堪稱能手，與南曲之冠陳大聲齊名。王驥德《曲律・雜論》：「客問今日詞人之冠。余曰：於北詞得一人，曰高郵王西樓……；於南詞得二人：曰吾師山陰徐天池先生，……曰臨川湯若士。」〔註10〕其創作內容廣泛，凡優游閑適、範山摹水、俳諧諷刺，甚至嫉世憤俗、關心民生、揭發時弊等明代散曲中少見的內容，均賅

〔註8〕清・朱彝尊撰：《靜志居詩話》（台北：明文書局，1991 年初版），卷十一。

〔註9〕明・王磐撰，李慶點校：《王西樓樂府》（上海：上海古籍出版社，1988 年初版）。

〔註10〕明・王驥德撰：《曲律》（《續修四庫全書》本，上海：上海古籍出版社，1995 年初版），卷四，頁 482。

含之。

　　關於王磐之生平事蹟，其外甥張守中（張綖子）云：「翁生富室，讀厭綺麗之習，雅好古文詞，家於城西，有樓三楹。日與名流譚詠其間，風生泉湧，聽者心碎。……既而藝日精，家亦窘，翁怡然不以爲意，逍遙乎宇宙，徜徉乎山水，出其金石之聲，寄興於煙雲水月之外，洋洋焉不知老之將至。其襟度有過人者，故所作冲融曠達，類其人也。」〔註11〕又《揚州府志》中記載：「王磐字鴻漸，高郵人。有雋才，好讀書，灑落不凡，惡諸生之拘攣，棄之，縱情山水詩畫間。尤善音律，度曲清灑。每風月佳勝，則竹絲觴詠徹夜忘倦，性好樓居，構樓於城西僻地，坐臥其中，幅巾藜杖，飄然若神仙，一時名重，海內多願與納交。」〔註12〕從此二條記載中可知王磐出生於富豪之家，曾爲諸生，但因生性不受拘束，襟期瀟灑，故終身不試，亦未步入仕途。隱居山林期間，廣交文友，日日於西樓上雅集吟弄，過著悠閒自適、與世無爭之山人生活。著有《王西樓詩集》一卷、《王西樓樂府》一卷。

　　詞曲師承王磐外，張綖亦師承明朝大儒王陽明，惜張綖在其門下不久；而師生二人之軼事、情誼，相關記載罕見，僅見二文，茲引錄於後。其一，〈感懷呈王陽明〉：

　　芃芃原上草，歷歷壤中英。春風一披拂，燁燁生光榮。我生百無能，承志窮一經。云胡不自勵，蹉跎日沉淪。俛懷疴廖子，賤技何足云。凝神以纍垸，亦得乘其名。造物實匪私，訴志貴專精。舟舟白日晚，踽踽空江濱。盛年忽已壯，嘆息將何成。〔註13〕

〔註11〕明‧張守中撰：〈王西樓樂府序〉，《王西樓樂府》（上海：上海古籍出版社，1988 年初版）。

〔註12〕清‧姚文田纂：《揚州府志》（《中國方志叢書》，台北：成文出版社，1974 年台一版）。

〔註13〕明‧張綖撰：《張南湖先生詩集》（上海圖書館藏明嘉靖三十二年張守中刻本，《四庫全書存目叢書》本，台南：莊嚴出版社，1997 年初版）。

其二，〈寄張世文〉：

> 執謙枉問之意甚盛。相與數月，無能爲一字之益，乃今又
> 將遠別矣，愧負愧負！今時友朋，美質不無，而有志者絕
> 少。謂聖賢不復可冀，所視以爲準的者，不過建功名，炫
> 燿一時，以駭愚夫俗子之觀聽。嗚呼！此身可以爲堯、舜，
> 參天地，而自期若此，不亦可哀也乎？故區區於友朋中，
> 每以立志爲説。亦知往往有厭其煩者，然卒不能舍是而別
> 有所先。誠以學不立志，故植木無根，生意將無從發端矣。
> 自古及今，有志而無成者則有之，未有無志而能有成者也。
> 遠別無以爲贈，復申其立志之説。賢者不以爲迂，庶勤勤
> 執謙枉問之盛心爲不虛矣！〔註14〕

張綖與王陽明雖僅有數月之誼，然王陽明將張綖目之爲「豪傑」，從文中可見陽明先生對張綖期許與勸勉，用心頗深。

　　此外，與當世文人交遊往來，如顧磐、蔡羽、陳沂等，均有詞作。顧磐，字子安，明正德年間舉人。蔡羽，字九逵，吳縣人，好古文辭，爲諸生時，與文徵明齊名，嘉靖間官南京翰林院孔目，著有《林屋集》二十卷、《南館集》十三卷。陳沂，字魯南，鄞縣人，正德十二年進士，官至太僕寺卿，著有《拘虛集》五卷、《拘虛集後集》三卷、《拘虛詩談》一卷、《游名山錄》四卷。朱曰藩，字子價，號射陂，寶應人，嘉靖二十三年進士，官至九州知府，著有《池上編》二卷、《山帶閣集》三十三卷。顧璘，字英玉，號橫涇先生，先世吳縣人，隸籍應天，正德甲戌進士，授南京工部主事，許州、溫州知州、河南按察副使，著有《寒松齋存稿》，並爲張綖作墓誌銘，紀錄詳實。

第三節　著述概論

　　張綖致力於詩、詞創作，亦醉心於詩集、詞集之評注、編選與校勘工作。張綖在世時著作雖多，卻多未及時刊刻發行。明嘉靖之

〔註14〕明・王守仁撰，吳光、錢明、董平，姚延福編校：《王陽明全集》（上海：上海古籍出版社，1992 年 12 月第一版第一刷），下冊，頁 1002。

後，出版業逐漸發達，其中家刻、坊刻之書增長更爲迅速，而其子張守中，大量整理、編審家族著作並付梓〔註15〕，張綖著作始得通行當世。

一、《張南湖先生詩集》

《張南湖先生詩集》版本有二：

1. 明嘉靖辛亥（30年，西元1551年）高郵張世家刊本。四冊，正文卷端題「張南湖先生詩集卷之一　弘治十四年至十八年」序：「南湖先生詩集序　嘉境戊戌中秋儀城許檖傳」、「張南湖先生詩集序　嘉境壬子　朱日藩撰」跋：「跋先君詩集後　嘉靖癸丑　張守中撰」。十行，行十九字，單欄，版心白口，單黑魚尾，上方記書名。庋藏於國家圖書館、故宮博物院。

2. 明嘉靖三十二年張守中刻本，與明嘉靖辛亥高郵張世家刊本同，然無目錄，亦無許檖序。《明別集版本志》中記載：

> 《張南湖先生詩集》四卷
>
> 明張綖撰
>
> 附錄一卷
>
> 明嘉靖三十二年張守中刻本
>
> 十行十九字，白口，四周單邊，版心上鐫「南湖詩集」。
>
> 嘉靖壬子朱日藩序，嘉靖戊戌許檖《南湖詩集敍》，嘉靖癸丑（三十二年）張守中《跋先君詩後集》。守中曰：「往年成都百潭蔣公錄《詠情集》、《入楚吟》〔註16〕刻在鄂郡，甲辰歲毀於火，不肖復以二集並先君生平所作詩詞編年分類，集爲四卷，再刻於家。〔註17〕

〔註15〕張守中除爲父親張綖刻書出版外，亦替母舅王磐編輯舊作刊刻，家刻量甚夥。

〔註16〕張綖所撰《詠情集》未見於各版本志中，疑已亡佚。《入楚吟》相關資料見本章節後文。

〔註17〕崔建英輯、賈衛民、李曉亞整理：《明別集版本志》（北京：中華書局，2006年7月第一版第一刷），頁163～164。

今藏於上海圖書館、國家圖書館。

　　《張南湖先生詩集》爲張綖孫張袞編輯、子張守中所校勘，此書按創作時代分爲四卷：卷一收「弘治十四年至十八年」所作之作品，卷二收「嘉靖元年至十三年」之作品，卷三收「嘉靖十四年至十五年」之作品，卷四收「嘉靖十六年至十九年」之作品，卷前有朱日藩序，末附錄顧璘撰〈南湖墓誌銘〉。雖名爲詩集，每卷之後均收「長短句」，爲張綖詩、詞作品集子，共收律、絕、古詩 453 首、詞 104 闋。詞作風流醞藉，時人稱之爲「再來少游」。關於其詞作，將專章討論，此不贅述，本節僅就其詩略述如次：

　　《四庫全書總目·南湖先生詩集四卷》提要云：「（張綖）詩多艷體，頗涉佻薄，殆玉臺香奩之末流。每卷皆附詞數闋，考綖嘗作塡詞圖譜，蓋刻意於倚聲者，宜其詩皆如詞矣。」〔註18〕清·朱彝尊《靜志居詩話》云：「南湖學詞曲於王西樓，以此擅場，詩其餘事，如設菖蒲之葅，縱有嗜味，要非逸味。」〔註19〕張綖以詞曲擅場，而其詩作卻仍遠多於詞作，或許並非如朱氏所說之僅以餘事爲詞。張綖亦相當致力於詩，然其早期以似詞之婉約詩流播當時，不符當時復古之審美趣尚，故其詩之評價不甚高。然其詩眞如《四庫全書總目》所說：「詩多艷體，頗涉佻薄，殆玉臺香奩之末」乎？殊值再議。

　　張綖早年以〈無題〉、〈香奩詩〉等詩作名動一時，其〈無題〉四首之二云：

　　　　自撚花枝小院東，羅衣偏怯露華濃。
　　　　煙霞洞裏渾虛度，雲雨山前亦暫逢。
　　　　鴛枕夢回珠幌月，鳳簫吹斷玉樓風。
　　　　酒闌更憶藍橋路，汀草巖花處處同。

又〈香奩詩〉八首之一云：

〔註18〕清·紀昀等奉敕撰：《四庫全書總目提要》（台北：台灣商務印書館，1983 年初版）。

〔註19〕清·朱彝尊撰：《靜志居詩話》（台北：明文書局，1991 年初版），卷十一。

翡翠籠深燭影昏，當時一見已銷魂。

歌殘玉宇雲千葉，醉損珠簾月一痕。

欲說竟成閒撚袖，偷看多是半啣樽。

而今惜蕊憐花意，只有垂楊半倚門。

〈無題〉、〈香奩詩〉確有其詩如詞之特點，無論用字或題材內容均有濃濃詞味。張仲謀《明詞史》云：

> 宋人說「東坡詞近詩，少游詩似詞」，元好問《論詩絕句》
> 於秦觀詩亦有「女郎詩」之譏，張綖則偏嗜此種風味，故
> 其自作詩與詞無別。[註20]

張綖詩確有部分「似詞」，但並非普遍現象，他的絕大部分詩篇仍能把持「詩詞有別」之原則。如悼念亡妻作品，情感真摯，充滿無限悽愴。〈憶內〉詩云：

> 塵滿粧臺失鏡鸞，粉香黛澤恨俱殘。
>
> 倚屏夢覺人初去，背臂燈昏夜向闌。
>
> 春病有誰憂食減，晚寒無伴問衣單。
>
> 潛思萬種知何益，曠海沉珠欲見難。

〈傷逝〉詩云：

> 雲鴻懷故侶，渚禽戀舊群。
>
> 同心一朝失，何異比翼分。
>
> 襃帷無所見，入室無所聞。
>
> 徒見壁間桁，凝塵暗故裙。
>
> 撫膺一嘆息，淚下何繽紛。
>
> 永夜不能寐，暫寐還見君。
>
> 茫然昧永別，執手共殷勤。
>
> 心知非實境，忽忽不自欣。
>
> 熒熒牀前燈，照此鰥居魂。
>
> 起坐發長慟，燈光為我昏。

睹物思人，在夢境中與妻相會，醒後面對空房長慟，字字血淚，感人

[註20] 張仲謀撰：《明詞史》（北京：人民文學出版社，2002 年 2 月第一
版），頁 156。

至深。張綖詩除酬酢、懷念亡妻、先師，想念兄弟友人、詠物、自抒情志外，其中關心廣大人民、與民眾同悲同喜之詩作，亦相當引人注意，如〈蝗〉：

> 蔽日連雲勢未回，樹林無葉草無荄。
> 不知野外岡陵積，只訝城頭風雨來。
> 饘粥幾人無歲慮，芑苣自古遭天災。
> 吾君仁聖寧宜有，渡虎移魚在妙才。

寫當時蝗災景象，「蔽日連雲」令人觸目驚心，寥寥數語將蝗蟲過境後，民生凋敝，滿城飢荒。可惜批判精神不足，寄望仁君有「妙才」助人民度過天災浩劫，呈現封建時期讀書人歌頌君王，迂腐之一面。

又如〈滅蝗行〉：

> 君不見，千村萬落旌旗紅，鑼聲四合于蒼穹。又不見，家家翁婦焚金楮，競宰肥牲祀淫鬼。孽蟲作災今幾年，狼藉民天天不憐。初從正德年間起，直至于今災未已。霎時突下長崗陵，百里連飛暗風雨。官家石穀易石螟，我民爭摑走踉蹡。坎生甑熟力難遍，鞭捶吏卒號遑遑。玄冬隴上三尺雪，人喜頻年遺種絕。春來日煖土脈蘇，蟻子繁滋勢仍烈。皇天水旱人能備，此蟲作災無可治。膏雨夜過稻苗肥，遠近咸憂難辛歲。使君五馬從南來，憂民一念天心回。八蜡效命無敢後，迅掃積孽隨飛埃。或言風雨實為之，前年雨不絕，未見此蟲滅。或言渡水遭水沒，去歲水漫空，未見滅此蟲。驅除信是神明為，從此蒼生恣生息。掛冠我亦樂豐穰，鼓腹田頭歌舜日。

此詩亦描述蝗害肆虐、民不聊生之景象，全詩以平實樸素之文字，娓娓寫出人民祭鬼祀神卻呼天不應之無奈，期望水災氾濫能趨滅蝗蟲之願破滅，在水災、蝗災雙重破壞之下，人民不再似前一首詩，對君王有所寄望，在對人事一再失望同時，只得祈禱神明憐憫蒼生。兩首詩一前一後，道出人民隨著蝗災肆虐時間愈長而愈加苦難、無助、絕望之心境轉變。

又如〈歷沈老自言嘗稱貸先公思其寬惠舊業既凋見於感泣〉云：

荒村老翁頭如雪，扶杖淒然淚滿胸。

爲說而今非往日，卻嗟見我即先公。

豪家算利銖兼兩，悍吏催租夏接冬。

桑柘蕭條雞犬散，不知何日見豐年。

此詩借老翁遭遇寫出豪家強取豪奪、悍吏終年不止剝削之社會現象，以上三詩均頗有杜甫〈三吏〉、〈三別〉之風。張綖極仰慕杜甫其人其詩，因此無論其詩作及詞作多可見杜詩之影響；此詩無論佈局結構、用語、內容明顯呈現杜詩現實主義、反映社會、關心民生之一面。

朱曰藩〈南湖詩餘序〉云：

予讀之竟，嘆曰：「先生眞才子哉！先生固詩人之雄也。……先生以奇才子卓世不獲早售，於時優游田廬，輟耕之際，抒寫心曲，聊復爾爾。乃其集入楚後詩，格更奇，詞更古，旨趣更沉著，方將超西昆之畛域，闖少陵之堂室，電激焱騰，軒豁一世。」〔註21〕

此中稱張綖詩「超西昆之畛域，闖少陵之堂室」未免過於溢美，然其詩自有其風骨，寫志抒懷、應酬倡和、關心民生、悼念亡妻師友、田園賞趣等內容紛呈，時見「抒寫心曲」之動人詩句，從其知交朱曰藩評述中亦可見，張綖詩絕非僅如《四庫全書總目》所說「殆玉臺香奩之末」而已。

二、《南湖詩餘》

《南湖詩餘》有明末毛氏汲古閣刻詞苑英華本。

明代王象晉將張綖《南湖詩餘》與秦觀《少游詩餘》合刻爲《秦張兩先生詩餘合璧》二卷，王象晉《群芳譜》著錄之。《詞苑英華》亦收，並附於《詩餘圖譜》之下，前有朱曰藩嘉靖壬子年〈南湖詩餘

〔註21〕明・朱曰藩撰：〈南湖詩餘序〉，《南湖詩餘》（明末毛氏汲古閣刻《詞苑英華》本，台北：國家圖書館藏）。

序〉，《明詞彙刊》所收之《南湖詩餘》亦據此本，北京大學圖書館藏、國家圖書館藏。

　　張綖友人王象晉選張綖詞三十首而成《南湖詩餘》一卷，並將《南湖詩餘》與秦觀《少游詩餘》合刻爲《秦張兩先生詩餘合璧》二卷，因此王象晉刻意選張綖三十首接近秦詞風格的詞，以符當時張綖「再來少游」的美名。這三十首詞均屬小令或中調，內容較多偏向「閨怨閒愁」、「悼念亡妻」一類，風格則偏於「風流醞藉」一端。

　　張仲謀《明詞史》僅就《南湖詩餘》中三十闋詞探析，故而只指出張綖詞「追步秦觀」，有「風流醞藉」的詞風。實際上張綖 104 闋詞完整收錄於《張南湖先生詩集》各卷附錄中。

三、《詩餘圖譜》

　　《詩餘圖譜》爲現存最早的格律譜，此書除今日可見之本集之外，尚有《詩餘圖譜後集》，然已亡佚。據《詩餘圖譜・凡例》云：「圖譜未盡者，錄其詞於後集，仍註字數、韻腳于下，分爲四卷，庶博集眾調，使作者採焉。」〔註22〕可知《詩餘圖譜後集》所收者爲補《詩餘圖譜》所不足，而此譜不再另以圖標示格律，僅注出字數、韻腳，且此後集「博集眾調」，篇幅多達四卷。明人詞譜常爲後人譏爲簡陋，清人著譜俱以收調眾多自詡，並藉以痛責明譜之疏漏，然事實並非如此。張綖作譜主要目的在供初學者使用，並藉此推廣詞之創作風氣，因此取常用詞調而成《詩餘圖譜》，至於不常使用之詞調則另外收於《詩餘圖譜後集》中，以備詞家採焉，其設想可謂周到，惜《詩餘圖譜後集》已佚。

　　《詩餘圖譜》現存版本如下：

1. 明嘉靖丙申（15）年刊本

是本《詩餘圖譜》有二篇序，一爲蔣芝所著〈詩餘圖譜序〉，末

〔註22〕明・張綖撰：《詩餘圖譜・凡例》（明嘉靖丙申十五年刊本，台北：國家圖書館藏），頁 7。

署云：「嘉靖丙申夏六月吉成都百潭蔣芝書於江漢亭」，一爲張綖自序，末署云：「嘉靖丙申歲夏四月下浣高郵後學南湖居士張綖序」，故《詩餘圖譜》應成於明嘉靖十五年（西元 1537 年）之前。國家圖書館藏。

2. 明崇禎乙亥（8 年）毛氏汲古閣刻詞苑英華本 [註23]

此本爲崇禎年間毛晉據王象晉編校《詩餘圖譜》重刻者，王象晉〈重刻詩餘圖譜序〉中載及此本之刻書過程云：「萬曆甲午、乙未間，予兄霽宇刻之上谷，署中見者，爭相玩賞，竟攜之而去，今書籝所存，日見寥寥，遲以歲月，計當無剩本已。海虞毛子晉，博雅好古，見予讐較此編，遂請歸而付之剞人，使四十年前几案間物，頓還舊觀。」[註24] 此段敘述有三重點：一爲此書當刊刻於萬曆二十二、二十三年間（西元 1594～1595 年）；二爲《詩餘圖譜》之實用性，使當時文人愛不釋手，爭相玩賞；三爲此本爲王象晉重新校編本，已非張綖原書面貌。

四、《草堂詩餘別錄》一卷、《草堂詩餘後集別錄》一卷

台灣未見《草堂詩餘別錄》一書，而在大陸則有寧波天一閣藏嘉靖十七年原刻本、上海圖書館藏嘉業堂鈔本、北京中國科學院圖書館藏鈔本。筆者有幸得北京中國科學圖書館提供藏本並影印回台，是以本論文以北京中國科學圖書館所藏之明嘉靖十七年抄本爲底本，並參酌林玫儀先生以上圖本、中科本校對整理之〈罕見詞話──張綖《草堂詩餘別錄》〉 [註25] 所列之《草堂詩餘別錄》全文。

[註23] 此本無〈凡例〉及按語。

[註24] 明·王象晉撰：〈重刻詩餘圖譜序〉，見《詩餘圖譜》（明崇禎乙亥毛氏汲古閣刻《詞苑英華》本），集 425～202。

[註25] 林玫儀先生撰：〈罕見詞話──張綖《草堂詩餘別錄》〉（《中國文哲研究通訊》第 14 卷第 4 期，頁 191～230）。此文以上圖本與中科本互校而登錄《草堂詩餘別錄》全文內容，校之以中科院本《草堂詩餘別錄》，列出其誤謬如下：原文「恰似十三餘」，該文頁 199 誤爲「恰近十三餘」；原文「媚柳輕拂黃金縷」，頁 200 誤爲「細柳輕拂

關於張綖《草堂詩餘別錄》一書，繆荃孫於〈嘉業堂藏書志〉中云：

> 此書取《草堂詩餘》，擇其平和高麗之調，於各詞下加以考證，或訂其誤，或伸其意，或辨後人改字之不當，或增當日本事之未詳。啓發性靈，誘掖後學，佳書也。後書「嘉靖戊戌年五月十三日錄上」，疑是稿本。此出於天一閣，而《天一閣書目》作張繼綖撰，「繼」字衍。〔註26〕

趙尊嶽亦爲此書作提要，云：

> 《草堂詩餘別錄》一卷，明張綖輯。
>
> 「別錄」云者，蓋就《草堂》舊有評點之作，裁篇別出，而加之以箋者也。據張〈跋〉，評點出於吳文節公。凡前集黃山谷〈驀山溪〉，無名氏〈游春水〉，淮海〈滿庭芳〉，六一〈浣沙溪〉，淮海〈踏莎行〉、〈如夢令〉，東坡〈西江月〉，荊公〈漁家傲〉，元獻〈玉樓春〉，王元澤〈倦尋芳〉，李後主〈浪淘沙〉，李玉〈賀新郎〉，曾純甫〈金人捧露盤〉，陸務觀〈水龍吟〉，陳同甫〈水龍吟〉，永叔〈瑞鶴仙〉，李世英〈蝶戀花〉，東坡〈蝶戀花〉，同叔〈蝶戀花〉，李易安〈如夢令〉、〈武陵春〉，賀方回〈青玉案〉，張子野〈天仙子〉，解方叔〈永遇樂〉，山谷〈水調歌頭〉，少游〈風流子〉，賀方回〈望湘人〉，李元膺〈洞仙歌〉，徐幹臣〈二郎神〉，少游〈浣溪沙〉，馮延巳〈謁金門〉、〈長相思〉，少游〈八六子〉、〈謁金門〉，叔原〈生查子〉，東坡〈阮郎歸〉、〈賀新郎〉，謝无逸〈千秋歲〉，稼軒〈鷓鴣天〉三十九首。後柳耆卿〈傾杯樂〉，周美成〈解語花〉，向伯恭〈鷓鴣天〉，張

黃金縷」，原文「倚危樓」，頁203誤爲「倚危牆」；頁208注釋100「二抄本皆誤作『贏』」，「贏」應改「贏」；原文「宿雨懨懨睡起遲」，頁211誤作「宿雨厭厭睡起遲」；原文「天仗裏、常瞻鳳輦」，頁213誤作「天仗裏、長瞻鳳輦」；原文「人到中年以後」，頁217誤植爲「人到中年已後」；原文「淺碧飀飀露遠洲」，頁219誤植爲「淺碧□□露遠洲」等。

〔註26〕見繆荃孫、吳昌綬、董康撰：《嘉業堂藏書志》（上海：復旦大學出版社，1997年），頁1184～1185。

材甫〈燭影搖紅〉，吳大年〈燭影搖紅〉，賀方回〈臨江仙〉，謝无逸〈玉樓春〉，仲殊〈訴衷情〉，石林〈醉蓬萊〉，後村〈賀新郎〉，宋謙夫〈賀新郎〉，東坡〈水調歌頭〉，石林〈念奴嬌〉，晁无咎〈洞仙歌〉，稼軒〈金菊對芙蓉〉，東坡〈南鄉子〉、〈西江月〉，陳瑩中〈青玉案〉，陳後主〈秋霽〉，東坡〈念奴嬌〉，呂居仁〈滿江紅〉，東坡〈哨遍〉、〈鷓鴣天〉、〈滿庭芳〉，少游〈水龍吟〉，鹿虔扆〈臨江仙〉，韋莊〈小重山〉，少游〈江城子〉，陳簡齋〈臨江仙〉，吳彥高〈青玉案〉，東坡〈八聲甘州〉，稼軒〈水龍吟〉，林和靖〈點絳脣〉，東坡〈卜算子〉，岳武穆〈滿江紅〉三十九首。夫《草堂》選本，固未必率惇率雅。然茲錄亦不得遽謂能去其瑉珷也。

每首之後，多附小箋，並稱有點錄，或無點錄，蓋指原本之曾未加以評選云爾。其箋無甚精義，且以〈如夢令〉（門外綠陰）一首為無名氏。夫《草堂》於一人，數首同選，往往僅標姓氏於第一首。而此即以詞題下不列名氏，即謂失考，彌復可哂！又陸淞〈瑞鶴仙〉（臉霞紅印枕）一首，元明諸本，多誤作永叔。此乃稱：「正非歐公無此妙。但歐集不錄，豈子棐諱而去之耶？」推波沿誤，亦復不思之甚。至其深斥周柳，則於《金荃》之微言大義，相去尚遠。狂夫之言，固奚責焉！

據岳武穆〈小重山〉詞箋，知此錄出於浙本，且謂惟浙本始載〈小重山〉詞。實則嘉靖同時閩沙大學生陳鍾秀刊本，亦附岳武穆〈小重山〉、〈滿江紅〉二首，范仲淹〈漁家傲〉一首，文天祥〈沁園春〉一首，或閩浙二刻，固復相同，亦相祖述耶？惟《別錄》中李世英〈蝶戀花〉（遙夜亭皋間信步）一首，無名氏〈念奴嬌〉（嗟來咄去）一首，為元明本所未有；或浙本有之，則浙本又與舊本有增損矣！未及獲讀，莫自懸揣矣！

原書一卷。但三十九葉，按《草堂》卷次分前後集題：「武昌府通判張綎」銜，數百年來，迄不見著錄。僅四明天一

閣有藏本，而天一諸籍，後多凌散，不知猶能倖存否？光
緒十九年癸巳冬日，揚州吳福茨從政四明，嘗就影鈔一本，
每半葉十行，行二十字，殊多訛字。是為吳氏養寬室藏，
漸歸吳氏測海樓。藏書十九年庚午吳氏書入坊肆，展轉至
海上武進趙氏惜陰堂，得獲錄副，以廣其傳。惟吳本後此
屬之誰氏？不可知也。

附錄　張綖跋

歌詠以養性情，故歌聲之詞，有不得而廢者。詩餘者：唐
宋以來之慢調也。吳文節公於《文章辨體》，亦有取焉。雖
亦艷歌之聲，比以今曲，猶為古雅故君子尚之！當時集本
亦多，惟《草堂》詩話流行於世，其間猥雜不粹。今觀老
先生硃筆點取，皆和平高麗之調，誠可則而可歌。復命愚
生再校，輒敢盡其愚見。因於各詞下，漫注數語，略見去
取之意，別為一錄呈上。倘有可取進教，幸甚！嘉靖戊戌
五月十三日錄上。〔註27〕

　　《草堂詩餘別錄》因流傳不廣，少為學者所論及〔註28〕，明代
詞學理論為中國詞學史上重要一環，卻長久為人所輕忽，誠如張仲
謀先生所云：「過去人鄙薄明代詞學以為不足道，在很大程度上是缺
乏了解所致。明代詞學理論是一片待發掘的荒地。除了唐圭璋先生收
入《詞話叢編》的四種詞話之外，散見於明人別集的論詞文字很
多。……如果把這些散見的論詞文字匯成一編，當成數十萬字的鉅
帙。」〔註29〕除四種詞話與詞籍序跋、明人別集論詞資料外，詞籍評
點中也有許多寶貴之論詞文字，明代詞籍評點學雖有專論，然未論及
者猶多。從第一部以《草堂詩餘》為藍本，刪汰而成之張綖《草堂詩
餘別錄》中，吾人可從其著書目的中窺知明人對《草堂詩餘》愛惡交

〔註27〕趙尊嶽撰：〈詞籍提要〉（《詞學季刊》第 3 卷第 1 號，頁 50～52）。
〔註28〕除趙尊嶽先生外，蕭鵬先生於《群體的選擇——唐宋人選詞與詞選
　　　通論》（頁 240～241）中亦闢一小節介紹此書概況，然其所述之內容
　　　大致與趙尊嶽先生所述相同。
〔註29〕張仲謀撰：《明詞史》（北京：人民文學出版社，2002 年 2 月第一
　　　版），頁 343。

錯之心理與觀念之轉變;從其選詞內容中總結作者與當日審美傾向;從各詞評注內容中可進一步了解張綖的詞學觀。

張綖《草堂詩餘別錄》爲明代「《草堂詩餘》詞選家族」成員中時代最早者,亦爲最早評點《草堂詩餘》之人〔註30〕,爲明代《草堂詩餘》之流行推波助瀾。此書因隨筆而漫錄,評注缺乏系統理論體系,亦無深入考證,趙尊嶽批評明代評點《草堂詩餘》之人云:「徒爲蛇足,莫盡闡物,惡札枝言,徒亂人意。」趙氏指出明代評點家之共同弊病,然此評似乎過於嚴苛,明代《草堂詩餘》評點家,其評點內容缺乏系統詞論,考證亦失之粗疏,評詞多主觀判定,然因其主觀,正可代表各詞論家選詞、評詞標準,而其中尚有不少可代表明代審美趨向之詞論,有待今人爬梳整理。

而張綖之詞學觀,除一般學者所熟知之《詩餘圖譜‧凡例》中首提豪放、婉約二體說外,尚可從《草堂詩餘別錄》中之詞評加以整理建構。爲顧及張綖詞論之完整性,將一併在第四章討論,以下僅分「詞選體例」、「選詞目的」、「選詞概況」、「崇雅黜俗之選詞標準」、「評點內容簡評」四項,介紹《草堂詩餘別錄》一書之梗概與價值。

(一)詞選體例

《草堂詩餘別錄》之體例大致如下:

1. 據吳文節硃筆點取之浙本《草堂詩餘》爲底本,故所收錄之詞人時代爲晚唐五代及兩宋文人。

2. 詞作編排順序未按時代亦未按詞人,屬漫錄體。

3. 先錄作者、詞牌、詞作內容,並於每闋詞後低一字予以箋評。

〔註30〕明代著名《草堂詩餘》評點者尚有楊愼、湯顯祖、唐順之、李廷機、陳繼儒、徐士俊、陳仁錫、董其昌、沈際飛等,惟楊愼時代與張綖相近,其餘評點家時代均晚於張綖,而楊愼評點《草堂詩餘》之年則稍晚於張綖。

4. 箋評內容或訂其誤，或伸其意；或辨後人改字之不當，或增當日本事之未詳，或指出借鑒之處。因為隨筆評點，其評點內容不拘一格，時而評其詞，時而評詞人詞風，時而比較詞人風格，時而言詞體。

5. 評點內容中凡云「原有點，今刪」、「有點，刪」者，「原有點」、「有點」的字眼，乃吳文節所點取者，「今刪」、「刪」，則為張綖認為應刪除者；而「原無點，今錄」、「無點，錄」、「無點，今錄」亦同，「無點」為吳文節於《草堂詩餘》中未點取者，「錄」、「今錄」為張綖認為佳作應錄者。

關於最後一項體例，趙尊嶽《草堂詩餘別錄》提要云：「每首之後，多附小箋，並稱有點錄，或無點錄，蓋指原本之曾未加以評選云爾。」如此說明不甚清楚。此詞選為吳文節所選，請張綖再審閱斟酌有無遺珠之憾，因此張綖就吳文節所選加以增刪，為求謹慎，張綖特別注明何者應刪、何者應錄，並於後加以說明。

凡張綖云：「原有點，今刪」時，下文必指出此詞不佳處，如於黃山谷〈驀山溪〉後評云：「原有點，今刪。按山谷此詞，語意高雅，誠為可錄；但通篇所詠，皆少年風情之作。後段率用杜牧之〈湖州贈妓〉詩意，至回首千里，情極不薄矣，不可為訓，似宜刪去。」又如評秦觀〈風流子〉（東風吹碧草）時云：「有點，刪。通篇語太熟，稍近陳，結句雖有意致，亦是常語。」因此，「原有點，今刪」、「有點，刪」之意為吳文節原有點選，張綖以為該詞不屬佳製，而欲刪去者。

又凡張綖云「原無點，今錄」時，表示吳文節並未點選此詞，而張綖認為應收錄者，因此下文必指出此詞佳處，以說服吳文節接受，如於曾純甫〈金人捧露盤〉後評云：「無點，錄。桀紂之亡，不過沉湎冒色。此詞前敘神京繁華風俗，足以見宋亡之故矣；後段悲痛雋永，有〈黍離〉之風焉。」又如評李冠〈蝶戀花〉（遙夜亭皋閑信步）云：「無點，錄。張子野『雲破月來花弄影』為時膾炙。王荊公

謂其不如李冠『朦朧淡月雲來去』，今觀張句纖巧，李句淡雅，誠爲
過之，又俱不知老杜『雲月遞微明』簡而妙也。此詞既爲名公所賞，
亦不可遺。」如此之例，所在多有；亦可從於去取間，窺見張綖之審
美趨尚。

（二）選詞目的

此書爲張綖於武昌府通判任上所選評，故約成書於明嘉靖十四年
（1536）。卷前自序云：

> 當時集本亦多，惟《草堂詩餘》流行於世，其間復猥雜不
> 粹，今觀老先生（吳文節）硃筆點取，皆平和高麗之調，
> 誠可則而可歌。復命愚生再校，輒敢盡其愚見，因於各詞
> 下，漫註數語，略見去取之意，別爲一錄呈上，倘有可取
> 進教，幸甚！

是知，與張綖同時之吳文節，據當時流行之《草堂詩餘》以硃筆點取，
並請張綖再校，於是張綖以吳文節所點取之詞爲底本，並依己意增刪
之，且於各詞下評注以見去取之意，抄錄成二卷呈還吳文節參考。又
可知此係張綖與友人相互交流讀詞心得而成，形式似筆記亦似書信，
其體例並未如一般詞選按人、調、事類等編次，屬漫錄體。

《草堂詩餘》大約成書於南宋寧宗慶元以前，選詞偏重唐五
代、北宋，且以選收婉約詞爲主，爲婉約詞選之代表，共選唐宋人
詞約一百二十家，三百八十餘首。《草堂詩餘》盛行於明代詞壇，
明・毛晉《草堂詩餘・刻跋》提及時人普遍深愛《草堂詩餘》之盛況
云：「宋元間詞林選本幾屈百指，惟《草堂詩餘》一編飛馳。幾百年
來，凡歌欄酒榭絲而竹之者，無不拊髀雀躍，及至寒窗腐儒，挑燈開
看，亦未嘗欠伸魚睨，不知何以動人一至此也。」〔註31〕明代復古風
氣彌漫，致使文人普遍沾染模擬習氣，唐宋詞選本中唯一以題材爲序
編次之《草堂詩餘》，因著其方便詞人塡詞時仿作學習之編次體例優

〔註31〕明・毛晉撰：〈草堂詩餘・刻跋〉，《詞苑英華》本（明崇禎間海虞毛
　　　氏汲古閣刊本，台北：國家圖書館藏）。

勢而爲明人所青睞〔註32〕。出版業爲因應廣大讀者市場需求，明詞選家以《草堂詩餘》爲藍本，加以重編、擴編、續編、縮編，於今日尚流傳之詞選，即多達二十二種〔註33〕，誠如徐士俊所言：「《草堂》之草，歲歲吹青，《花間》之花，年年逞艷。」〔註34〕《草堂詩餘》流行於有明一代，又明詞爲清人公認之衰敗期，因此清代學者往往將《草堂詩餘》之流行與明詞之衰敗連結，如清・高佑鈕云：「詞始於唐，衍於五代，盛於宋，沿於元，而榛蕪於明。明詞佳者不數家，餘悉踵《草堂》之習，鄙俚褻狎，風雅蕩然矣。」〔註35〕《草堂詩餘》選詞以應歌爲主，蒐羅傳唱當時之流行歌詞，故雅俗參雜，鄙詞猥詞

〔註32〕　《草堂詩餘》盛行於明代之歷史原因，前賢論及者多，其中以蕭鵬先生所論「花草」盛行之因最爲詳盡（蕭鵬撰：《群體的選擇——唐宋人選詞與詞選通論》，頁 260～265），分爲「古籍流傳與明人學風因素」、「明代復古溯源意識的影響」、「明代社會道德觀念和世俗審美情趣」三項主因。學生認爲三項主因之中，一、三項主因無爭議，然第二項「明代復古溯源意識影響」因素則有待商榷。明代《花間集》、《草堂詩餘》俱盛，而《草堂詩餘》遠較《花間集》更爲盛行，《花間集》爲晚唐、西蜀詞人之詞選集，而《草堂詩餘》則以北宋詞人爲主，亦兼收許多唐、五代及南宋詞人之詞，故「明代復古溯源意識影響」之解釋僅適用於《花間集》，用之以解釋《草堂詩餘》則過於牽強。學生認爲明代復古風氣的確爲明人喜愛《草堂詩餘》之因，然卻並非受復古風氣中「溯源意識」之影響，而在於復古風氣所形成之「模擬習氣」所影響。《草堂詩餘》與諸多唐宋詞選最大之差異，在於其爲唯一以「題材」爲編次體例之依據，此體例與絕大多數之類書體例相同，類書提供文人作詩文時之參考，《草堂詩餘》之體例，讓善於模仿前人作品之明詞家便於翻檢，如欲作春怨題材者，至「春怨」類下，即可模仿唐宋詞人相同題材之作法，可爲選調、結構、意境、用字等之作詞參考。故學生認爲明人流行《草堂詩餘》之歷史原因，主要爲「古籍流傳與明人學風因素」、「明代復古模擬習氣的影響」、「明代社會道德觀念和世俗審美情趣」三項。

〔註33〕　參見蕭鵬撰《群體的選擇——唐宋人選詞與詞選通論》（台北：文津出版社，1992 年 11 月初版），頁 239～240。

〔註34〕　清・馮金伯撰：《詞苑萃編》，卷八（《詞話叢編》本，引徐士俊語，冊 2），頁 1940。

〔註35〕　清・高佑鈕〈陳維崧湖海樓詞序〉。

間入，深爲清人所詬病，如先著、程洪云：「《草堂》流傳耳目，庸陋取譏，續集尤爲無識。」〔註36〕丁紹儀斥其所選之詞「鄙穢已甚」〔註37〕謝章鋌譏爲「污下選本」〔註38〕等。浙西詞派郭麐曾指出：「《草堂詩餘》玉石雜糅，蕪陋特甚，近皆知厭棄之矣！然竹垞之論未出以前，諸家頗沿其習。」〔註39〕

其實早在清人對《草堂詩餘》痛加撻伐之前，明代詞選家已有先見之明，張綖稱《草堂詩餘》：「猥雜不粹」〔註40〕，係批評《草堂詩餘》之先聲。誠如清・譚獻所云：「《草堂詩餘》所錄，但芟去柳耆卿、黃山谷、胡浩然、康伯可、僧仲殊諸人惡札，則兩宋名章迥句傳誦人間者略具，宜其與《花間》並傳，未可廢也。」〔註41〕《草堂詩餘》廣開選詞標準，雖有「猥雜不粹」之弊，然其中亦多有符合「文人」審美標準之佳製，故張綖選擇以《草堂詩餘》爲底本，將三百八十餘首盡去猥雜，汰擇、縮編爲《草堂詩餘別錄》二卷。此作法影響深遠，晚明陸雲龍自沈際飛《草堂詩餘》四集，一千六百餘闋中，擇取其「菁華」而成《詞菁》二卷，清・黃蓼園以《草堂詩餘》爲底本，擇汰出《蓼園詞選》一書，其選詞目的與意義實與張綖《草堂詩餘別錄》相同。

在張綖一新《草堂詩餘》面目之後，「《草堂詩餘》家族」選本蜂起，此風氣雖呈現出明人偏愛《草堂詩餘》之現實，然從另一面向看，亦反映明人重新改造《草堂詩餘》之企圖，此現象可從秦士奇爲沈際飛批點之《草堂詩餘》作序時窺得，其言云：

〔註36〕 清・先著、程洪撰：《詞潔輯評》（《詞話叢編》本）。

〔註37〕 清・丁紹儀撰：《聽秋聲館詞話》，卷七（《詞話叢編》本，冊3），頁2663。

〔註38〕 清・謝章鋌撰：《賭棋山莊詞話》，卷十一（《詞話叢編》本，冊4），頁3465。

〔註39〕 清・郭麐撰：《靈芬館詞話》，卷一（《詞話叢編》本，冊2），頁1505。

〔註40〕 明・張綖撰：《草堂詩餘別錄》中張綖自序語。

〔註41〕 清・譚獻撰：《復堂日記》（《叢書集成》本，台北：新文豐出版社，1989年台一版）。

> 沈天羽氏以正續兩集並我明新集爲之正次訂舛，抉美擷
> 芳，先識古今體制，雅俗脱出宿生塵腐氣，大約取其命意
> 遠、造語鮮、煉字響、用字便，典麗清圓，一一拈出。至
> 於別集，則歷朝近代中所逸辭章穎達，風韻秀上，騷不
> 雄、麗不險、質不率、工不刻，天然無雕飾，且語不經人
> 道，皆如新脱手，讀之使人神越色飛，令鬥字逞俠者退
> 舍。〔註42〕

明詞選家鑒於《草堂詩餘》雅俗兼陳，因此一方面以民眾接受度高之
《草堂詩餘》爲選詞藍本，一方面則以「典麗清圓」、「風韻秀上」等
選詞標準，著手進行修正原《草堂詩餘》「猥雜不粹」之缺失。相較
於許多清人完全否定《草堂詩餘》之偏見眼光，明人對待《草堂詩
餘》之態度似乎客觀許多，他們對《草堂詩餘》並非一味盲目崇拜，
有許多詞家在接受《草堂詩餘》同時，也對它進行批判與改造。清代
與近代論者將明詞之衰敗歸咎於《草堂詩餘》之流行，此說法實有待
商榷。

（三）選詞概況

　　《草堂詩餘別錄》分前集一卷，後集一卷，前集吳文節錄唐宋詞
三十九首，後集錄四十首，全書共收七十九首，表格中凡見「*」者，
表示張綖欲刪者，選詞內容如下表：〔註43〕

時　代	作　　者	作　　　　品
唐五代 共四闋	韋　莊：1闋	〈小重山〉（一閉昭陽春又春）
	鹿虔扆：1闋	〈臨江仙〉（金鎖重門荒院靜）
	馮延巳：1闋	〈謁金門〉（風乍起）
	李　煜：1闋	〈浪淘沙〉（簾外雨潺潺）

〔註42〕明・沈際飛批點：《古香岑草堂詩餘》（明崇禎太末翁少麓刊本，台
　　　北：國家圖書館藏）。
〔註43〕此表作者順序按作者入選闋數多寡排序，闋數同者，再按時代順序
　　　排序。

北宋 共四十七闋 (*-9)	蘇　軾：13闋(*-3)	〈西江月〉（照野瀰瀰淺浪）、〈蝶戀花〉（花褪殘紅青杏小）、〈阮郎歸〉（綠槐高柳咽新蟬）*、〈賀新郎〉（乳燕飛華屋）*、〈水調歌頭〉（明月幾時有）、〈南鄉子〉（霜降水痕收）、〈西江月〉（點點樓頭細雨）、〈念奴嬌〉（大江東去）、〈哨遍〉（為米折腰）、〈鷓鴣天〉（西塞山邊白鷺飛）、〈滿庭芳〉（相靉雕盤）*、〈八聲甘州〉（有情風、萬里捲潮來）、〈卜算子〉（缺月掛疏桐）
	秦　觀：6闋(*-2)	〈滿庭芳〉（曉色雲開）、〈踏莎行〉（霧失樓臺）、〈風流子〉（東風吹碧草）*、〈八六子〉（倚危亭）、〈水龍吟〉（小樓連苑橫空）*、〈江城子〉（西城楊柳弄春柔）
	黃庭堅：3闋(*-1)	〈驀山溪〉（鴛鴦翡翠）*、〈水調歌頭〉（瑤草一何碧）、〈西江月〉（斷送一生惟有）
	賀　鑄：3闋	〈青玉案〉（凌波不過橫塘路）、〈望湘人〉（厭鶯聲到枕）、〈臨江仙〉（巧翦合歡羅勝子）
	晏　殊：2闋(*-1)	〈玉樓春〉（綠楊芳草長亭路）、〈浣溪沙〉（青杏園林著酒香）*
	歐陽脩：2闋	〈蝶戀花〉（簾幙風輕雙語燕）、〈生查子〉（含羞整翠鬟）
	謝　逸：2闋	〈千秋歲〉（楝花飄砌）、〈玉樓春〉（弄晴數點梨梢雨）
	林　逋：1闋	〈點絳唇〉（金谷年年）
	柳　永：1闋(*-1)	〈傾酒盃〉（禁漏花深）*
	張　先：1闋	〈天仙子〉（水調數聲持酒聽）
	李　冠：1闋	〈蝶戀花〉（遙夜亭皋閒信步）
	解　昉：1闋	〈永遇樂〉（風暖鶯嬌）
	章　楶：1闋	〈水龍吟〉（燕忙鶯懶花殘）
	王　雱：1闋	〈倦尋芳〉（露晞向晚）
	王安石：1闋	〈漁家傲〉（平岸小橋千嶂抱）
	晏幾道：1闋	〈生查子〉（金鞍美少年）
	李元膺：1闋	〈洞仙歌〉（雪雲散盡）
	仲　殊：1闋	〈訴衷情〉（湧金門外小瀛洲）

	晁無咎：1闋	〈洞仙歌〉（青煙簾幕）
	周邦彥：1闋	〈解語花〉（風銷焰蠟）
	陳　瓘：1闋(*-1)	〈青玉案〉（碧空暗淡同雲繞）*
	徐　伸：1闋	〈二郎神〉（悶來彈雀）
	曹　組：1闋	〈如夢令〉（門外綠陰千頃）
南宋 共二十三闋 (*-4)	辛棄疾：3闋(*-1)	〈鷓鴣天〉（枕簟溪堂冷欲秋）、〈金菊對芙蓉〉（遠水生光）*、〈水龍吟〉（渡江天馬南來）
	李清照：3闋(*-1)	〈浣溪沙〉（小院閒窗春色深）、〈如夢令〉（昨夜風疏雨驟）、〈武陵春〉（風住塵香花已盡）*
	葉夢得：2闋	〈醉蓬萊〉（問東風何事）、〈念奴嬌〉（洞庭波冷）
	向子諲：1闋	〈鷓鴣天〉（紫禁煙花一萬重）
	呂本中：1闋	〈滿江紅〉（東里先生）
	李　玉：1闋	〈賀新郎〉（篆縷銷金鼎）
	陳與義：1闋	〈臨江仙〉（憶昔午橋橋上飲）
	吳　億：1闋(*-1)	〈燭影搖紅〉（樓雪初消）*
	岳　飛：1闋	〈小重山〉（昨夜寒蛩不住鳴）
	曾　覿：1闋	〈金人捧露盤〉（記神京、繁華地）
	張　掄：1闋	〈燭影搖紅〉（雙闕中天）
	陸　淞：1闋	〈瑞鶴仙〉（臉霞紅印枕）
	甄龍友：1闋(*-1)	〈賀新郎〉（思遠樓前路）*
	陸　游：1闋	〈水龍吟〉（摩訶池上追遊路）
	朱　熹：1闋	〈憶秦娥〉（雲垂幕）
	陳　亮：1闋	〈水龍吟〉（鬧花深處層樓）
	鄭　域：1闋	〈念奴嬌〉（嗟來咄去）
	宋自遜：1闋	〈賀新郎〉（靈鵲橋初就）
宋代 共五闋	無名氏：5闋	〈魚遊春水〉（秦樓東風裏）、〈長相思〉（紅滿枝）、〈謁金門〉（春雨足）、〈秋霽〉（虹影侵堦）、〈青玉案〉（人生南北如岐路）

《草堂詩餘別錄》經張綎刪定後，除五闋無名氏作品外，共收唐五代詞四闋、北宋詞三十八闋、南宋詞十九闋，就其選詞時代看，張綎偏嗜北宋詞。所選詞作風格中僅見蘇軾〈念奴嬌〉（大江東去）一闋豪放詞外，其餘均為婉約風格，婉約而不流於俗艷為其選詞主要標準。

（四）崇雅黜俗之選詞標準

《草堂詩餘別錄》為《草堂詩餘》之縮編本，在《草堂詩餘》有題名之作品中，北宋詞約佔 60%，南宋詞佔 24%，唐五代詞約佔 4%，選詞時代以北宋為主。《草堂詩餘別錄》選詞七十九闋，扣除張綎認為應「刪」之十三首作品，《草堂詩餘別錄》共選詞六十六首，唐五代詞僅四闋，其餘均宋詞，其中扣除無名氏作品，則北宋詞凡四十一首，南宋詞凡十六闋，即北宋詞約佔 62%，南宋詞約佔 24%，唐五代詞約佔 6%，比例與《草堂詩餘》相近，選詞時代均以北宋為主，可稱為北宋系統之詞選。

再就《草堂詩餘》與《草堂詩餘別錄》所選之作者偏向進行比較。《草堂詩餘》、《草堂詩餘別錄》所選首數最多之前十名作者分別為：

	作者、首數
《草堂詩餘》	周邦彥 45 首、蘇軾 21 首、柳永 17 首、秦觀 14 首、歐陽脩 10 首、康與之 9 首、辛棄疾 8 首、黃庭堅 5 首、李清照 5 首、胡浩然 5 首
《草堂詩餘別錄》	蘇軾 10 首、秦觀 4 首、賀鑄 3 首、黃庭堅 2 首、辛棄疾 2 首、歐陽脩 2 首、謝逸 2 首、葉夢得 2 首、李清照 2 首

比較二書所選之作品，《草堂詩餘》以收周邦彥詞最夥，而《草堂詩餘別錄》卻只收一首。另，《草堂詩餘》選柳永詞十七首，入選詞數僅次於周邦彥、蘇軾而名列第三；《草堂詩餘別錄》卻只收一首，且此詞為張綎欲刪去者。除周邦彥、柳永二人外，其他並無太大

差異。

　　《草堂詩餘》廣收周邦彥與柳永詞，而明代諸多《草堂詩餘》家族詞選，選詞雖多有更動，然均以周邦彥、蘇軾、秦觀、柳永詞爲選本中之大宗，惟張綖《草堂詩餘別錄》一反常態，僅選周、柳詞各一首。此現象十分特殊，有論者認爲張綖所見周、柳二家詞不多，故未能大量輯入《草堂詩餘別錄》中；或認爲張綖有鑒於清眞詞曲高合寡，不宜爲填詞者範式，故不願大量選入詞選中。指張綖未得見足夠之清眞詞〔註44〕，而「不能」收入詞選中，此說法不可成立，原因之一爲《草堂詩餘別錄》既據《草堂詩餘》爲底本，因此，張綖至少已得見四十餘首清眞詞；原因之二爲張綖另一本譜體詞選《詩餘圖譜》選柳永詞十三首，其數量僅次於張先詞十五首，而周邦彥詞亦有七首詞入選，入選詞數爲諸家詞人中第七位，周、柳二家詞於《詩餘圖譜》所占比例甚高，是以張綖於《草堂詩餘別錄》未大量選入周、柳二家詞，非不能也，實不欲也。

　　《詩餘圖譜》雖兼有詞選性質，然選詞標準以形式格律爲主，內容格調爲輔；而《草堂詩餘別錄》既爲詞選，自然以詞之內容格調爲選詞之主要標準。從二書所選周邦彥、柳永詞之情況來看，可推斷張綖認同周、柳二家形式格律之工，而對於周、柳二家詞內容格調則有微詞。

　　在《草堂詩餘別錄》中錄柳永〈傾酒盃〉（禁漏花深）一詞，然此詞爲張綖所欲刪削者，其評云：「有點，刪。詞亦流暢，但稍似近俗，元宵詞佳者甚多，此可以削。」從此句評語中可知張綖以「雅」、「俗」作爲選詞標準，「凡有井水飲處，即能歌柳詞。」羈旅行役、登高望遠之雅詞妙境在柳永詞中僅爲少數，餘多淺俚近俗，而

〔註44〕曹濟平先生認爲：「宋人詞及經過宋亡元末的戰爭動亂，散失很多，有些別集是他所不能看到的。例如，宋錢希武刻的《白石道人歌曲》六卷本，就不可能看到……姜夔詞一首未選。這就是受到時代條件的限制。」參見曹濟平撰：〈略論張綖及其《詩餘圖譜》〉一文（《汕頭大學學報》，人文科學版，1998年第1、2期），頁88。

張綖評詞重雅俗之辨，柳永俗詞自然非其所偏愛，表現出崇雅黜俗之
詞學觀。

至於《草堂詩餘別錄》僅選一首清眞詞，張綖對此有一番說明，
於周邦彥〈解語花〉（風銷焰蠟）詞後附云：

> 無點，錄。來教謂草堂詞多取周美成諸公麗語，如詩尚晚
> 唐，亦何貴也，信如尊諭。愚按美成詞正爲不能麗耳。夫
> 麗者豈在紈綺珠翠乎？不假鉛華而光彩射人，意態殊絕
> 者，天下之麗也。故西施衣毛褐而國人稱美；秦蘭服敝襦
> 而陶穀心醉。今美成多取古人綺語，餖飣成篇，種種皆備，
> 而飄洒之風、雋永之味，獨其所少。如富室女服飾雖勝，
> 欠天然嫵媚耳，但其人長於音律，所作諧聲歌弦管，無所
> 沾滯，故爲詞家所宗。先輩嘗稱其爲詞人中之甲乙者，以
> 此也。

張綖認爲清眞爲詞家所宗者，在於音律之長，至於其詞作內容則「多
取古人綺語，餖飣成篇。」是以空有「紈綺珠翠」外表，雖多麗語而
實「不能麗」，且缺乏「飄洒之風、雋永之味。」圖譜選詞重音律，
詞選選詞重內容，因此，清眞詞於《詩餘圖譜》中之地位顯赫，然於
《草堂詩餘別錄》中則不受青睞。

《草堂詩餘別錄》刻意降低柳永、周邦彥詞之地位，實深具意
義，鮮明端出選家立場與審美標準。張綖於《草堂詩餘別錄‧序》中
即開宗明義表明以「平和高麗」爲選詞標準，而在張綖心中柳永詞俚
俗，是爲不「高」；清眞詞「假鉛華」，「正爲不能麗」，因此一反時俗，
大量刪除《草堂詩餘》中之周、柳詞。此外，《草堂詩餘別錄》僅收
唐五代詞五闋，此五闋詞俱婉麗而不艷，全書表現出崇雅黜俗、崇麗
黜艷之選詞標準。

（五）評點內容簡評

此節簡略介紹張綖評點內容方式，並對其選詞眼光作一概略綜
評，至於評點內容中詳細之詞學理論、詞體觀點等諸問題則留待其下

一章論述，以完整呈現張綖詞學理論。關於評點文學之定義，《中國
評點文學史》中有詳細說明：

　　評點文學是一種由批評和文學作品組合而成又同時並存的
　　特殊現象，具有批評和文學的雙重含意。它既是一種批評
　　方式，同時又是一種文學形式；既是一種與文學形式密切
　　相關、結合在一起的文學批評形式，同時又是一種含有批
　　評成分、與批評形式連爲一體的文學形式。因爲通常來說，
　　文學批評和文學作品儘管都屬文學領域之內，但卻是兩種
　　屬性，兩種文本。而評點文學則是把這兩種不同屬性的文
　　學現象組合在一起。所以，評點文學是一種兼有文學批評
　　和文學作品雙重屬性的特殊文學型態。〔註45〕

張綖《草堂詩餘別錄》於所選七十八首詞後，均予評論、箋注，符合
評點文學「具有批評和文學的雙重含意」定義，因此，此書雖無「點」
之符號，卻仍可將其視爲「評點文學」。

　　過去由於《草堂詩餘別錄》流傳不廣，使學者多忽略張綖評點詞
學價值，一般論者多以爲與張綖同時之楊愼爲明代詞集評點第一
人，如《明代評點詞集研究》云：「嘉靖時期的評點詞集僅有一部，
也正是明代的第一部——楊愼所評點的《草堂詩餘》，開啓了評點詞
集的盛行。」〔註46〕張綖、楊愼雖爲同時代人，然張綖《草堂詩餘別
錄》成書於嘉靖十七年，而楊愼所評之《草堂詩餘》成書時代則在嘉
靖二十九年之後〔註47〕，因此，張綖《草堂詩餘別錄》實爲第一部明
代評點詞集，開啓評點詞集之盛行，此書於詞壇之地位與重要性不言
可喻。

〔註45〕孫琴安撰：《中國評點文學史》（上海：上海社會科學院出版社，1999
　　　　年6月），頁1～2。
〔註46〕謝旻琪撰：《明代評點詞集研究》（王師偉勇先生指導，東吳大學中
　　　　國文學研究所碩士論文，92學年度），頁10。
〔註47〕楊愼所評點之《草堂詩餘》乃依據明・嘉靖二十九年所刊行之顧從
　　　　敬《類編草堂詩餘》一書（此說可參見陶子珍撰：《明代詞選研究》
　　　　〔黃文吉教授指導，東吳大學中國文學研究所博士論文，2000年〕，
　　　　頁54～55）。因此可知楊愼評點詞集當在嘉靖二十九年之後。

　　評點爲一種隨閱隨批之批評模式，應用於詩歌、散文則多爲眉批、尾批、旁批、題下批、夾批等形式，以下先抄錄一段有關評點批評模式之評論：

> 這種評點法在形式上三言兩語，有話即長，無話即短，靈活自由，隨意多樣，易於爲人運用；在內容上能畫龍點睛，抓住要害，精闢入里，深刻警策，點到爲止，含蓄雋永，能給人以啓迪。同時，這種批評方式還帶有一定的藝術性和審美性，使語言與文體形式都變得輕鬆、活潑、生動、形象，具有較強的藝術感染力和可讀性。但是評點法也是採取分割式將作品對象割裂開來進行批評，因此只是局部的、個別的、片段的批評，很難形成對作品全面、完整、系統的批評。況且在評點中雜有本事、軼事的記載，雜有考證、注疏，甚至一則評點中涉及多個作家，多種作品因而難避雜亂、零碎之嫌；而且在方法形式和運用上都缺乏規範和限制，隨意性太強，過於自由散漫，因而評點法也難以規範爲某一種具體操作方法和形成某一種模式，難以進一步發展。〔註48〕

張綖《草堂詩餘別錄》雖爲評點詞集，然其評點方式卻較一般評點文學來得嚴謹，首先，一般評點文學均隨閱隨批，並非每首作品後均有品評，如第一部評點詞集宋・黃昇《花庵詞選》，僅有少數詞有評注，而第二本評點詞集——張綖《草堂詩餘別錄》卻於每首詞後均予批注，且其形式僅尾批一端。再者，一般評點文學之評點內容多「三言兩語」，如評一首詩詞時往往僅評「雅練」、「章法妙」、「淡永」、「不著力」等一二語，而張綖所評之內容雖亦「有話即長，無話即短，靈活自由，隨意多樣」，然評詞內容長度較爲平均，每闋詞後俱有詞評，每則詞評少則十餘字，多則數百字，均爲完整句子。從此二點看，張綖評點詞集之性質顯然與隨性漫注有所不同，其性質介於評點與詞話

〔註48〕張利群撰：〈中國古代文藝批評方法論研究〉（《海南大學學報》，社會科學版，1994年第4期，頁55～60），頁59。

間，不似一般評點之自由、零散，亦未及詞話之系統、全面，此為張綖評點詞學之一大特色。《草堂詩餘別錄》中之評點主要可分為品評、論述、箋注、紀事四大內容。

　　具有詞選及評點雙重身分的《草堂詩餘別錄》，張綖選詞眼光如何也是需要探討的一大問題。趙尊嶽論此書：「不得遽謂能去其瑕玼也。」由於趙氏對此書體例之誤判而有重新評估之必要。趙氏所認知之《草堂詩餘別錄》選詞七十九首，扣除張綖認為應「刪」的作品，實為六十六闋，故今欲針對張綖選詞眼光加以批評，實應以六十六闋詞為基礎方屬妥當，以下針對張綖所刪之十三首詞中有爭議者而論，重新檢視《草堂詩餘別錄》是否誠如趙先生所言：「不得遽謂能去其瑕玼也。」

　　張綖刪東坡詞三首，其中〈滿庭芳〉詞如下：
　　　　香靉雕盤，寒冰生筯，畫堂別是風光。主人情重，開宴出紅粧。膩玉圓搓素頸，藕絲嫩、新織仙裳。雙歌罷，虛檐轉月，餘韻尚悠颺。　　人間，何處有，司空見慣，應謂尋常。坐中有狂客，惱亂愁腸。報道今釵墜也，十指露、春筍纖長。親曾見，全勝宋玉，想像賦高唐。
此詞作於王督尉晉卿西園雅集席上，蘇軾賦此〈滿庭芳〉予晉卿歌姬囀春鶯，通首寫筵席之樂，歌姬之美，其中「膩玉圓搓素頸」更直接截取柳永〈晝夜樂〉（秀香家住桃花徑）：「層波係窈明眸，膩玉圓搓素頸」，張綖評此詞云：「有點，刪。乘興率意之作，苦無思致，不錄可也。」蘇軾詞情動人、較此詞佳者甚多，刪去此詞可謂妥當。

　　在張綖點刪作品中，如上所述或能去其「瑕玼」一二，然亦有佳作不應刪而刪者，如〈阮郎歸〉詞：
　　　　綠槐高柳咽新蟬。薰風初入弦。碧紗下水沉煙。棋聲驚晝眠。　　微雨過，小荷翻。榴花開欲燃。玉盆纖手弄青泉。瓊珠碎又圓。
又〈賀新郎〉詞云：
　　　　乳燕飛華屋，悄無人、桐陰轉午，晚涼新浴。手弄生綃白

團扇，扇手一時似玉。漸困倚、孤眠清熟。簾外誰來推繡
戶，枉教人、夢斷瑤臺曲。又卻是，風敲竹。　　石榴半
吐紅巾蹙。待浮花、浪蕊都盡，伴君幽獨。穠艷一枝細看
取，芳心千重似束。又恐被、秋風驚綠。若待得君來，向
此花前，對酒不忍觸。共粉淚，兩簌簌。

張綖評此二詞云：「有點，刪。二詞在坡非其至」〔註49〕，前一首詞
確無特出之處，的確「在坡非其至」。然後一首即使非坡之至，亦可
謂佳作。清・沈際飛《草堂詩餘正集》云：「換頭單說榴花。高手作
文，語意到處即為之，不當限以繩墨。」又云：「榴花開、榴花謝，
以芳心共粉淚想像，詠物妙境。」又云：「凡作事或具深度，或即時
事，工與不工，則作手之本色，自莫可掩。」〔註50〕又如清・黃蓼園
《蓼園詞選》評此詞云：「前一闋，是寫所居之幽僻。次闋，又借榴
花，以比此心蘊結，未獲達於朝廷，又恐其年已老也。末四句，是花
是人，婉曲纏綿，耐人尋味不盡。」〔註51〕詞中技巧先寫人，後再擺
脫人純詠花，內容則隱含「君臣遇合」之意，感嘆「浮花浪蕊」蠱惑
君主，當時東坡仕途多舛，因此借佳人失時之態，寄政治失時之
嘆，清代譚獻評此詞云：「頗欲與少陵〈佳人〉一篇互證。下闋別開
異境，南宋惟稼軒有之，變而近正。」〔註52〕同樣借美人寄身世之
慨，杜甫筆下的佳人清貧脫俗，東坡一轉而為雍容婉約的美人，華美
精緻的背景更適合詞境，寓意深遠的含意則拓展了詞的境界。而張綖
僅以「在坡非其至」一語帶過，可想見張綖並未意會出詞中深意，辜
負「香草美人」背後所寄託的人生感慨、憂國憂民之思，刪去此詞殊
為可惜。

　　除蘇軾詞外，吳文節所點取三首李清照詞中，張綖刪去其中一

〔註49〕《草堂詩餘別錄》，頁32。
〔註50〕明・沈際飛批點：《古香岑草堂詩餘》（明崇禎太末翁少麓刊本，台
　　　　北：國家圖書館藏）。
〔註51〕清・黃蓼園撰：《蓼園詞話》（《詞話叢編》，冊4），頁3092。
〔註52〕清・周濟選，譚獻評：《詞辨》，見程千帆主編：《清人選評詞集三種》
　　　　（濟南：齊魯書社，1988年9月），頁178。

首，刪去者為〈武陵春〉，其詞如下：

> 風住塵香花已盡，日晚倦梳頭。物是人非事事休。欲語淚
> 先流。　　聞說雙溪春尚好，也擬泛輕舟。只恐雙溪舴艋
> 舟。載不動、許多愁。

張綖評此詞云：

> 有點，刪。易安名清照，尚書李格非之女，適宰相趙挺之
> 子明誠，嘗集《金石錄》千卷，比諸六一所集，更倍之矣！
> 所著有《漱玉集》〔註 53〕，朱晦庵亦亟稱之，後改適人，
> 頗不得意，此詞「物是人非事事休」，正詠其事。水東葉文
> 莊謂李公不幸而有此女，趙公不幸而有此婦，詞固不足錄
> 也。結句稍可誦，朱淑真「可憐禁載許多愁」祖之，豈女
> 葷相傳心法耶！〔註54〕

李清照於紹興四年避亂金華，紹興五年歸臨安，此詞寫雙溪，故應作
於紹興五年，當時李清照已五十二歲，在飽受流離、戰亂之苦後作
〈武陵春〉，其「載不動」之愁，隱含著夫妻永別之恨、顛沛流離之
苦、家國破碎之愁。而「物是人非事事休」之「人非」並非僅張綖所
云詠「改適人，頗不得意」之事，「人非」所涵蓋之情，應自個人之
感擴及至家徙國遷之慨。且張綖引葉文莊語云：「李公不幸而有此
女，趙公不幸而有此婦」，顯見張綖亦有蔑視李清照改嫁之事，由於
張綖對李清照存有偏見，故評其詞時，往往忽略女詞人悲嘆己身境遇
時，同時也反映出的家破國碎之恨，只以是否「曲折婉約有味」〔註55〕
或「委曲精工」、「含蓄無窮」〔註 56〕等作詞手法為評斷依據，完全
未意會李清照之詞中深味，與女詞人相比，張綖眼界顯得更為狹

〔註53〕中科本《草堂詩餘別錄》本作《漱石集》，誤。據林玫儀先生所著〈罕
　　　　見詞話——張綖《草堂詩餘別錄》〉，頁 207，注釋 89 所云，上圖本
　　　　作《漱玉集》不誤。

〔註54〕《草堂詩餘別錄》，頁 20～21。

〔註55〕張綖於《草堂詩餘別錄》中評李清照〈浣溪沙〉（小院閑窗春色重）
　　　　之語。見《草堂詩餘別錄》，頁 6。

〔註56〕張綖於《草堂詩餘別錄》中評〈如夢令〉（昨夜風疎雨驟）之語。見
　　　　《草堂詩餘別錄》，頁 20。

促、膚淺。

由以上論述可見《草堂詩餘別錄》最大問題不在「不得遽謂能去其珷玞也」，而在「誤刪美玉瓊瑤」也。

五、張刻《淮海集》

張綖曾刻秦觀《淮海集》一書，共分前集四十卷、後集六卷、長短句三卷，凡四十九卷，刻於嘉靖十八年（西元 1538 年）間鄂州任所之時，其自序云：「北監舊有集板，歲久漫漶；近日山東新刻不全，予迺以二集相校，刻之郡齋。」每卷後有「張綖校正」一行，後集末有「謄寫史工刊工七人」一行。《四庫全書》與《四部叢刊》均據此版本，今人亦重之，如包根弟先生《淮海居士長短句箋釋》〔註57〕即以張本為底本。今將張本與宋本內容差異處作一比較圖表如下，「字元網底」處標示出二者不同：

版本 詞牌	明嘉靖己亥張綖鄂州刻 《淮海居士長短句》 〔註58〕	宋乾道癸巳高郵軍學本 《淮海居士長短句》
〈望海潮〉（星分牛斗）	「朱簾十里春風」、 「寧論雀馬魚龍」	「珠簾十里東風」、 「寧論爵馬魚龍」
〈望海潮〉（秦峰蒼翠）	「茂草荒臺」	「茂草臺荒」
〈望海潮〉（奴如飛絮）	「紅粉脆痕」	「紅粉翠痕」
〈水龍吟〉 （小樓連苑橫空）	「小樓連苑橫空」、 「疎簾半捲」	「小樓連遠橫空」、 「朱簾半捲」
〈夢揚州〉（晚雲收）	「惻惻輕寒如秋」、 「殢酒困花」	「惻惻輕寒似秋」、 「殢酒為花」
〈雨中花〉 （指點虛無征路）	「見天風吹落，滿空寒。 皇女明星迎笑」、「在天碧 海」	「正天風吹落，滿空寒 白。玉女明星迎笑」、「任 青天碧海」

〔註57〕包根弟先生撰：《淮海居士長短句箋釋》（台北：嘉新水泥公司，1972
年出版）。

〔註58〕國家圖書館藏，微卷資料。

〈長相思〉（鐵甕城高）	「幸于飛、鴛鴦未老<u>不</u>。」	「幸于飛、鴛鴦未老，<u>不應</u>同是悲秋。」
〈江城子〉 （西城楊柳弄春柔）	「飛絮落花時<u>候</u>一登樓」	「飛絮落花時<u>節</u>一登樓」
〈江城子〉 （棗花金釧日柔蔫）	「和淚鎖<u>金</u>閨」	「和淚鎖<u>春</u>閨」
〈減字木蘭花〉 （天涯舊恨）	「任是東風吹不<u>轉</u>」	「任是東風吹不<u>展</u>」
〈醜奴兒〉 （夜來酒醒清無夢）	「佳<u>人</u>別後音塵悄」	「佳<u>期</u>別後音塵悄」
〈阮郎歸〉 （宮腰裊裊翠鬟鬆）	「<u>更</u>有<u>限</u>，恨無窮」	「<u>身</u>有<u>恨</u>，恨無窮」
〈阮郎歸〉 （瀟湘門外水平鋪）	「那堪腸<u>也</u>無」	「那堪腸<u>已</u>無」
〈滿庭芳〉（北苑研膏）	「<u>年</u>扶起燈前」	「<u>便</u>扶起燈前」
〈滿庭芳〉（曉色雲開）	「驟雨<u>方</u>過還晴。高臺芳 樹」、「寂寞<u>不蕪成</u>」	「驟雨<u>才</u>過還晴。<u>古</u>臺芳 樹」、「寂寞<u>下蕪城</u>」
〈滿庭芳〉（雅燕飛觴）	「開<u>尊</u>試、一品<u>奔</u>泉」	「開<u>瓶</u>試、一品<u>香</u>泉」
〈桃源憶故人〉 （玉樓深鎖薄情種）	「悶<u>即</u>和衣擁」、 「驚破一番<u>新</u>夢」	「悶<u>則</u>和衣擁」、 「驚破一番<u>春</u>夢」
〈調笑令・樂昌公主〉 詩曰（金陵往昔帝王州） 曲子（輦路）	詩「越公萬騎鳴<u>笳</u>鼓」、 曲子「舊愛新歡誰<u>為</u>主」	詩「越公萬騎鳴<u>簫</u>鼓」、 曲子「舊愛新歡誰<u>是</u>主」
〈調笑令・崔徽〉 曲子（翡翠）	「羅衣<u>深</u>夜與門吏」	「羅衣<u>中</u>夜與門吏」
〈調笑令・無雙〉 詩（尚書有女名無雙）	「<u>伊</u>家仙客最明俊」	「<u>秘</u>家仙客最明俊」
〈調笑令・灼灼〉 詩（錦城春暖花欲飛）	「自言那<u>得</u>傍人知」	「自言那<u>復</u>傍人知」
〈調笑令・盼盼〉 詩（百尺樓高燕子飛）	「<u>回</u>望舊恩空戀戀」	「<u>惟</u>望舊恩空戀戀」
〈調笑令・崔鶯鶯〉 詩（崔家有女名鶯鶯）	「明月拂墻花<u>影</u>動」	「明月拂墻花<u>樹</u>動」

〈品令〉（掉又懼）	「掉又<u>懼</u>」、 「見了無<u>限</u>憐惜」	「掉又<u>燿</u>」、 「見了無<u>門</u>憐惜」
〈好事近〉 （春路雨添花）	「飛雲當面<u>化龍蛇</u>」（明・ 郎瑛《七修類稿》亦作化）	「飛雲當面<u>舞龍蛇</u>」

以張本與宋本相較，不同者凡三十四處，有五條明顯為張本之誤，如「紅粉翠痕」誤為「紅粉脆痕」；「和淚鎖春閨」誤為「和淚鎖金閨」、「任是東風吹不展」從上下文看，為形容美人深鎖眉頭之句，應以「展」為是，而非張本所作之「任是東風吹不轉」；「便扶起燈前」誤為「年扶起燈前」；「掉又燿」誤作「掉又懼」之類。

另有為張本較正確者，如宋本「茂草臺荒」，張本作「茂草荒臺」，以文意與對仗句式來看，以張本為宜；張本「佳人別後音塵悄」亦較「佳期別後音塵悄」佳；戰場上所鳴者應為笳鼓，而非簫鼓，故張本「越公萬騎鳴笳鼓」較宋本「越公萬騎鳴簫鼓」合理。張本「明月拂墻花影動」句，按原典故所據及其意境優劣上判斷，均較宋本作「明月拂墻花樹動」佳。張本「見了無限憐惜」，宋本作「見了無門憐惜」，何者正確，不言而喻。張綖所刻之《淮海集》雖有不少錯誤，然自有其可參考處，《淮海集》之各種版本中，張本自有其價值，此正為《四庫全書》、《四部叢刊》均以張本為底本之原因。

六、註解杜詩及其他

張綖極為仰慕杜甫，因此曾註解杜甫詩作，明嘉靖十七年（西元1538年）自刻《杜詩釋》三卷，《杜詩本義》四卷，專門闡述杜甫七言律詩。《杜詩通》十六卷，以元・范梈（德機）批點杜詩三百十一篇為範圍逐首訓釋，《四庫全書總目・〈杜詩通〉提要》稱此書：「每首先明訓詁名物，後詮作意。頗能去詩家鉤棘穿鑿之說，而其失又在於淺近。本義二卷，釋七言律詩，大抵順文演意，均不能窺杜之藩籬也。」〔註59〕

〔註59〕清・紀昀等奉敕撰：《四庫全書總目提要》（台北：台灣商務印書館，

《入楚吟》一卷，張綖撰，據《明別集版本志》記載：

《入楚吟》一卷。

明張綖撰。

明嘉靖十七年蔣芝刻本。

十行十九字，白口，四周單邊。刻工：熊楚。

卷端不鐫著者名氏。

嘉靖戊戌（十七年）許樾《南湖入楚吟敘》，汪必東《南湖
入楚吟序》，張綖《南湖入楚吟》識記，嘉靖戊戌蔣芝《敘
楚吟後》。許敘曰：「余識南湖張子，扣其所鳴，淵乎其深
不可涯已，入楚諸作刻之百潭蔣氏（芝）……」

張綖，字世文，號南湖，高郵人，正德癸酉（八年）舉人，
王陽明門人，官至光州知州。〔註60〕（國家圖書館藏）

此外，宋・楊憶等撰《西昆酬唱集》二卷，亦有張綖於明嘉靖十六年
（西元 1537 年）張綖「玩珠堂」刻本。此本半頁十二行，行二十字。
版心上方有「玩珠堂」三字，前有嘉靖丁酉年張綖序，楊憶自序，次
酬唱詩人姓氏一頁，此書藏於北京圖書館〔註61〕。

1983 年初版）。

〔註60〕崔建英輯、賈衛民、李曉亞整理：《明別集版本志》（北京：中華書
局，2006 年 7 月第一版第一刷），頁 163。

〔註61〕見王澄撰：《揚州刻書考》（揚州：廣陵書社，2003 年 8 月第一版第
一刷），頁 24～25。

附錄一：《草堂詩餘別錄》中誤題、缺題作者之詞

詞　　　作	所題作者姓名	
	《草堂詩餘別錄》	《全唐五代詞》〔註62〕《全宋詞》〔註63〕
〈魚游春水〉（秦樓東風裏）	無	無名氏
〈浣溪沙〉（小院閑窗春色深）	歐陽脩	李清照
〈如夢令〉（門外綠陰千頃）	無	曹　組
〈瑞鶴仙〉（臉霞紅印枕）	歐陽脩	陸　淞
〈蝶戀花〉（簾幙風輕雙語燕）	晏　殊	歐陽脩
〈浣溪沙〉（青杏園林煮酒香）	無	晏　殊
〈長相思〉（紅滿枝）	無	無名氏
〈謁金門〉（春雨足）	無	無名氏
〈鷓鴣天〉（枕簟溪堂冷欲秋）	無	辛棄疾
〈賀新郎〉（思遠樓）	劉克莊	甄龍友
〈憶秦娥〉（雲垂幙）	無〔註64〕	朱　熹
〈秋霽〉（虹影侵堦）	陳後主	無名氏
〈青玉案〉（人生南北如岐路）	吳彥高	無名氏
〈念奴嬌〉（嗟來咄去）	無	鄭　域
〈西江月〉（斷送一生）	陳師道	黃庭堅
〈生查子〉（含羞整翠鬟）	張　先	歐陽脩

〔註62〕曾昭岷、曹濟平、王兆鵬、劉尊明主編：《全唐五代詞》（北京：中華書局，1999年12月第一版第一刷）。
〔註63〕唐圭璋編：《全宋詞》（台北：宏業書局，1985年10月初版）。
〔註64〕詞後之評注有云：「此朱文公所作。」

第三章　明代中葉詞壇概述

　　詞，經過兩宋巔峰時期，即盛極而衰，而元曲、明傳奇又成爲一代文學，因此相較於兩宋，以及清詞復興，理論大盛，明詞的確顯得沉靜許多。過去學者多稱明代爲詞史中衰期，如吳衡照云：「蓋明詞無專門名家，一二才人如湯用修、王元美、湯義仍輩，皆以傳奇手爲之，宜乎詞之不振也。」〔註1〕

　　然明詞人之眾，詞作之豐，並非全無可觀，實不可遽以荒蕪視之，有待吾人披沙揀金。清・胡應宸《蘭皋明詞匯選・明詞匯選敘》評明詞即云：「其間有若太華竦峙，辟律莫攀者，立格高也；有若黃河曲折，溯源星宿者，命意遠也；有若芳蘭空谷，黝然以深者，取徑幽也；有若帶露朝花，香艷襲人者，造語鮮也；有若擲地金聲，鏗鏘協律者，煉字響也。其閨情，則嬌花寵柳而不入淫；其賦物，則弄月嘲風而不失遠。其贈別，則南浦渭陽而不過傷；其感懷，則集筑悲風而不怨。」〔註2〕故明詞之美，如匣中美玉，不打開蒙塵匣蓋，將如何評價、如何品味？

　　張綖爲成化至嘉靖年間人（西元 1487～1544 年），張仲謀先生於

〔註1〕清・吳衡照撰：《蓮子居詞話》，卷三（《詞話叢編》，台北：新文豐出版公司，1988 年 2 月台一版），冊 5，頁 2461。

〔註2〕清・顧璟芳、李葵生、胡應宸編選：《蘭皋明詞匯選》（曾昭岷審訂，王兆鵬校點，瀋陽：遼寧教育出版社，1998 年 3 月初版），頁 3。

《明詞史》中，將明弘治至嘉靖（西元 1488～1566 年）朝視爲明詞之中興期。蓋永樂以降，至明中葉成化年間，朱明帝王爲鞏固封建專制統治，迫害殘殺文人才士、興八股科舉、崇朱學、倡陰教，一連串嵌制文人思想的政策，掃盡元末自由活潑的氣象，思想文化生氣索然，百餘年間均籠罩於僵化、保守之時代氛圍中。政治因素對文人影響甚鉅，致使「明初詞壇，猶延宋元之舊，不乖于風雅。及永樂以後，則詞學一道，幾於榛蕪。」〔註3〕蕭鵬《群體的選擇——唐宋人選詞與詞選通論》中，論及此時期之詞壇概況云：

> 自永樂而下，至明代中葉成化、弘治年間，前後約百年，
> 爲明詞的醞釀和成形時期。在此期間，前代詞的詞籍尤其
> 是南宋人詞籍嚴重散佚，漸至形成《花間集》與《草堂詩
> 餘》的一統天下，「花草」成爲唐宋詞的代表和化身，成爲
> 千家萬戶所供奉的神祇；在此期間，明人的詞最終捨棄了
> 元詞的成份，真正蛻變和凝定爲「明詞」，體尊小令，格尚
> 香軟，思致淺鄙，語言爛熟。基本特徵爲淺（才識淺薄、
> 意境淺露、語言淺淡）、小（觀念上詞爲小道、體裁上崇尚
> 小令、境界上格局狹小）、艷（題材內容的淫艷香蒨與風格
> 上的淫艷香蒨）、俗（詞體混淆於曲體、情調鄙俗、語言爛
> 熟以及文人俗氣）四字。晚唐五代與北宋的艷詞，被用一
> 種非常市井化的眼光和方式所接受、所消化，並加以誇張
> 和改造。〔註4〕

然至明代中葉弘治朝之後，政治局面安定，統治者稍遏對文人之恐怖壓迫，加之以商業經濟復甦，新一代文人崛起，新思想取代舊思想，士大夫個體生命意識逐漸覺醒，追求身心自由與快樂，文人們開始反對科舉制度、擺脫傳統理學，明初文人奴性已不復見，思想文化重新活絡，社會與文學繁榮局面正式展開，夏咸淳先生對明代中葉思

〔註 3〕 張仲謀撰：《明詞史》（北京：人民文學出版社，2002 年 2 月第一版），頁 83。

〔註 4〕 蕭鵬撰：《群體的選擇——唐宋人選詞與詞選通論》（台北：文津出版社，1992 年 11 月初版），頁 229。

想學術復甦給予相當高之評價，嘗謂：「如果說，我國明代也存在文藝復興或啓蒙思想的話，那麼這一新潮蓋興於成、弘，鼎盛於隆、萬，洄蕩於明清之際。」〔註5〕這股類文藝復興之風，影響所及，使衰頹已久之詞壇步入中興期。

張仲謀先生於《明詞史》中，將明弘治、嘉靖年間稱爲明詞中興期，此一看法相當有見地。以下將分「著名詞家輩出」、「詞籍出版繁盛」、「崇尚婉約詞風」、「草堂諸編風靡」、「以曲爲詞嘗試」五點，說明明代中葉詞壇概況，以證明中葉時期爲明詞中興期之言不虛。

第一節　著名詞家輩出

此時期著名詞家輩出，在朝廷統治中心有夏言，於嘉靖間官至太子少師、吏部尚書、華蓋殿大學士，《桂洲集》刻於生前，作詞三百餘首，「詩餘小令，草稿未刪，已流布都下，互相傳唱。」〔註6〕詞名傳播一時，吳一鵬〈少傅桂洲詩餘序〉評其詞作云：「莊重典雅，婉麗清新」，皇甫汸爲其作序亦云：「天之生公，將以明盛世，緯國華，不徒詞人之甲乙而已。」爲人作序難免過譽，然仍可窺見夏言於當時詞壇之盛名。而王國維先生亦予夏言極高之評價，所謂：「有明一代，樂府道衰。《寫情》、《扣舷》，尚有宋元遺響。仁宣以後，茲事幾絕，獨文愍（夏言）以魁碩之才，起而振之。豪壯典麗，與于湖、劍南爲近。」〔註7〕夏言時與侍讀學士陸深、嚴嵩唱和往來，「前七子」吏部郎中王九思，雖以詩文名飛馳一世，然其《碧山詩餘》現存五十六首詞中，勇於嘗試各種風格，創造出另一番風致。復有任御史之顧潛、刑部尚書顧璘、吏部尚書周用均各擅勝場。

〔註5〕夏咸淳撰：《情與理的碰撞：明代士林心史》（保定：河北大學出版社，2001年11月第一版），頁201。

〔註6〕清‧錢謙益撰：《列朝詩集小傳》（台北：明文書局，1991年初版），頁236。

〔註7〕王國維撰：《人間詞話》（《詞話叢編》本），冊5，頁4272～4273。

　　朝廷之外，地方官如雲南永昌衛楊愼，周遜譽爲「當代詞宗」
〔註8〕，王世貞稱其「才情蓋世」，工力才情兼備，清俊雅麗，其詞話
著作《詞品》更確立他在明代詞壇的地位；濟州衛指揮陳鐸，詞曲兼
擅，作有追和唐宋人詞之《草堂餘意》，沈德符認爲「本朝詞手，似
無勝之者。」；山東提學副使戴冠著有《邃谷詞》，遍和朱淑眞《斷腸
詞》，情感深摯，時見佳句；湖廣參議吳子孝《玉霄仙明珠集》一百
八十首餘首詞，多首入選後代各明詞選中，詞風清疏雅潔，頗受後人
矚目；光州知州張綖詞作一百餘首，風流韻藉，當時有「再來少游」
之美稱；福建布政司右參議陳如綸、河南參政王愼中、長興縣丞吳承
恩等人之詞作，亦頗有可觀。

　　未仕進之民間文人、山林文人，其詞風貌更趨多元而活潑，如沈
周、唐寅、文徵明、祝允明等人之吳門畫派，其書畫足堪代表明中葉
之特殊審美觀，雖以餘力爲詞，然亦呈現獨特之詞風，是爲明代旗幟
鮮明之詞家群體，儼然構成吳門詞派。明中葉無論政治中心或民間，
皆名家輩出，是以引領明詞走向中興。

第二節　詞籍出版繁盛

　　眾所周知，宋朝活字印刷帶動刻書風潮，然詞籍出版至元朝面臨
斷層危機，蓋因元代刑法嚴格規定「大惡，諸妄撰詞曲，……凡以邪
說左道，誣民惑眾者，禁之。」（元史・刑法志）而明初在歷經長期
征戰後，印刷業原本並不發達，宣德年間「書籍印刷尚未廣」，印刷
業不發達，詞籍出版自然受到相當限制，是以明初無論個人專集或前
人選集均未廣爲流通。直至明中葉，國力經過長期休養生息，無論經
濟、人口均穩定成長，加之以明朝寬鬆的出版政策，爲書籍出版提供
良好環境。因此，嘉靖年間，印刷術得以長足進步、發展。「明代出

〔註 8〕明・周遜〈刻詞品序〉（《詞話叢編》，所收《詞品》卷一），冊1，頁
　　　　407。

版業的勃興、出版物的驟然激增，是在嘉靖中葉之後。」〔註9〕據嘉
靖年間《建陽縣志》中記載云：「比屋皆鬻書籍，天下客販者如織。」
〔註10〕說明當日印刷事業發達，書籍流通管道相當暢通，無論是政府
刻書機構或藩府刻書，質與量均可觀。而私人刻書現象亦極爲普遍，
據趙前於《明本》〔註11〕一書中所載，明代私人刻書者當遠遠超過繆
咏禾《明代出版史稿》所云 4200 餘家之譜，此外，刻書坊肆超過一
千家。此時詞籍亦得以大量印行並流傳。

　　明詞家輩出，文人填詞風氣盛，又明時刻書工價廉，是以詞人作
品得以付梓，較之於元人刻書極難之處境，明文人實屬幸運〔註12〕。
弘治、嘉靖時期，各家詞作別集刊刻行世之數量相當可觀，如楊愼
《升庵長短句》、陳鐸《草堂餘意》、收錄秦觀、張綖詞之《秦張兩
先生合璧》、張綖《南湖詩餘》、夏言《桂洲詞》、王九思《碧山詩
餘》……等。

　　此外，詞總集之刊刻數量亦夥。以「草堂」爲名之詞選，如陳鍾
秀《精選明賢詞話草堂詩餘》、陳霆《草堂餘音》、張綖《草堂詩餘別
錄》、李謹《新刊古今名賢草堂詩餘》、劉時濟《新刊古今名賢草堂詩
餘》、高唐王《篆詩餘》、黃作霖《類編草唐詩餘》、顧從敬《類編草
堂詩餘》、吳承恩《花草新編》，一時間花、草選集飛馳。明中葉嘉靖
時期刊刻界當以《草堂》相關詞籍出版最爲熱門，文人爭相評點、書
肆爭相刊刻，此現象背後隱含某種風氣、透露各種訊息，均可深入
分析。

　　又張綖《詩餘圖譜》、楊愼《詞林萬選》、《百琲明珠》、程敏政《天

<hr>

〔註 9〕 繆咏禾撰：《明代出版史稿》（南京：江蘇人民出版社，2000 年 10 月
　　　　第一版第一刷），頁 15。
〔註10〕 清·王寶仁纂：《建陽縣志》（《中國方志叢書》，台北：成文出版社，
　　　　1975 年台一版）。
〔註11〕 趙前撰：《明本》（南京：江蘇古籍出版社，2003 年 8 月第一版第一
　　　　次印刷），頁 30。
〔註12〕 可參見葉德輝撰：《書林清話》（北京：中華書局，1957 年第一版，
　　　　1999 年 9 月北京第四次印刷），頁 185～186。

機餘錦》均刊刻於嘉靖年間，此盛況爲前代所無，亦爲後世所罕見。
而此時現存第一本詞譜──張綖《詩餘圖譜》之出現，更可看出明中
葉詞家創見與眼光獨到處，此譜影響後世深遠。儘管明代「草堂」一
類詞選被清人大加撻伐，詞史上現存第一本詞譜舛誤簡略，亦爲後世
所批駁，然此現象正標誌著明代詞學思想之活潑與蓬勃發展。

第三節　崇尙婉約詞風

　　自東坡打破詩詞藩籬，在一片歌板紅牙唱詞聲中突聞關東大漢之
聲，便挑起詞之體性論題。在宋代詞之體性論題上，陳師道《後山詩
話》指出：「退之以文爲詩，子瞻以詩爲詞，如教坊雷大使之舞，雖
極天下之工，要非本色。」〔註13〕李清照以一介巾幗遍數諸家優劣，
批評永叔、東坡詞「皆句讀不葺之詩爾」，倡「詞別是一家」之說，
確立詞之獨特地位。

　　明人對於詞之體性看法，大體上承襲宋人而來，「詞別是一家」、
蘇詞「要非本色」之說爲明人所普遍認同。此外，由於復古意識高漲，
連帶使明中葉詞論家亦貴古賤今，以遠爲佳，是以詞論家亦多崇尙較
「古」之詞，如「花草」之屬。晚唐至北宋早期詞作，作於宴歌，歌
於紅牙，其詞情婉約艷麗，因此明人論詞體以婉約爲上。明代崇尙婉
約詞風與當日復古風氣休戚相關，《花間》、《草堂》二選本盛行即反
映出詞壇復古端倪，蕭鵬《群體的選擇》云：

　　「花草」不僅是明代詞家的經典讀物，也是明人詞話的主
　　要討論對象、詞論的主要觀點依據。楊慎《詞品》、陳霆《渚
　　山堂詞話》、王世貞《藝苑卮言》等著述都是以「花草」爲
　　主要參考書和主要研究範圍。……明人詞論都不出以唐五

〔註13〕宋・陳師道撰：《後山詩話》，《宋詩話全編》本（吳文治主編，南
　　　　京：江蘇古籍出版社，1998 年初版）。此評疑非出於陳師道，參張
　　　　子良撰：〈東坡詞「是曲子中縛不住者」辨析〉（《中國學術年刊》第
　　　　11 期，台北：國立臺灣師範大學國文系，1990 年 3 月），頁 177～
　　　　201。

代、北宋爲尊，以香豔鄙俚爲詞家本色的範圍。〔註14〕
明中葉詞人無論選詞、論詞、甚至創作實踐，多不離「花草」範疇，
如陳鐸《草堂餘韻》即是一部追和《草堂詩餘》的詞集。「花草」影
響所及，其婉約、艷麗之詞風則深植於詞家腦中，論詞之體性莫不以
婉約、柔媚爲上，如張綖《詩餘圖譜·凡例》云：

> 按詞體大略有二：一體婉約，一體豪放。婉約者欲其辭情
> 醞藉；豪放者欲其氣象恢弘，蓋亦存乎其人，如秦少游之
> 作，多是婉約；蘇子瞻之作，多是豪放。大抵詞體以婉約
> 爲正，故東坡稱少游爲今之詞手，後山評東坡詞雖極天下
> 之工，要非本色。今所錄爲式者，必是婉約，庶得詞體。
> 〔註15〕

其《草堂詩餘後集別錄》亦云：

> 詞體本欲精工醞藉，所謂富麗如金堂之張，妖冶如攬嬙施
> 之袪者，故以秦淮海、張子野諸公稱首。〔註16〕

張綖以「婉約」爲詞之本色，方得爲詞之「正體」之說。亦爲明代中
葉另爲一位著名詞論家陳霆所主張，其〈渚山堂詞話序〉云：「詞曲
於道末矣，纖言麗語，大雅是病。」〔註17〕題以「纖言麗語」爲詞之
特徵。何良俊〈草堂詩餘序〉亦云：「詩餘以婉麗流暢爲美，如周清
眞、張子野、秦少游、晏叔原諸人之作，柔情曼聲，摹寫殆盡，正詞
家所謂當行，所謂本色者也。」〔註18〕足見當時文人側重婉約詞，以
婉約爲當行、本色之普遍現象。

　　明代中葉時期，詞壇從理論至創作，莫不「纖言麗語」、「柔情

〔註14〕蕭鵬撰：《群體的選擇》（台北：文津出版社，1992 年 11 月），頁
　　　　235。
〔註15〕明·張綖撰：《詩餘圖譜》（明嘉靖丙申十五年刊本，台北：國家圖
　　　　書館藏）。
〔註16〕明·張綖撰：《草堂詩餘別錄》（明嘉靖戊戌年抄本，北京：中國科
　　　　學研究院藏），頁 70。
〔註17〕明·陳霆撰：《渚山堂詞話》（《詞話叢編》本），冊 1，頁 347。
〔註18〕明·何良俊撰：〈草堂詩餘序〉，《歷代詞話》本（張璋等編，鄭州：
　　　　大象出版社，2002 年 3 月第一版第一刷），冊上，頁 347。

曼聲」，如楊愼〈水調歌頭・賞牡丹〉：「九十春光堪惜，萬種心情難寫，彩筆寄相思」、〈款殘紅〉：「頻移帶眼空，只恁懨懨瘦。不見又思量，見了還依舊。」張綖〈風流子〉：「念鱗鴻不見，誰傳芳信，瀟湘人遠，空采蘋花」、〈水龍吟〉：「對鏡時時淚落，總無心淡妝濃抹。晨窗夜帳，幾番誤喜，燈花簷鵲。」文徵明〈南鄉子〉：「燕子不來三月盡，依依，手捻殘花一枝」、〈青玉案〉：「午睡覺來時自語，悠揚魂夢，黯然情緒，蝴蝶過牆去。」唐寅〈一剪梅〉：「曉看天色暮看雲，行也思君，坐也思君」、〈踏莎行〉：「可怪春光，今年偏早，閨中冷落如何好。」等。雖偶有雄奇之語、詞史之筆等激昂慷慨之豪放詞，如文徵明詠岳飛之〈滿江紅〉：

> 拂拭殘碑，敕飛字，依稀堪讀。慨當初、倚飛何重，後來
> 何酷？豈是功成身合死，可憐事去言難贖。最無端，堪恨
> 又堪悲，風波獄。　　　豈不念，封疆蹙？豈不惜，徽欽辱？
> 念徽欽既返，此身何屬？千古倏談南渡錯，當時自怕中原
> 復。笑區區一檜亦何能，逢其欲。

然不過詞人偶一爲之所呈現之變格別調耳。

誠如王世貞《藝苑巵言》所云：「故詞須宛轉綿麗，淺至儇俏，挾春月烟花於閨幨內奏之，一語之艷，令人魂絕，一字之工，令人色飛，乃爲貴耳。至於慷慨磊落，縱橫豪爽，抑亦其次，不作可耳。作則寧爲大雅罪人，勿儒冠而胡服也。」〔註19〕伉言「寧爲大雅罪人」，追求詞之艷、工，實爲明詞人普遍現象，此風氣持續至晚明而不輟。

第四節　草堂諸編風靡

相較於《花間集》，《草堂詩餘》在明代中葉尤爲風行，對明代中葉之詞壇，影響更爲明顯直接。明末毛晉〈草堂詩餘跋〉云：

> 宋元間詞林選本，幾屈百指，惟《草堂詩餘》一編飛馳，

〔註19〕明・王世貞撰：《藝苑巵言》（《詞話叢編》本），頁385。

> 幾百年來，凡歌欄酒榭，絲而竹之者，無不拊髀雀躍；及
> 至寒窗腐儒，挑燈閒看，亦未嘗欠伸魚睨，不知何以動人
> 一至此也。〔註20〕

有明一代「《草堂》之草，歲歲吹青」〔註21〕，「《草堂詩餘》詞選家族」多達二十二種〔註22〕，不惟書坊爭相刻版發行，楊慎、湯顯祖、張綖、陳繼儒、徐士俊等諸多著名詞人亦爲之刪增、評點。而《草堂詩餘》諸編開始盛行之關鍵時期即在於明中葉嘉靖年間，當時所刊行之《草堂詩餘》，如陳鍾秀所刊《精選名賢詞話草堂詩餘》、顧從敬《類編草堂詩餘》、楊慎批點《草堂詩餘》、張綖《草堂詩餘別錄》。《草堂詩餘》諸編風靡，實爲當時一大特殊現象，於此現象背後隱藏著當日崇古、崇婉約之詞壇風尚。

張志和於唐季時所作之〈漁歌子〉已「曲度不傳」〔註23〕，後人雖不得依其樂律而填詞，然以張志和詞爲範式，此調逐沿用不輟；又南宋方千里、楊澤民、陳允平遍和周邦彥詞，字字株守四聲。詞人或因曲調失傳，或因不諳音樂而無法依節拍爲句。然以前賢詞作爲譜填詞，由來已久，而明代填詞者，因詞樂完全亡佚，故填詞規範，僅此一途耳。明詞人藉助宋人詞作，亦步亦趨跟隨宋詞平仄、句式、押韻，此填詞方式對無法知音識曲之明人而言，實爲最能守律之填詞法，亦不失爲創作詞之捷徑。明人多以宋詞作爲填詞時之範本，明代流傳最廣之宋人詞集——《草堂詩餘》即在此需求下風行一代詞壇。明·何良俊〈草堂詩餘序〉云：

> 今聖天子建中興之治，文章之盛，幾與兩漢同風。獨聲律
> 之學，識者不無歉焉。然則是編（《草堂詩餘》）於聲律家

〔註20〕明·毛晉編：《草堂詩餘》（《詞苑英華》，明崇禎間海虞毛氏汲古閣刊本，台北：國家圖書館藏）。

〔註21〕清·馮金伯撰：《詞苑萃編》（《詞話叢編》本，卷八引徐士俊語）。

〔註22〕蕭鵬撰：《群體的選擇——唐宋人選詞與詞選通論》（台北：文津出版社，1992 年 11 月），頁 239～240。

〔註23〕宋·曾慥撰：《樂府雅詞》（《四部叢刊》，台北：藝文出版社，1975 年），卷中，徐俯〈鷓鴣天跋〉。

其可少哉！他日天翊昌運，篤生異人，爲聖天子制功成之
樂，上探元聲，下采眾說，是編或有大裨焉。〔註24〕

何良俊認爲《草堂詩餘》乃振起聲律之學重要契機，亦爲研究詩
餘音律所不可遺漏者，對此書寄予深切寄望。此中原因，除《草堂詩
餘》符合明人審美趣味外，尚與《草堂詩餘》諸編可資聲律研究有關。
南宋以後，詞之歌法大量失傳，故南宋以後之詞作多有不諧律之疑
義，因此選錄北宋詞爲主之《草堂詩餘》諸編，遂引起明人高度重視。
明人選詞崇北宋而輕南宋，意在發揚北宋柔婉正統風致，繼承北宋聲
律之純正。

第五節　以曲爲詞嘗試

明人詞曲不分，無論從音樂、內容而論，均可見曲化痕跡。明代
徐師曾《文體明辨序說・詩餘》云：

> 然詩餘謂之填詞，則調有定格，字有定數，韻有定聲。至
> 於句之長短，雖可損益，然亦不當率意爲之。譬諸醫家加
> 減古方，不過因其方而稍更之，一或太過，則本方之意失
> 矣。此《太和正音》及今《圖譜》之所爲也。然《正音》定
> 擬四聲，失之拘泥；《圖譜》圈別黑白，又易謬誤。〔註25〕

明代詞樂既不可得，因此明人以曲樂擬詞樂，遂以作曲所倚之
《太和正音譜》填詞，明人詞曲觀念混淆如此。又如朱曰藩〈南湖詩
餘序〉云：

> 或問先生長短句。予曰：《詩餘圖譜》備矣。先生從王西樓
> 游，早傳斯技之旨。每填一篇，必求合某宮某調第幾聲，
> 出入第幾犯，務俾抗墜圓美，合作而出。故能獨步絕響之
> 後，稱再來少游。

〔註24〕《草堂詩餘》，文淵閣四庫全書本，集部四八二，詞曲類，詞選之
　　　　屬，台北：台灣商務印書館，1986年。
〔註25〕明・徐師曾撰，羅根澤校點：《文體明辨序說》（北京：人民文學出
　　　　版社，1962年8月北京第一版，1998年北京第一刷），頁164。

　　朱曰藩推崇張綖作詞「每填一篇，必求合某宮某調第幾聲，出入第幾犯，務俾抗墜圓美，合作而出」，當日詞樂已亡，朱氏所云之宮調實爲曲聲，曲樂畢竟非詞樂，故以曲樂擬詞樂，當然有其不合理處，然在當時卻也不失爲是一種唯一可行的方法，而楊愼、俞彥、屠隆、徐渭、陳霆等，均有自度曲，其音樂概念蓋自曲樂中得。明人已認識到詞曲之相通處，並試著藉曲樂協調字之平仄、四聲、押韻、掌握詞調的聲情，以曲樂作爲檢驗詞作是否音韻圓轉評判標準，雖不中亦不遠矣。清人在對明詞不守音律的弊病大加撻伐之時，卻也學習、承襲了明人以曲樂擬詞樂之法。

　　明詞人除以曲聲擬詞樂外，一股從內容著手賦予詞新面貌之風正熾，打入曲之俗語於詞中，從內容上以曲爲詞。詞之曲化之風自明初興起，如高啓〈一剪梅・閑居〉：

　　　　竹門茅屋槿籬笆。道似田家，又似山家。鶩批鶴袖岸烏紗。
　　　　看過黃花，待看梅花。　　　晚時飲酒早時茶。風也由他，
　　　　雨也由他。從來不會治生涯。誰與些些，天與些些。

此詞口語中帶著諧趣，一派瀟灑不羈面貌，饒具曲味。詞之曲化至瞿佑則更爲光大，其《樂府遺音》被稱之爲「明詞曲化之先聲」〔註26〕，曲化之跡更爲明顯。清人吳衡照《蓮子居詞話》中云：「蓋明詞無專門名家，一二才人如楊用修、王元美、湯義仍輩，皆以傳奇手爲之，宜乎詞之不振也。其患在好盡，而字面往往混入曲子。」明詞家普遍以曲爲詞之現象，可見一斑。

　　原爲歌筵酒席上紅牙歌板之詞，至東坡手中以宏觀之文學觀，突破傳統詞之藩籬，大量借鑑唐詩；以詩爲詞之手法不僅雅化詞體、通達文辭、拓展詞境並豐富詞語，東坡「以詩爲詞」更爲詞注入新生機，使詞更爲活潑多元，亦爲後人大加讚賞。但是明代「以曲爲詞」，給予詞新風貌之舉措，卻被後人大加撻伐批評，其故安在？如清・陳廷焯《白雨齋詞話》云：「詞中不妨有詩語，而斷不可作一曲

〔註26〕張仲謀撰：《明詞史》，頁58。

語。」〔註27〕又如清・況周頤《蕙風詞話》云:「稍涉曲法,即嫌傷格。」〔註28〕此論調稍嫌偏激,而嚴迪昌先生云:「詞曲混淆,固是明詞一弊,然而以散曲某種清新、眞率大膽的情韻入詞,實在是別具生趣,不得視以爲病的。文體相淆,無疑會消解特定文體,容或不倫不類;從情韻上以新濟舊,應是可喜的出新手段之一種。利弊每共生,會轉化,全看高手的能耐,平庸者不能掌握火候,就難望其項背。」〔註29〕此段敘述可謂公正而宏觀,高手俯拾揀掇,在其創新、巧思之下,如蘇軾以詩爲詞、辛棄疾以文爲詞,何嘗不是爲文體注入新生命、新風貌之妙筆?

反觀明代中葉詞壇,詞人或大張「婉約」旗幟,維持詞體正統;或嘗試融合詞曲,於詞體正統之外另闢蹊徑。詞論者或編製詞選、創立詞譜,以保留唐宋詞古聲雅韻;或吸取曲樂創製新聲,給予失傳詞樂一絲生機。明代中葉詞壇即是在此新舊衝突、正統與創新矛盾中爲衰敗之明詞開創中興局面。張綖是明代唯一兼具詞學理論、足量詞作實踐、詞選兼評點作品──《草堂詩餘別錄》,又創製詞史上第一部傳世詞譜──《詩餘圖譜》的人,實有不容忽視的地位。因此,藉著本論文的論述,將可重新釐清、定位此全方面投入詞學領域中之詞人、詞論家在明代中葉詞壇的貢獻,以及對後世詞壇的影響。

〔註27〕清・陳廷焯撰:《白雨齋詞話》,卷五(《詞話叢編》本),冊 4,頁 3904。
〔註28〕清・況周頤撰:《惠風詞話》,卷一(《詞話叢編》本),冊5,頁 4419。
〔註29〕嚴迪昌撰:《元明清詞》(天地出版社,1997年初版),頁 92。

第四章　張綖詞論研究

　　在詞論數量及質量上，明代雖遠不及清代，然於許多方面，清人多承襲、發揚明人理論，絕不似清‧丁紹儀所云：「就明而論，詞學幾失傳矣！」〔註1〕。方智範等撰《中國古典詞學理論史》云：「明人在詞學研究領域涉及的範圍還是相當廣的。現存最早的詞譜和詞韻專書均產生於明代，草創之工實不可沒。明人還編纂多種大型詞集叢刻和選本。就論詞著述來說，在數量上也超過了宋、金、元三代。明人論詞著述有援據廣博、記事詳盡的長處。」〔註2〕此評論方稱中肯。專著如楊慎《詞品》、陳霆《渚山堂詞話》、俞彥《爰園詞話》等，另徐師曾、吳訥、陳子龍、沈際飛、周遜等亦有專文論詞。

　　至於張綖詞論，長久以來僅《詩餘圖譜‧凡例》首論豪放、婉約二體一段文字，最爲論者所引。而《詩餘圖譜》本文中除例詞、圖示平仄內容外，張綖在某些詞調後之注亦寫入詞學觀點。此外，其《草堂詩餘別錄》不僅是本詞選，在張綖評點過程中亦可窺見其詞論，除去所選詞作字數，評點字數多達 6663 字，數量頗豐，可惜鮮爲論者

〔註1〕清‧丁紹儀：《聽秋聲館詞話》，卷九（《詞話叢編》本），冊3，頁2689。

〔註2〕方智範、鄧喬彬、周聖偉、高建中著：《中國古典詞學理論史》（修訂版，上海：華東師範大學出版社，2005年12月第一版第一刷），頁138～190。

提及、討論。本節將整理、探析張綖《詩餘圖譜》、《草堂詩餘別錄》
二書中有關詞學理論的部份，佐以其刻《淮海集》、《杜詩通》等零碎
資料，以呈現張綖整體之詞學觀。

第一節　論詞之風格

眾所皆知，張綖首先將「婉約」與「豪放」並舉以論詞，《詩餘
圖譜・凡例》云：

> 按詞體大略有二：一體婉約，一體豪放。婉約者欲其辭情
> 醞藉；豪放者欲其氣象恢弘，蓋亦存乎其人，如秦少游之
> 作，多是婉約；蘇子瞻之作，多是豪放。〔註3〕

此段文字為明代重要詞論，張綖以其宏觀視野及高度鑑賞力，為詞體
總結出「婉約」、「豪放」兩大體，此後「婉約」、「豪放」兩辭遂廣為
後世學者所稱引。而唐宋詞主要分為「婉約」與「豪放」兩大風格之
成說，雖間有批評者，卻仍歷四百餘年而沿用不輟。張綖豪放、婉約
分體說，至清初王士禎遂將分體說轉為豪、婉分派說，其言云：

> 張南湖論詞派有二：一曰婉約，一曰豪放。僕謂婉約以易安
> 為宗，豪放惟幼安稱首，皆吾濟南人，難乎為繼矣。〔註4〕

經王士禎此番詮釋後，張綖儼然成為豪、婉分派說之濫觴者。唐宋詞
分派問題於王士禎此說，遂於詞壇展開長期論戰，清初之後，雖有許
多學者紛紛投入唐宋詞分派建構工程中，至今卻尚無定論。本文僅對
豪放、婉約二派說提出一些心得，並回歸張綖詞學理論系統，探討其
分體說之內涵，並檢驗是否有分派意識在其中。

一、豪婉分體說之內涵

詞之「婉約」、「豪放」兩名詞發展至今日，經過前賢長時間不斷
闡發，其語言符號所傳遞出之意涵大致可分為五：其一為「風格」之

〔註3〕明・張綖撰：《詩餘圖譜》（明嘉靖丙申十五年刊本，台北：國家圖
　　　書館）。
〔註4〕清・王士禎撰：《花草蒙拾》（《詞話叢編》本），冊1，頁685。

區分，將婉約風格與豪放風格視為唐宋詞兩大主要風格；其二為「詞人」之人品，即各詞家獨特之個性涵養趨向，此一層涵意與「風格」之區分有極密切關係；其三為「派別」之區分，將婉約派與豪放派視為唐宋詞兩大主要派別；其四為「詞統」之論爭，此命題衍伸出詞壇正、變、本色、非本色之重要詞學理論；其五為「守律」之分判，豪放詞風代表作家、豪放詞派宗主——蘇軾，其所作之詞「為曲子中縛不住者」〔註5〕，形成豪放詞人特色之一，即在於不為音律所束縛，因此形成婉約多守律、豪放多不守律之創作特色。

「婉約」、「豪放」二辭經過長時間學者之闡釋，至少已包括上述五種涵意，而首位將「豪放」、「婉約」二辭運用至詞學批評場域之張綖，在「豪放」、「婉約」誕生之時，就已賦予四種涵意，惟「派別」之區分一層涵意尚未形成。

（一）「風格」區分

「按詞體大略有二：一體婉約，一體豪放」，何謂「體」？「用在具體作家作品批評中的『體』，與作為文學體裁之『體』的體內涵不同，主要意義大致有兩層：一是指具有獨特的藝術表現方法和鮮明風格特徵的創作範式；二是指在此基礎上形成的『體派』，即由藝術風格相同或相近的作家作品構成的，體現著一定的藝術觀念和創作傾向的文學流派。」〔註6〕簡而言之，「體」一指「風格」，一指「派別」。張綖分體說只言「體」而未言「體派」，究竟張綖所謂之「體」所指為何？

《詩餘圖譜・凡例》中僅舉出婉約體代表作家為秦觀、豪放體代表作家為蘇軾，試想，如張綖欲將唐宋詞人分為婉約、豪放二派，應如同王士禎所云，指出二派之宗主，而非僅指出代表作家耳；且於舉出代表作家後，亦未進一步指名二派之承繼者。故從出處原文看，實

〔註5〕宋・晁補之語，見《詞話叢編》，冊2，頁1175。
〔註6〕趙維江撰：《金元詞論稿》（北京：中國社會科學出版社，2000年2月初版），頁130。

無立派之跡象。

　　既無法從出處原文直接判斷張綖所謂「體」之涵意，故可從其他詞論、詩論佐證。張綖《草堂詩餘別錄》於辛稼軒〈水龍吟〉（渡江天馬）詞後評注云：「嘗謂詞有二體：巧思者貴精工，宏才者尚豪放。」〔註7〕「嘗謂詞有二體」顯然與《詩餘圖譜》所言之二體相同，巧思者精煉文字，而成辭情醞藉之婉約詞；宏才者氣象恢弘，行之於筆自成豪放之詞。可見張綖所云之婉約、豪放，僅為詞人因其能力、特質而自然呈現出之兩大風格趨向。再者，張綖曾為當日詩家分派，其言云：

> 少陵詩有二派，一派立論闊闊，如此篇「萬里悲秋常作客，百年多病獨登臺。」及「兩儀清濁還高下，三伏炎蒸定有無」等作，其流為宋詩，本朝　定山諸公祖之；一派造語富麗，如「珠簾繡柱圍黃鵠，錦纜牙檣起白鷗。」、「魚吹細浪搖歌扇，燕蹴飛花落舞筵。」等，其流為元詩，本朝楊孟載諸公祖之。〔註8〕

從此段詩論看，張綖分派別用「派」字而未用「體」字，在其文字運用中，「體」「派」顯然代表兩種不同意義。而其立詩之流派，不僅標舉宗主、流派風格特色，亦指出二派之追隨者，由此可知，張綖並非有意分派而語焉不詳，而是不曾企圖為唐宋詞人分派，其所言之「體」，乃指「風格」、藝術特徵而言，實與「派別」無涉。

（二）詞品、人品

　　作品風格取決於作者才性，《文心雕龍·體性》中已有詳細說明，文品與人品、詩品與人品間之關係，在明代之前早已成熟，然詞品與人品命題，在明代以前尚未有足量、精采之相關理論。南宋辛棄疾弟子范開於〈稼軒詞序〉最早涉及此命題，其言云：

〔註7〕《草堂詩餘別錄》，頁69。
〔註8〕明·張綖撰：《杜詩通》（《杜詩叢刊》本，黃永武主編，台北：台灣大通書局，1974年初版），頁696。

　　器大者聲必閎，志高者意必遠。知夫聲與意之本源，則知
　　歌詞之所自出。是蓋不容有意於作為，而其發越著見於聲
　　音言意之表者，則亦隨其所蓄之淺深，有不能不稱存者
　　焉。〔註9〕

聲與意之本源為器與志，器與志為創作者之品格、胸襟，詞作風格形
成之決定因素為詞人之品格胸襟，這段詞序首次揭示人品與詞品相互
之關係。然明代以前承此命題而深論者極少，且范開僅針對稼軒其人
其詞而言，主要在指出稼軒詞「器大聲閎」之特色，人品與詞品論題
至明代張綖方有所拓展。

　　張綖於詩人中最推崇杜甫，而杜甫被後人目為詩聖，即在於杜甫
忠貞人品與出色之藝術創作相互輝映，因此張綖評杜詩時往往將其人
品與詩品連結，如「如此狀物，不惟格韻高，亦足以見少陵人品矣」
〔註10〕、「凡詩人題詠，必須胸次之高，下筆方卓絕不凡」〔註11〕等。
在張綖觀念中，詞為情之載物，與言志之詩截然不同，故論詩與論詞
自然迥異，詩主言志，胸次須高；詞主言情，但適情性。詩詞屬性雖
不同，然均出於作者胸臆，詩品既來自於人品，詞品自然亦來自人品。
張綖云：「婉約者欲其辭情醞藉；豪放者欲其氣象恢弘，蓋亦存乎其
人，如秦少游之作，多是婉約；蘇子瞻之作，多是豪放。」〔註12〕婉
約、豪放不只呈現於詞體風格上，更是詞人個性特質之真實投射。張
綖接受傳統「詞別是一家」之觀念，於詩、詞之間立下界石，界域判
然，然在詩、詞不同道觀念之後，仍有通達之文學觀支撐其文學理論
架構，故運用傳統知人論世，以及論人品詩品之批評方法於詞學批評
中。不同於南宋・范開僅針對稼軒詞品人品論述，張綖更進一步標舉

〔註9〕　宋・范開撰：〈稼軒詞序〉（《中國歷代詞學論著選》，陳良運主編，
　　　　南昌：百花洲文藝出版社1998年8月第一版第一刷），頁139。
〔註10〕　明・張綖撰：《杜詩通》（《杜詩叢刊》本，黃永武主編，台北：台灣
　　　　大通書局，1974年初版），頁39。
〔註11〕　明・張綖撰：《杜詩通》（《杜詩叢刊》本，黃永武主編，台北：台灣
　　　　大通書局，1974年初版），頁39。
〔註12〕　《詩餘圖譜・序》，頁1。

出兩大截然不同之人品對詞品之影響，使詞品與人品論更爲具體且成熟。張綖爲詞品與人品批評法灑下種子，引起後世詞論者廣泛討論，其論點雖未成熟且粗淺，然已標誌詞學批評史上詞品與人品並論批評法之正式開展。

明代詞學理論於數量與深入度，雖均遠不如清代，然從詞學批評史上看，明人所開拓之詞學命題不可勝數。蓋詞體發展至宋朝已極盛，南宋遺民進入元代，故元詞尚有突破宋詞處，至明代，則因文體之自然式微，使明詞進入低潮期，甚至被目爲衰敗期。然正因詞之盛世遠去，經過一段時間積澱，讓明人有幸得到總結唐宋詞創作經驗之契機，許多詞論均濫觴於明代，明詞論家於詞學批評史上之地位實不可小覷。

（三）「詞統」論爭

「婉約」、「豪放」往往與詞學理論中之正變、本色非本色相關，張綖正變觀於下節專論。本色論源於宋・陳師道於《後山詩話》中云：「子瞻以詩爲詞，如教坊雷大使之舞，雖極天下之工，要非本色。」〔註13〕而本色論於元代以前並未引起廣泛討論，直至明代中葉之後，以本色非本色論詞方重新廣爲詞論家所討論。明代曲壇興起論曲之本色當行風潮，此風影響詞壇，張綖承續陳師道本色論說法，並加以改良。據陳師道所言「今代詞手，爲秦七黃九爾。」可見其心目中以秦觀、黃庭堅爲本色之代表，以蘇軾詞爲非本色之代表，張綖對此看法並未完全接受。黃庭堅偶爾仿習東坡豪語，爲晁補之譏斥「不是當行家語，自是著腔子唱好詩。」〔註14〕而張綖對其婉約之作亦有所不滿，

〔註13〕宋・陳師道撰：《後山詩話》，《宋詩話全編》本（吳文治主編，南京：江蘇古籍出版社，1998年初版）。此評疑非出於陳師道，參張子良撰：〈東坡詞「是曲子中縛不住者」辨析〉（《中國學術年刊》第11期，台北：國立臺灣師範大學國文系，1990年3月），頁177～201。

〔註14〕宋・胡仔撰：《苕溪漁隱叢話》（台北：木鐸出版社，1982年），後集，卷33，頁253，引宋・晁補之語。

所謂「山谷特瘦健，似非秦比」〔註15〕，因此排除黃庭堅爲本色詞之代表地位，並進一步說明以「婉約」詞爲本色，「豪放」詞爲非本色，如此大幅修正之本色論，方成爲後世本色論之主要內容。

　　經過張綖修正後之本色論，在明中後期詞壇發酵，如明・何良俊〈草堂詩餘序〉：「詩餘以婉麗流暢爲美，如周清眞、張子野、秦少游、晏叔原諸人之作，柔情曼聲，摹寫殆盡，正詞家所謂當行，所謂本色者也。」〔註16〕秦士奇爲沈際飛所評點之《草堂詩餘》序云：「大約辭婉變而近情，燕目行鶯，寵柳嬌花，原爲本色，但屛浮豔，不鄰鄭魏爲佳。」〔註17〕且持續延燒至清代，如彭孫遹云：「詞以艷麗爲本色，要是體製使然。」〔註18〕而清・田同之說法更可見張綖本色論之影響，其云：「塡詞亦各見其性情，性情豪放者，強作婉約語，畢竟豪氣未除。性情婉約者，強作豪放語，不覺婉態自露。故婉約自是本色，豪放亦未嘗非本色也。」〔註19〕詞學批評中之本色論，其形成因素相當複雜，李清照「詞別是一家」、陳師道「要非本色」均爲本色論成因，而張綖以婉約、豪放概括本色、非本色內容，係明、清以至今日本色論題之主要內容與論辯基點〔註20〕。

二、豪婉分體說之合理性

　　在文人詞域中，文人詞集《花間集》反映出文人以詞寫閨閣艷音之傾向，而此創作模式日後持續發酵，文人詞作一面倒向婉約風格，

〔註15〕明・張綖撰：〈淮海長短句跋〉，《淮海長短句》（明嘉靖己亥張綖鄂州刻本，台北：國家圖書館藏）。

〔註16〕明・沈際飛批點：《古香岑草堂詩餘》（明崇禎太末翁少麓刊本，台北：國家圖書館藏）。

〔註17〕明・沈際飛批點：《古香岑草堂詩餘》（明崇禎太末翁少麓刊本，台北：國家圖書館藏）。

〔註18〕清・彭孫遹撰：《金粟詞話》（《詞話叢編》本），冊1，頁723。

〔註19〕清・田同之撰：《西圃詞說》（《詞話叢編》本），冊2，頁1455。

〔註20〕本色論相關文章可參見王師偉勇撰：〈試述「當行」、「本色」在詞壇上之運用〉，收入《詞學專題研究》（台北：文史哲出版社，2003年4月初版），頁125～180。

是以無論從時間或數量來看，直至東坡詞「一洗綺羅香澤之態」，始於婉約風格外，另闢豪放風格。此一詞史上風格丕變現象為詞壇有目共睹，然究竟是否可將唐宋詞風格逕分為二？又「豪放」、「婉約」二辭是否最具代表性？有無其他更適合之詞句可替代？將是本節欲探討之問題。

婉約：婉，《說文解字》：「婉，順也。」約，《說文解字》：「約，纏束也。」婉約一詞共有四義；一作卑順其辭解，《國語·吳語》：「夫固知君王之蓋威以好勝也，故婉約其辭，以從逸王志」；一作委婉含蓄解，南朝梁·王筠〈昭明太子哀冊文〉：「屬詞婉約，緣情綺靡」；一作柔美解，漢·王粲〈神女賦〉：「揚娥微眄，懸藐流離。婉約綺媚，舉動多宜」；一作悠揚婉轉解，晉·成公綏〈嘯賦〉：「徐婉約而優遊，紛繁鶩而激揚。」〔註21〕至陸機〈文賦〉：「或清虛以婉約，每除煩而去濫。」始將婉約攬入文學批評範疇中。至於首次用於詞學批評者則為宋·許顗《彥周詞話》稱洪覺範「善作小詞，情思婉約似少游」。另外，《花間集》中時有以婉約一辭入詞之例，如毛熙震〈浣溪沙〉：「佯不覷人空婉約，笑和嬌語太猖狂」、孫光憲〈浣溪沙〉：「半踏長裙宛約行，晚簾疏處見分明」等。

豪放：豪，《說文解字》：「鬣如筆管者。」段注以「豪俊」為其引申意。豪放一辭最初指為人狂放，《魏書·張彝傳》：「彝少而豪放，出入殿庭，步眄高上，無所顧忌。」〔註22〕唐·司空圖列「豪放」一品，言此風格云：「觀花匪禁，吞吐大荒。由道反氣，處得以狂。天風浪浪，海山蒼蒼。真力彌滿，萬象在旁。前招三辰，後引鳳凰。曉策六鰲，濯足扶桑。」蘇軾為豪放詞家之代表，其論詞品畫亦時以豪放評斷，如稱〈與陳季常書〉：「詩人之雄，非小詞也。但豪放太過，恐造物者不容人如此快活。」〔註23〕

〔註21〕以上有關「婉約」釋義，查自《漢語大辭典》。
〔註22〕以上有關「豪放」釋義，查自《漢語大辭典》。
〔註23〕關於婉約、豪放二辭之解釋，前賢解釋已稱完備，以上參見李若鶯

　　從以上有關婉約、豪放二辭之解釋，與歷代文人運用情形，循名責實，張綖以婉約、豪放替代文學作品中陰柔、陽剛二辭而成爲詞學批評中之專門術語，非常能凸顯詞體之獨特性。有論者認爲「因剛美和柔美是外延廣袤，而又互相對立的概念，作品的風格無論怎樣紛繁，都可區分爲偏於陽剛或偏於陰柔兩類」，即欲以「陽剛」、「陰柔」代替「豪放」、「婉約」二詞概括詞體二大風格〔註24〕。豪放的確代表陽剛作品風格傾向，婉約亦代表陰柔作品風格傾向，就字面意義上而言，兩組名詞並無差異，而實際運用情形上，自張綖以「豪放」、「婉約」劃分詞體兩大風格後，經過時間檢驗而沿用至今，故以其他相同概念之其他詞匯取代原有「豪放」、「婉約」兩名詞，實爲無意義之舉。再從歷史意義上而言，凡文學史上任一文體均可大致以「陽剛」、「陰柔」兩種傾向作爲基本區分，如此組辭彙原封移植至形容詞體之兩大風格，實無法呈現出詞體之獨特性。「婉約」一詞時常出現於唐宋詞中；「豪放」一詞則爲蘇軾常用之詞匯，因此張綖以此二組語言作爲詞體兩大風格之標記，實具有詞史觀之高度視角。「豪放」、「婉約」二語既有出處易於爲一般人所接受，又有極豐富的多方面涵義，可知張綖之詞體二分法的確有其見解獨到處。

　　婉約、豪放風格二分法如將基點置於零星詞人詞作個別風格中，二分法的確相當粗略，不但無法藉以釐清詞人詞作特色，更會因此造成混淆。另外，如果將二分法延伸爲分派說，則唐宋詞人將陷入「非朱即墨」兩大對立中，二元、簡單之豪、婉分派說，實無法反映出唐宋詞家紛呈異彩之多元風貌。而張綖之說顯然並非爲針對詞人作品風格之評價，亦非以此爲分派依據，而是將基點提高至詞史範疇中，以一全新高度評論唐宋詞史之發展，此風格二分法實爲總結詞體發展史

　　　撰：《唐宋詞欣賞架構理論研究》，頁 99。《婉約詞粹》，頁 2。劉揚
　　　忠撰：《唐宋詞流派史》（福州：福建人民出版社，1999 年 2 月第一
　　　版第一刷），頁 11。
〔註24〕劉乃昌撰：〈宋詞的剛柔與正變〉（《文學評論》第 2 期，1984 年）。

與概括詞體風格之宏觀論述。

第二節　論詞之流變

一、正變說之意涵

　　張綖除爲總結唐宋詞可分爲婉約、豪放兩大體之第一人，亦爲首位將論詩之正、變觀運用於詞體上之詞論家〔註 25〕，其《詩餘圖譜‧凡例》云：

> 大抵詞體以婉約爲正，故東坡稱少游「今之詞手」，後山評
> 東坡詞「雖極天下之工，要非本色」。今所錄爲式者，必是
> 婉約，庶得詞體。

此文雖未明言以豪放爲變，然其「以婉約爲正」則已涵蓋以豪放爲變之意義。在南宋時期詞體正變論已稍具雛型，李清照雖指出蘇軾、秦觀詞風差異並評斷孰優孰劣，然並未引論詩之正變觀論詞，首先言及「變」者爲南宋‧汪莘，其云：

> 余於詞所愛喜者三人焉，蓋至東坡而一變，其豪妙之氣隱
> 隱然流出言外，天然絕世，不假振作；二變而爲朱希眞，多
> 塵外之想，雖雜以微塵，而其清氣自不可沒；三變而爲辛稼
> 軒，乃寫其胸中事，尤好稱淵明，此詞之三變也。〔註 26〕

汪莘所言之「變」僅只於創作模式之新變，爲作品之「變」，與詞體中之「變」層次不同，一限於一時一人之點，一廣及於詞史之面，故

〔註 25〕《詩餘圖譜》惟嘉靖本有〈凡例〉，而因嘉靖本流傳不廣，論者多未
　　　　覽全文，故多忽略張綖爲將正、變觀運用於詞體上之第一人，如皮
　　　　述平先生云：「在詞論中最早提出『正變』說者乃是明代的王世貞。」
　　　　見皮述平撰：《晚清詞學的思想與方法》，頁 240。陳美朱云：「至於
　　　　這種著眼於文體本身升降代變的正變觀，被首度運用於詞體上，則
　　　　見於王世貞的《藝苑卮言》『詞之正宗與變體』一條。」見陳美朱撰：
　　　　《明末清初詩詞正變觀研究——以二陳、王、朱爲對象之考察》（成
　　　　大中文研究所博士論文，廖美玉教授指導，89 學年度），頁 8。
〔註 26〕南宋‧汪莘撰：《方壺詩餘‧自序》（《彊村叢書》本，台北：廣文書
　　　　局，1970 年初版）。

仍稱不上成熟詞體之正變觀，然汪莘以蘇軾等人之詞爲詞壇上之創新、變化，實已成爲張綖正變說之雛形。

張綖詞體正變說亦引起相當大之迴響，如明·王世貞云：

> 言其業，李氏、晏氏父子、耆卿、子野、美成、少游、易安、至也，詞之正宗也。溫、韋艷而促，黃九精而險，長公麗而壯，幼安辨而奇，又其次也，詞之變體也。〔註27〕

徐師曾《詩體明辨》亦完全接受並引申張綖之論，所謂：

> 至論其詞，則有婉約者，有豪放者。婉約者欲其詞情蘊藉，豪放者欲其氣象恢弘。蓋雖各因其質，而詞貴感人，要當以婉約爲正。否則雖極精工，終乖本色，非有識者所取也。〔註28〕

張綖將正變與婉約、豪放結合之詞學命題，經過明代諸家之承襲與發揚，而持續沸騰於清代詞壇，如晚明陳子龍、清初沈謙、王士禎等人均有此相關論述，形成以婉約爲正、豪放爲變之詞學重大論題。由張綖所帶動之論戰至清延燒不輟，有維持傳統觀念者，如蔣兆蘭云：「詞家正軌，自以婉約爲宗。」〔註29〕亦有反對聲浪者，如陳廷焯云：「昔人謂東坡詞非正聲，此特拘於音調言之，而不究本原之所在。眼光如豆，不足與之辯也。」〔註30〕

支持以婉約爲正、豪放爲變之論者，多有「崇婉抑豪」之傾向；反對者亦明顯有「崇豪抑婉」趨勢。詞論家各以己意偏執一方，至於首論正變觀者──張綖，以婉約爲正、豪放爲變之說是否有崇婉抑豪之意識？欲檢驗此問題，可從三方面著手：一爲直接探求正變論文字原義；二爲間接從其他相關論點佐證；三爲時人普遍之正變觀。

首先從張綖正變論原文上看，其正變觀並無透露高下分判之訊

〔註27〕明·王世貞撰：《藝苑巵言》（《詞話叢編》本），冊1，頁385。

〔註28〕明·徐師曾撰：《詩體明辨》（台北：廣文書局，1972年初版）。

〔註29〕蔣兆蘭撰：《詞說》（《詞話叢編》本），冊5，頁4633。

〔註30〕清·陳廷焯撰：《白雨齋詞話》，卷一（《詞話叢編》本），冊4，頁3783。

息，儘管張綖云：「今所錄爲式者，必是婉約，庶得詞體」，張綖以婉約詞爲《詩餘圖譜》選詞標準，其意在使讀者了解何謂婉約詞，告訴讀者婉約風格能呈現詞體特質，代表傳統詞風。張綖「婉約詞得詞體、豪放詞不得詞體」概念在呈現詞體特質，係爲詞史觀點而非批評觀點，絕不能直接解讀爲「婉約詞高，豪放詞下」。《詩餘圖譜》以詞史觀點選詞，與清人以詞選標舉其主張，非朱即墨，以批評觀點選詞的狀況不同。

其次《草堂詩餘別錄》中收了蘇軾〈念奴嬌〉（大江東去）一闋豪放詞，張綖於詞後評云：

> 及此詞結句：「人生如夢，一樽還酹江月。」其曠達之懷，直吞赤壁於胸中，不知區區周、曹爲何物。不如是，何以爲雄視千古乎。〔註31〕

又如讚嘆東坡詞云：「意度曠達，超越千古矣！」（蘇軾〈西江月〉「點點樓頭細雨」），張綖對蘇軾本人及其詞之評價，均不下於對秦觀之評價。而對於蘇軾豪放詞之追隨者辛棄疾，張綖亦給予極高之評價，如《草堂詩餘別錄》云：

> 稼軒此詞爲韓南澗壽，可謂高筆，嘗謂詞有二體：巧思者貴精工，宏才者尚豪放。人或不能兼，若幼安「羅帳燈昏，哽咽夢中語。怨春不語。算只有、殷勤畫簷蛛網，盡日惹飛絮。」之類，綢繆情語，雖少游無以過。若「君莫舞。君不見、玉環飛燕皆塵土。座中豪氣。看君一飲千石。」及此詞之類，高懷跌宕，則又東坡之流亞也。〔註32〕

又如《草堂詩餘別錄》評葉石林〈念奴嬌〉（洞庭波冷）云：「無點，錄。詞氣跌宕，不可遺。」〔註33〕吳文節本欲刪去此闋豪放詞，張綖愛其「詞氣跌宕」而錄之，在張綖論詞統系中，詞體固以婉麗清切爲宗，然亦不廢鏗訇輠轕一派，其品詞並不以正、變爲高下依據，亦未

〔註31〕《草堂詩餘別錄》，頁55，評蘇軾〈念奴嬌〉（大江東去）語。
〔註32〕《草堂詩餘別錄》，頁69，評辛稼軒〈水龍吟〉（渡江天馬）語。
〔註33〕《草堂詩餘別錄》，頁48。

嘗有「崇婉抑豪」之偏見。

　　最後，藉由檢驗時人文學批評中之「正」、「變」兩個文字符號中是否雜糅「優」、「劣」之義，可間接探知張綖「正」、「變」真正內涵。詞體正變觀來自於詩之正變論，詩之正變觀源於〈毛詩序〉，該序視盛世之音為正聲，衰世之音為變聲，所謂變風、變雅是也，詩論中之正、變顯然本無優劣意涵。詩之正變觀演變至弘治至嘉靖年間，主流詩論家仍多承續〈毛詩序〉之正變說，如李夢陽〈張生詩序〉云：

> 夫詩，發之情乎，聲氣其區乎，正變者時乎。……故聲，
> 時則易；情，時則遷。常則正，遷則變；正則典，變則激；
> 典則和，激則憤。故正之世，二南鏘於房中，雅頌鏘於廟
> 庭。而其變也，風刺憂懼之音作，而來儀率舞之奏亡矣。
> 於是〈考槃〉載吟，〈伐檀〉有詠，北風其涼之篇興，而十
> 廟之間之歌倡矣！〔註34〕

「變」之音作，標誌正統性之消解，正統一元地位陡降，「變」體為文體注入新泉源，其地位與價值絕不亞於「正」體。明中葉詩論家所用之「正」、「變」為對立概念，而「正」、「變」之地位與價值則均等，明中葉詩論中之「正」、「變」本無高下分判意圖，因此張綖論詞引入詩之「正」、「變」概念時，本無「正」優於「變」之意識。四庫館臣論蘇、辛詞時云：「尋源溯流，不能不謂之別格，然謂之不工則不可。」〔註35〕四庫館臣所云，可為張綖正變論之註腳。詞史忠實呈現詞體流變，不須評定孰優孰劣，審美批評則須對品第。

　　綜合以上三點，可確知張綖言詞之正變實為詞史觀點，而非批評觀點。詞史觀點之正變論，可幫助吾人掌握宋詞分流脈絡，但後人往往以己意為正、變分優劣，實則辜負張綖以正變論詞之美意。

〔註34〕明・李夢陽撰：《空同集》（《景印文淵閣四庫全書》本，台北：台灣
　　　　商務印書館，1983 年初版），集部 201，頁 1262～470。
〔註35〕《影印文淵閣四庫全書・東坡詞提要》（台北：台灣商務印書館，
　　　　1986 年 3 月），冊 1478，頁 79。

二、正變說合理性

張綖為何選擇以秦觀詞為正，以蘇軾詞為變？在蘇軾之前，雖有許多文人詞家不拘男女情思一格而有另闢蹊徑之作，如范仲淹描寫軍中生活之〈漁家傲〉（塞下秋來風景異），感情深厚，氣概闊大，為婉約柔靡詞風轉變之開端。又如柳永寫傷高懷遠、羈旅愁怨之〈曲玉管〉（隴首雲飛）、〈卜算子慢〉（江楓漸老），亦不受婉約所拘限。然此類作品在蘇軾之前僅為曇花一現，柔婉詞風至蘇軾方「一洗綺羅香澤之態」，《四庫提要》言詞之正變、分派時云：「詞自晚唐五代以來，以清切婉麗為宗，至柳永而一變，如詩家之有白居易；至蘇軾又是一變，如詩家之有韓愈，遂開南宋辛棄疾等一派。尋源溯流，不能不謂之別格，然謂之不工則不可，故至今日，尚與《花間》一派並行而不能偏廢。」〔註36〕蘇軾詞作為北宋翹楚，復為第一位自覺且大量創作豪放詞之作家〔註37〕，而其對後世詞人影響亦極為深遠，以蘇軾於詞壇之特殊地位而言，以其為變體之宗主，係屬恰當，且為後世論者之共識。

張綖以蘇軾為豪放詞、變體之首位代表作家並無爭議，至於以秦觀為婉約詞、正體之首位代表作家是否恰當？張綖是否因秦觀為鄉先輩而獨厚之？據前段所述，蘇軾所以夠資格成為變體之宗主，其原因主要有四：一為其詞須為當代翹楚；二為有「自覺」與正體（即婉約風格）相抗衡；三為有大量實踐作品；四為影響後世詞人深遠。今亦可以此四標準篩選正體代表作家，在秦觀之前詞壇中「花間」首席作家溫庭筠及李煜、晏氏父子、歐陽脩等，均為婉約詞代表作家，然以上述四種標準檢驗之，則秦觀以前之諸詞家均未符合第二項標準。

〔註36〕《景印文淵閣四庫全書‧東坡詞提要》（台北：台灣商務印書館，1986 年 3 月），冊 1478，頁 79。
〔註37〕蘇軾婉約風格詞作，仍佔大部分，此處言大量乃以蘇軾與其之前詞家所作之豪放詞比較而言。

　　蘇軾通達之文藝觀，打破詩詞界線，有意別創一格與婉約詞家一較高下，如東坡寫罷〈江城子〉（老夫聊發少年狂），曾於〈與鮮于子駿書〉中提及「雖無柳七郎風味，亦自是一家」〔註38〕；又《吹劍錄》中記載：「東坡在玉堂日，有幕士善歌，因問：『我詞何如耆卿？』」〔註39〕由此可知，蘇軾欲以其才力、影響力扭轉婉媚詞風，刻意悖「花間」傳統而馳。蘇軾於當時之影響力極大，文壇有「蘇文生，嚼菜根」之說，而蘇軾對詞之審美趨向，當然亦爲時人所注目，秦觀在此氛圍之下，未繼承恩師所創之別格，反而向「花間」傳統回流，秦觀雖未留下詞論，然從其當時處境背景與其詞作來看，即可察知秦觀乃自覺承襲、發揚婉約詞以與變體力量相抗衡之意識，自此婉約正體與豪放變體二大主流始告對立。

　　張綖選擇秦觀爲正體之宗主，其原因在於他是爲優秀之婉約詞人，自覺與「變」體力量抗衡，影響周邦彥、李清照等後世詞人，並總結、吸收前人之創作經驗，誠如劉熙載《藝概・詞概》云：「秦少游詞得《花間》、《尊前》遺韻，卻能自出清新。」〔註40〕故秦觀詞堪稱集婉約詞之大成。從上舉五方面論之，秦觀爲正體宗主，誠然實至名歸。因此在張綖標舉正變代表詞家後，後世詞論者亦多接受以秦觀詞爲正之說法，如稱秦觀詞爲「詞之正宗」、「詞家正音」〔註41〕等。

第三節　論詞體之演進

　　張仲謀先生於《明詞史》談及明人論詞之特色與突破時云：
　　　明人論詞，往往具有很明顯的詞史意識。雖然由於體例所

〔註38〕宋・蘇軾撰，孔凡禮點校：《蘇軾文集》（北京：中華書局，1986年3月），冊4，卷五十三，頁1560。

〔註39〕《說郛》卷二十四引宋・俞文豹《吹劍續錄》。此語收錄於《歷代詞話》，卷五，《詞話叢編》，冊2，頁1175。

〔註40〕清・劉熙載撰：《藝概・詞概》（《詞話叢編》本），冊4，頁3691。

〔註41〕清・胡薇元撰：《歲寒居詞話》（《詞話叢編》本），冊5，頁4029。

> 限，很少有大塊的完整的論述，但他們在很多序跋與詞話
> 中都顯示出整合零散資料、勾勒詞史發展輪廓的動機。在
> 清人看來，這種偏好「宏觀」的思維方式也許正反映了明
> 人好大喜功的浮華空疏，但放在詞學發展史的背景上來
> 看，這比宋元時代偏重談技巧的詞論，應該說是一種很大
> 的發展與進步。〔註42〕

此段文字係言一般明人論詞特色，而張綖論詞的確如其所言，雖多殘
叢小語，然卻有相當明顯之詞史意識。張綖詞論除正變之詞史觀外，
其詞體演進之詞史觀，亦具有高度理論與價值，惜不為人所知，此節
將介紹張綖詞史觀，並探討相關問題。

　　對於文學史之流變，多數人只能將文體之興衰遞變視為自然演
化，而未能察覺到文學史本身其實是一個有機體，因時代客觀要求，
促使文體不斷嬗變。要能理解文體嬗變之因，實需經過長久歷史驗證
與觀察者宏觀敏銳之文學史觀，方能洞察到推進文學演進之外在力
量。晚清王國維正處於足以總結文學史演變經驗之時代中，再加上其
淵博學識與敏銳觀察力，而提出「凡一代有一代之文學」〔註43〕之重
要論點。王國維指出「一代有一代文學」之因云：

> 四言敝而有楚辭，楚辭敝而有五言，五言敝而有七言，古
> 詩敝而有律絕，律絕敝而有詞，蓋文體通行既久，染指遂
> 多，自成習套。豪傑之士亦難於其中自出新意，故遁而作
> 他體以自解脫，一切文體所以始盛終衰者皆由於此。故謂
> 文學後不如前，余未敢信。但就一體論，則此說故無以易
> 也。〔註44〕

他認為歷史上文體不斷遞變者，蓋由於一文體通行既久，抒情模式趨
於定型，前人對此文體無論於形式或內容上之不斷突破、創新，對後
來作者產生極大阻礙與挑戰，因此豪傑之士不得不棄舊趨新，以求突

〔註42〕張仲謀撰：《明詞史》，頁344。
〔註43〕王國維撰：《宋元戲曲考》（台北：藝文印書館，1996年初版四刷）。
〔註44〕王國維撰：《人間詞話》（《詞話叢編》本），冊5，頁4252。

破，此文學演進之歷史觀，可謂一針見血。王國維還指出「一切文體所以始盛終衰者皆由於此」，藉文學演進歷史觀說明一體往往始盛終衰之因，其所謂「一切文體」當然亦包含詞體在內。此段文字不僅解決詞體爲何能取代詩體而興起之問題，亦對詞體由盛轉衰之原因提出合理解釋。

　　詞體演進之詞史觀，過去多認爲王國維爲詞史觀之首創者，詞史觀在王國維手中得到高度理論總結，然王國維是否爲首位將詞史視作有機體之詞論家？在此之前，歷代論詞家對此問題認知狀況如何？王國維在提出詞體演進之詞史觀前，曾將歷代涉及此問題之詞論作一整理與評價，所謂：

> 陸放翁跋《花間集》謂：「唐宋五代，詩愈卑，而倚聲輒簡古可愛。能此不能彼，未可以理推也」《提要》駁之，謂：「猶能舉七十斤者，舉百斤則蹶，舉五十斤則運掉自如。」其言甚辨。然謂詞必易於詩餘，未敢信。善乎陳臥子之言曰：「宋人不知詩而強作詩，故終宋之世無詩。然其歡愉愁苦之致，動于中而不能抑者，類發于詩餘，故其所造獨工。」五代詞之所以獨勝，亦此也。〔註45〕

是知在王國維之前，已有論者注意詞學演進現象。南宋・陸游首先關注此問題，然對於唐宋五代能詞不能詩之情況無法理解。晚明陳子龍則認爲宋詩主言理、宋詞主言情，蓋因「宋人不知詩而強作詩」，僅指出詞之言情功能，並未進一步說明宋人言情者捨詩就詞之因，語焉不詳，並未解決宋詞盛於詩與宋詩不言情之問題。如前所述，清代以前詞論家尚無法藉由足夠歷史經驗察覺詞體代詩而興起之推動力量，而清代有其時代優勢，其表現又爲如何？《四庫全書》以崇古眼光輕視詞體，認爲文學一代不如一代，才力大者作詩，才力不足者降爲填詞，此說不但未能解決陸游所提出之問題，反而陷入盲目崇古賤今之陳腔濫調。

〔註45〕王國維撰：《人間詞話》（《詞話叢編》本），冊5，頁4251。

　　其實除王國維所羅列之陳子龍、《四庫提要》外，早在明中葉時期，明詞人詞史意識就已開始萌興〔註46〕，如與張綖（1487～1544）同時之陸深（1477～1544）於〈中和堂隨筆〉云：

> 陸務觀有言：「詩至晚唐、五季，氣格卑弱，千人一律。而長短句獨精巧富麗，後世莫及。」蓋指溫庭筠而下云然。長短句始於李太白〈菩薩蠻〉等作，蓋後世倚聲填詞之祖。大抵事之始者，後必難過，豈氣運然耶？故左氏、莊、列之後而文章莫及，屈原、宋玉之後而騷賦莫及，李斯、程邈之後而篆隸莫及，李陵、蘇武之後而五言莫及，司馬遷、班固之後而史書莫及，鍾繇、王羲之之後而楷法莫及，沈佺期、宋之問之後而律詩莫及。宋人之小詞，元人已不及；元人之曲調，百餘年來，亦未有能及之者。但不知今世之所作，後來亦有不能及者果何事耶？〔註47〕

而張綖對陸游所拋出之問題亦有所論述，其《草堂詩餘別錄》於韋莊〈小重山〉（一閉昭陽春又春）後評注云：

> 陸務觀嘗怪晚唐諸人之詩，纖麗委薾，千篇一律，而其詞獨精工高雅，非後人所及，以為此事之不可解者。然其故可知也，蓋唐人最長于詠情，詩則末流而失其眞，詞乃初變而存其義，此所以非後人所及歟。

陸深與張綖同時代，一在中央任官，一為在野知府，兩人並無交集，卻英雄所見略同，詮釋陸游疑慮，究竟誰先提出已不可考，因此本文針對兩人所論評判高下。對於陸游所提出之疑問，陸深答道：「大抵事之始者，後必難過。」張綖答云：「詩則末流而失其眞，詞乃初變而存其義。」二人所論顯較王國維所舉之陳子龍、《四庫全書》論點高明許多，亦為焦循「一代有一代之所勝」、王國維「一代有一代之

〔註46〕張仲謀先生於《明詞史》，頁344～350「詞史觀」一節中，已精采論及王國維詞史觀早在明代萌興，並以陸深為最早論者，然未言及同時張綖之詞史觀。
〔註47〕明・陸深撰：《儼山外集》，卷二十七（上海：上海古籍出版社，1993年初版）。

文學」之先聲。然陸深、張綖之詞史觀有一相當大之差異，即如首段所述，陸深僅將文體之興衰遞變視爲自然演化，「左氏、莊、列之後而文章莫及，屈原、宋玉之後而騷賦莫及，……」雖看出文體盛衰代興之歷史常態、定律，卻未進一步找出推動文體演進之力量來源。而張綖詞史觀所論雖不長，卻已精要且準確指出推動文體演進之背後力量，此一力量即「情」也，其所謂「情」與明代後期詞論僅限於兒女之情判然有別，此「情」指性情，爲文體之共性。找到推動文學史演進之因，方能完整呈現文學史爲有機體之樣貌。

　　張綖認爲詩、詞均爲作者表情達意之載物，詩體在初、中唐輝煌一時，至晚唐已爲末流，前人已開發盡各種可能之抒情模式，後人無法突破，只能因循沿習，抒情模式既成習套，晚唐詩體自然喪失「情眞」之文學本質。而晚唐新興文體——詞，因其初、因其新，而尚「存其義」，擁有詩體所喪失之「情眞」文學本質，故而文人只得將「懽愉愁怨之致，動於中而不能抑者，類發於詩餘。」〔註48〕此即晚唐詞獨「精工高雅」遠勝於晚唐詩之主要因素。此外，張綖以「眞」之標準，肯定晚唐詞「非後人所及」之觀念，實爲卓見，亦爲王國維一切文體皆「始盛終衰」觀念之雛形。近人轂永推崇王國維此論云：

　　　　凡一種文學其發展歷程必有三時期：（一）爲原始的時期，（二）爲黃金的時期，（三）爲衰敗的時期，此準諸世界而同者。原始的時期眞而率，黃金的時期眞而工，衰敗的時期工而不眞，故以工論文學未有不推崇第二期及第三期者；以眞論文學未有不推崇第一期及第二期者。先生奪第三期之文學的價值而予第一期，此千古之卓識也。〔註49〕

張綖早於王國維二百餘年而先有此論，移轂永推崇王國維之語以評張綖亦可矣！

〔註48〕王國維引陳子龍語，見王國維撰：《人間詞話》（《詞話叢編》本），冊5，頁4251。

〔註49〕轂永撰：〈王靜安先生之文學批評〉（《學衡》第64期，1928年）。

第四節　論詞體之特質

　　北宋時期，由於宋代文豪蘇軾打破詩詞疆界，以詩為詞，凡能入詩者皆可入詞之創作態度，使傳統詞風面臨前所未有之挑戰，詞體特質之辯於焉展開。晁補之云：「黃魯直間作小詞，故高妙，然不是當行家語，是著腔子好詩。」〔註50〕陳師道云：「子瞻以詩為詞，如教坊雷大使之舞，雖極天下之工，要非本色。」〔註51〕陳師道、晁補之二人認為蘇軾、黃庭堅詞雖極天下之工、高妙，然終非本色、當行家語，此「詩詞有別」之說，後為李清照所繼承。李清照承晁、陳二家說法，清楚指出「詞別是一家」，而不同於晁、陳能兼容並蓄欣賞以詩為詞之佳處，李清照堅守詩詞界線，指責蘇軾詞不過為「句讀不葺之詩耳」。宋代論詞體特質、本色說之出現有其時代意義，時至明代，詞體特質論、本色說再次喧騰於詞壇，以下以張綖於《詩餘圖譜‧凡例》論述及《草堂詩餘別錄》中評語，說明張綖本色說之內容，建構張綖心目中詞體特質之面貌，並論及此論題盛行於明代之因及其時代意義。

　　各文體均有其特質，在創作之前須先掌握文體特質，方得掌握創作要訣，張綖《詩餘圖譜‧凡例》云：

> 按詞體大略有二：一體婉約，一體豪放。婉約者欲其辭情醞藉；豪放者欲其氣象恢弘，蓋亦存乎其人，如秦少游之作，多是婉約；蘇子瞻之作，多是豪放。大抵詞體以婉約為正，故東坡稱少游為今之詞手，後山評東坡詞雖極天下之工，要非本色。今所錄為式者，必是婉約，庶得詞體。

此文藉以揭示詞體兩大風格、言風格存乎其人、言正變說明詞之特質，其理論核心與李清照〈詞論〉相同，均在強調「詞別是一家」。

〔註50〕宋‧晁補之撰：〈評本朝樂章〉（見宋‧吳曾撰：《能改齋漫錄》，卷十六）。

〔註51〕宋‧陳師道撰：《後山詩話》，《宋詩話全編》本（吳文治主編，南京：江蘇古籍出版社，1998年初版）。

李清照論詞之與散文、詩等其他文體不同處，在於詞可合樂而歌，因此李清照〈詞論〉主要從詞之音樂性建構「詞別是一家」之理論。至明代詞樂不傳，明詞論家無法從音樂、形式建構詞之特質，只好緊抓住詞之內容、風格加以論述。明人總結唐宋人詞作，認爲就詞之內容、風格而言，詞體在文人就其特性而刻意分工下，文人詞主要內容在抒發離愁別怨、男女情思等非功利性之情感，而詞之風格亦顯然較詩體風格柔媚許多。既有詞婉於詩之認識，明詞論家遂以此作爲詞體特質論之主軸。

　　如前所述，詞樂至明代已完全亡佚，故明代詞論家似乎較其他朝代更急於爲詞體建立其獨特性，明代俗文學擠壓雅文學生存空間，眾多而精采詩學理論維繫明詩之不墜，而曲風正熾，亦威脅明詞之發展。當日曲學論壇正流行曲體本色說，因此張綖重拾宋代原有之本色說，趕上論文體本色論之熱潮，以與之相抗衡。曲之本色說源自於北宋中期詞之詞論，然曲之本色說內容與宋詞本色說內容迥異。相較於曲之本色說在元、明二朝盛行，詞之本色說在元代之後鮮爲人所討論，直至明代中葉，詞論家從曲論界接過此論題，而展開熱烈討論，當時最早重提詞之本色論者爲陳霆（1479～1560 前後）及張綖（1487～1544）二人，陳霆云：

> 楊孟載作禁體雪詞，後闋云：「正簌簌，還揚揚，復織織」則於古無所出，雖移之別咏，未爲不可。予謂雪詞既禁體，於法宜取古人成語，勻之句中，使人一覽見雪，乃爲本色。〔註52〕

陳霆認爲借用古人成語清楚表達出作者意圖之詞爲「本色」詞，其本色論顯然近於曲之本色論而遠於宋朝時詞本色論之內容。與陳霆同時之張綖亦以本色論詞，其本色論搭配豪放、婉約二分法與正變論，在黃庭堅、陳師道、李清照本色論基礎上，再進一步廓清本色、非本色

〔註52〕明・陳霆撰：《渚山堂詞話》，卷二（《詞話叢編》本），冊 1，頁365。

詞之界域，繼張綖之後，何良俊等詞論家均申其說〔註53〕，張綖、陳霆本色說於明中葉之後再次掀起本色論詞風潮，而張綖本色論影響更為深遠，後世本色論不過在張綖基礎上發展爾。

另一方面，宋詞因蘇軾之開拓，而有詩、詞界線不清之虞；又因柳永之俚詞，而使詞有雅俗雜揉之病，是以晁補之、陳師道本色、當行論、李清照「詞別是一家」之論出，以牽制文人以詩為詞風氣彌漫、壓抑文人以俗代雅習慣擴張。明代因曲風盛行，詞人多有曲作，因此以曲為詞相當普遍，又加上明代臺閣體、打油體、艷詞等均曾盛行一時，使詞沾染鄙薄淫藝之語。其處境與宋代詞壇相近，因此張綖重新搬出本色說，遏止以曲為詞之風，糾正艷詞之弊。張綖建構詞體特質之歷史意義，即在於保有詞體傳統之美（針對以曲為詞），與提高明詞之品格（針對明代臺閣體、打油體、艷詞等）。

張綖認為詞與詩體不同處，在於詞體較詩體更須具有「精工」、「醞藉」之特質，如其評歐陽脩〈浣溪沙〉（小院閒窗春色重）詞云：

> 結語尤曲折，婉約有味，若嫌巧細，詞與詩體不同，正欲其精工，故謂秦淮海以詞為詩，嘗有「簾幕千家錦繡垂」之句，孫莘老見之云：「又落小石調矣！」〔註54〕

又如評鄭域〈念奴嬌〉「嗟來咄去」詞云：

> 詞體本欲精工醞藉，所謂富麗如金堂之張，妖冶如攬嬙施之袪者，故以秦淮海、張子野諸公稱首。〔註55〕

於眾家詞人中，張綖認為張先與秦觀詞最能得詞體「精工醞藉」之特質。此外，張綖亦以詞例說明本色詞應有之面目，曾舉晏殊〈玉樓春〉為例：

〔註53〕何良俊云：「樂府以皦徑揚厲為工，詩餘以婉麗流暢為美，如周清真、張子野、秦少游、晁叔用諸人，柔情曼聲、摹寫殆盡，正詞家所謂當行，所謂本色者也。」
〔註54〕《草堂詩餘別錄》，頁 6。
〔註55〕《草堂詩餘別錄》，頁 70～71。

綠楊芳草長亭路。年少拋人容易去。樓頭殘夢五更鐘，花
外離愁三月雨。　　無情不似多情苦。一寸還成千萬縷。
天涯地角有窮時，只有相思無盡處。

蒲傳正曾以此詞首二句駁晏幾道「先公平日小詞雖多，未嘗作婦人
語。」之說〔註56〕。此詞寫思婦閨怨，確爲婦人語，陳廷焯評云：「婉
轉纏綿，深情一往，麗而有則，耐人尋味。」〔註57〕此詞除首二句用
直敘法外，多用比喻、反語、誇張等技巧，雖巧於構思，然下筆卻俱
白描，用意婉轉含蓄、用字無藻飾而仍精麗、所寄之情深而無怨懟，
實爲承續《花間》詞統之婉約詞作。張綖評此詞爲「詞家本色」，可
從此詞中知其本色標準，而其所謂「婉約」詞樣貌亦在其中。

　　用字精工、命篇醞藉所塑成之婉約風格詞作，向爲張綖視爲詞之
本色，而對於非詞家本色之詞其評價又如何？從對鄭域〈念奴嬌〉「嗟
來咄去」詞評語可知其意：

　　　至東坡，以許大胸襟爲之，遂不屑繩墨。後來諸老，競相
　　　效之，至多用「也」、「者」、「之」、「呼」字樣，詞雖佳，
　　　疊疊殆若文字，如此調之類，回視本體，迥在草昧洪荒之
　　　外矣！是知詞曲自是小技專門，不爲高賢傍奪。〔註58〕

張綖雖認同陳師道云蘇軾詞「要非本色」之說，然並無貶抑蘇詞之
意，反而對其詞之評價不下本色作家秦觀、張先輩，此說何據？蓋張
綖認爲蘇軾「以許大胸襟爲之，遂不屑繩墨。」相形之下，豈不云固
守傳統婉約詞人無「大胸襟」，無勇氣擺脫詞體傳統內容、音律之「繩
墨」。對於其他極盡仿效之能事之非本色詞人，則極爲不滿，言其仿
效蘇、辛以詩爲詞、以文爲詞之作法，既無大胸襟亦無大才，「至多
用『也』、『者』、『之』、『呼』字樣」，後人盲目模仿，甚爲可鄙，故
張綖遽指責其詞「迥在草昧洪荒之外矣！」。

〔註56〕宋‧趙與時撰：《賓退錄》，卷一（台北：新文豐出版社，1985 年初
　　　版）。
〔註57〕清‧陳廷焯撰：《白雨齋詞話》，（《詞話叢編》本），冊 4。
〔註58〕《草堂詩餘別錄》，頁 70〜71。

　　張綖雖重視詞體「精工醞藉」之特質，言正變、本色，致力於從內容上建立詞體之獨特性，卻未因此死守詞體本色，對於蘇軾非本色之詞亦給予肯定。明代詞論家急欲建立詞體之獨立性，故而多承襲李清照嚴守「詞別是一家」觀點，進而吸收其否定豪放詞家之態度，如王驥德《曲律》云：「詞曲不尚雄勁險峻，只一味嫵媚閒豔，便稱合作。是故蘇長公、辛幼安並置兩廡，不得入室。」〔註59〕沈際飛《古香岑草堂詩餘》：「詞貴香而弱，雄放者次之。」〔註60〕等論，均與李清照所論相近。而張綖論詞體之特質、本色之主旨與目的，雖與李清照相同，然對於豪放詞家蘇軾卻有不同看法，就此點而言，張綖本色論實直承晁補之、陳師道之說而來，三家之論均擁有可貴之通達文學觀，張綖詞體本色論兼容並蓄之態度，於明代詞論中可謂特殊。

第五節　推尊詞體

　　清代詞壇揚起一陣尊詞體之風潮，陽羨詞派宗主陳維崧喊出「以詞存經存史」〔註61〕之口號，由詞之內容說明；浙西詞派汪森，沿用朱彝尊「詞為詩餘」之理論，將詞與詩並列，而達到尊體目的〔註62〕。整體說來，陽羨詞派有意打破「詞為小道」之觀念，成功建設起「存經存史」之尊體論；而浙西詞派卻一直擺脫不了「詞為小道」思想，致使「詩詞並列」之尊體論有根本邏輯上之缺失。明代普遍存有填詞為小技之觀念，明人尊體論雖未如清人尊體論建構之完整與系統，然推尊詞體之意識實已萌芽。

〔註59〕明・王驥德撰：《曲律》，《續修四庫全書》本（上海：上海古籍出版社，1995 年初版），卷四，頁 488。

〔註60〕明・沈際飛批點：《古香岑草堂詩餘》正集卷二（明崇禎太末翁少麓刊本，台北：國家圖書館藏）。

〔註61〕清・陳維崧撰：《詞選・序》（施蟄存主編：《詞集序跋萃編》，北京：中國社會科學出版社，1994 年 12 月初版），頁 761。

〔註62〕汪森尊體論參見汪森撰：《詞綜・序》（臺北：世界書局，1957 年初版），頁 1。

　　張綖編《詩餘圖譜》之目的即在提供一客觀標準，詩、詞、曲之分界在哪？詞之義界如何？無需以過多言辭闡釋，一部詞譜即可勝過一切言詮，就形式上而論，填詞者即使對詩、詞、曲分界毫無概念，照譜填詞即可獲得完整之詞體形式。《詩餘圖譜》之出現，標誌著詞流復歸其道、詞體獨立之重大意義。

　　張綖談論詞之正變、本色，以豪婉概括詞體兩大主要風格，在推崇秦觀、歐陽脩等婉約大家同時，亦高誦蘇軾大胸懷、大手筆、辛棄疾「高懷跌宕」之「變」、「非本色」詞。凡詞風格「清麗」、胸懷「高潔」者不悖詞體，而俚俗、艷鄙、一味仿蘇、辛卻只用「之」、「乎」、「也」、「者」襲豪放之皮而無其精神者俱深爲張綖鄙視。在詩、曲等其他文體興盛夾擊下，詞體在當時躓踣難行，張綖填詞自勉以清麗醞藉作詞；論詞則致力於廓清詩、詞、曲疆界，釐清詞之特質。作《詩餘圖譜》助人掌握作詞形式；校印《淮海集》、編選評點《草堂詩餘別錄》，揭示詞體特質。其尊詞體用心由此可鑑。

第六節　作品評騭

一、評詞標準

（一）命篇造境

　　張綖認爲詞體以婉約風格爲正、爲本色，因此選詞、評詞時亦多以婉約詞風標準，如評鄭域〈念奴嬌〉（嗟來咄去）詞云：

> 詞體本欲精工醞藉，所謂富麗如金堂之張，妖冶如攬嬙施之袪者，故以秦淮海、張子野諸公稱首。六一翁雖尚疏暢自然，而溫雅富麗猶本體也。至東坡，以許大胸襟爲之，遂不屑繩墨。後來諸老，競相效之，至多用「也」、「者」、「之」、「呼」字樣，詞雖佳，壘壘殆若文字，如此調之類，回視本體，迥在草昧洪荒之外矣！是知詞曲自是小技專門，不爲高賢傍騖。

在張綖觀念中，「詞統」為論詞之主軸，故評詞時亦不離「詞統」之中心指導。此段文字先說明正體詞（屬婉約風格者）之二種造境命篇要素與代表作家，「精工醞藉」與「溫雅富麗」均可構成婉約風格之詞作，而張先、秦觀為「精工醞藉」婉約詞之能手；歐陽脩則為「溫雅富麗」之能手。而對於非正體詞，張綖並未定出評詞標準，蓋因張綖認為豪放詞代表作家──蘇軾，其詞乃於「以許大胸襟為之，遂不屑繩墨」之情況下所創作，其後之仿效者，多無蘇軾之大才與「大胸襟」，而「至多用『也』、『者』、『之』、『呼』字樣」。因此，張綖於《草堂詩餘別錄》中僅收蘇軾豪放詞作，其餘則均以婉約風格為主。以下即據張綖於《草堂詩餘別錄》之評語中常用之「精工醞藉」、「溫雅富麗」兩大主要標準，看其對命篇造境之要求為何。

1. 精工醞藉

明初之詞已開始出現曲化現象，如元末明初凌雲翰所作之詞多有散曲風格韻味，茲舉〈漁家傲‧壽楊復初〉為例：

> 采芝步入南山道，道深宛似蓬萊島。聞說村居詩思好。還被惱，蒼苔滿地無人掃。　　載酒亭前松合抱，客來便許同傾倒。玉兔已將靈藥搗。秋意早，月華長似人難老。〔註63〕

此詞無論用字或韻味，均介乎於詞曲之間。至瞿佑〈樂府遺音〉時，以曲為詞痕跡更為明顯，如〈一剪梅‧舟次橫塘書所見〉：

> 水邊亭館傍晴沙，不是村家，恐是仙家。竹枝低亞柳枝斜，紅是桃花，白是梨花。　　敲門試覓一甌茶，驚散群鴉，喚出雙鴉。臨流久立自咨嗟，景又堪誇，人又堪誇。〔註64〕

瞿詞之曲味較凌詞更為濃厚，以上所舉二首詞雖以詞律行之，然從其精神意態看來，則近於曲而遠於詞。「聞說村居詩思好。還被惱，蒼苔滿地無人掃。」、「不是村家，恐是仙家。」用語率真不假修飾，饒具曲味，結句「秋意早，月華長似人難老。」、「景又堪誇，人又堪誇。」

〔註63〕明‧凌雲翰撰：《柘軒詞》（台北：新文豐出版社，1989 年台一版）。
〔註64〕明‧瞿佑撰：《樂府遺音》（台南：莊嚴文化，1997 年初版）。

語盡而無詞之雋永韻味。在瞿佑之前，詞雖有曲化現象，卻尚未墮入俗調，而在瞿佑之後，以曲爲詞風氣興盛，空有詞之名、詞之格律，如楊慎〈長相思〉：

> 雨聲聲，夜更更，窗外蕭蕭滴到明，夢兒怎麼成？望盈盈，
> 盼卿卿，鬼病懨懨太瘦生，見時他也驚。〔註65〕

此等曲化之詞，摘去詞牌則實與散曲無異。清・吳衡照曾指出：「蓋明詞無專門名家，一二才人如楊用修、王元美、湯義仍輩，皆以傳奇手爲之，宜乎詞之不振矣！其患在好盡，而字面往往混入曲子。」〔註66〕此段文字道出明詞不振之因在於詞之曲化，亦指出以曲爲詞之患在「好盡」，以及「字面」上之詞曲不分。

　　從張綖詞作與詞選、詞評中可看出，其審美傾向乃完全傳承自傳統詞風，對於蘇軾「以詩爲詞」與「以文爲詞」之作法，張綖尚可接受，至於當時所盛行「以曲爲詞」之風，則爲其所排斥，因此，如何矯正「以曲爲詞」之病，爲張綖所面臨之重大問題。在矯正「以曲爲詞」之努力上，張綖除以詞作實踐傳統詞風之回流，盡除曲化之弊，亦通過詞選與詞評矯正曲化風氣。誠如吳衡照指出曲化詞「好盡」、「字面往往混入曲子」二大弊病，詞與曲最大差異，在於詞之字面精巧工緻，曲則口語俚俗；詞講究含蓄雋永，曲則以坦率語盡爲本色。是以張綖針對以曲爲詞之二大弊病，主張以「精工」糾正曲化字面，以「醞藉」矯正曲化好盡之病，重新深化傳統婉約詞「精工醞藉」特質、本色，試圖扭轉以曲爲詞之時代風氣。

　　張綖認爲詞之鑄字需「精工」、命意需「醞藉」，因此其於《草堂詩餘別錄》之評語中，時常以「精工醞藉」標準評詞，如「通篇詞亦工緻。」（謝逸〈玉樓春〉「弄晴數點梨花雨」）〔註67〕、「造語精工。」

〔註65〕明・楊慎撰：《升庵長短句》（蘭州：蘭州大學出版社，2003 年初版）。

〔註66〕清・吳衡照撰：《蓮子居詞話》卷三（《詞話叢編》本），冊 3，頁2461。

〔註67〕《草堂詩餘別錄》，頁 42。

（解昉〈永遇樂〉「風暖鶯嬌」）〔註68〕、「結句尤為委曲，精工含蓄，無窮之意焉」（李清照〈如夢令〉「昨夜風疎雨驟」）〔註69〕、「結語含蓄無窮，言外之情，當與曾純甫〈金人捧露盤〉同看。」（張掄〈燭影搖紅〉「雙闕中天」）〔註70〕「此詞溫雅醞藉，佳品也。」（仲殊〈訴衷情〉「湧金門外小瀛洲」）〔註71〕等。

婉約詞「醞藉」之境界，向為張綖詞論所強調與創作時所追求者，誠如王國維《人間詞話》云：「詞之為體，要眇宜修，能言詩之所不能言，而不能盡言詩之所能言。詩之境闊，詞之言長。」〔註72〕詞與詩、曲究竟迥然有別，而詞之最大特點在於「詞之言長」，是以張綖以「醞藉」作為婉約詞之最高境界，可謂相當符合詞體發展史與詞體特質。「醞藉」境界之運用範圍十分廣大，儘管它主要偏向於婉約風格，卻具有豐富內涵與多元選擇，當閨情鎔於「醞藉」境，則不過於露；思怨鎔於「醞藉」境，則不流於傷；農村閒趣鎔於「醞藉」境，則不陷於俗，任何主題、任何內容，凡出以「醞藉」筆法者，基本上已掌握住詞體特質，能達於「要眇宜修」之境界。而鎔感慨之意於「醞藉」境者，則感人至深，直如沈際飛所云：「情生文，文生情，何文非情？而以參差不齊之句，寫鬱勃難狀之情，則尤至也。」「寫鬱勃難狀之情」之內容與醞藉意境相結合，則可激盪成完美詞作，張綖給予鹿虔扆〈臨江仙〉詞極高之評價，意即在此，所謂：「此詞寫感慨之意于醞藉之詞，謂之古作而音調諧和，謂之今詞而語意高古，愈味愈佳，允為詞式。」〔註73〕鹿虔扆〈臨江仙〉云：

金鏁重門荒院靜，綺窗愁對秋空。翠華一寂無蹤。玉樓歌吹，聲斷已隨風。　　煙月不知人事改，夜闌還照深宮。

〔註68〕《草堂詩餘別錄》，頁 23。
〔註69〕《草堂詩餘別錄》，頁 20。
〔註70〕《草堂詩餘別錄》，頁 39。
〔註71〕《草堂詩餘別錄》，頁 42～43。
〔註72〕清・王國維撰：《人間詞話》（《詞話叢編》本），冊 5，頁 4258。
〔註73〕《草堂詩餘別錄》，頁 61。

　　　　藕花相向野塘中。暗傷亡國，清露泣香紅。

鹿虔扆爲蜀永泰軍節度使，蜀亡後，將亡國之慨寄寓於此詞，感慨淋
漓。此詞最妙處爲末三句，言無情之藕花，尚能感受亡國之痛，而「清
露泣香紅」，何況多情之人。作者哀痛藉花之嘆聲、泣聲更顯深沉，「寫
感慨之意于醞藉之詞」，因意不盡而使感嘆之意沉鬱而深長。由此可
體會出張綖所謂「精工醞藉」即以精妙語言表現言外之意，追求語言
之象徵性與朦朧美。

2. 溫雅高麗

　　前代詞籍之大量散佚，《花間集》與《草堂詩餘》成爲明中葉最
爲流行之詞選，在明中葉之後，諸詞選家以其審美傾向重新改造、改
良之「《草堂詩餘》詞選家族」，雖有《草堂》之名，實則詞選內容、
作用等內涵已與《草堂詩餘》原貌有不同程度之差別。清・況周頤曾
云：「綜觀宋以前諸選本，……唯《草堂詩餘》、《樂府雅詞》、《陽春
白雪》，較爲醇雅。以格調氣息言，似乎《草堂》尤勝。中間十之一
二，近俳近俚，爲大醇之小疵。」〔註74〕《草堂詩餘》選詞題材甚廣，
雖間有鄙俗之詞，名家名作亦所在多有，在當時具有可歌性，流傳至
後代，亦有高度之可讀性，誠如況氏所云，《草堂詩餘》中多有醇雅、
高格調之詞，惟間有近俳近俚之詞，因此張綖針對《草堂詩餘》缺點，
以格調「高」、內涵「雅」爲標準，刪汰鄙俗之詞，號稱所餘七十八
首「皆平和高麗之調，誠可則而可歌。」〔註75〕

　　明代永樂至成化年間，因統治者屠殺文人、高壓控制意識形態、
科舉制度導引約束，文化生機被掃除殆盡，臺閣體、打油體等毫無審
美價值之詞充塞詞壇，爲千年詞史上最乏味之一段時期〔註76〕。張
綖雖處於正德、嘉靖詞風逐漸復興之時代，然去明詞衰敗期未遠，臺

〔註74〕清・況周頤撰：《蕙風詞選・序》（《詞話叢編》），冊4，頁3017。
〔註75〕《草堂詩餘別錄・自序》，頁1。
〔註76〕張仲謀先生於《明詞史》中明永樂至成化年間歸爲「明詞的衰敗
　　　　期」，且對此時期詞之所以衰敗之因論述詳盡，請參見張仲謀撰：《明
　　　　詞史》（北京：人民文學出版社，2002年2月），頁83～85。

閣體、打油體餘波尚存，又創作艷詞習氣始終未除，在格尚香軟、思致淺鄙之塡詞積習中，張綖以「平和高麗」標準選詞，強調詞「平和」、「溫雅」、「高麗」之氣質，實有其時代意義，一方面對《草堂詩餘》進行改造，一方面亦可掃清詞壇俗艷之風、糾正詞人遊戲之創作態度。

　　《草堂詩餘別錄》除所收之詞均爲「平和高麗」之雅詞外，張綖於《草堂詩餘別錄》中之評注語中，亦時常以「高雅」評詞，如：「按山谷此詞語意高雅，誠爲可錄。」（黃庭堅〈驀山溪〉「鴛鴦翡翠」）〔註77〕、「此詞如『月滿西樓憑欄久，依舊歸期未定。』及『嘶騎不來銀燭暗，枉教人、立盡梧桐影。誰伴我，對鸞鏡。』頗似流麗高雅。」（李玉〈賀新郎〉「篆縷綃金鼎」）〔註78〕等。

　　此外，在張綖評宋自遜〈賀新郎〉（靈鵲橋初就）時云：

> 此詞如「歲月不留人易老，萬事茫茫宇宙，但獨對、西風
> 搔首。」語亦高雅，若「休咲雙星經歲別，人到中年以後，
> 雲雨夢可曾常有。」則村夫子俚語耳。〔註79〕

同樣感歎歲月不待人之感，境界卻大不相同，此段評論不僅指出宋詞之高雅處，亦舉出俚俗語以兩相對比，顯現出張綖《草堂詩餘別錄》崇雅黜俗之選詞標準。

　　張綖建構詞體特質之歷史意義，即在於保有詞體傳統之美（針對以曲爲詞），與提高明詞之品格（針對明代艷詞），強調「溫雅高麗」不僅呈現張綖本身審美趣尚，更與其把握詞體特質、推尊詞體概念一貫。

（二）結句要求

　　文章末段貴在簡潔有力、能收束全文，而詞之結句須具備何種特色，方爲佳構？張綖主張以婉約詞體爲正，以「辭情醞藉」作爲評斷

〔註77〕《草堂詩餘別錄》，頁 2。
〔註78〕《草堂詩餘別錄》，頁 13。
〔註79〕《草堂詩餘別錄》，頁 45。

詞之最高標準，而決定一首詞是否具備「辭情醞藉」之特質者在於詞
之結句，因此張綖認爲詞之結句須有「含蓄無窮」之意。張綖在評注
唐宋人作品時，經常爲讀者點出佳結句之範例，以供讀者揣摩、學習，
如：「結亦雋永」（歐陽脩〈蝶戀花〉「簾幙風輕雙語燕」）、「結句尤爲
委曲，精工含蓄，無窮之意焉。」（李易安〈如夢令〉「昨夜風疎雨驟」）、
「結句醞藉」（解方叔〈永遇樂〉「風暖鶯嬌」）、「結語含蓄無窮，言
外之情，當與曾純甫〈金人捧露盤〉同看。」（張林甫〈燭影搖紅〉
「雙闕中天」）、「結句含蓄不盡之意，最得詞體。」（朱熹〈憶秦娥〉
「雲垂幙」）、「尾句尤含蓄深思」（《淮海長短句》〈浣溪沙〉「錦帳重
重卷暮霞」）。此外，張綖亦以結句是否有「含蓄無窮」之意作爲擇汰
詞之標準，如：「有點刪，結句矗直，乏雋永之味。」（陳瑩中〈青玉
案〉「碧空黯淡同雲繞」）

　　秦觀詞爲張綖心目中最具「詞情醞藉」特質之詞家，其評秦觀
〈八六子〉（倚危亭）一詞云：「結句尤悠雅醞藉」。此詞描寫對遠方
戀人之縈念，秦觀將對伊人之無窮思念與幽怨情思，透過黃鸝哀鳴傳
遞而出，以「正銷凝，黃鸝又啼數聲。」作結，贏得同鄉後輩懾服與
讚嘆。

　　在此同時，張綖再進一步舉出意思相近而意境卻相去甚遠之失敗
結句，其舉朱淑眞詩「欲將鬱結心頭事，付與黃鸝叫幾聲」，並批評
云：「不成結」。同樣將鬱抑之情寄寓於黃鸝鳴聲中，而一以寄寓不著
痕跡，一以直述流於言詮；一以景語結，一以情語結，二相比較則高
下立判。南宋・沈義父《樂府指迷》云：

　　　　結句須要放開，含有餘不盡之意，以景結尾最好。如清眞
　　　　之「斷腸院落，一簾風絮」，又「掩重關，徧城鐘鼓」之類
　　　　是也。或以情結尾亦好。往往輕而露，如清眞之「天便教
　　　　人，霎時廝見何妨」，又云「夢魂凝想鴛侶」之類，便無意
　　　　思，亦是詞家病，卻不可學也。〔註80〕

〔註80〕宋・沈義父撰：《樂府指迷》（《詞話叢編》本），冊1，頁279。

張綖雖未直接道出「以景語結情最好」,然其將秦觀、朱淑眞二人之作品結句並置論次,可知其與沈義父對詞之結句看法完全相符合。

(三)奇境奇語

任何一種文體均有其生命週期,是故一代有一代之文學,詞興於唐,盛於宋,而至明代時已難再有所突破,因此如何突破前人成就,找出專屬於明詞之特色,實爲普遍明詞家所關注之焦點。明代詞樂亡佚,明人自度曲終非詞樂,又詞之內容題材,經唐宋諸詞家之發明、運用,男女情思、閨怨閑愁、家國愁緒、農村田野、個人情志等紛馳紙上,詞之音樂與內容至宋朝已臻完美、完備,後世詞人欲於此二方面尋求突破絕非易事,因此明人將強烈之求新意識寄望於詞句之創新,此現象在張綖《草堂詩餘別錄》評語中亦可看出端倪。

《草堂詩餘別錄》中時常可看到以「奇」作爲評詞之標準,如評歐陽脩〈蝶戀花〉(簾幙風輕雙語燕)時云:「『薄雨濃雲』二句奇。」〔註81〕評蘇軾〈蝶戀花〉(花褪殘紅青杏小)云:「『燕子來時,綠水人家遶』二句高妙有奇趣。」〔註82〕評蘇軾〈西江月〉(照野瀰瀰淺浪)云:「此詞亦無甚奇,要見古人風致如此耳。」〔註83〕又如評周邦彥〈解語花〉(風銷焰蠟)詞云:「『桂華流瓦,纖雲散、耿耿素娥欲下。』語甚奇」〔註84〕之類是也。歷代作品汗牛充棟,欲脫穎而出流傳後世,則須造奇境、用奇語,此爲明人之普遍體認,亦爲張綖所強調者。

張綖主張詞作命意用字均須翻新,反對蹈襲前人語,如《草堂詩餘別錄》中評秦觀〈風流子〉(東風吹碧草)云:「有點,刪。通篇語太熟稍近陳,結句雖有意致,亦是常語。」〔註85〕吳文節保留此首詞,

---

〔註81〕《草堂詩餘別錄》,頁 19。
〔註82〕《草堂詩餘別錄》,頁 18~19。
〔註83〕《草堂詩餘別錄》,頁 8~9。
〔註84〕《草堂詩餘別錄》,頁 36~37。
〔註85〕《草堂詩餘別錄》,頁 24~25。

張綖認爲其資格不足而欲刪去，並進一步說明此詞缺失，今將秦觀此詞錄之於下：

> 東風吹碧草，年華換，行客老滄洲。見梅吐舊英，柳搖新綠，惱人春色，還上枝頭。寸心亂，北隨雲暗暗，東逐水悠悠。斜日半山，暝烟兩岸；數聲橫笛，一葉扁舟。　青門同攜手，前歡記，渾似夢裏揚州。誰念斷腸南陌，回首西樓？算天長地久，有時有盡；奈何綿綿，此恨難休。擬待倩人說與，生怕人愁。

此詞「將身世之感，打并入艷情」〔註86〕，情感雖穠摯動人，然讀完通篇實如張綖所云「通篇語太熟稍近陳」，蓋因其用語無新奇之處，如「東風吹碧草，年華換」與秦觀〈望海潮〉其三「東風暗換年華」相近；又如「春色惱人」句爲詩詞中所常見者，如唐・羅隱〈春日葉秀才曲江〉云：「春色惱人遮不得」、五代・魏承班〈玉樓春〉云：「一庭春色惱人來」等；又如「算天長地久，有時有盡；奈何綿綿，此恨難休。」乃化用自唐・白居易〈長恨歌〉：「天長地久有時盡，此恨綿綿無絕期。」其中又以化用白居易名作之句，更嫌陳俗無奇。秦觀詞向爲張綖所激賞，然評詞時仍能持平見其缺點，一語道破秦詞之不足，其眼光可謂敏銳、精準。

詞句須創新脫套，方能出奇致勝，至於何謂奇句，張綖舉出數例以比較之，如評賀鑄〈臨江仙〉（巧翦合歡羅）評云：

> 江文通曰：「日暮碧雲合，美人殊未來」之句，亦旣名世矣！秦淮海詞用作詞云：「人不見、碧雲暮合空相對。」馮雲目用作詞云：「麗人何處，往事暮雲萬葉。」今觀馮句，當勝秦，俱不如方回此詞「舊遊夢掛碧雲邊」，更爲出奇。〔註87〕

同樣化用江淹名句，卻有高下之分，「人不見、碧雲暮合空相對。」

〔註86〕清・周濟撰：《宋四家詞選》（《百部叢書集成》本，台北：藝文印書館，1965 年初版），評秦觀〈滿庭芳〉（山抹微雲）。
〔註87〕《草堂詩餘別錄》，頁 40～41。

與江淹語句最爲相似，然以景語寫情，情思無限。至於「麗人何處，往事暮雲萬葉。」則較前句變化更多，不見麗人，獨任自己細數無數綺麗回憶。相較於前二句，張綖認爲「舊遊夢掛碧雲邊」之意境最佳，一字往往決定一篇之優劣，王國維認爲「『紅杏枝頭春意鬧』，著一『鬧』字，而境界全出。『雲破月來花弄影』，著一『弄』字，而境界全出矣！」〔註88〕而張綖亦相當重視警策字眼之添色作用，語意相近，而賀鑄詞之所以能勝出，在於其「掛」字用得相當精巧不凡，「出奇」實爲創作者之重要技巧。

（四）借鑒技巧

如前節所述，張綖要求作詞須求新求奇，然創新之作詞觀並不代表與借鑒前人語相矛盾，善用借鑒技巧者，往往可收點石成金之效，因此於《草堂詩餘別錄》之評注中，乃多指出借鑒之處，如：「韓偓詩云：『昨夜三更雨，今朝一陣寒。海棠花在否，側臥捲簾看。』此詞盡用其語點綴。」（李清照〈如夢令〉「昨夜風疎雨驟」）〔註89〕、「白樂天〈三游洞記〉云：『雲破月出，光景合吐。』子野『雲破月來』之句，蓋出諸此。」（張先〈天仙子〉「水調數聲持酒聽」）〔註90〕、「此詞盡用楊巨源『詩家清景在新春』，及韓退之『最是一年春好處』詩意。」（李元膺〈洞仙歌〉「雪雲散盡放曉晴」）〔註91〕等是也。

此外張綖認爲借鑒技巧中，「翻案古人語」往往可造出許多佳句、奇句，如評秦觀〈江城子〉「西城楊柳弄春柔」詞時云：

> 詞人佳句多是翻案古人語，如淮海此詞「便做春江都是淚，流不盡、許多愁。」可謂警句，雖用李密數隋煬語〔註92〕，

〔註88〕清・王國維撰：《人間詞話》（《詞話叢編》），冊5，頁4240，評宋祈〈玉樓春〉語。

〔註89〕《草堂詩餘別錄》，頁20。

〔註90〕《草堂詩餘別錄》，頁22。

〔註91〕《草堂詩餘別錄》，頁26～27。

〔註92〕《資治通鑑・隋紀》載李密數隋煬帝檄語云：「罄南山之竹，書罪無窮；決東海之波，流惡難盡。」與秦觀詞「便做春江都是淚，流不

　　亦自李後主「問君都有幾多愁，卻似一江春水向東流。」
　　變化，名家如此類，不可枚舉，亦一法也。〔註93〕

秦觀詞化用李煜詞，詞意詞境爲之一翻，秦、李二句俱眞傷心人語，
而秦句之愁更濃於李句，將古人語化爲己用而無蹈襲之跡，秦觀可謂
能手。秦觀詞除此首〈江城子〉變化古人語自鑄佳句外，〈滿庭芳〉
（山抹微雲）中云：「斜陽外，寒鴉數點，流水遶孤村。」乃從隋煬
帝詩「寒鴉千萬點，流水遶孤村。」化用而來，改寒鴉千萬點爲數
點，復添以「斜陽外」三字，即含有「夕陽無限好，只是近黃昏」之
意，更顯作者孤單、落寞之情，明・王世貞評云：「語雖蹈襲，然入
詞尤是當家」。又如〈水龍吟〉（小樓連苑橫空）中云：「天還知道，
和天也瘦。」化用自唐・李賀〈金銅先人辭漢歌〉：「天若有情天亦
老。」以瘦易老，饒具情味，明・沈際飛評云：「天也瘦起來，安得
生致？少游自抉其心」〔註94〕。李清照曾批評秦觀詞「專主情致，而
少故實。」〔註95〕實際上秦觀以高妙手法點化古人語，鋪展駢板齊言
詩而成長短韻語，處處均可見「故實」，或因其信手拈來鎔鑄「故實」
而無釜鑿痕，秦觀詞「天生好語言」〔註96〕，遂使李清照視其詞中「故
實」爲無物也。張綖傾慕秦觀人格及其詞，心追手摹而更能體會秦詞
之妙處，故以秦觀詞爲例，說明「翻案古人語」之作詞法，實爲最佳
例證。

　　除秦觀外，張綖亦極欣賞蘇軾借鑒手法，如評蘇軾詞云：「〈南鄉
子〉尾句『休休，明日黃花蝶也愁。』翻鄭谷詩句，而意殊衰颯。」
（蘇軾〈南鄉子〉（霜降水痕收））、「〈西江月〉尾句：『酒闌不必看茱

　　盡、許多愁。」雖有相似之處，然言秦詞自李密語來則有些牽強。
〔註93〕《草堂詩餘別錄》，頁63～64。
〔註94〕明・沈際飛撰：《古香岑批點草堂詩餘》（明崇禎太末翁少麓刊本，
　　　　國家圖書館藏），卷五。
〔註95〕宋・李清照撰：〈詞論〉，見王學初撰：《李清照集校註》（台北：里
　　　　仁書局，1982年初版），頁194～195。
〔註96〕宋・晁補之撰：〈評本朝樂章〉（見宋・吳曾撰：《能改齋漫錄》，卷
　　　　十六）。

莫,俯仰人間今古。』翻老杜詩句,則意度曠達,超越千古矣!」(蘇
軾〈西江月〉(點點樓前細雨)),以上所云「意殊衰颯」、「意度曠達」
之評語,於明人詞評中甚為特殊,張綖雖有詞體本色為「婉約」之觀
念,然「意境衰颯」、「意度曠達」等偏向「豪放」之詞,亦為張綖所
激賞。

　　欲創造出足以流傳千古之佳句,從形式技巧上,除可擅用翻案古
人語之借鑒手法外,尚須建立於「真情」之基礎上,方能得感人妙句,
因此,張綖雖重作詞之形式技巧,更強調填詞者之真實情感,如其評
蘇軾〈哨遍〉詞云:

>　　坡翁出獄後,憂患之餘,思致其樂。自和獄中春字韻詩云:
>「餘年樂事最關身」,因以淵明〈歸去來詞〉按入〈哨遍〉,
>背負大瓢,行歌乞食田野中。回視曩時,富貴不啻春夢,
>趣不在詞也。後人不悟此意,將凡古人文詞,俱隱括為詞,
>如刻本《風雅遺音》,略無意致,殊為可厭。噫!效顰捧心,
>不類久矣!

蘇軾隱括陶淵明〈歸去來辭〉而成〈哨遍〉詞,開啟作隱括詞之風氣,
繼踵者有黃庭堅、周邦彥、賀鑄等人,至南宋,此一以古為新、奪胎
換骨新體式蔚然成風,開啟以遊戲態度為詞之惡趣。歷代論者多謂蘇
軾為此惡風之肇始者,如清·賀裳《皺水軒詞筌》云:「東坡隱括〈歸
去來辭〉,山谷隱括〈醉翁亭〉,皆墮惡趣,天下事為名人所壞者,正
自不少。」〔註97〕而張綖卻認為隱括詞並非全為惡趣,他從蘇軾作〈哨
遍〉之背景得到其「趣不在詞」之結論,陶淵明向為蘇軾最為推崇之
文人,當時歷劫過後之蘇軾,十分嚮往陶淵明隱逸生活,而〈歸去來
辭〉中之心境又與蘇軾當日心境完全契合,因此,蘇軾藉陶淵明之口,
言己之心跡,借他人酒杯澆胸中塊壘。明乎此,則知〈哨遍〉雖無作
者之言,卻仍有作者之情,張綖認為「墮惡趣」者為後世不解蘇軾之
意而盲目模仿此體者,非蘇軾之過也。

〔註97〕清·賀裳撰:《皺水軒詞筌》(《詞話叢編》),冊1,頁710。

張綖認爲南宋·林正大《風雅遺音》四十餘首檃括詞「殊爲可厭」，林正大於《風雅遺音·序》中云：

> 世嘗以陶靖節之〈歸去來〉、杜工部〈醉時歌〉、李謫仙之〈將進酒〉、蘇長公之〈赤壁賦〉、歐陽公之〈醉翁記〉類凡十數，被之聲歌，按合宮羽，尊俎之間，一喜淫哇之習，使人心開神怡，信可樂也。而酒酣耳熱，往往歌與聽者交倦，故前輩爲之檃括，稍入腔調。如〈歸去來〉之爲〈哨遍〉，〈聽穎師琴〉爲〈水調歌頭〉，〈醉翁記〉爲〈瑞鶴仙〉。掠其語意，易繁而簡，便於謳吟，不惟可以燕寓歡情，亦足以想像昔賢之高致。〔註98〕

張綖除對林正大等人以奪胎換骨法剽竊前賢作品不滿外，檃括詞家「便於謳吟」、「燕寓歡情」之遊戲創作態度，更讓張綖感到「可厭」。且從評蘇軾〈哨遍〉語中可知，張綖主張詞中之「眞情」勝於一切形式技巧，以「眞情」爲基礎而作之一切形式詞體，即使是全用古人意之檃括詞，均有成爲佳詞、妙詞之可能，特反對一味「效顰捧心」、遊戲文字之創作態度耳。

（五）比興寄託

「詞以寫情」〔註99〕，詞既以言情爲本，情應如何流露、呈現，實爲塡詞時所面臨最大之挑戰。「詞情醞藉」爲張綖對婉約詞之定義與要求，因此張綖認爲「醞藉」爲言情之最高境界。清·沈祥龍所謂：「含蓄無窮，詞之要訣。含蓄者意不淺露，語不窮盡，句中有餘味，篇中有餘意，其妙不外寄言而已。」〔註100〕欲使詞有言不盡之餘味，有低迴往復之情致，比興寄託實爲造就醞藉含蓄效果之重要方式之一。

〔註98〕宋·林正大撰：《風雅遺音·序》（引自《中國歷代詞學論著選》），頁146。

〔註99〕爲張綖語，見《草堂詩餘別錄》，頁63，評韋莊〈小重山〉（一閉昭陽春又春）語。

〔註100〕清·沈祥龍撰：《論詞隨筆》（《詞話叢編》本），冊5，頁4055。

　　《楚辭》中大量以香草美人寄託君國之思，此手法廣為後代詩人所運用，至於詞之形式較詩更適於書寫曲折婉轉之情，所謂「詩莊詞媚」、「詩顯詞隱」，因此詞更適合運用香草美人寄託手法。在清代尊詞體意識支配下，詞壇興起一陣寄託說風潮，使寄託說於常州詞派張惠言等人之手達於高峰，但論詞中之比興寄託並非清詞論家之專利。陳子龍云：「寄情於思士怨女，以陶詠物色，袪遣伊鬱」、「託貞心於妍貌，隱摯念於佻言。」〔註 101〕為張惠言「意內言外」之雛型。張綎對於詞中之比興寄託雖無清楚理論，然亦可從其詞評中窺知其對詞之比興寄託之看法評價與個人體會。

　　宋代忠臣岳飛，有志於抗金報國，寫下氣蓋河山之〈滿江紅〉，〈滿江紅〉詞激昂慷慨、壯志凌雲，向為後人所盛傳。相較於〈滿江紅〉，岳飛另一首詞作〈小重山〉聲勢顯然無法比擬。二詞均呈現出岳飛忠君愛國之形象，而卻遭秦檜君臣忌恨迫害，而〈滿江紅〉壯懷激烈；〈小重山〉旨遠情幽，風格迥異本難評比，然張綎卻仍作出個人之選擇，今將二詞錄之於下，以作比較，〈滿江紅〉云：

　　　　怒髮衝冠，憑闌處、瀟瀟雨歇。擡望眼，仰天長嘯，壯懷激烈。三十功名塵與土，八千里路雲和月。莫等閒、白了少年頭，空悲切。　　靖康恥，猶未雪；臣子恨，何時滅！駕長車踏破，賀蘭山缺。壯志飢餐胡虜肉，笑談渴飲匈奴血。待從頭、收拾舊山河，朝天闕。

〈小重山〉云：

　　　　昨夜寒蛩不住鳴，驚回千里夢，已三更。起來獨自繞階行，人悄悄，簾外月朧明。　　白首為功名，舊山松竹老，阻歸程。欲將心事付瑤琴，知音少，弦斷有誰聽。

二詞作法與差異極大，前詞將內心呼喊、渴望，毫無顧慮、修飾而傾洩以出，後詞則欲言又止，將內心傷痛委婉出之。前詞將抗金報國之

────────────

〔註101〕 與前語均見於陳子龍撰：〈三子詩餘序〉，《陳忠裕公全集》，引自《中國歷代詞學論著選》（陳良運主編，南昌：百花洲文藝出版社，1998 年 8 月第一版第一次印刷），頁 345～346。

志，直鋪紙上，使人直接感受作者灼熱之愛國心，後詞則將同樣之愛國心收拾包裹，如未知作者生平事蹟，豈能眞正看出作者心境與報國志願。以張綎所謂婉約、豪放兩大風格區分，則〈滿江紅〉屬豪放詞，〈小重山〉則屬婉約詞。在此兩大風格詞作之中，張綎認爲〈小重山〉勝於〈滿江紅〉，故評岳飛〈小重山〉詞云：

> 《精忠錄》載岳武穆二詞皆佳作，浙本《草堂詞》附錄於後，然今人但盛傳〈滿江紅〉而遺〈小重山〉，『怒髮衝冠』詞，固足以見忠憤激烈之氣，律以依永之道，微似非體，不若〈小重山〉托物寓懷，悠然有餘味，得風人諷詠之意焉。〔註102〕

張綎以婉約詞風〈小重山〉爲高，並非陷入重婉約、輕豪放之迷思之中，他所據以判定優劣之標準，在於「比興寄託」。張綎認爲〈滿江紅〉以情調高昂之筆出之，固然可見英雄忠憤氣概，卻無餘味；而〈小重山〉以沉鬱醞藉之筆出之，並未稍減英雄忠憤之思，而且餘味悠永，決定優劣之關鍵即在〈小重山〉能夠「托物寓懷」，達到「醞藉」之最高境界〔註103〕。

　　張綎既以興寄作爲評詞標準，對於興寄詞之理解又如何？今舉其評曾覿、李玉詞爲例說明之。曾覿〈金人捧露盤・庚寅春，奉使過京師感懷作〉云：

> 記神京，繁華地，舊游踪。正御溝、春水溶溶。平康巷陌，繡鞍金勒躍青驄。解衣沽酒，醉絃管、柳綠花紅。　　　到

〔註102〕《草堂詩餘別錄》，頁 77。

〔註103〕在此需特別強調，張綎所謂雖謂婉約詞須「詞情醞藉」，然「醞藉」之境界、「托物寓懷」之技巧，絕非專屬於婉約詞。以張綎最推崇之豪放詞人──蘇軾之詞爲例，其〈念奴嬌・赤壁懷古〉（大江東去）一詞，徐釚評此詞云：「自有橫槊氣概，固是英雄本色。」詞風雖屬豪放，然卻仍「言在此而意在彼」，表面上訪勝弔古，嚮往三國豪傑英姿煥發，卻隱含著蘇軾眼見宋廷萎靡不振，渴望有如周瑜般卓異非凡之豪傑，來力挽朝政衰頹腐敗之狂瀾。有此「托物寓懷」之意，再加上以「一尊還酹江月」作結，言近意遠，則豪放詞自可有嚼之不盡之餘味，而「醞藉」之味自然亦存乎豪放詞中。

如今，餘霜鬢，嗟前事，夢魂中。但寒烟、滿目飛蓬。雕

闌玉砌，空餘三十六離宮。塞笳驚起，暮天雁、寂寞東風。

南宋・黃昇評曾覿作品云：「純甫東都故老，及見中興之盛者，詞

多感慨，如〈金人捧露盤〉、〈憶秦娥〉等曲，悽然有黍離之感。」

〔註104〕而與張綖時代相近之楊愼亦云：「曾覿字純甫，號海野，東都

故老，見汴都之盛，詞多感慨，〈金人捧露盤〉是也。」〔註105〕楊愼

語與黃昇如出一轍，惟云「見汴都之盛」更切〈金人捧露盤〉感慨之

旨，相較於著名之《詞品》，張綖《草堂詩餘別錄》中之評語解釋其

興寄之意更詳盡，所謂：

柴紂之亡，不過沉湎冒色，此詞前敘神京繁華風俗，足以

見宋亡之故矣！後段悲痛雋永，有黍離之風焉。〔註106〕

張綖本黃昇「黍離之感」之語，進一步指出寄託於此詞後「敘神京繁

華風俗，足以見宋亡之故矣！」之諷刺感慨，清人言詞之寄託往往流

於穿鑿附會，而張綖對此詞之體會可謂恰當。

又如李玉〈賀新郎〉云：

篆縷銷金鼎。醉沉沉、庭陰轉午，畫堂人靜。芳草王孫知

何處？唯有楊花糝徑。漸玉枕、騰騰春醒。簾外殘紅春已

透，鎮無聊、殢酒懨懨病。雲鬢亂，未忺整。　　江南舊

事休重省。遍天涯尋消問息，斷鴻難倩。月滿西樓憑闌久，

依舊歸期未定。又只恐、瓶沉金井。嘶騎不來銀燭暗，枉

教人、立盡梧桐影。誰伴我，對鸞鏡。

《詩餘圖譜》與《草堂詩餘別錄》中所收之男女情思詞，凡閨思者俱

婉轉傾訴，閨情者亦均不流於猥薄。此詞描寫婦人思遠人之愁思，和

婉淳雅，相當符合張綖「高麗平和」之選詞標準。李玉生平不詳，故

一般論者，僅將此詞視爲婦人思君之呢喃語，如黃昇評此詞云：「風

〔註104〕宋・黃昇撰：《中興以來絕妙詞選》（《四部叢刊》本，台北：台灣
　　　　商務印書館，1979 年初版）。

〔註105〕明・楊愼撰：《詞品》（《詞話叢編》本），冊 4，頁 486。

〔註106〕《草堂詩餘別錄》，頁 13～14。

流蘊藉，盡此篇矣。」〔註107〕而張綖對此詞卻有不同解讀：

> 此詞如「月滿西樓憑欄久，依舊歸期未定。」及「嘶騎不
> 來銀燭暗，枉教人、立盡梧桐影。誰伴我，對鸞鏡。」頗
> 似流麗高雅，寓意托懷，無嫌閨院。〔註108〕

張綖認爲此詞有言在此而意在彼之意，然因李玉生平不詳，又無其
他詞可參看，因此僅點出其有「寓意托懷」之意，而未對李玉於詞中
所托之懷爲何加以說明。然張綖云：「寓意托懷，無嫌閨院。」語雖
簡，卻實與陳子龍所云：「寄情於思士怨女，以陶詠物色，袪遣伊鬱」
〔註109〕之意同。明人評點詞之內容，雖因其結構鬆散而無完整理論
體系，然如仔細爬梳，即可發現清代絕大多數之詞學論點，早在明代
即已播種發芽，在明代詞論研究方面尚待吾人持續開發。

二、評詞方法

（一）知人論世

「詩顯詞隱」，詞較其他文體更爲婉曲，是以評注詞作前，必先
熟悉作者生平，方能讀出詞後深意及感慨。在《草堂詩餘別錄》中時
可見張綖以知人論世之法評點詞作，如評向子諲〈鷓鴣天〉（紫禁烟
花一萬重），詞云：

> 結句云：「稍喜長沙向延閣，疲兵敢犯犬羊鋒。」蓋向公目擊
> 宣和之盛，心切靖康之恥，此所以憤不顧身者與。〔註110〕

又評蘇軾〈水調歌頭〉（明月幾時有）詞云：

> 「我欲乘風歸去，唯恐瓊樓玉宇，高處不勝寒。起舞弄清
> 影，何似在人間。」蓋言居朝之憂悄，不如在外之瀟散也，
> 與韓退之「天門九扇相當開，上界眞人足官府。豈如散仙

〔註107〕宋・黃昇撰：《花庵詞選》（瀋陽：遼寧教育出版，1997年初版）。
〔註108〕《草堂詩餘別錄》，頁13。
〔註109〕陳子龍撰：〈三子詩餘序〉，《陳忠裕公全集》，引自《中國歷代詞學
　　　　論著選》（陳良運主編，南昌：百花洲文藝出版社，1998年8月第
　　　　一版第一次印刷），頁346。
〔註110〕《草堂詩餘別錄》，頁38。

鞭笞，鸞鳳終日相追陪。」同意。舊聞神廟見之以爲愛君，
固然，然尚未究其意之所在耳。〔註111〕

評蘇軾〈哨遍〉（爲米折腰）詞云：

> 坡翁出獄後，憂患之餘，思致其樂。自和獄中春字韻詩云：
> 「餘年樂事最關身」，因以淵明〈歸去來詞〉按入〈哨遍〉，
> 背負大瓢，行歌乞食田野中。回視曩時，富貴不啻春夢，
> 趣不在詞也。

以上所舉三例，張綖所闡釋者並無特殊之處，結合詞人生平以評詞，
所評尙屬中肯而能道出詞人詞心。此外，其評李清照〈武陵春〉（風
住塵香花已盡）云：

> 有點，刪。易安名清照，尚書李格非之女，適宰相趙挺之
> 子明誠，嘗集《金石錄》千卷，比諸六一所集，更倍之矣！
> 所著有《漱玉集》，朱晦庵亦亟稱之，後改適人，頗不得意，
> 此詞「物是人非事事休」，正詠其事。

僅將「物是人非事事休」視爲李清照改適非人之無奈語，則未免小覷
女詞家之心胸，其除感嘆己身外，亦對整體大環境作無聲吶喊。在以
知人論世結合評詞上，張綖並未有精采表現。

（二）字句商榷

張綖曾對杜甫詩、秦觀詞作詳細箋校，本論文已於第三章張綖著
述中言及張本《淮海集》在校正字句上有其用心處。而在《草堂詩餘
別錄》中，張綖同樣對版本不同之字句再商榷。如評秦觀〈滿庭芳〉
（曉色雲開）詞云：

> 「曉色」舊訛爲「晚兔」，此本作「晚色」亦非；「古臺旁
> 榭」乃「高臺芳榭」；「醽醁」原本作「金榼」，此出後人改
> 良勝，「千年夢」當是「十年」，用「十年一覺揚州夢」之
> 句，千年豈可屈指耶！〔註112〕

此評一口氣指出此詞各版本不同者凡四處，並適時說明。其中「千

〔註111〕《草堂詩餘別錄》，頁46～47。
〔註112〕《草堂詩餘別錄》，頁5。

年」，張綖認爲係「十年」，論斷十分妥當而嚴縝，故先道出其用
「十年一覺揚州夢」典，再就文意佐證，論述字句不多，然可謂一針
見血。

　　宋人胡仔於《苕溪漁隱詞話》時常妄以己意改名家詞作，張綖
曾多次爲原作者辯駁，如於蘇軾〈水調歌頭〉（明月幾時有）詞下
注云：

> 換頭「轉朱閣，低綺戶，照無眠。」胡苕溪欲改「低」字
> 作「窺」字，且云此字既改，「其詞益佳」。愚謂此正未得
> 坡翁語意耳。蓋三言用力處，全在末句「照」字上，謂此
> 月色「轉朱閣，低綺戶」，而「照」我「無眠」也。綺戶深
> 邃，非月之低不能照，正妙在「低」字，若改爲「窺」字，
> 則與「照」同意，殊失本旨，略無意致矣！昔坡翁嘗論陶
> 淵明「採菊東籬下，悠然見南山」，妙在「見」字，昭明改
> 作「望」字，遂使一篇索然，謂其爲小兒強作解事。苕溪
> 妄改坡字，得無似之乎？〔註113〕

蘇軾〈卜算子〉（缺月掛疎桐）詞下注云：

> 「揀盡寒枝不肯棲」，苕溪謂鴻鴈未嘗棲樹枝，欲改「寒枝」
> 爲「寒蘆」。大方家寓意之作，正不必如此論，且蘆獨不可
> 言枝耶？李太白〈鳴鴈行〉「一一啣蘆枝」是也。苕溪無益
> 之辨類如此。〔註114〕

徐伸〈二郎神〉（悶來彈鵲）詞下注云：

> 「馬蹄難駐」，胡苕溪謂「駐」字改作「去」字，語意方佳，
> 此淺見也。馬蹄所難去者，正以難駐耳。

此三則爲辯駁胡仔擅改者，其論述均有道理，亦可由此窺知張綖忠於
原作，不似少數詞論家以改前人字句標榜一己才學之虛榮心。

　　又如秦觀〈踏莎行〉（霧失樓臺），張綖注云：

> 王直方詩話載黃山谷惜此詞「斜陽暮」意重，欲易之未得
> 其字，今郴誌遂作「斜陽度」，愚謂此亦何害而病其重也。

〔註113〕　《草堂詩餘別錄》，頁46〜47。
〔註114〕　《草堂詩餘別錄》，頁76〜77。

李太白詩「瞻彼落日暮」即「斜陽暮」也；劉禹錫「烏衣
巷口夕陽斜」；杜公部「山木蒼蒼落日曛」皆此意。別如寒
文公紀夢詩中有一人壯非少石鼓歌安置妥帖，不頗之類尤
多，豈可亦謂之重耶？山谷當無此言，即誠出山谷，亦一
時之言，未足爲定論也。〔註115〕

據載，黃庭堅曾惜秦觀「斜陽暮」意重，張綖連舉三位唐代詩家能手
爲秦觀詞護航，由此足見張綖用功之專。在張本《淮海集》中亦有此
辯駁，明・俞彥見之肯定其說，於其《爰園詞話》中云：「少游『斜
陽暮』，後人妄肆譏評，託名山谷，《淮海集》辨之詳矣。」〔註 116〕
張綖僅對黃庭堅是否有此說存疑，而俞彥則在未提出更合理說法
前，專斷認爲後人託名山谷，相較之下，張綖較俞彥治學精神更爲
嚴謹。

（三）作者考證

張綖編撰《草堂詩餘別錄》時，因所據浙本《草堂詞》之謬誤，
導致張綖亦沿其誤，所收之詞時有作者倒錯情形，失之疏漏。然《草
堂詩餘別錄》中之箋評，亦有精采之作者考辯，如浙本《草堂詞》將
〈秋霽〉（虹影侵堦）當作陳後主作品，張綖據原本抄錄之，其抄錄
情況及評詞內容如下：

陳後主〈秋霽〉

虹影侵堦，乍雨歇長空，萬里凝碧。孤鶩高飛，落霞相映，
遠狀水鄉秋色。黯然望極。動人無限愁如織。又聽得。雲
外數聲，新鴈正嘹嚦。　　當此暗想，畫閣輕拋，杳然殊
無，些箇消息。漏聲稀、銀屏冷落，那堪殘月照窗白。衣
帶頓寬猶阻隔。算此情苦，除非宋玉風流，共懷傷感，有
誰知得。

律詩至唐沈、宋始有，後主更在唐前，當時所歌者「璧月
夜夜滿，瓊樹朝朝新。」尚是古調，安得有此詞乎？此恐

〔註115〕《草堂詩餘別錄》，頁 7～8。
〔註116〕 明・俞彥撰：《爰園詞話》（《詞話叢編》本），冊 1，頁 401。

是後人擬作，更俟考。果爲陳主之作，則「孤鶩高飛，落
霞相映，遠狀水鄉秋色。」王子安〈滕閣序〉語其亦出此
乎？味「畫閣輕拋，杳然殊無，些箇消息。」及「衣帶頓
寬猶阻隔」等句，非陳主語意，若李後主「故國不堪回首
月明中」，追傷亡國，意自可見。〔註117〕

張綖先照原本抄錄「李後主〈秋霽〉」，再於箋評時論證此詞作者非陳
後主。其論辯先從時代來看，說明唐前不可能有此詞，持保留態度，
疑爲後人擬作；其次再從語意判斷非陳後主語意。同爲詞譜專家，清
代萬樹亦針對此問題論辯：

按《草堂》收胡詞，以此爲〈春霽〉，又收〈秋霽〉一調，
與此一字無殊，甚爲無謂。且題下注陳後主作，怪甚。陳
後主千數百年前先爲此調，而字句多學浩然，豈非奇事？
〔註118〕

萬樹以時代早之陳後主學時代晚之胡浩然字句爲論證基點，說明此詞
非陳後主作，然照其邏輯，則胡浩然學陳後主字句則絕非奇事，也有
可能是陳後主先爲此調此詞，而後人胡浩然多學陳後主字句。誠如《全
宋詞》所言：「案此首原題陳後主作，其時尚未有詞，必非。今編無
名氏詞內。」〔註119〕此詞是否爲陳後主作之重要依據在於陳後主當
日尚未有完整、成熟之詞，萬樹並未指出此一重要依據，與張綖相較，
萬樹對此問題之論辯明顯不周全。

　　對於詞作作者考證，張綖的確有其見解，然亦有謬誤之例。如沿
襲《草堂》之誤，誤將陸淞〈瑞鶴仙〉（臉霞紅印枕）當作歐陽脩作
品，還評云：「『重省』以下三句既妙絕，『陽臺路遠』以下，如行雲
流水，略不覺其爲韻語，正非歐公無此妙，但歐集不錄，豈子棐諱而
去之耶？」實爲失查。

〔註117〕《草堂詩餘別錄》，頁53～54。

〔註118〕見清·萬樹撰：《索引本詞律》，卷十八（台北：廣文書局，1971年
9月初版）。

〔註119〕見唐圭璋編：《全宋詞》（台北：紅業書局，1985年10月再版），冊
5，頁3741。

第五章　詞譜史觀照中的
《詩餘圖譜》

　　詩之格律僅限於語言音律一端，律、絕之字數、押韻、句式均有
定式，故作詩時只需遵守數項規則即可。而詞本爲音樂文學，塡詞過
程受限於音樂之制約，而歌詞本身亦爲詩歌，自然受語言音律之影
響。而音樂與文學既爲構成詞之基本元素，因此在探討詞之格律時須
從此二方面著手。音樂格律方面，今日雖有姜夔《白石道人歌曲》中
之曲譜部分得以留存，但因音樂亡失，儘管前賢於詞樂研究方面用力
甚深，亦無法完整而正確地予以還原。而語言格律方面之研究，經過
明、清學者努力，已蔚爲大觀並有相當成就，現存最早之詞譜──張
綖《詩餘圖譜》尤爲人所矚目，如清・沈雄於《古今詞話》中云：「維
揚張世文爲《詩餘圖譜》，絕不似《嘯餘譜》、《詞體明辨》之舛錯，
而爲之規規矩矩，亦塡詞家之一助也。」〔註1〕清・鄒祇謨《詞衷》
則云：「今人作詩餘，多據張南湖《詩餘圖譜》及程明善《嘯餘譜》
二書，南湖譜平仄差核，而用黑白及半黑半白圈以分別之，不無魚豕
之訛。且載調太略，如〈粉蝶兒〉與〈惜奴嬌〉本係兩體，但字數稍
同，及起句相似，遂誤爲一體，恐亦未安。」〔註2〕此書雖毀譽參半，

〔註1〕清・沈雄撰：《古今詞話》（《詞話叢編》本），冊1，頁1209。
〔註2〕清・鄒祇謨撰：《遠志齋詞衷》（《詞話叢編》本），冊1，頁643。

然於當代及後世之影響甚鉅。

　　本章將以張綖《詩餘圖譜》爲引，重新介紹、整理明、清二朝重要詞譜之價值，以明詞譜於詞論中之地位與貢獻，更欲藉此看出張綖《詩餘圖譜》對後世詞譜之重大影響。

第一節　詞譜興起過程及其合理性

　　明、清之詞譜，絕大多數爲未注名工尺譜之格律譜，將詞律簡化爲只注平仄、押韻之格律譜，其忽視音樂之存在事實，往往招致許多責難，如清・江順詒云：「萬紅友《詞律》雖校勘功深，實未探乎詞皆可歌之源。而於不可歌之詞，斤斤於上、去之必不可誤，平仄之必不可移，增一字爲一體，減一字又爲一體，並不知何調爲宮爲商。毋亦自昧其途，而示人以前路乎？夫詞至於不可歌，則失調之曲，長短句之詩，杜陵、香山新樂府之變耳。增一字可，減一字亦可，上與去何所別，平與仄何所分，讀之順口即佳。似詩非詞、似曲亦非詞，作者神明之可也」〔註3〕。質疑詞譜合理性者認爲詞譜學家「未探乎詞皆可歌之源」，不論詞之宮商，僅於不可歌之詞上斤斤於平仄，增一字減一字則視爲又一體等作法過於僵化，主張「讀之順口即佳」之通達作詞法，反對詞譜者的確一針見血，指出詞譜捨本（音樂）逐末（格律）之弊，然在元明詞樂亡佚之後，填詞應以何爲依據？隨意增減字數、忽略平仄「讀之順口即佳」實非可循之道，在此情形下，詞譜存在之合理性與價值有必要重新釐清。

　　詞雖爲音樂文學，然詞與樂間似乎無法完全緊密結合，金元以後詞樂亡失，使詞完全脫離音樂，成爲案頭文學，即使在詞樂流行之宋代，卻因鮮有詞人能知音識曲，詞與音樂之間亦始終存在著不少隔閡，詞不協律之情形普遍存在於宋代詞壇，如李清照〈詞論〉云：

　　　　晏元獻、歐陽永叔、蘇子瞻，學際天人，作爲小歌詞，直

〔註 3〕清・江順詒撰：《詞學集成》（《詞話叢編》本），冊 1，頁 3220。

如酌蠡水於大海，然皆句讀不葺之詩爾。何耶？蓋詩文分
平仄，而歌詞分五音，又分五聲，又分六律，又分清輕重
濁。〔註4〕

此段文字直接點名晏殊、歐陽脩、蘇軾等北宋重要詞家所作之詞僅爲
「句讀不葺之詩爾」，北宋詞人多數無法具備音樂家之能力，因此填
詞與作詩文相同，僅調其平仄而已。南宋・沈義父亦指出文人雅士詞
多不可歌之現象，其《樂府指迷》「可歌之詞」一則中云：「前輩好詞
甚多，往往不協律腔，所以無人唱。如秦樓楚館所歌之詞，多是教坊
樂工及市井做賺人所作，只緣因律不差，故多唱之。」〔註5〕蔡嵩雲
箋釋云：「按此則，言前輩好詞雖多，而無人唱。人所唱者，多秦樓
楚館之俚詞。可見今日流傳之宋名家作品，甚多不協律者。在當時本
不可歌，而當時協律可歌之詞，今日所見，寥寥數專家外，其民間作
品，絕少流傳者。以其下語用字，全不可讀也。文人學士之詞，言順
律舛者多，故無殊句讀不葺之詩。」〔註6〕宋名家作品多不協律，詞
樂一到文人之手，即已爲日後種下凋弊之因。時至南宋，張炎《詞
源・雜論》即指出：「今詞人纔說音律，便以爲難。」〔註7〕因此有些
不懂音樂之詞人，以字字株守能知音識曲詞人詞之四聲方式，追求詞
之協律，如南宋之方千里、陳允平等人之追和清眞詞。從種種跡象判
斷，多數北宋名家詞即使尚能「倚聲填詞」，然或因不諳音樂，或因
才大「爲曲子所縛不住」者，使其詞無法與音樂協調，詞與音樂關係
至南宋更是漸行漸遠；多數南宋詞人僅能以前賢之詞爲填詞範本，根
據其字數、押韻、句式、平仄「倚律填詞」，較講究者，或進一步分
析前賢詞之四聲、清濁以臻更高之協律境界。「倚律填詞」之現象，
既早已存在於詞樂盛行之宋朝，金元以後詞樂亡失，「倚律填詞」成

〔註4〕宋・李清照撰：〈詞論〉（引自《中國歷代詞學論著選》），頁71。
〔註5〕宋・沈義父撰：《樂府指迷》（《詞話叢編》本），冊1，頁281。
〔註6〕蔡嵩雲撰：《樂府指迷箋釋》（北京：人民文學出版社，1998年5月
　　　初版），頁69。
〔註7〕宋・張炎撰：《詞源》（《詞話叢編》本），冊1，頁265。

為填詞唯一途徑，格律譜必定應時而起。格律譜雖無法完整呈現詞律各種複雜變化，但吾人仍可從歷代格律譜所累積之成果，上窺唐宋詞律規則與轉變，亦可為初習填詞之資，填詞若「舍詞譜則無所措手矣」〔註8〕，故不可因忽視詞之音樂性而否定詞譜存在的價值！

因此專為多數非音樂家之詞人所作之格律譜，必定應時而出。標注平仄、押韻之格律詞譜究竟起於何時？雖因宋代格律詞譜不傳而無法確切考知，但至少可追溯至北宋以前，如王安石曾云：「古之歌者，皆先有詞，後有聲，故曰：『詩言志，歌詠言，聲依詠，律和聲』如今先撰腔子，後填詞，卻是『詠依聲』也。」〔註9〕王灼亦云：「今先定音節，乃制詞從之，倒置甚矣」〔註10〕又《宋史‧樂志五》中記載王晉批評云：「自歷朝至於本朝，雅樂皆先制樂章，而後成譜。崇寧以後，乃先制譜，後命詞。於是詞律不相諧協，且與俗樂無異。」〔註11〕足見當日詞人據譜填詞蔚然成風。及至南宋‧張炎《詞源‧雜論》記楊纘有《圈法周美成詞》（今已佚）一書，更可證明宋時詞譜存在之事實，吳熊和先生於《唐宋詞通論》中推測云：「所謂圈法，實指以圈示法，重在指示和發明周詞的字聲或句法。」〔註12〕此書雖旨在發明周詞字聲、句法，然宋代詞樂尚存，故當時詞譜應兼示音樂律呂與文字格律之法，純粹僅標示文字格律之詞譜當出於金、元之後。

南宋之後，詞之音樂元素逐漸消失，至金、元時更轉變為純文學形式，「殆金、元院本既出，併歌詞之法亦亡，文士所作，僅能按舊

〔註 8〕 清‧田同之撰：《西圃詞說》（《詞話叢編》本），冊 2，頁 1474。

〔註 9〕 見宋‧趙令畤撰：《侯鯖錄》，卷七所引（北京：中華書局，2002 年初版）。

〔註10〕 宋‧王灼撰：《碧雞漫志》，卷一（台北：藝文印書館，1971 年初版）。

〔註11〕 元‧脫脫等撰：《宋史》（台中：暢談國際文化，2004 年初版），志83，樂 5。

〔註12〕 吳熊和撰：《唐宋詞通論》（杭州：浙江古籍出版社，1989 年初版），頁 47。

曲平仄，循聲填字。自明以來，遂變爲文章之事，非復律呂之事。」
〔註13〕詞已非律呂之事，音樂既不可據，又不可隨意妄填，故填詞之
法惟有從純文學上尋求、歸納一途，明人順應詞體之現實發展，將詞
視爲純文學來進行詞學研究，張綖首創格律詞譜形式，取唐、宋舊詞
之同調者互校、比對，著作一部標示各調之字數、句法、平仄、押韻
等格律規範之《詩餘圖譜》。詞學發展史中，稱明代詞學爲轉變期實
較衰蔽期來得合理，明人對詞體屬性認知之轉變、格律詞譜之發明，
即爲明代詞學轉變期之兩大標誌。

第二節　《詩餘圖譜》及重要詞譜著錄概況

茲將《詩餘圖譜》收詞概況整理如下：

時　　　代	闋　數	詞　　　　　　　　家
唐五代共45闋	7闋	毛文錫、韋莊
	5闋	李煜
	3闋	溫庭筠、孫光憲、魏承班、顧夐、牛嶠
	2闋	李白、李珣、和凝、馮延巳
	1闋	李璟、毛熙震、張泌
北宋共113闋	15闋	張先
	13闋	柳永
	12闋	秦觀
	11闋	晏殊
	9闋	歐陽脩、蘇軾
	7闋	周邦彦、晏幾道
	4闋	毛滂
	3闋	王安石、黃庭堅、朱敦儒

〔註13〕《四庫全書總目提要》，卷四十，題宋・王灼《碧雞漫志》，頁4464。

	2 闋	王觀、晁沖之
	1 闋	王雱、阮閱、孫洙、張耒、陳師道、張崶、賀鑄、葉清臣、解昉、僧仲殊、趙令畤、蔣元龍、韓嘉彥
南宋共 46 闋	7 闋	陸游
	5 闋	辛棄疾
	4 闋	康與之
	3 闋	李清照、劉過、葉夢得
	2 闋	史達祖
	1 闋	万俟詠、王嬌娘、史浩、呂本中、京鏜、胡浩然、晁補之、張元幹、張掄、張震、陳與義、陸淞、曾覿、程垓、楊无咎、劉克莊、蔡伸、鄭文妻、鄧肅
無名氏共 11 闋	11 闋	
金元共 2 闋	2 闋	虞集、劉因

　　本章以張綖《詩餘圖譜》探析爲主，從與明、清重要詞譜各種比較中看《詩餘圖譜》對後世影響與地位，並整理出詞譜流變情形。明、清重要詞譜著錄概況如下（按時代先後次序排列）：

書　　　名	卷　數	調數	又體	補體	別名	總首數
周瑛《詞學筌蹄》〔註14〕	8	177				353
張綖《詩餘圖譜》	3〔註15〕	149			27	218
謝天瑞《詩餘圖譜》〔註16〕	6	192				194

〔註14〕明代弘治年間周瑛所撰之《詞學筌蹄》，爲首見第一本以圓者示平聲、方者示仄聲之「詞律圖譜」，有詞有譜，雖可視之爲第一部詞譜，然本詞譜僅標示各詞調例詞之平仄，如同畫蛇添足，而並未整理出各詞調可平可仄處，因此從嚴而論，第一部具有「詞譜」功能者應爲張綖《詩餘圖譜》。《詞學筌蹄》雖未具有嚴格之「詞譜」條件，但其以圖示格律及各種體例均爲後世圖譜所改良、延用，引響至深，故本論文一併討論，以明詞譜流變。
〔註15〕據張綖所云「圖譜三卷、後集四卷」，故原應有七卷，然後集四卷已佚。
〔註16〕謝天瑞重刻張綖《詩餘圖譜》，前六卷所收詞調、例詞成張綖《詩餘

徐師曾《詩餘》					423
程明善《嘯餘譜》	25	341	143	30	590
萬惟檀《詩餘圖譜》〔註17〕	2	150		15	150
賴以邠《填詞圖譜》	7	553	126	1	672
萬樹《詞律》	20	672	516	214	1188
徐本立《詞律拾遺》	6	170	108	167	446
杜文瀾《詞律補遺》	1	50			50
《詞律》三書總合〔註18〕	27	892	624	168	214	1683
陳廷敬、王奕清等奉敕編《欽定詞譜》〔註19〕	40	826	1478	585	2391

　　從此圖表中明顯可見，就數量上而言，詞譜後出轉多；就質而言，《詞律》、《欽定詞譜》俱為多人合製，必也後出轉精。早期詞譜雖有疏漏之弊，卻為後世詞譜奠定基礎。

第三節　各家詞譜著書動機與體例

一、著書動機

（一）供詞家據譜填詞

　　詞譜主要作用在提供詞家填詞時之標準範式，俾使詞作協律、音

　　　　圖譜》而來，故僅統計謝天瑞所補之後六卷內容。
〔註17〕各詞調順序與張綖《詩餘圖譜》同，惟多一〈一斛珠〉（此詞調張綖《詩餘圖譜》注為〈夜遊宮〉別名）詞牌。萬惟檀《詩餘圖譜》取張綖《詩餘圖譜》之格律，延用其注譜方式，按譜填詞，以一行詞、一行平仄圖譜方式收自己詞作，可視為萬惟檀倚張綖詞譜填詞作品集，其於詞譜方面僅沿襲張綖書，並無創製。
〔註18〕杜文瀾、潘慎、森山竹奚等人均曾對《詞律》的體、調、別名作過統計，然各家統計結果不盡相同，故筆者再針對《詞律》作一次統計。
〔註19〕《欽定詞譜》之統計數字，參考自潘慎之統計，潘慎撰：《詞律辭典》（太原：山西人民出版社，1991年9月）。

調合度，故詞譜之作者創作詞譜之主要動機，即在提供詞家填詞之資。周暎《詞學筌蹄・序》云：「使學者按譜填詞，自道其意中事，則此其筌蹄也。」〔註20〕周暎期望詞家按譜填詞，並得莊子得魚忘筌之意，自道其意而遊刃有餘，不爲格律所拘。繼周暎之後，陳繼儒爲萬惟檀《詩餘圖譜》所寫之序，對於萬惟檀作詞譜之動機與詞譜之功用，有相當精采之論述：

> 其（萬惟檀）《詩餘圖譜》有白有黑，有黑白之半，按圖而
> 填之，倚聲而調之，抑揚老嫩，發端後殿，與中間過度，
> 頓挫之法，種種畢具，其痛快者，可以助黃衫客之巨羅；
> 其纖濃者，可以約紫綃侍兒之紈扇。詞如夜光明月，圖譜
> 如翡翠百寶盤，珠璣陸離流走，而終不能蹴于寶盤外，法
> 令森嚴，其誰敢干之。〔註21〕

此段文字適足以代表陳繼儒與當時詞家之音律觀，明詞之所以爲人所鄙夷者，詞不守律而任意填詞、創調是其主因之一。如明・王廷表批評當代詞人云：「本朝諸公，於聲律不到心，故於詞曲未數數然也。」〔註22〕明代學風空疏，不少名家妄以己意自度曲，而其論音律亦均不及清人精細，儘管有明一代爲詞學衰微時期，然亦間有不少詞人以一己微薄之力，爲詞樂失傳後之詞律，重新整理、建構詞律。周暎以爲詞人之意爲魚，詞譜爲筌，得魚忘筌；陳繼儒以爲音律如珠璣，詞譜如翡翠百寶盤，詞家可在詞譜規範之內，自由運用聲律。周、陳二人音律觀均相當通達宏觀且甚有見地，規範音律目的在於使音、意完美結合，音律之有形限制應向內轉化，而爲詞人從容用之。其後，清代萬樹《詞律・自序》云：「詞謂之塡，如坑穴在焉，以物實之而

〔註20〕 明・周暎撰：《詞學筌蹄》，《續修四庫全書》本（上海：上海古籍出版社，2002年初版）。

〔註21〕 明・萬惟檀撰：《詩餘圖譜》，明崇禎惜陰堂刻本（《明詞彙刊》本，清・趙尊嶽編，上海：上海古籍出版社，1992年7月第一版），頁886～932。

〔註22〕 明・王廷表撰：〈升庵長短句跋〉（明・楊慎撰：《升庵長短句》，蘭州：蘭州大學出版社，2003年初版）。

滿。」〔註23〕清人研究詞律後出轉精，並以糾明譜之謬自詡，然卻將
聲律比作坑穴，填詞如實坑穴，將格律視爲外來束縛。於宏觀之音律
論述上，則清人不得不讓明人出一頭地，明代詞論中之音律觀自有其
可觀處。

　　不同於其他詞譜以一般詞家爲服務對象，張綖特別強調《詩餘圖
譜》係爲初學者而作。《高郵州志》卷十二中記載張綖特重學校教育
一事云：「尤加意於學校生徒德之述職，如京師士民咸冀其復來。」
〔註24〕可見他對於教育事業之重視。他曾考證杜甫詩之創作年代、探
究內容意涵、解釋名物，以淺近之筆著作《杜詩通》、《杜律本義》二
書，主要目的即在供教學之資，借講義以幫助學生認識杜甫、領略杜
詩。而在詞學教學上，則將研讀前人詞作之心得，爲初學者整理出常
用詞調之平仄格律、用韻情形，以方便初學者填詞。其〈詩餘圖譜
序〉云：

> 竊欲私作一譜，與童蒙共之而未遑也。近檢篋笥，得諸詞
> 爲成圖譜三卷、後集四卷。〔註25〕

　　其後，明‧謝天瑞重刻、增補張綖《詩餘圖譜》，亦承襲張綖主
張，以詞譜爲初學詞者之入門書，〈新鐫補遺詩餘圖譜序〉云：

> 予素潛心樂府，麤知音律，雖不能繼往聖之萬一，而將引
> 初學之入門，謹按調而填詞，隨詞而叶韻，其四聲五音之
> 當辨者，句分而自註之，一一詳載，凡有一詞，即著一譜，
> 毫無遺漏，以爲初學之標的。同吾志者，熟玩而深味之，
> 以此類推，千變萬化，豈能窮耶！其作之工拙，則在乎人
> 而已。〔註26〕

〔註23〕清‧萬樹撰：《索引本詞律》（台北：廣文書局，1971年9月初版），
　　　　頁6。

〔註24〕清‧楊宜崙修：《高郵州志》，卷十二（《中國方志叢書》，台北：成
　　　　文出版社，1970年初版）。

〔註25〕明‧張綖撰：《詩餘圖譜‧凡例》（明嘉靖丙申十五年刊本，台北：
　　　　國家圖書館藏），頁3～4。

〔註26〕明‧張綖撰，謝天瑞重刻、增補：《詩餘圖譜》（清‧江順詒編：《詞

初學者由於讀詞經驗不足，創作時若無一範本據以填之，往往進退失據，若僅取一首前人詞作爲範式，步擬其格律、押韻，可平可仄之彈性因素消失，則將因限制太多而四處掣肘；或於填每一詞調時，先取數首比對、整理格律、用韻之普遍情形，再進行填詞，此作法於古代書籍不流通、詞籍難求之現實下，實窒礙難行，且費時傷神。誠如明・王象晉〈重刻詩餘圖譜序〉所云：「南湖張子創爲《詩餘圖譜》三卷，圖列於前，詞綴於後，韻腳句法犁然井然，一披閱而調可守，韻可循，字推句敲，無事望洋，誠修詞家南車已。」〔註27〕因此詞譜之問世，即在解決初學者創作時之現實困擾。

詞譜實屬工具書，便於初學者填詞，卻不宜長期依賴，長久浸淫詞海之詞人，學詞既久，對於各詞調之音律有足夠認識，應進一步突破前人研究結果，依個人經驗能力填詞。詞譜畢竟亦爲前人整理詞調之心得總結，或因資料不足，或因比對失誤，故必定有所遺漏、缺失處，盡信書不如無書，學詞者當以此爲戒。

（二）規矩詞律以振詞風

一代有一代之文學，明代小說創作蔚爲大觀，而曲風仍熾，詩文創作不墜於時，惟詞爲人譏爲「榛蕪」〔註28〕，張綖《詩餘圖譜・序》云：「當世君子，詩文高竝古人，獨於詞調或不留意，謂其不屑留意也。」張綖有感於當時文人不屑爲詞，因此他希望藉由《詩餘圖譜》作爲童蒙教育之資，將詞學教育向下扎根，使明代詞創作風氣重新振興。

清詞創作數量可謂「篇牘汗牛」，然當時詞壇由於詞樂不傳，文人缺乏諧樂之束縛，亦存在著「但從順口，便可名家」之流弊，賴以

學集成》本，《續修四庫全書》，據明萬曆二十七年謝天瑞刻本，上海：上海古籍出版社，2002 年初版），頁 470。
〔註27〕明・王象晉撰：〈重刻詩餘圖譜序〉，見《詩餘圖譜》（明崇禎乙亥毛氏汲古閣刻《詞苑英華》本），集 425～202。
〔註28〕清・高佑釲〈迦陵詞集序〉（清・陳維崧撰《迦陵詞全集》，《續修四庫全書》本，上海：上海古籍出版社）。

邨撰述《填詞圖譜》旨在規矩詞人作詞之格律，其《填詞圖譜‧凡例》云：「古來才人多工於詞，近日詞家皆俎豆周、柳，規模晏、辛，其才華情致不讓古人，然陶資虛無而生於規矩，匠運智巧而不棄繩墨，詞調盈千，各具體格，能不規矩繩墨哉！」〔註29〕稍後之萬樹《詞律‧自序》亦曾指出當時詞壇所盛行之謬論：「謂詞以琢辭見妙、煉句稱工，但求選艷而披華，可使驚新而賞異。奚必斤斤於句讀之末，瑣瑣於平仄之微。」〔註30〕試想若詞不再「斤斤於句讀之末，瑣瑣於平仄之微」，詞人只重詞之內容，而忽略詞之形式，則詞與其他文體有何差異？又有何資格可被稱作詞？故萬樹作《詞律》目的即在扭轉當時歪風，使當日詞作格律一如唐宋詞作之格律，唯有如此，清人詞作方有可能內容、形式兼備且質量相稱，重返唐宋詞學盛世。

（三）稍存舊制以溯諸古

今人對明、清格律譜有諸多不滿，其中格律譜完全忽略詞為音樂文學之事實最受人非譽。詞樂至明代已完全亡失，格律譜之作者不得不分離詞之音樂性與文學性，僅標示詞之格律與押韻情形。此情形並不能逕以格律譜作者漠視詞樂之重要性來加以解釋。相反，多數格律譜之作者相當重視詞樂存在之事實，甚至期望以格律譜作為上溯詞樂之契機，張綖著《詩餘圖譜》之目的之一即在此。〈詩餘圖譜序〉云：

> 聲音之道微矣哉！夫盈穹壤間聲象而已矣！象以止異聲以流同，此禮樂所由作也。然則合異而同，非聲音不能通矣！是故禮待樂而後成，虞庭以樂育人才，和上下格神人，而始諸永言聖門，興詩成樂，亦為成材終身之序。程子謂古人之詩，如今之歌曲，當是時，金元度曲未出，所謂歌曲者，正謂詞調耳。是則雖非古聲，其去今人之曲，不有間

〔註29〕清‧賴以邨撰：《填詞圖譜》（《四庫全書存目叢書》本，台南：莊嚴出版社，1997年），頁426。

〔註30〕清‧萬樹撰：《索引本詞律》（台北：廣文書局，1971年9月初版），頁5。

耶！由是而馴溯諸古，非其階梯也乎？孔子曰：「吾猶及有
馬者，借人乘之。」借馬細事，而聖人思焉，其欲存舊也
如此，詞雖小技，不猶有大於借馬者乎？或曰鼓舞鴆毒奈
何，夫固謂其馴溯諸古也。若徒以其麗而淫焉，則靡靡之
音未見，非古欣欣之樂殆不可以，今廢鄭魏之什，正懲邪
誨，此又存夫人耳。極知細慚雕篆，俾甚魚蟲，然前輩風
流亦或因茲而見，且今之淫曲甚矣！稍存舊制，爲溯古之
地可也。

「是則雖非古聲，其去今人之曲，不有間耶！由是而馴溯諸古，非其
階梯也乎？」張綖認爲，今日曲音雖不同於古代詞音，其所做《詩餘
圖譜》雖無法明古制，然由此徑尙可稍存舊制，此係爲詞樂亡後，爲
合於現實之不得已折衷矣！

（四）糾校舊譜以正其謬

　　詞譜學草創時期，或因明人學風空疏，或因早期詞集掌握不易，
有識者紛紛指出早期詞譜之弊端，詞學家於是開始爲舊詞譜糾謬、補
正，如明・謝天瑞增補張綖《詩餘圖譜》，即是一例。清・鄒祗謨批
駁成譜之不確云：「此調據《草堂》所載《淮海詞》，換頭宜作四字兩
句，六字一句，而《詩餘圖譜》及馬浩瀾諸作，俱作七字兩句；董遐
周又作三字兩句、七字一句，未識何據。益信成譜參稽未確，何況宮
商失傳耶！」〔註31〕詞人塡詞雖仰仗舊譜，卻也對舊譜之錯誤、缺失
感到極度不滿。萬樹編《詞律》主要動機，即在糾正前人詞譜之謬，
其《詞律・自序》云：

　　故維揚張氏，據詞而爲圖，錢塘謝氏廣之，吳江徐氏去圖
而著譜，新安程氏輯之，于是《嘯餘譜》一書通行天壤，
靡不駭稱博覈，奉作章程矣！百年以來，蒸嘗弗輟，近
歲所見，剞劂載新，而未察其觸目瑕瘢，通身蟬漏也。近

〔註31〕見《倚聲初集》（鄒祗謨、王士禎輯，清順治十七年大冶堂刻本，中
　　　央研究院史語所傅斯年圖書館藏），卷六，頁272，周積賢〈海棠春・
　　　新粧〉（新粧初拂垂垂柳）後鄒祗謨詞評。

　　復有《塡詞圖譜》者，圖則葫蘆張本，譜則矔捧《嘯餘》，
持議或偏，參稽太略。蓋歷來造譜之意，原欲有便於
人，……列調旣繆，分句尤訛。云昭示於來茲，實大誤夫
後學。〔註32〕

萬樹對於舊譜謳誤批駁最力，不惟《詞律》之自序、凡例對舊譜大加
撻伐，更於每一調後之注文，一一指陳前譜之失，所佔篇幅太多，
幾於滿紙盡然，反而略去許多應著錄之要點。《詞律》絮絮叨叨歷舉
舊譜之失，遂招致後人批判，如任二北先生於〈增訂詞律之商榷〉
〔註33〕一文中指出《詞律》有「三失」，其中一失即在其「不要」。夫
萬樹有感於當日詞家深被舊譜之毒，故不得不鳴鼓而攻，矯枉往往過
正，呶呶不休實出自一片苦心。而以今日眼光看來，《詞律》確有「不
要」之缺點，然此缺點適爲當日之優點。

二、各家詞譜體例

（一）編次體例

　　南宋何士信所編之《草堂詩餘》影響明代甚鉅，明人以「草堂」
爲名所編選之詞選集多達二十二種〔註34〕。由於何士信所編之《草堂
詩餘》乃按內容爲春遊、春暮、春怨、夏景、詠笛、上元等分類，故
初期明人所編之相關詞選，亦多沿襲以事類繫詞之舊制，如《增修箋
註妙選群英草堂詩餘》、《精選名賢詞話草堂詩餘》等〔註35〕。周暎作
《詞學筌蹄》時，爲顧及詞譜旨在反映各詞調格律狀況之特殊性，遂
一反舊制，改以詞調爲主之編排方式，其於〈詞學筌蹄序〉中云：「《草

〔註32〕清・萬樹撰：《索引本詞律》（台北：廣文書局，1971年9月初版），
　　　　頁6下。
〔註33〕仁二北撰：〈增訂詞律之商榷〉（《詞學論薈》，台北：五南圖書出版
　　　　公司，1989年7月），頁395〜430。
〔註34〕蕭鵬撰：《群體的選擇——唐宋人選詞與詞選通論》（台北：文津出
　　　　版社，1992年11月），頁239〜240。
〔註35〕可參見陶子珍撰：《明代詞選研究》（東吳大學中國文學系博士論
　　　　文，黃文吉教授指導，2000年），頁30〜46。

堂》舊所編，以事爲主，諸調散入事下，此編以調爲主，諸事併入調下。」〔註36〕每一詞牌下繫各詞，每闋詞後均題有春遊、春暮、春怨、夏景、詠笛、上元、早梅、曉景、夜景等類別名稱。周瑛以詞調爲主之編排方式不僅影響後世詞譜，亦影響及後世詞選，如明嘉靖二十九年，流傳最廣、影響最大之顧從敬《類編草堂詩餘》，其以調爲主之編排方式即從《詞學筌蹄》而來〔註37〕，而由於顧書廣泛風行，此編排體例遂廣爲當時編詞選家所學習、採用。

詞譜旨在呈現各詞調之格律，因此分調法較分類法更爲適用於詞譜，經過《詞學筌蹄》之實驗經驗後，以詞調繫各詞之編次方式，已成爲詞譜定式。而確定以調繫詞爲最佳編次方式後，接著須面臨眾多詞調應如何定先後之問題，各詞調之排列順序是否妥當，大大影響檢索之便利性。大抵上詞譜定詞調之順序主要有二種依據，一以字數多寡爲序，一以詞牌事類爲序，以下分別說明各詞譜之詞調順序配置體例：

1. 字數多寡

周瑛《詞學筌蹄》雖首創詞譜以詞調繫詞之先例，然各詞調之排列卻無所依據；唯有以詞牌名稱末字爲序之跡象。如將〈瑞龍吟〉、〈水龍吟〉、〈丹鳳吟〉等末字爲「吟」之詞牌比鄰排次，他如「春」字類、「引」字類、「令」字類均分類爲序。然又往往未遵循此規則，如〈虞美人〉未與第三卷之〈望湘人〉、〈桃源憶故人〉歸於一處，反而獨自出現於第五卷中；又如〈天香〉在第六卷，而〈桂枝香〉卻置於第七卷；又各類間之排序亦無規律可循，然則周譜之詞調或隨興編次耳。

〔註36〕 明・周瑛撰：《詞學筌蹄》（《續修四庫全書》本，上海：上海古籍出版社，2002年初版），頁392。

〔註37〕 明・顧從敬《類編草堂詩餘》以調編次，而每闋詞前均題有春怨、春思、秋恨、夜景、上元等類別，其編次體例與周瑛《詞學筌蹄》極爲相近，極有可能仿效自周書。

　　稍晚而出《詩餘圖譜》，於詞調之編次方式，則有重大突破，張
綖不但按各詞調內容之字數由少至多進行排序，更按字數多寡，分爲
小令、中調、長調三卷。清代以後之格律譜均悉遵以字數多寡爲編次
標準，如清、賴以邠《塡詞圖譜》、萬樹《詞律》、《欽定詞譜》等均
如是，並持續爲今日各詞譜所沿用。至於張綖所拋出之詞調分類法，
更爲詞學理論增添新論題。

　　詞體分類，最早見於南宋張炎《詞源》，將詞體分爲九類。張綖
撰《詩餘圖譜》三卷，所收詞悉依其內容長短排列，其目錄中清楚指
出首卷所收者爲三十六字至五十七字之詞，名之曰「小令」；卷二收
六十字至八十九字之詞，名之曰「中調」；卷三收九十二字至一百二
十字之詞，名之曰「長調」。《詩餘圖譜・凡例》云：「圖譜分三卷，
第一卷小令，第二卷中調，第三卷長調，每卷之調又以字數爲序。」
此爲詞體分「小令」、「中調」、「長調」之始〔註38〕。

　　歷來學者均認爲明代顧從敬編《類編草堂詩餘》，首創以詞調內
容之長短而分爲「小令」、「中調」、「長調」之編次體例，如趙萬里先
生於〈明嘉靖類編本草堂詩餘四卷提要〉云：

> 嘉靖後所刻《草堂詩餘》，如李廷機本、閔映璧本、《詞苑
> 英華》本，皆直接自此本出，即錢允治、卓人月、潘游龍、
> 蔣景祈輩所著書，亦無不標小令、中調、長調之目，故欲
> 考詞集之分調本，不得不溯此本爲第一矣！〔註39〕

〔註38〕蕭鵬先生云：「顧從敬《類編草堂詩餘》……在唐宋詞樂失傳的情況
　　　　下，創造性地提出了小令、中調、長調的概念並施諸詞選，領導了
　　　　明嘉靖以後直至清康熙年間的選壇潮流，無數詞選都沿用這種體
　　　　例。同時它還啓迪了清代詞學家的訂譜工作。」（見蕭鵬撰：《群體
　　　　的選擇——唐宋人選詞與詞選通論》，台北：文津出版社，1992 年
　　　　11 月初版，頁 234）。分詞爲小令、中調、長調三類，此分類方式應
　　　　始於張綖而非顧從敬。故蕭鵬先生所給予顧從敬《類編草堂詩餘》
　　　　之創造性與啓迪清代詞學家訂譜工作之影響力，均應歸屬於張綖《詩
　　　　餘圖譜》。

〔註39〕見趙萬里撰：《校輯宋金元人詞》（台北：台聯國風出版社，1972 年
　　　　3 月重刻）。

然追溯分調本詞集以顧從敬《類編草堂詩餘》爲第一之成說，實有待商榷，顧書刊刻於明嘉靖庚戌年（29 年，西元 1500 年），而張綖《詩餘圖譜》則刊刻於嘉靖丙申年（15 年，西元 1537 年），故詞調分「小令」、「中調」、「長調」三體者，當濫觴於張綖之《詩餘圖譜》。

南宋沈義父《樂府指迷》、張炎《詞源》已有大詞小詞之目〔註40〕，凡內容較短者爲小詞，較長者則被稱爲大詞。然此大、小詞之分，僅爲說解方便耳，並不代表宋人已有意識以詞內容長短劃分詞體。張綖受宋人啓發，據詞之內容長短分詞體爲三，此說影響廣泛，後人多用之。如明・程明善《嘯餘譜》於每調之下注名此調爲長調、中調、小調，而影響所及，後世詞選亦多以字數編排，甚至效《詩餘圖譜》逕分詞爲三體，如明・顧從敬《類編草堂詩餘》、沈際飛《古香岑批點草堂詩餘四集》、清・鄒祇謨《倚聲初集》、蔣景祁《瑤華集》等。

元代以前詞選多依內容分類編排，至明嘉靖以後，編排方式丕變，明人選輯詞家作品，絕大多數均按調名編排，如各種重編本《草堂詩餘》及《古今詞統》、《蘭皋明詞匯選》等明人所編選之詞集，或依調名編排，或逕以「小令」、「中調」、「長調」將詞選略分爲三大部分，此種轉變與《詩餘圖譜》之體例不無關係。

張綖爲使《詩餘圖譜》分類方便，而據詞之長短概略三分，以爲分卷之資，並無強行以字數分詞體意圖。然此概略分法至清・毛先舒之後則成強行畫分，毛氏云：「五十八字以內爲小令，五十九字至九十字爲中調，九十一字以外爲長調，古人定例也。」〔註41〕毛氏認爲此爲「古人定例」，然古人並無此定例。如其所指之古人爲張綖，或爲多數效張氏三分法之明詞選選家，則誣人太甚。因概略分法本無「定

〔註40〕宋・沈義父《樂府指迷》：「作大詞，先須立間架，……作小詞只要些新意。」張炎《詞源》：「大詞之料，可以斂爲小詞；小詞之料，不可展爲大詞。」

〔註41〕清・毛先舒撰：《填詞名解》，卷一（《四庫全書存目叢書》本，台北：莊嚴文化事業公司，1997 年 6 月），頁 174。

例」，與截然分法之意義截然不同，故毛氏所謂「古人定例」並不成立；而以明確字數截然畫分詞體之方式，太過拘泥，萬樹對此已有精采辯駁：

> 若以少一字爲短，多一字爲長，必無是理。如〈七娘子〉，有五十八字者，有六十字者，將名之曰小令乎？亦中調乎？如〈雪獅兒〉，有八十九字者，有九十二字者，將名之曰中調乎？抑長調乎？〔註42〕

萬氏之論是也。以字數強加細分，本無理據來源，自萬樹此番論述後，毛氏以字數分詞體之謬說，已爲多數學者所不取。

　　張綖將詞分爲三類之法，廣爲後世所用，萬樹首先對此有強烈批判，主要在於其著《詞律》之主要動機，在於駁斥舊譜之謬，故《詞律》體例一律捨棄三分法，僅承襲張綖以字數由少至多爲序之體例。張綖以詩體角度劃分詞體之三分法，雖無音樂理據，卻相當符合宋以後詞樂亡佚，詞由音樂文學走向案頭文學之現實情況，且小令、中調、長調之名，久爲詞家所習用，自有其價值，故不妨以此作爲約略分類詞體之法。

2. 詞牌事類

　　以詞牌名稱事類作爲詞譜編次依據者，首見於明・徐師曾《詩餘》，其後明・程明善《嘯餘譜》之詩餘譜部分，乃取其書而圖譜之，

〔註42〕清・萬樹撰：《索引本詞律》（台北：廣文書局，1971 年 9 月初版），頁 1 下。萬樹所舉此二例，似乎有些不妥，《詞律》所收〈七娘子〉有 58 字、60 字二體，58 字體上片第二句作「登臨況値秋光暮」，60 字體作「恨密雲不下陽臺雨」；又 58 字體下片第二句作「平山樓外青無數」，60 字體作「但長江無語東流去」60 字體顯然只多出兩個領調字。〈雪獅兒〉有 89 字、92 字二體，然 89 字體上片第二句作「輕煙帶暝」，92 字體上片第二、三句作「便勾引，游騎尋芳」，「便勾引」應是下句之三字領，而不應分爲二句。有些領字本是襯字，襯字可填可不填，然當有人所作襯字達到引起下句之功用（尤其是以去聲開頭者），此襯字由於有特殊功用，後之詞人便紛起效法而成常用格，成爲今日所謂之領字。從此點可看出紅友對襯字與領調之概念尚模糊不清，且紅友欲完整呈現各調之體的不同，故凡遇字數不同者，不論是否爲襯字所致，均列爲另一體。

故亦仍其編次。徐師曾將詞牌依其事類分為「歌行題」、「令字題」、「慢字題」、「近字題」、「犯字題」、「遍字題」、「兒字題」、「子字題」、「天文題」、「地理題」、「時令題」、「人物題」、「人事題」、「宮室題」、「器用題」、「花木題」、「珍寶題」、「聲色題」、「數目題」、「通用題」、「二字題上」、「二字題下」、「三字題上」、「三字題下」、「四字題」、「五字題」。

　　徐師曾將詞調分為二十四類，為歷代詞譜中分類最細者，亦為最特殊者。以詞牌名分類之法於本質上並無太大意義，既無法呈現出詞之音樂相關性、各詞調之字數多寡，更造成尋檢上之困難。如〈寶鼎現〉未入「珍寶題」，反收於「三字題」中；〈蘭陵王〉不入「人物題」，反入「三字題」；；〈歸國謠〉不入「人事題」，反入「三字題」中；〈尋芳草〉不入「聲色題」，反入「三字題」；〈畫錦堂〉不入「宮室題」，反收之於「三字題」；〈爪茉莉〉不入「花木題」，而入「三字題」。又〈一剪梅〉應分於「花木題」或「數目題」中；〈怨王孫〉收入「三字題」中，而〈憶王孫〉則收入「人事題」中；又如「地理題」中不收〈小重山〉、〈夢江南〉、〈夢揚州〉等詞調，反而僅收〈浪淘沙〉、〈浣溪紗〉二詞調。

　　明・沈際飛〈草堂詩餘四集發凡・定譜〉云：「吳江徐伯曾以圈別黑白易淆，而直書平仄，標題則乖。」所言甚是。此種分類錯誤者，於《詩餘》中所在多有，足見以詞牌名稱分類法並不適用，徒增尋檢之困擾耳。詞譜既為填詞工具書，故其編次應以便於檢閱為首要條件，不論從實用性或方便性而言，字數多寡編次法實優於詞牌事類編次法。

（二）注調方式

　　明、清二朝詞譜之標示平仄、押韻方式，以圖示法最為常見。第一本以圖譜詞者，為明・周瑛《詞學筌蹄》，此書逐調為之譜之方式為「圓者平聲，方者側聲」，分片處空二格，而對於押韻處並未進一步標明，僅以「。」斷句。周瑛《詞學筌蹄》，雖逐調為之圖譜平仄，

卻未標出各調可平可仄處，可見周瑛並未針對同一調之諸多作品進行格律比對。嚴格而論，《詞學筌蹄》僅為為各詞譜上平仄之詞選集，至張綖《詩餘圖譜》，詞譜之學始步入成熟階段。張綖首開先例，將各詞調之格律作一全面整理分析，並效法、改良《詞學筌蹄》以圖示平仄之法。《詩餘圖譜·凡例》云：「詞中字當平者，用白圈；當仄者，用黑圓；平而可仄者，白圈半黑其下；仄而可平者，黑圓半白其下。」除平仄外，《詩餘圖譜》亦以文字注明押韻處，凡有同名異調者亦均於各詞牌下注明；而為節省篇幅，下片與上片格律相同者以「後段同前」省略標出下片格律，此注譜方式相當成功，賴以邠《填詞圖譜》之體例，即完全仿效之，其《填詞圖譜·凡例》云：

> 平仄音韻，諸刻本有加圈字，字上者有明註字，字下者有
> 方界交旁者，總求簡約以儉刻資，無甚同異，但段截瑣碎，
> 覺未便於初學，茲乃依古譜圖圈之法，既廣博於搜羅，復
> 精嚴夫考訂，魯魚悉正，滄海無遺，具眼自能鑒別。〔註43〕

其他如萬惟檀《詩餘圖譜》、程明善《嘯餘譜》、賴以邠《填詞圖譜》、康熙《欽定詞譜》等詞譜，亦多承襲之，《詩餘圖譜》中之各種體例，均對後世詞譜有極深遠之影響。

　　以圖著譜之方式，固然能收詞譜將格律簡單明瞭化之主要功效，但亦仍有反對之聲浪，如徐師曾有鑒於「圖譜圈別黑白，又易謬誤」，故作《詩餘》時，大致沿用《詩餘圖譜》之注調體例，惟將圖譜改為「以平仄作譜」之方法。萬樹撰述《詞律》亦有相同考量，他不僅不以圖示譜，亦未步《詩餘》「以平仄作譜」之法，而是逕舉一詞為一調一體之代表，不另注出平仄，其《詞律·凡例》云：

> 今雖音理失傳，而詞格具在，學者但宜依仿舊作，字字恪
> 遵，庶不失其中矩矱。舊譜不知此理，將古詞逐字臆斷，
> 平謂可仄，仄謂可平。夫一調之中，豈無數字可以互用，
> 然必無通篇皆隨意通融之理。

〔註43〕清·賴以邠撰：《填詞圖譜》（《四庫全書存目叢書》本，台南：莊嚴出版社，1997年），頁426。

萬樹主張塡詞應仿舊作，並須字字恪遵以存詞格，故此文之第一個重點在說明詞譜不應另注平仄。至於此文第二個重點，即在指摘舊譜「平謂可仄，仄謂可平」者，萬樹質疑舊譜中所謂「平謂可仄，仄謂可平」乃出於臆測，但《詞律》中亦多於字旁標注仄聲字「可平」、平聲字「可仄」者，同樣指出平仄互通處，爲何萬樹認爲他譜乃出於臆測，而自己卻非出於臆測？關於這點，萬樹並未清楚交代。朱崇才先生曾批評萬樹云：「《詞律》的作者序者，一方面對傳世舊譜大家指摘，一方面標榜古代音律之艱難，誘使人以爲其獨有不傳之妙。」〔註44〕萬樹論字聲與解說其作《詞律》之法，雖饒有其見地，卻往往語焉不詳，朱崇才之批評，可謂一語道破萬樹論詞之弊與其欲完全取代舊譜而故弄玄虛之野心。然從現實角度看，正因詞之音律、格律有太多無法解決之困難，問題雖顯而易見，卻無法完全解決問題，無怪乎萬樹論詞多語焉不詳，此亦前人所論詞律之弊也。

《詞律》未承舊譜注調體例，而另闢蹊徑，自創新體例，其用意絕非僅止於防止黑白圈易生謬誤之弊，其用意爲何？而各詞譜爲何僅以平仄定聲，而未進一步標注陰陽或四聲之差異？又爲何後世詞譜捨萬樹《詞律》之文字譜而就張綖《詩餘圖譜》之圖譜形式？這些問題均有關聯性，故以下將一併探討之。

詞本合樂文學，四聲、陰陽聲調搭配音樂旋律，語言音律影響歌曲是否美聽。前人論詞曲嚴分四聲、陰陽，如李清照〈詞論〉云：「蓋詩文分平仄，而歌詞分五音，又分五聲，又分六律，又分清濁輕重。」〔註45〕歌詞與樂曲相配時，如陰聲、陽聲配置不當將會扭曲歌詞字義與歌曲情緒。張炎《詞源・音譜》指出其父張樞所作〈惜花春〉云：「『瑣窗深』，深字音不協，改爲幽字，又不協，改爲明字，歌之始協。此三字皆平聲，胡爲如是。蓋五音有脣齒喉舌鼻，所以有

〔註44〕朱崇才撰：《詞話學》（台北：文津出版社，1995年1月初版）。
〔註45〕宋・李清照撰：〈詞論〉，《李清照集校注》，卷三（王仲聞校注，北京：人民文學出版社，1997年），頁195。

輕清重濁之分。」〔註46〕陰聲、陽聲之差異，須於反覆試唱中調整。今日詞既不可歌，嚴分陰陽之舉已不合時宜，清時論字聲陰陽者不多見，今人亦少見提倡作詞嚴辨陰陽者〔註47〕。若以陰陽論宋詞上循音理脈絡尚可；以陰陽創作詞則無必要，一則無補於聲調之美，一則更因過分嚴格限制而害詞情。詞譜為填詞之資，各詞譜家不注陰陽之意即在此。

　　至於是否應以四聲著譜？張綖《詩餘圖譜》為第一本成熟之詞譜，張綖於《詩餘圖譜·凡例》云：「其仄聲，又有上、去、入三聲，則在審音者裁之，今不盡著。」張綖選擇僅以平仄譜指導詞人填詞，其《詩餘圖譜·凡例》認為：

> 《太和正音譜》字字討定四聲，似為太拘，嘗聞人言：「凡詞曲上、去、入聲與舊調不同者，雖可歌播諸管絃，則齟齬不協。」不知此正由管絃者泥習師傳，無變通耳。若欲得夫聲氣之正，必有至人神悟黃鍾之律，然後可，非黍筒牛鐸所能定也。

以四聲填詞為宋·李清照首提，張炎、沈義父進一步詳論。沈氏於《樂府指迷》中云：「一腔三兩隻參訂，如都用去聲，亦必用去聲。其次如平聲，卻用得入聲字替。上聲字最不可用去聲字替。不可以上去入盡道是側聲，便用得，更須調停參訂用之。」〔註48〕此為後世「守四聲說」之主要依據，如盛配云：「溫庭筠所作〈菩薩蠻〉十五首，以辨去聲，其〈定西番〉三首及〈遐方怨〉二首，四聲如一，實已出現嚴調。」「五代名家二、三十人均以顧及四聲。……其句法組織與四聲安排，已粗具宋人規模。」〔註49〕此說雖有理，然「四聲如一」說法則有商榷之處。不拘舊調四聲填詞之情形相當常見，北宋無守四聲

〔註46〕宋·張炎撰：《詞源》，卷下（《詞話叢編》本），冊1，頁256。
〔註47〕夏承燾先生《作詞法》云：「有時且須辨陰陽。」雖指出作詞應分陰陽，但強調「有時」，且未詳論，並於後云：「是宋人作詞，本講究及此。惟此法太嫌拘束，後人守者不多；初學尤不必求之太過。」
〔註48〕宋·沈義父撰：《樂府指迷》（《詞話叢編》本），冊1，頁280。
〔註49〕盛配撰：《詞調詞律大典》（北京：中國華僑，1998年初版），頁12。

之說，亦不以四聲塡詞。時至南宋，嚴守聲律之姜夔，其四聲亦多不盡相合，今舉其〈永遇樂〉二首比較之：

我與先生，夙期已久，人間無此。不學楊郎、南山種豆，十一征微利。雲霄直上、諸公袞袞，乃作道邊苦李。五千言、老來受用，肯教造物幾戰？　東岡記得，同來胥宇，歲月幾何難計。柳老悲桓、松高對阮，未辦爲鄰地。長干白下、青樓朱閣，往往夢中槐蟻。卻不如、淺樽放滿，老夫未醉。	上上平平，入平上上，平平平上。入平平平、平平去去，入入平平去。平平入去、平平上上，上去去平上上。上平平、上平去去，上去去去上去？　平平去入，平平平上，去入上平平去。上上平平、平平去上，去去平平去。平平入去、平平入入，上上去平平上。入入平、平平去上，上平去去。
雲鬲迷樓、苔封很石，人向何處？數騎秋煙、一篙寒汐，千古空來去。使君心在、蒼崖綠嶂，苦被北門留住。有樽中酒差可飲，大旗盡繡熊虎。　前身諸葛、來游此地，數語便酬三顧。樓外冥冥、江皋隱隱，認得征西路。中原生聚、神京耆老，南望長淮金鼓。問當時、依依種柳，至今在否？	平入平平、平平上入，平去平去？去去平平、入平平去，平上平平去。上平平去、平平去去，上去上平去去。上平平上去上上、去平去去平上。　平平平入、平平上去，去上去平平去。平平平平、平平上上，去入平平去。平平平上、平平入上，去去平平平上。去平平、平平去上，去平去上？

姜夔二首所作之〈永遇樂〉，四聲差異相當大，足見仄賅上、去、入之現象普遍存於詞中，詞之音律不完全繫乎四聲，又如何以四聲標明詞譜！故張綖認爲以四聲論詞太過拘束，他從比對前人詞作過程中，發現前人詞作絕大多數均未泥於四聲，因此駁斥不守四聲即「齟齬不協」之說法。他並認爲詞之格律來自音樂，四聲之調度當由知音者正聲，故張綖於詞樂亡佚之時，不願從字面爲詞定四聲格律，寧從寬而不從嚴，以避免塡詞者字字株守四聲格律而侷限手眼。而後世詞譜學家亦均從張綖說法，如明·徐師曾《詩餘》持有相同論調，所謂：「肰《正音》定擬四聲，失之拘泥，《圖譜》圈別黑白，又易謬誤，故今採諸調，宜以平仄作譜。」〔註50〕

〔註50〕明·徐師曾撰：《詩餘》，收錄於《詩體明辨》中（台北：廣文書局，

　　知音識曲者作詞，以音樂爲準則固能擺落四聲束縛，然實際情形中仍有知音者有意遵守四聲，雖非井然一致，吾人亦可從其字面看出追求四聲相配之端倪，如周邦彥詞作講究格律，夏承燾先生曾指出美成「用四聲，益多變化。」〔註51〕或未諳詞樂者，以跟隨前人詞作四聲達到合樂協律之目的，如南宋方千里、楊澤民、陳允平均曾遍和周詞，字字株守四聲。此二種情形顯示「四聲體」雖不普遍確存在之事實。清代萬樹發現「四聲體」存在，且深知「作詞于平仄之外，有時須辨四聲。」〔註52〕之理，有鑒於平仄無法呈現「四聲體」之存在，而以四聲填詞又不符合普遍現象，故《詞律》遂僅舉例詞而未多加復注，其《詞律·發凡》云：

　　　　余每贊嘆方氏和清眞一帙，爲千古詞音證據，觀其字字摹
　　　　合如此，不惟調字可考，且足見古人細心處，不惟有功于
　　　　周氏，而凡詞皆可以此理推之，豈非詞家所當蒸嘗者耶？
　　　　故字旁不敢復注平仄。〔註53〕

萬樹希望作詞者可按自己需求，或按《詞律》規定之句式、韻律、分片試填；或進一步參考調後之說明，分辨四聲，注意拗句，蓋不欲以四聲束縛詞人，此種注調體例相當符合詞家之實際創作情形，如況周頤曾述其填詞方式云：「夫聲律與體格並重也，余詞僅能平仄無誤，或某調某句有一定之四聲，昔人名作皆然，則亦謹守弗失而已。」〔註54〕萬樹設計此體例之用意雖美，然缺點在於無法使填詞者一目

　　　　1972 年初版），頁 453。

〔註51〕參見夏承燾撰：〈唐宋詞字聲之演變〉，《唐宋詞論叢》（唐圭璋編，上海：上海古籍出版社，1986 年第一版）。夏承燾先生將唐宋詞字聲演變情形，分成五個階段：溫庭筠已分平仄，柳永分上去、尤其嚴於入聲，周邦彥「用四聲，益多變化」，到了南宋，某些作家更有分辨五音，分辨陰陽的現象。

〔註52〕夏承燾撰：《夏承燾集》（浙江：浙江古籍出版社，1997 年），冊 8，頁 8。

〔註53〕清·萬樹撰：《索引本詞律》（台北：廣文書局，1971 年 9 月初版），卷十一，〈四園竹〉周邦彥詞後注，頁 215 下～216 上。

〔註54〕清·徐珂撰：《近詞叢話》引，（《詞話叢編》本），冊 5，頁 4227。

瞭然，丟失詞譜最大之功能——便利性。俟後之《欽定詞譜》則檢討《詞律》缺失，重新襲用張綖以圖著譜之方式，後出之詞譜，亦多繼續承襲或改良圖譜之形式；其原因在於圖示格律可凸顯詞譜之便利性與特殊性。僅舉例詞而無清楚標示格律之詞譜，似乎與一般詞選無太大差別，故後世詞譜雖知無論標注四聲或平仄均無法完整呈現詞格律之原貌，亦多不願學習《詞律》之文字譜，張綖《詩餘圖譜》圖示平仄仍爲最佳著譜方式。

（三）分體體例

唐宋詞人「倚聲填詞」，詞之諧律與否，端在歌唱時之順拗，倚聲之詞於字句配置彈性顯然較倚律之詩大得多，詞樂或因師承不同，或各地流傳之聲有所差異，而使詞人所倚之聲不盡相同；或詞調相同而所配之宮調不同。同一詞牌音樂不同，所填之詞格律自然不相同，又或因知音識曲之詞人改動音樂；或因不受曲子束縛之詞人，重意不重律而未諧音律。此外，尚有襯字諸多因素，而使同一詞調之格律有所差異，此即稱爲「又一體」，以下將針對明、清詞譜之「又一體」認知起於何時？各詞譜如何看待、安置「又一體」？而詞有「又一體」之名稱又是否合理？作一探究。

明·張綖撰《詩餘圖譜》並未立「又一體」之目，凡《詩餘圖譜》中一調有收二首以上例詞者，第一首詞前標示爲「詞」，第二首之後則標示爲「又」，張綖於《詩餘圖譜·凡例》說明：「圖後錄一古名詞以爲式，間有參差不同者，惟取其調之純者爲正，其不同者亦錄其詞於後以備參考。」又於〈摸魚兒〉調下注云：「雖字有定數，亦有多一二字者，是歌者羡文助語，非正格也。」從二段文字可知，張綖已有同一調中有正體與變體之觀念，此觀念始於張綖，後世詞譜多未正視之，直至《欽定詞譜》出，方將張綖一調分正變體之觀念發揚光大。而《詩餘圖譜》所收之「又」詞多與正詞、圖示之格律迥異，如〈應天長〉正格收韋莊詞 49 字體，後附「又」牛嶠詞 51 字體、「又」葉夢得詞 94 字體、周邦彥詞 98 字體；〈雨中花〉正格爲王觀 56 字體，

後附歐陽脩 52 字體、蘇軾 98 字體；〈千秋歲〉正格爲秦觀 71 字體，後附張先 72 字體、王安石 82 字體等。故張綖所謂之「又」，實已含有「又一體」之意義。

　　張綖立「又」之設想，後世有將其完全忽略、刪除者，如崇禎年間萬惟檀之《詩餘圖譜》；更有將此法發揚光大者，如清・萬樹《詞律》將「又」書爲「又一體」、清・葉申薌《天籟軒詞譜》亦仿效此法；另有轉變「一調分體」爲「一調分體次」者，如明・徐師曾《詩餘》。徐師曾《詩餘》擷取張綖「又」之體例，並首次改立「第一體」、「第二體」……之目，明・程明善《嘯餘譜》、清・賴以邠《塡詞圖譜》踵之；至康熙《欽定詞譜》出，再進一步將張綖「又」體之觀念與「惟取其調之純者爲正」之正變體觀念結合，以創始人所作之本詞或時代較早之詞爲正體，其餘格律有異於正體者爲變體，變體不分排次，俱以「又一體」目之。

　　明・萬惟檀著《詩餘圖譜》不取「又」體，一調僅一體之說，在明代有明末沈際飛可爲代表，沈際飛曾批評徐師曾《詩餘》云：「一調分數體，體緣何殊？」沈氏主張一調不可分爲數體，並提出相當有力之說法辯駁之：

> 調有定名，即有定格，其字數多寡、平仄、韻腳較然，中有參差不同者，一曰襯字：文義偶不聯暢，用一二字襯之，密按其音節，虛實間正文自在。如南北劇，這字、那字、正字、箇字、卻字之類。從來詞本，即無分別，不可不知。一曰宮調：所謂黃鐘宮、仙呂宮、無射宮、中呂宮、正仙宮、呂調、歇指調、高平調、大石調、小石調、正平調、越調、商調也。詞有名同而所入之宮調異，字數多寡亦因之異者：如北劇黃鐘水仙子，與雙調水仙子異，南劇越調過曲小桃紅，與正宮過曲小桃紅之類。一曰體製：唐人長短句皆小令耳，後演爲中調、爲長調。一名而有小令，復有中調、有長調，或系之以犯、以近、以慢別之，如南北劇名犯、名賺、名破之類。又有字數多寡同，而所入之宮

調異，名亦因之異者：如〈玉樓春〉與〈木蘭花〉同，而
以〈木蘭花〉歌之，即入大石調之類。又有名異而字數多
寡則同：如〈蝶戀花〉一名〈鳳棲梧〉、〈鵲踏枝〉；如〈念
奴嬌〉一名〈百字令〉、〈酹江月〉、〈大江東去〉之類，不
能殫述。〔註55〕

沈際飛認為一調之有長短不同成因有三：襯字、宮調與體製，其論述
相當精采且合理，為一則明代相當重要之詞論〔註56〕，前人作詞本無
所謂「分體」意識，沈氏之說非常符合前人作詞狀況。然後世詞人填
詞所據者僅前人詞格律；而詞樂失傳後，詞人如任意加襯字，隨意填
之，則詞之格律將蕩然無存，無格律限制之詞自不可稱之為詞。詞樂
亡後之格律譜，肩負梳理各詞調格律之責，為詞人尋求最符合普遍唐
宋詞之格律，亦應忠實呈現同一調而格律不同者之詞，總結出同一調
中，唐宋人最常使用之體為何，故沈氏若欲以此段論述批駁明詞譜之
分體，實忽略詞體現實狀況，更低估詞譜之功能。沈說於清代引起許
多學者討論，萬樹《詞律‧發凡》即駁斥云：

至沈氏天羽駁《嘯餘》云：「一調分為數體，體緣何殊？《花
間》諸詞未有定體，何以派入體中？」余謂此語謬矣！同
是一調，字有多少，則調有短長，即為分體，若不分，何
以為譜？觀沈所刻，或注前段多幾字、少幾字，或注後段
多幾字、少幾字，是本（《古香岑批點草堂詩餘四集》）知
此體與他體異矣！又或據譜應作幾字，則知調體不同矣！
何又以為體不宜分耶？〔註57〕

萬樹所論是也。就詞譜功能而論，如詞譜不分體，將何以為譜？因此
萬樹沿用張綖《詩餘圖譜》呈現一調之數體舊法，改稱張綖所謂之
「又」為「又一體」，為詞家整理出一調各體之格律差異，以便詞家

〔註55〕明‧沈際飛撰：《古香岑批點草堂詩餘》（明崇禎太末翁少麓刊本，
　　　　台北：國家圖書館藏）。
〔註56〕有關沈際飛釋詞調之異體論述，可參見李娟娟撰：《草堂四集及古今詞
　　　　統之研究》（高雄師範大學碩士論文，王師偉勇指導，84學年度）。
〔註57〕清‧萬樹撰：《索引本詞律》（台北：廣文書局，1971年9月初版）。

填詞之資。

　　承襲張綖「又」之分體方式，且進一步修正爲「第一體」、「第二體」……者爲明・徐師曾《詩餘》，其後程明善《嘯餘譜》，清・賴以邠《填詞圖譜》、康熙《欽定詞譜》等踵之。首次將詞體分體次之徐師曾，其《詩餘》雖有第一體、第二體之別，然實無正體意識在其中，其所列「第一體」之詞，多有時代較「第二體」、「第三體」晚之現象；既非最早填此調之詞，又多有未收自創此調之詞人作品，而反收他人詞之例，此現象於《嘯餘譜》、《填詞圖譜》〔註58〕二書均時有所見，故可知此三譜所謂「第一體」、「第二體」者，僅爲無正、變體、無先後次序之羅列分體耳。萬樹作《詞律》，有鑒於舊譜分體次之無據，故首先提出對舊譜「第一體」、「第二體」等排次之不滿，其《詞律・發凡》云：

> 舊譜之最無義理者，是第一體、第二體等排次，既不論作者之先後，又不拘字數之多寡，強作雁行，若不可踰越者，而所分之體，乖謬殊甚，尤不足取。因向來詞無善譜，俱以之爲高，曾典型學者，每作一調，即自注其下云第幾體。夫某調則某調矣，何必表其爲第幾。自唐及五代十國、宋、金、元，時遠人多，誰爲之考其等第，而確不可移乎！……本譜但以調之字少者居前，後亦以字數列，書又一體。〔註59〕

萬樹認爲詞人填詞未有自注第幾體者，且因「時遠人多」無法逐一考訂孰爲正體，故索性不辨唱和、正變，僅書「又一體」。

　　歌唱之律，必以最先創造音調者爲標準，此可稱爲正體，亦爲「第一體」。其後，凡其他詞人依此正體唱和、填詞者，如格律有所改易，則可視爲變體，亦即「第二體」、「第三體」等。萬樹因所見資

〔註58〕如〈滿江紅〉第一體收南宋・康與之詞，第二體收北宋・周邦彥詞。又如姜夔自度曲〈疏影〉，《填詞圖譜》未收姜夔本詞，反收鄧光薦詞。

〔註59〕清・萬樹撰：《索引本詞律》（台北：廣文書局，1971 年 9 月初版），頁 1 下～2 上。

料有限，不足恃以考辨正變，故逕以字數多寡排序〔註60〕，而體之等第真如其所云「時遠人多」，難以考訂乎？事實並非如此，宋詞人多有善於自製腔調者，如周邦彥、姜夔等，其所創之曲調，於各專集中收之，訂律者據此列為正體即可。若創調之人已無從考之，則以時代較早或較多人填之體式為正體，而字句之繁簡亦可作為考訂依據。考訂正變，體式標準既得，則襯字之有無、體格之主從、平仄之正變，均不難辨別；其他一切糾紛，亦可藉此標準得其解決之道〔註61〕。

在諸多詞調中，仍有部分詞調可追溯其正體為何，故著詞譜若無法完整找出「第一體」、「第二體」、「第三體」之體次順序，而分辨正變主從實屬可能。萬樹無一體之正變承接觀念，故所選之例詞往往有捨原製而別收他作之弊，如〈憶江南〉未選白居易詞而選皇甫松之詞；〈如夢令〉不收後唐莊宗原製而選秦觀詞等。俟後陳廷敬、王奕清等奉敕編修《欽定詞譜》改正《詞律》缺失，承襲張綖一調有正變體之概念，並進一步以科學方法考證出孰正孰變，其〈凡例〉云：

> 每調選用唐、宋、元詞一首，必以創始之人所作本詞為正
> 體。如〈憶秦娥〉創自李白，四十六字，至五代・馮延巳
> 則三十八字，宋・毛滂則三十七字，張先則四十一字，皆
> 李詞之變格也，斷列李詞在前，諸詞附後。

如此，誠如清・田同之所云：「至於《欽定詞譜》，雖較《詞律》所載稍寬，而詳於源流，分別正變，且字句多寡，聲調異同，以至平仄，無不一一註明，較對之間，一望瞭然。所謂填詞必當遵古，從其多者，從其正者，尤當從其所共用者，舍詞譜則無所措手矣。」〔註62〕是知同屬一調而字數參差者，自應先列首製原詞，再依序分

〔註60〕〈詞律目次〉中僅〈齊天樂〉、〈水龍吟〉等六調以「作者多宗此體」、「此為本調正格」標出正體，但仍以字數多寡排列，字數較多之正體，列於後而名為「又一體」。

〔註61〕考證唱和、正變之法，可參見任二北〈增訂《詞律》之商榷〉，《詞學論薈》（趙為民、程郁綴選輯，台北：五南圖書出版公司，1989年7月初版），頁409。

〔註62〕清・田同之撰：《西圃詞話》（《詞話叢編》本），冊2，頁1474。

列各體。而詞譜發展至萬樹《詞律》，無論書中之詞學理論、收調數目、體例等，均非後世詞譜所能大幅超越，《欽定詞譜》雖挾眾多學者齊心投入之勢，卻無法取《詞律》而代之；惟對於各調正變源流考證之詳細，爲能大幅超越《詞律》，《欽定詞譜》之創發，益將詞譜研究推至於高峰。

（四）選詞標準

1. 形式方面

　　詞譜於各調所選之詞，具有示範作用，因此撰作詞譜須先訂定出一套選詞標準。從詞之形式上看，哪些朝代之詞可被選爲詞譜中之「標準詞」？明代沈際飛所提出《花間》詞不可派入詞中之論點，爲詞譜選詞標準論戰揭開序幕，其〈草堂詩餘四集發凡·定譜〉云：「吳江徐曾伯，……《花間》諸詞未有定體，而派入詞中，其見地在世文（張綖）下矣！」〔註63〕沈氏認爲《花間集》諸詞尚未有定體，故定譜時不可收《花間集》諸詞。言下之意，沈際飛認爲張綖《詩餘圖譜》未收《花間集》詞，其實張綖《詩餘圖譜》中收錄許多花間詞人作品，如溫庭筠、孫光憲、顧敻、和凝、毛文錫、牛嶠、魏承班等人詞，《詩餘圖譜》均視之爲填詞範式，沈際飛所言並不符事實。

　　除《詩餘圖譜》以五代詞作爲填詞標準外，沈說亦爲萬樹所反對，《詞律·發凡》云：「《花間》詞雖語句參差，亦各有所據。豈無規格而亂填者？何云不可派入體中耶！」《花間集》已爲成熟之文人詞，豈有排除於詞譜外之理，萬樹所言甚是。沈際飛雖志在以詞選兼具詞譜功能，但終究未對詞律有深入研究，正如萬樹所云，《花間集》並非「無規矩而亂填者」，凡比對過各詞調之詞律者，必定不會將《花間》諸詞屏除於詞譜之外。

　　至於詞譜所收詞之下限爲何？萬樹《詞律·發凡》云：

〔註63〕明·沈際飛選：《古香岑草堂詩餘》（明崇禎太末翁少麓刊本，台北：國家圖書館藏），頁5。

其篇則取之唐宋，兼及金元，而不收明朝自度。本朝自度
之腔，于字則論其平仄，兼分上去，而每詳以入作平、以
上作平之說，此雖獨出乎一人之臆見，未必有符於四海之
時流。然試注目而發深思，平心而持公論，或片言之微中，
或一得之足收，亦有偶合於古人，未必無裨於末學。但志
在明腔正格，自不免駁謬糾謬。〔註64〕

《詞律》所收詞只至金元，明以下為明腔之正格均不錄，萬樹認為金
元詞去宋詞未遠，故尚有唐宋餘音，至於明人之自度曲則為萬樹所批
判，《詞律・發凡》云：「能深明詞理，方可製腔，若明人則于律呂無
所授受，其所自度，竊恐未能協律。」明代之後，詞樂已完全亡佚，
故明、清二朝詞人臆度之自度曲自然無關詞樂，自不能入詞譜而做為
填詞標準。此外，詞譜往往有收曲調之現象，如《填詞圖譜》收明・
楊慎〈天淨沙〉，《欽定詞譜》亦收元・喬吉〈天淨沙〉、張雨自製曲
〈茅山逢故人〉、張可久〈殿前歡〉等元人小令，《欽定詞譜》所收之
調數雖遠勝於諸舊譜，然由於出自眾手，於詩、詞、曲之分界之拿捏
與收調標準，實不如舊譜設想周到。

　　詞譜收調之界線既定，清代賴以邠進一步定出選詞之朝代順序；
其《填詞圖譜・凡例》云：「填詞宋雖後於唐，而詞以宋為盛，每調
之詞，宋不可得，方取唐；唐不可得，方及元明。梁武帝曾有〈江南
弄〉等詞，雖六朝已濫觴，槩不敢盡取。」賴氏認為「詞以宋為盛」，
故選詞時須以宋詞為優先，其次為唐詞，最後方及元明詞。以詞之盛
衰定選詞時代順序，以宋詞盛世為填詞範示，立意雖美，卻忽略詞格
律正變關係；且詞之起源早於唐末五代之前，經過民間流傳、醞釀，
詞至唐末五代文人之手已臻成熟階段，捨唐五代詞而就宋詞實為捨本
逐末。

　　一詞調多人填之，經過前人經驗累積及論戰，後世詞譜家更能汲
取前人優點，於選詞標準上更能掌握要領，如清・葉申薌《天籟軒詞

〔註64〕清・萬樹撰：《索引本詞律》（台北：廣文書局，1971年9月初版）。

譜·凡例》云：

> 一選詞，自以原製之詞及名人佳作爲譜，如〈憶秦娥〉應
> 選李詞，〈憶江南〉應選白詞之類，《詞律》往往捨原詞而
> 別收他作。〈如夢令〉別名〈宴桃源〉，本以原詞「曾宴桃
> 源深洞」之句立名，即如夢二字，亦原詞中語，《詞律》不
> 收詞原詞，而收秦詞。他如〈漁家傲〉不收晏同叔，〈暗
> 香〉不收姜白石，不勝枚舉，最可笑者，〈雨霖鈴〉調不收
> 柳耆卿而收黃勉仲，又注云「多情自古傷離別」如七言詩
> 句，應從柳詞，此非徒費筆墨，而何茲譜悉擇原詞即名作
> 方錄。

選詞以「原製之詞及名人佳作爲譜」一語，道出詞譜選詞最佳取捨
標準。

2. 內容方面

詞譜選詞以定譜，是以詞譜與詞選間相互爲因果，詞人可據詞選
所選之詞爲填詞範示，故詞選就此一方面而言，實兼具詞譜功能。首
先明確指出其詞選欲兼具詞譜之作用者爲明·沈際飛，其〈草堂詩餘
四集發凡·定譜〉云：

> 余則以一調爲主，參差者明註字數多寡，庶定格自在，神
> 明惟人，即此事譜，不煩更覓圖譜矣。〔註65〕

而詞譜同樣亦可具有詞選之功能，明代以前之詞譜尚有「譜體詞
選」之特質，如張綖《詩餘圖譜》、徐師曾《詩餘》二書，皆可透過
選詞狀況看出作者之審美標準。張綖《詩餘圖譜·凡例》云：

> 按詞體大略有二：一體婉約，一體豪放。婉約者欲其辭情
> 醞藉；豪放者欲其氣象恢弘，蓋亦存乎其人，如秦少游之
> 作，多是婉約；蘇子瞻之作，多是豪放。大抵詞體以婉約
> 爲正，故東坡稱少游爲今之詞手，後山評東坡詞雖極天下
> 之工，要非本色。今所錄爲式者，必是婉約，庶得詞體。

〔註65〕明·沈際飛選：《古香岑草堂詩餘四集》（明崇禎太末翁少麓刊本，
　　　　台北：國家圖書館藏）。

此段為張綖重要之詞論，將詞體分為婉約、豪放二體，並提出正、變之說，均在說明「今所錄為式者，必是婉約，庶得詞體」之選詞標準。明代詞壇審美傾向以崇尚婉約傳統詞體為主，如王世貞《藝苑卮言》云：「故詞須宛轉緜麗，淺至儇俏，挾春月烟花於閨幨內奏之，一語之艷，令人魂絕，一字之工，令人色飛，乃為貴耳。至於慷慨磊落，縱橫豪爽，抑亦其次，不作可耳。作則寧為大雅罪人，勿儒冠而胡服也。」〔註66〕王驥德《曲律》：「詞曲不尚雄勁險峻，只一味嫵媚閒豔，便稱合作。是故蘇長公、辛幼安並置兩廡，不得入室。」〔註67〕沈際飛《草堂詩餘四集》云：「詞貴香而弱，雄放者次之。」〔註68〕無論明詞人之創作或詞論均以婉約為審美風尚，雖間有並重婉約、豪放之論者出現，仍不足以扭轉詞壇風氣。張綖亦為傳統詞學觀念接受者，雖主婉約為正、為本色，並認為婉約詞方得詞體，然若仔細推敲，則可知張綖所謂婉約與王世貞等人之婉約義涵絕不相同。張綖指出婉約須「辭情醞藉」，「醞藉」二字出於《漢書·薛廣得傳》：「廣得為人溫雅有醞藉。」顏師古注引服虔曰：「寬博有餘也。」而醞藉用來形容辭情者，則有言之不盡、言短意長之意，故「辭情醞藉」之婉約詞，並不拘限於男女情思之內容、穠艷香弱之用字，凡詞有不盡之意均為婉約詞，與王世貞等人「挾春月烟花於閨幨內奏之」、「只一味嫵媚閒豔」、「香而弱」之婉約定義相距甚遠。

明乎張綖婉約詞定義，再對《詩餘圖譜》所選之詞檢驗。蘇軾與辛棄疾為豪放詞家之代表人物，《詩餘圖譜》選蘇軾詞九首，分別為〈少年遊〉（去年相送）、〈南柯子〉（山與歌眉斂）、〈南鄉子〉（霜降水痕收）、〈雨中花〉（今歲花時深院）、〈定風坡〉（好睡慵開莫厭遲）、〈滿江紅〉（東武南城）、〈水調歌頭〉（明月幾時有）、〈八聲甘州〉

〔註66〕明·王世貞撰：《藝苑卮言》（《詞話叢編》本），冊1，頁385。
〔註67〕明·王驥德撰：《曲律》（《續修四庫全書》本，上海：上海古籍出版社，1995年初版），卷四，頁488。
〔註68〕明·沈際飛選：《古香岑草堂詩餘》（明崇禎太末翁少麓刊本，台北：國家圖書館藏），正集卷二。

（有情風、萬里捲潮來）、〈念奴嬌〉（大江東去），此九首均符合「詞有不盡之意」，與蘇軾〈少年遊〉（老夫聊發少年狂）一味豪縱者，終有不同。辛棄疾詞五首，分別為〈聲聲慢〉（開元盛日）、〈念奴嬌〉（野塘花落）、〈金菊對芙蓉〉（遠水生光）、〈沁園春〉（三徑初成）、〈摸魚兒〉（更能消幾番風雨），可見張綖所謂婉約、豪放二體並不以人為分判界線，蘇、辛雖有「氣象恢弘」之豪放詞，然亦有許多「辭情醞藉」之婉約詞。《詩餘圖譜》不僅具有詞譜功能，亦為婉約體之詞選集，以「詞情醞藉」之標準與《詩餘圖譜》所選作品相印證，相去不遠矣。

　　至清代《詞律》、《欽定詞譜》二書，因收調求備，而不暇選詞。清・杜文瀾《詞律・詞律續說》云：「萬氏是書重於備體，不重選詞，故俳體之粗鄙者亦收之。」〔註69〕杜氏指出萬書「重於備體，不重選詞」之現象，並為萬書收鄙詞辯護，所謂：

> 訂譜先音律而後語意，故萬氏於俳體之極牾鄙者亦收以備格，或者不明此理，藉口以文其陋，則非萬氏之失，而學者之失也。是編亦師其意，專明格律，不求詞語之工，其原書字句，有與他刻互殊者，意同音異必錄，意異音同則略之，正以麗藻非譜家所急爾。〔註70〕

《欽定詞譜・凡例》云：「圖譜專主備體，非選詞也。」完全與杜氏「訂譜先音律而後語意」之看法相同。詞譜主要功能的確在備體，然回歸詞譜旨在為提供詞人填詞之資基點上，詞譜為詞人汰蕪存菁，選擇歷代同一詞牌同一體之傑出詞作作為範例，實與為詞人提供齊全體式同等重要。較《欽定詞譜》後出之葉申薌《天籟軒詞譜》，無論所收詞調與體例均取法於萬樹《詞律》，而於詞譜選詞方面有所改良。《天籟軒詞譜・凡例》云：「選詞，自以原製之詞及名人佳作為譜。」

〔註69〕清・萬樹撰：《詞律》（台北：世界書局，1959 年 12 月初版），頁646。

〔註70〕清・萬樹撰：《詞律》（台北：世界書局，1959 年 12 月初版），頁646。

詞譜爲塡詞者模仿對象，除步規各詞調形式格律之外，如能進一步兼具詞選提供內容詞藻之學習欣賞模範，則詞譜功能將更完善。詞譜發展至清代，雖然收調逐漸完備，卻多侷限於「選體不選詞」之框架中，使詞譜淪爲純工具書，多數清詞譜家似乎忘了詞爲優美文學作品之事實。清人以經學考證、實事求是之嚴謹爲學態度，應用於文學研究上，反成沉重包袱，就此點而言，明代詞譜家之格局實凌駕於清詞譜家之上。

　　唐宋詞譜本爲樂律而作，後因詞樂亡佚，故詞譜發展爲文字平仄譜，《詩餘圖譜》爲此轉變之起點。此書開格律詞譜之先聲，掀起詞譜研究之風，明・謝天瑞《詩餘圖譜補選》、游元涇《增正詩餘圖譜》、徐師曾《詩餘》去圖而著譜，程明善《嘯餘譜》，清代萬樹《詞律》、王奕清《欽定詞譜》踵之於後，後世詞譜雖愈見良善，然於後世詞譜中時見《詩餘圖譜》之影子，而《詩餘圖譜》更間接開啓詞壇對詞韻、詞調研究之重視。

第四節　《詩餘圖譜》中之詩餘論、重情論

　　詞亦有「詩餘」之名，據清・吳衡照考證，詩餘之名始見於宋・王灼《碧雞漫志》〔註71〕，此後，「詩餘」一辭不僅爲詞之別名，亦成爲詞學之重大議題。對於「詩餘」一名，歷代學者之認識主要可分爲三〔註72〕：其一爲「詩之餘事」，有糟粕貶損之義涵，如清・陳廷

〔註71〕吳衡照認爲：「詩餘名義緣起，始見於宋・王灼《碧雞漫志》。至明・楊愼《丹鉛錄》，都穆《南濠詩話》，毛先舒《塡詞名解》，因而附益之。」此文見清・吳衡照撰：《蓮子居詞話》（《詞話叢編》本），冊3，頁2418。

〔註72〕歷代學者對「詩餘」之解釋，並不僅三種耳，其他如《古今詞話》引沈雄言曰：「沈雄曰：衍詞有三種，賀方回衍『秋盡江南夜未凋』，陳子高衍『李夫人病已經秋』，全用舊詩而添聲也。〈花非花〉，張子野衍之爲〈御街行〉；〈水鼓子〉，范希文衍之爲〈漁家傲〉，以此短句而衍爲長言也。至溫飛卿詩云：『合歡桃核眞堪恨，裏許原來別有人。』山谷衍爲詞云：『似爲合歡桃核，眞堪人恨，心兒裏有兩箇

焯云：「詞有碧山，而詞乃尊。否則以爲詩之餘事，遊戲之爲耳。必讀碧山詞，乃知詞所以補詩之闕，非詩之餘也」〔註73〕；其二爲「詩之餘緒」，將詩、詞視爲先後關係，屬中性字眼，不寓任何褒貶在其中，如陳繼儒《詩餘圖譜・詩序》云：「詩祖三百篇，〈離騷〉特文之餘也；詞，詩之餘也；曲，又詞之餘耳。」又如明・楊愼云：「曰詩餘者，〈憶秦娥〉、〈菩薩蠻〉二首爲詩之餘，而百代詞曲之祖也。」〔註74〕其三爲「嬴餘」，指詞較詩之聲情有餘味，如況周頤云：「詩餘之『餘』，作嬴餘之『餘』解。唐人朝成一詩，夕付管絃，往往聲希節促，則加入和聲。凡和聲皆以實字塡之，遂成爲詞。詞之情文節奏，並皆有餘於詩，故曰『詩餘』。世俗之說，若以詞爲詩之賸義，則誤解此餘字矣！」〔註75〕

　　以上三種主要說法中，又以前二種最常見，且最易混淆。第二種解釋詩餘爲「詩之餘緒」說法，雖無褒貶之意，然詞爲「餘緒」之地位，事實上已比詩之地位低一階，詞爲「詩之餘緒」說法，普遍通行於明代。清代學者推尊詞體意識抬頭，是以反對詞爲「詩餘」之說蜂起，清代爲詞學復興之時代，各種尊體論辯均爲人所熟知，其實尊體之說於明代即已展開。「明人皆以詩餘稱詞」，在詩餘之名盛行一段時間後，晚明詞人逐漸反省稱詞爲詩餘，可能導致一般文人有詞爲小道、作詩之餘遊戲而作詞之意識產生，因此詞非詩餘之辯經過長時間醞釀，終於濫觴於晚明，如湯顯祖《玉茗堂選花間集・序》云：

人人。』古詩云：『夜闌更秉燭，相對如夢寐。』叔原衍爲詞云：『今宵剩把銀缸照，猶恐相逢是夢中。』以此見爲詩之餘也。」（《詞話叢編》本，冊一）沈雄以衍詞釋詩餘，其實衍詞之作詞法即「檃括」，以「檃括」證明詞爲詩之餘甚爲不妥。又或者將「詩餘」之「詩」解釋爲「詩經」，如沈祥龍《論詞隨筆》中云：「詞者詩之餘，當發乎情，止乎禮義。『國風好色而不淫，小雅怨悱而不亂』，〈離騷〉之旨，即詞旨也。」

〔註73〕清・陳廷焯撰：《白雨齋詞話》（《詞話叢編》本），冊4，頁3814。
〔註74〕明・楊愼撰：《詞品》（《詞話叢編》本），冊1。
〔註75〕清・況周頤撰：《蕙風詞話》（《詞話叢編》本），冊5，頁4406。

當開元盛日，王之渙、高適、王昌齡詞句流播旗亭，而李
白〈菩薩蠻〉等詞亦被之歌曲。逮及《花間》、《蘭畹》、《香
奩》、《金荃》，作者日盛。古詩之於樂府，律詩之於詞，分
鑣並轡，非有後先。有謂詩降而爲詞，以詞爲詩之餘者，
殆非通論。〔註76〕

湯顯祖認爲詩詞同被之歌曲，二者「分鑣並轡，非有後先」，否
定詞爲詩餘之說法，此段文字因湯顯祖之聲名而爲清人所熟知，如
《歷代詞話》即收錄此文，又汪森、宋翔鳳等人均整段移植湯文而爲
己用。其實晚明除湯顯祖對「詩餘」解釋有精采論述外，其後之王象
晉（崇禎年間）之看法更爲特殊，惟不受人重視耳。

明代中期之後詩壇主情風氣初興，李東陽（西元 1447～1516 年）
論詩，主張聲律與情思並重，〈滄洲詩集序〉云：「（詩）蓋其所謂有
意於文者，以其有聲律諷詠，能使人反覆諷詠，以暢達情思，感發志
氣，取類於鳥獸草木之微，而有益於名教政事之大。」〔註77〕他認爲
詩須具有和諧音律，方能「陶寫情性、感發志氣、動盪血脈、流通精
神」，蓋晚明「主情」風尚興盛一時，流風所及，詩、文、詞、曲等
各類文體均無不重性情。明末「主情」批評創作觀大量湧入詞談中，
如沈際飛強調「情」爲創作之基本要素與選詞時之擇詞依據，如〈古
香岑批點草堂詩餘四集序〉即云：「於戲，文章殆莫備於是矣！非體
備也，情至也。情生文，文生情，何文非情？而以參差不齊之句，寫
鬱勃難狀之情，則尤至也。」而同時之王象晉〔註78〕，亦將文壇主情
說運用於詞論中，爲「詩餘」拉抬地位，重新反省「詩餘」爲小道之
迷思，其〈重刻詩餘圖譜序〉云：

〔註76〕張璋等編：《歷代詞話》（鄭州：大象出版社，2002 年 3 月第一版第
一刷）。

〔註77〕蔡景康撰：《明代文論選》（北京：人民文學出版社，1999 年初版），
頁 86。

〔註78〕王象晉，字子進，別字康宇、子晉、方伯、藎臣、好生居士、明農
隱士，爲清代王世禛之祖父，萬曆三十二年（西元 1604 年）進士，
受中書舍人，累官禮部儀制司主事。

　　　究而言之,詩亡於周而盛於唐,詩盛於唐而餘於宋。總之,
　　　元聲本之天地,至情發之人心,音韻合之宮商,格調協之
　　　風會,風會一流,音響隨意,何餘非詩,何唐宋非周,謂
　　　宋之填詞即宋之詩可也,即李唐成周之詩亦可也。〔註79〕

「何餘非詩」,王象晉反對詞爲詩之「餘事」或「餘緒」,他直接打破
各文體間形式上之界域,直探其文心,將成周之詩、李唐之詩、趙宋
之詞,一貫之以「情」,指出其「至情發之人心,音韻合之宮商,格
調協之風會」之共同特性,文體雖三而實爲一,主張各種文體均爲文
人情志之託體。如此,李唐詩非成周詩之餘,趙宋詞亦非李唐詩之餘,
詞之地位自能於韻文壇中達於平等地位。

　　王象晉從主情立論以達尊詞體之效,於「詩餘」相關論題中可謂
精闢獨到。清代號稱詞學興盛期,各種詞論均有可觀處,其中尊詞體
意識始終籠罩有清一代詞人,然推尊詞體說,往往陷於兩大窠臼中:
一爲「自縛於『詞雖小道』的框架內,滿足於『但是』後面做文章。」
二爲「未及深察便急於上攀《詩》、《騷》。」〔註80〕清人推尊詞體說
多如牛毛,卻始終無法徹底擺脫詞爲「小道」、「詩之餘緒」之傳統觀
念,反不如明人直探文心之尊體觀:一從外圍爲詞體包裝、粉飾,一
從內回歸論文體本原,明、清二朝尊體說之高下,豈不皦然可判!

〔註79〕明・王象晉撰:〈重刻詩餘圖譜序〉,見《詩餘圖譜》(明崇禎乙亥毛
　　　　氏汲古閣刻《詞苑英華》本),集 425〜202。

〔註80〕參見方智範等撰:《中國詞學批評史》(北京:中國社會科學出版社,
　　　　1994 年),頁 206〜207。

第六章　張綖詞作探析

　　張綖之詞作見於《南湖詩餘》與《張南湖先生詩集》二書,《南湖詩餘》爲一選本,僅收三十闋詞,且均爲小令、中調。《張南湖先生詩集》雖爲詩集,然每卷後均附有詞作數闋,共計一百零四闋。

　　張綖詞作鮮爲人所討論,而前人論及南湖詞,僅言以「蘊藉」、「清新」視之,如清・沈雄《古今詞話》云:「其自製〈鵲踏枝〉有云:『紫燕雙飛深院靜。寶枕紗厨,睡起嬌如病。一線碧烟縈藻井,小鬟茶進龍香餅。』又『斜日高樓明錦幕。樓上佳人,癡倚闌干角,心事不知緣底惡。對花珠淚雙雙落。』新倩蘊藉,更足振起一時。」〔註1〕至於張綖詞之其他風貌則從未見論及。因此本章係在重新整理、校箋張綖所有詞作後,進一步就相關問題予以探析。

第一節　各詞選選錄南湖詞概況

（一）《古香岑批點草堂詩餘》〔註2〕

　　選張綖詞共收十五闋,就沈所收明詞統計,僅次於楊愼、王世貞、劉基、文徵明、吳子孝、瞿佑,茲錄其目錄如次:

〔註1〕清・沈雄撰:《古今詞話》(《詞話叢編》本),冊1,頁1209。
〔註2〕明・沈際飛撰:《古香岑批點草堂詩餘》(明崇禎太末翁少麓刊本,台北:國家圖書館藏)。

〈蝶戀花〉（紫燕雙飛深院靜）

〈蝶戀花〉（新草池塘煙漠漠）

〈木蘭花〉（參差簾影晨光動）

〈醉花陰〉（遠岫輕雲千萬段）

〈鷓鴣天〉（莫怪青銅驟點斑）

〈江城子〉（清明天氣醉遊郎）

〈解語花〉（窗涵月影）

〈水龍吟〉（禁烟時候風和）

〈水龍吟〉（瑣牕睡起門重閉）

〈風流子〉（新陽上簾幌）

〈臨江仙〉（十里紅樓依綠水）

〈漁家傲〉（門外平湖新雨過）

〈浪淘沙〉（九日雨蕭蕭）

〈漁家傲〉（江上涼飈情緒燠）

〈釵頭鳳〉（臨丹壑）

（二）《御選歷代詩餘》 〔註3〕

選張綖詞十闋：

〈水龍吟〉（瑣窗睡起門重閉）

〈臨江仙〉（十里紅樓依綠水）

〈漁家傲・秋日泊漢江口〉（江上涼飈清緒燠）

〈鷓鴣天〉（山路崎嶇照葦叢）

〈鷓鴣天〉（雨過鳴蟬斷續聞）

〈海棠春〉（探春東郭春猶早）

〈柳梢青〉（垂柳煙濃鶯兒）

〈柳梢青〉（遠遠湖濱一叢）

〔註 3〕清・王奕清等奉敕編：《御選歷代詩餘》（《景印文淵閣四庫叢書》本，台北：台灣商務印書館，1983 年）。

〈長相思〉（對青山）

〈浣溪沙〉（風攪花陰舞扇羅）

（三）《古今詞統》〔註4〕

選張綖詞五闋：

〈變體虞美人·寓律詩一首〉（堤邊柳色春將半）

〈蝶戀花·春景〉（紫燕雙飛深院靜）

〈漁家傲·村居〉（門外平湖新雨過）

〈漁家傲·七月十五日夜泊漢江口〉（江上涼颸清緒熓）

〈水龍吟·春閨〉（禁烟時候風和）

（四）《蘭皋明詞匯選》〔註5〕

選張綖詞六闋：

〈蝶戀花·春恨〉（新草池塘煙漠漠）

〈醉花陰·秋怨〉（遠岫輕雲千萬段）

〈鷓鴣天·悼亡〉（莫怪青銅驟點斑）

〈水龍吟·春閨〉（禁烟時候風和）

〈臨江仙·憶舊〉（十里紅樓依綠水）

〈漁家傲·村居〉（門外平湖新雨過）

（五）《精選古今詩餘醉》〔註6〕

選張綖詞十一闋：

〈浪淘沙·九日雨〉（九日雨蕭蕭）

〈風流子·初春〉（新陽上簾幌）

〈木蘭花·春思〉（參差簾影晨光動）

〔註4〕明·卓人月編，徐士俊評：《古今詞統》（明崇禎年間刊本，台北：國家圖書館藏）。

〔註5〕清·顧璟芳、李葵生、胡應宸編選，曾昭岷審訂，王兆鵬校點：《蘭皋明詞匯選》（瀋陽：遼寧教育出版社，1998年3月第一版）。

〔註6〕明·潘游龍編，梁穎校點：《精選古今詩餘醉》（瀋陽：遼寧教育出版社，2003年3月第一版第一刷）。

〈蝶戀花‧春恨〉（新草池塘煙漠漠）

〈蝶戀花‧春景〉（紫燕雙飛深院靜）

〈水龍吟‧春閨〉（禁烟時候風和）

〈醉花陰‧秋怨〉（遠岫輕雲千萬段）

〈江城子‧感舊〉（清明天氣醉遊郎）

〈臨江仙‧憶舊〉（十里紅樓依綠水）

〈鷓鴣天‧悼亡〉（莫怪青銅驟點斑）

〈漁家傲‧村居〉（門外平湖新雨過）

第二節　詞作形式分析

一、擇　調

　　張綖詞小令有二十三調，凡五十三首；中調十四調，凡二十八首；長調，十調，凡二十三首。從以上數據看，張綖較偏嗜填小令，蓋因小令內容短，文字更需精鍊，文短意長，以收雋永之味。張綖詞論主張「精工醞藉」，此技巧在小令中更能發揮。從選調方面看，〈鷓鴣天〉共填九次；〈蝶戀花〉、〈憶秦娥〉七次；〈漁家傲〉、〈酹江月〉五次；〈喜遷鶯〉、〈踏莎行〉四次；〈玉樓春〉、〈念奴嬌〉、〈臨江仙〉三次，在這些常用調中，同一詞牌詠物、悼亡、閨怨、思鄉、閒適等內容兼而有之，由此可見，張綖選調時並沒有某詞調適於填某題材的意識。

　　在張綖詞作中有聯章一體，名為「四景圖」，其形式相當特殊。張綖集子中僅在這組詞之前標上「四景圖」主題，並於每首詞前再分別給予「曲江花」、「楚臺風」、「庾樓月」、「灞橋雪」四子題，而未標明這組詞之詞牌。據其結構看來，每首內容之前四句均為七言絕句，第五句後另起一行，從字數、押韻、斷句、分片情形判斷，其詞調應為〈憶秦娥〉無誤，因此學生將此一詞組稱為〈憶秦娥‧四景圖〉并詩。如此類詩、詞合體之作品於文人詞中極少見。毛滂曾作〈調笑令〉，

詞之前有一首七言古詩，此外秦觀詞亦有十首詩、詞合體之〈調笑令〉，王國維《戲曲考原》中云：「《樂府雅詞》卷首所載秦少游、晁補之、鄭彥能〈調笑轉踏〉，首有『致語』，末有『放隊』，每調之前有『口號詩』甚似曲本體例。」宋人詞中已有詩、詞合體之〈調笑令〉形式，徐培均先生說明此種形式時云：「單篇的〈調笑令〉在唐代就已經出現，但將詩與詞結合起來的形式，卻是後來『轉踏』興起之後的產物。所謂『轉踏』，按王國維《宋元戲曲史》的說法，有一個不斷發展的過程，『北宋之轉踏，恒以一曲連續歌之。每一首詠一事，共若干首，則詠若干事』，發展到南宋，形式更加複雜，逐漸向元雜劇的套曲靠近。秦觀這裡十首〈調笑令〉即是以北宋時期『轉踏』的形式撰寫的。前面的詩，是唱〈調笑令〉之前所念的『致語』，相當於引子，主要是簡介唱辭所要展開的故事梗概。『致語』與後面的曲子相比，前者較重寫實，而後者多用抒情。」〔註7〕詩、詞合體之形式僅見於〈調笑令〉，張綖「四景圖」顯然是模仿秦觀十首〈調笑令〉而來，不過形式上改〈調笑令〉爲〈憶秦娥〉、七言古詩改爲七言絕句耳。

除此一體聯章外，張綖詞擇調並無特殊之處，所用皆爲常見詞牌，此現象與其《詩餘圖譜》收錄常見詞調情形相呼應，且無自度曲。

二、用　韻

詞　牌	首　　　句	韻　　　腳	韻部〔註8〕
蝶戀花	紫燕雙飛深院靜	靜病井餅鏡鬢徑影	11
蝶戀花	並倚香肩顏鬥玉	玉綠足躅續屋俗曲	15

〔註7〕徐培均撰：《秦觀詞新釋輯評》（北京：中國書店，2003 年 1 月第一刷），頁 231。

〔註8〕清・戈載撰：《詞林正韻》（台北：新文豐出版公司，1989 年台一版）。

蝶戀花	新草池塘煙漠漠	漠萼作薄幙角惡落	16
木蘭花	參差簾影晨光動	動寵曳弄夢洞	1
浪淘沙	花下酌芳樽	樽忻醨論	6
畫堂春	湖鄉一望水雲平	平城聲清瀛情成	11
畫堂春	午窗睡起倚樓時	時衣暉涯萋枝飛	3
柳梢青	簾幙凝寒	寒闌閒關山闌	7
柳梢青	垂柳烔濃	濃紅風通鴻東	1
謁金門	新雨後	後透書鬌牖瘦鬪有	12
玉樓春	午窗睡起香銷鴨	鴨匣峽壓甲狎	10
憶秦娥	春睡後	後晝書候袖皺皺舊	12
長相思	春已闌	闌殘還顏單寒難彈	7
如夢令	湖上煙銷金鏡	鏡映凭省省景	11
浣溪沙	風攪花陰舞扇羅	羅波歌多何	9
生查子	涼颸動翠簾	夜下架罷	10
醉花陰	遠岫輕雲千萬段	段艷亂怨院遍	7
菩薩蠻	星河作夜天如洗	洗裏塘涼散鴈亭冥	11, 2, 7
卜算子	素魄照籐床	浪障響賞	2
更漏子	繡簾垂	垂掩遠融紅貌笑到垂時	3
鷓鴣天	風挾霜威響竹廊	廊量香床長茫	2
蘭陵王	雨初歇	歇月樾絕結節說縺別越缺咽切闋葉徹血	18
念奴嬌	畫橋東過	草渺曉少孃表禱好鳥	8
鷓鴣天	莫怪青銅驟點斑	斑安單歡彈寒	7
江城子	清明天氣醉遊郎	郎狂狂忙裳光香粧行	2
海棠春	探春東郭春猶早	早好草曉鳥少	8
解語花	窗涵月影	悄抄調繞惱島笑少早了抱報	8
水龍吟	禁烟時候風和	薄索樂閣落抹鵲酌角	16

水龍吟	瑣窗睡起門重閉	薄索樂閣照抹鵲酌角	16
沁園春	錦里繁華	來開灰煤哀臺梅苔	5
風流子	新陽上簾幌	華娃沙家車賒花涯	10
變體虞美人	陌頭柳色春將半	半喚稠樓過坐留流	9, 12
蝶戀花	金鳳花開紅滿砌	砌細致倚戲去意淚	4
鷓鴣天	柳外吹來孃孃風	風東通叢紅蓬	1
鷓鴣天	窈窕簷櫳淡蕩風	風東通叢紅蓬	1
鷓鴣天	殘夢樓頭向曉風	風東通叢紅蓬	1
踏莎行	冰解芳塘	嶂障望上況向	2
蝶戀花	語燕飛來驚晝睡	睡緒戲地霽味至醉	3
臨江仙	十里紅樓依綠水	流愁鈎州秋舟	12
何滿子	天際江樓東注	翔涼茫窗狂腸	2
酹江月	纖腰嫋嫋	度與縷雨絮苦語竚	4
滿江紅	一泒秋聲	節葉月切烈咽闋別結	18
玉樓春	狂風落盡深紅色	色得瑟客隔玉	15
漁家傲	剛過淮流風景變	變捲剪遣染遠轉點見管	7
沁園春	暖日高城	芳黃香行傷王狂陽	2
踏莎行	昨日清明	巳事寺禊士遞	3
玉燭新	泰階開景運	運靜韻領整影問鼎並俊鬢	6
酹江月	夜涼湖上	月節葉徹血切說闋	18
摸魚兒	傍湖濱、幾椽茅屋	九柳首酒扣守口又候手友袖	12
浣溪沙	窗外雲深月不明	明聲情成鳴	11
木蘭花	舞衣新製黃金縷	縷語渚妬戲去主	4
漁家傲	門外平湖新雨過	過破做墮大簀糯和那坐	9
喜遷鶯	西風落葉	葉疊別月潔絕說決設咽	18
喜遷鶯	梅花春動	動棟鳳重共頌種洞瓮用	1

百字令	朝來佳氣	節別傑絕說牒咽月	18
憶秦娥	秋風烈	烈切切葉絕說說節	18
南鄉子	月色滿湖村	村魂樽門論群君聞	6
滿庭芳	庭院餘寒	苞桃高袍豪騷醪濤	8
行香子	樹遶村莊	莊塘佯光黃堂傍岡忙	2
臨江仙	爲愛西庄花滿樹	門雲源人巡春	6
柳稍青	遠遠湖濱	濱成清羹晴情	11
漁家傲	七夕湖頭閒眺望	望樣帳漾浪況上忘喪悵	2
浪淘沙	九日雨蕭蕭	蕭寥郊高颷颷號搔	8
酹江月	滿天風雪	樣況傍唱浪壯愴丈	2
臨江仙	客路光陰渾草草	宵梢貂消勞朝	8
酹江月	天門宏啓	走首久朽守苟斗手	12
念奴嬌	千門明月	節列歇絕結別血髮	18
菩薩蠻	江頭秋色明如鏡	鏡鬢蒼霜竚樹篷鴻	11, 4, 1
點絳唇	夾口停舟	遶嘯老叫杏渺草	8
長相思	對青山	山山間還灣灣寒丹	7
酹江月	長江滾滾	雪折設說疊絕徹楫	18
蝶戀花	舟泊潯陽城下住	住樹去際細地意淚	4, 3
滿江紅	風雨蕭蕭	足碌綠竹玉曲屋犢目	15
踏莎行	曉樹啼鶯	鴈淡漫澗散限	7
喜遷鶯	花香馥郁	郁屋國蜀斛祝福綠軸足	15
醉蓬萊	艤舟春江渚	別徹闕絕設節業月	18
喜遷鶯	驪歌江渚	渚紫舞土苦覻宇楚虎雨	4
漁家傲	江上涼颷情緒燠	燠玉綠簇宿竹曲籔觸鵠	15
鷓鴣天	雨過鳴蟬斷續聞	聞痕魂樽昏門	6
釵頭鳳	臨丹壑	壑閣鶴暮顧樹住作惡落路霧駐去	16, 4

念奴嬌	中流鼓楫	雪發滅絕月闊缺壁	18
憶秦娥	江風阻	阻浦浦雨渚語語侶	4
望江南	吟眺處	霏飛奇依履衣知	3
憶秦娥	曲江花	花遮遮家車華華涯	10
憶秦娥	楚臺風	風櫳櫳瓏虹空空松	1
憶秦娥	庾樓月	月澈澈闃窟雪雪徹	18
憶秦娥	灞橋雪	雪滅滅闊絕冽冽撥	18
漁家傲	遙憶故園春到了	了鳥到睰笑嘯調草倒傲	8
蝶戀花	今歲元宵明月好	好道到照遶調老笑	8
風入松	崇巒雨過碧瑤光	光香涼簧祥場茫陽	2
鷓鴣天	寒食清明節尙遙	遙郊腰皐聊橋	8
鷓鴣天	回首銀津恨未消	消邀橋搖遙宵	8
鷓鴣天	山路崎嶇照葦叢	叢蟲風茸瓏鐘	1
碧芙蓉	客裏遇重陽	節絕潔葉列徹切說	18
石州慢	深院蕭條	菊綠觸曲目碌屋竹鵠	15
驀山溪	一丘一壑	壑偶秀透候酒後豆柳否首	12
踏莎行	芳草長亭	渡處暮素數去	4
玉樓春	曉來一雪仍飛雨	雨路霧素與妬	4
驀山溪	玉人不見	隔質色白惜格	17
水調歌頭	泛我唱蒲酒	陽鄉祥忙塘香長浪	2
楊柳枝	翠眉欲展怯春寒	寒看干	7
楊柳枝	陌上津頭萬縷金	金深心	13
楊柳枝	湖上春深柳線齊	齊堤啼	3

第一部：9 次　第二部：12　第三部：7　第四部：9　第五部：1
第六部：5　第七部：9　第八部：11　第九部：3　第十部：4
第十一部：7　第十二部：7　第十三部：1　第十四部：0　第十五部：6
第十六部：4　第十七部：0　第十八部：13　第十九部：0

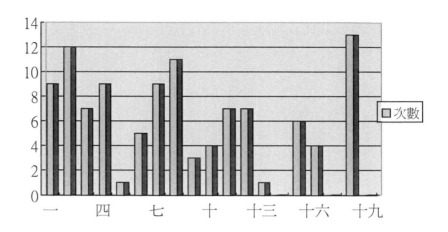

韻與文情關係密切，王易先生曾指出：「1 東董寬洪，2 江講爽朗，3 支紙縝密，4 魚語幽咽，5 家蟹開展，6 眞軫凝重，7 元阮清新，8 蕭筱飄灑，9 歌哿端莊，10 麻馬放縱，11 庚梗振厲，12 尤有盤旋，13 侵寢沉靜，14 覃感蕭瑟，15 屋沃突兀，16 覺藥活潑，17 質術急驟，18 勿月跳脫，19 合盍頓落。」﹝註9﹞張綖所用之韻部，最常見者爲第十八部，凡十三次；次爲第二部，凡十二次；再次爲第八部，凡十一次；而第一部、第四部、第七部均各出現九次。是以跳脫、爽朗、飄灑、寬洪、幽咽、清新之韻部，最常爲張綖所使用，亦構成其詞之主要特色。

第三節　詞作內容

一、悼念亡妻

張綖悼亡詞凡七闋，據《南湖先生詩集》之編年，其中四首作於弘治十四至十八年，爲十八歲以前作，三首作於嘉靖元年至十三年間，即其三十五至四十八歲之間。按：張綖與第一任妻子王氏育有一男一女，王氏卒後，再娶繼室吳氏；依該書編年，王氏係卒於張綖十

﹝註 9﹞王易撰：《詞曲史》（北京：東方出版社，1996 年第一刷），頁 246。

八歲以前。再據〈念奴嬌・嘉靖辛卯嘉平月十日之夕婚娶特盛予初是夕臺撫景感懷輒成短詞〉嘉靖辛卯年即嘉靖十年，張綖當時四十五歲。此詞亦爲悼念亡妻之作，中有「遙想二十年前，此時此夜，共綰同心結」句，推知二十年前其妻仍在世，則此詞可能爲張綖悼念繼室吳氏之作。又張綖悼亡詩〈憶內〉、〈上內子塚〉，首見於正德十五年間，即張綖三十三歲時。由於相關資料不足，無從判斷張綖悼亡妻之對象僅爲王氏一人，或早期悼王氏，後期悼吳氏，因此本論文著重於內容賞析，其繫年及悼念對象不再論。又《南湖先生詩集》中以詩爲主，各卷附詞，而其編年可能亦以詩爲主，其詞之編年實不可全信。因此本論文並未全部採信《南湖先生詩集》中所附詞之編年，僅作參考，以免過於穿鑿附會、曲解。

　　「中國愛情詩大半寫於婚媾之後，所以最佳者往往是惜別、悼亡。」〔註10〕西晉潘岳、唐代元稹，其悼亡詩俱悲悽動人。而要眇低徊，善於表情之詞，其婉曲特性似乎較齊言詩更能表達出悼念、嘆息之哀悽情感，自東坡開創悼亡詞體裁後，〈江城子〉一作足證長短句之詞體比齊言詩體更適合託載悼亡內容。然悼亡題材在詞中仍屬少見，僅東坡、賀鑄有一、二首悼亡詞，其後雖偶有悼亡佳篇，卻未引起注意；直至清初納蘭性德多首情感深摯之悼亡詞問世後，始逐漸受人重視。

　　張綖與元配王氏感情深篤，生一男一女，王氏過世後，張綖共作了九首悼亡詩詞懷念亡妻。其中悼亡詩僅〈憶內〉、〈上內子塚〉、〈傷逝〉三首，而悼亡詞則有七首，此中差別，蓋與張綖精準掌握詞之功用、審美特性，密切相關。其悼亡詞情感眞摯動人，如〈鷓鴣天・悼亡〉：

　　　風挾霜威響竹廊。小窗殘月正思量。水邊分手梅初落，天
　　畔銷魂菊又香。　　憑翠枕，擁空床。寒更更比昨宵長。
　　甫能做就乘槎夢，不記銀河渺茫。

〔註10〕朱光潛撰：〈中西詩在情趣上的比較〉，《朱光潛全集》卷三，頁76。

詞中時空穿越今古，思緒穿梭虛實，「菊又香」一語甚奇，此香穿越今古虛實間，一「又」字將作者乍聞菊香，勾起昔日與伊人共享此香，今日又聞菊香竟爲如此光景之糾結複雜情緒隱藏其中。末二句典出於晉・張華《博物志》卷十：「舊說云天河與海通。近世有人居海渚者，年年八月有浮槎去來，不失期，人有奇志，立飛閣於查上，多齎糧，乘槎而去。十餘日中猶觀星月日辰，自後茫茫忽忽亦不絕晝夜。去十餘日，奄至一處，有城郭狀，屋舍甚嚴。遙望宮中多織婦，見一丈夫牽牛渚次飲之。牽牛人乃驚問曰：『何由至此？』此人具說來意，並問此是何處，答曰：『君還至蜀郡訪嚴君平則知之』竟不上岸，因還如期。後至蜀，問君平，曰：『某年月日有客星犯牽牛宿。』計年月，正是此人到天河時也。」〔註11〕寒夜漫漫，只能寄望能作個長夢，暫離痛苦的思念，穿越銀河，張綖用晉人乘槎至牽牛宿事，寄託思念之苦，他羨慕天上的牛郎雖與妻子分離，卻仍能聚首，而自己卻與妻子永隔，如欲相見只得在天上，因此他希望作個乘槎至天河之美夢，而且從此忘了歸路，忘了人間死別之苦。又如〈鷓鴣天・悼亡〉：

> 莫怪青銅驟點斑。年來心曲甚潘安。留連夜醉愁仍集，寥
> 落春眠夢亦單。　　攲繡枕，憶前歡。潸潸珠淚不勝彈。
> 五更簷外風和雨，並入羅衾做曉寒。

喪妻之痛椎心刺骨，意緒消沉，只得「留連夜醉」遁入醉鄉以消愁，覺來卻無處追尋，頗有「酒入愁腸，化作相思淚」之淒苦心境，將空虛落寞之情以深曲筆觸出之。字字句句極其哀戚幽怨，其失雖在表情太露，而其得亦在無法遏抑之眞情。此詞之押韻亦經精心設計，沈際飛《草堂詩餘新集》云：「押單字妙。」〔註12〕押「單」、「寒」字傳遞出作者痛失愛妻後之淒苦心境與寂寞生活，復以「歡」字反襯，更

〔註11〕晉・張華撰，范寧校證：《博物志校證》（台北：明文書局，1990 年出版），頁 111。
〔註12〕明・沈際飛撰：《古香岑批點草堂詩餘》（明崇禎太末翁少麓刊本，台北：國家圖書館藏）。

顯落寞。整首詞從起句即滿紙愁、淚、單，末二句「五更簷外風和雨，並入羅衾做曉寒」，沈際飛云：「還經得風雨來。」〔註13〕讓人不禁擔心已是愁苦迫身之主人翁，是否尚能承受得住風雨、曉寒，許多明詞選均收此作，蓋因至情動人也。此外尚有〈酹江月‧八月十三日對月悼亡〉：

> 夜涼湖上，酌芳樽對此，一輪皓月。歲月匆匆人老大，又近中秋時節。夜氣沈瀯，湖光曠邈，風舞蕭蕭葉。水天一色，坐來肌骨清徹。　　自念塵滿征衫，無人為浣，灑淚今成血。玉兔銀蟾休道遠，不識愁人情切。繡帳香銷，畫屏燭冷，此意憑誰說。天青海碧，枉教望斷瑤闕。

一輪皓月最惹騷人墨客情思翻湧，張綖對此明月細訴心曲。此詞設色悲淒，造境空遠，末二句沉痛道出身歷「上窮碧落下黃泉，兩處茫茫皆不見」之苦，通首錐心泣血之言，撼人心弦。

　　至若詞題中未標明悼亡，而內容亦悼念亡妻者有四，如〈蘭陵王〉：

> 雨初歇。簾捲一鉤淡月。望河漢、幾點疏星，冉冉纖雲度林樾。此景清更絕。誰念。柔情蘊結。孤燈暗、獨步畫堂，蟋蟀螗螂弄時節。　　沉思恨難說。憶花底相逢，親贈羅纈。春鴻秋燕輕離別。擬尋箇錦鯉，寄將尺素，又恐烟波路隔越。歌殘唾壺缺。　　淒咽。意空切。但醉損瓊卮，夢斷瑤闕。御溝曾解流紅葉。待何日重見，霓裳聽徹。彩樓天遠，夜夜襟袖染啼血。

清絕之景無法淡去思念之苦，詞愈寫愈淒苦絕望。又如未加修飾，更可見內心憂戚之〈浣溪沙〉：

> 窗外雲深月不明。百蟲含雨作悲聲。此時那得不傷情。
> 鸞鳳衾閒寒不奈，鰜魚夜永夢難成。幾番敧枕待雞鳴。

「雲深」、「含雨」正是作者內心寫照，整首詞平實無華，雖未顧及其

〔註13〕明‧沈際飛撰：《古香岑批點草堂詩餘》（明崇禎太末翁少麓刊本，台北：國家圖書館藏）。

論詞一再強調之「奇」、「高雅」、「醞藉」等作詞標準，然卻可從其無心修飾、布局背後之「傷情」、「不奈」。

悼亡詞中以〈念奴嬌·嘉靖辛卯嘉平月十日之夕婚娶特盛予初是夕耄撫景感懷輒成短詞〉感慨最深，以〈江城子·感舊〉造境最爲特殊，今列此二詞於後：

> 千門明月，天如水，正是人間佳節。開盡小梅春氣透，花燭家家羅列。來往綺羅，喧闐簫鼓，達旦何曾歇。少年當此，風光眞是殊絕。　遙想二十年前，此時此夜，共綰同心結。窗外冰輪依舊在，玉貌已成長別。舊著羅衣，不堪觸目，灑淚都成血。細思往事，祇添鏡裏華髮。

> 清明天氣醉遊郎。鶯兒狂。燕兒狂。翠蓋紅纓，道上往來忙。記得相逢垂柳下，雕玉珮，縷金裳。　春光還是舊春光。桃花香。李花香。淺白深紅，一一鬭新粧。惆悵惜花人不見，歌一闋，淚千行。

前一闋〈念奴嬌〉詞作於嘉靖十年，張綖四十五歲，詞序已先說明當日婚姻特盛，故詞一開始便先描述城中熱鬧喜氣景象，家家張羅著喜事：戶內花燭羅列，戶外則是迎娶隊伍往來不絕，喜樂聲傳送著無限喜悅。下片以「遙想二十年前」作爲轉折，將時空拉回過去，回想二十年前此時此夜與妻子恩愛景象，而今物是人非，睹物思人，哀痛欲絕。上片處處歡欣，下片滿是沉痛，描寫內容迥然不同，卻毫無突兀之感；而描寫歡娛不僅呈現當時景況，亦藉此反襯出自己孤獨落寞情緒。下片末句「細思往事，祇添鏡裏華髮」，更緊緊回扣上片末句「少年當此，風光眞是殊絕」。自己白頭，他人年少，哀痛歡娛兩相對比，寂寞之情益顯；今日白頭，過去年少，風光殊絕，只堪追憶，令人不勝唏噓！雖然「灑淚都成血」與〈酹江月〉詞中云：「灑淚今成血」意境重複，然亦不失爲一首感人之詞。

後一闋〈江城子·感舊〉詞從上片至下片前半，節奏輕快，春光情調滿溢紙上，作者醉遊清麗春色中，沿途鶯燕報春、百花鬭艷，遊人如織，本欲融入一幅春光美景中，走著走著卻記起「相逢垂柳下」

之情景，觸目所及俱是與過去相同之舊春光，勾出蟄伏於內心最深沉之傷痛。從愉悅賞春至哀痛懷念，心緒層層鋪排轉進，藉著醉意盡情宣洩哭泣，「歌一闋，淚千行」，讓人感受「醉遊郎」失態卻纏綿情痴之率眞面。張綖對亡妻之情深深隱藏在記憶之中，本以爲哀傷可隨時間流逝，但總是於不經意時觸動心弦，久蓄心懷之情感潛流，一經牽引，便不可遏止，整首詞未經刻意營造哀傷情境，誠如沈際飛所云此詞「不著力」〔註14〕，然此「不著力」卻隱藏極大之震撼力。

　　張綖悼亡詞雖哀淒沉痛，卻仍維持詞婉約之美，哀傷而不怨懟，思念亡妻之情娓娓寫出；時而直寫喪妻鰥居之苦，時而以曲筆寫歡樂美景掩蓋內心悽涼，其「深婉哀淒」之詞風，爲悼亡詞場中再添一斷腸人。

二、思鄉懷遠

　　在張綖一百多首詞中，有十五首抒發離人愁苦情懷，此類作品以委婉細緻之筆寫離人之憂，哀而不怨，所思念者爲故園家鄉，或爲弟兄、妻子，或代天下離人寫共有之離愁別恨，此類作品擺落男女情思，雖無激情忿恨，卻流露著雋永情眞。抒發思鄉之情者，如〈漁家傲‧正德丙子渡淮清河作〉：

> 剛過淮流風景變。飛沙四面連天捲。霜拆凍髭如利剪。情莫遣。素衣一任緇塵染。　　回首雲山家漸遠。離腸暗逐車輪轉。古木荒烟鴉點點。人不見。平原落日吟羌管。

正德十一年，時張綖三十歲，其生平資料不多，故無從得知當時何故離開家鄉。詞一開始即描述旅途至淮清河後，景物、氣候之惡劣，風沙連天、天寒地凍，不僅僅紀錄當時天候，亦透露著作客異鄉時之愁苦情緒與對陌生地之恐懼，在異地飽受惡劣天候之侵襲，復又思及自身遭遇，現實人生之無奈，身處塵世中只得「一任緇塵染」。下片「回

〔註14〕明‧沈際飛撰：《古香岑批點草堂詩餘》（明崇禎太末翁少麓刊本，台北：國家圖書館藏），新集卷三，頁28。

首雲山家漸遠。離腸暗逐車輪轉」二句，無過多修辭，平凡語句卻讓讀者易於跌入詞人之離愁，車輪持續飛轉，詞人離家山愈遠，牽動起讀者爲詞人緊張、憂心之情緒。整闋詞以景語居多，融情語於景語中，藉週遭環境、眼前景物反映詞人內心狀態，故能使傷別之語哀而不怨，感嘆之情沉鬱而不露盡。

又如〈鷓鴣天‧金牛鎮懷家信不至用古詞韻〉：

> 雨過鳴蟬斷續聞。石梁新水漲溪痕。秋風銀鹿無來信，落日金牛銷旅魂。　　登小閣，倒孤樽。故山回首暮烟昏。令人苦憶湖邊舍，綠蔓黃花正繞門。

此詞自題用古詞韻，查唐宋詞中有宋‧無名氏〔註15〕〈鷓鴣天‧春閨〉詞韻與此詞用韻相同，詞云：「枝上流鶯和淚聞。新啼痕間舊啼痕。一春魚鳥無消息，千里關山勞夢魂。　　無一語，對芳樽。安排腸斷到黃昏。甫能炙得燈兒了，雨打梨花深閉門。」兩首詞不但詞韻相同，且均寫苦候遠方消息不至之悲愁，無論詞之內容、意境與結構亦極爲相似，可見仿效之跡，故張綖所用之「古詞韻」應自此首來。此詞上半闋點出時間、地點與季節，詞人旅居金牛鎮，雨過、秋風、日落時刻最易觸動旅人思鄉情懷。羈旅詞人遙想遠方家人，久候家信卻未至，送信人延誤、家人是否安好等問題糾結腦中，憂心與思念紛紛湧上心頭，登上小閣，眼前卻是暮烟滿眼家山不見，愁緒糾結縈繞無可解，只得暫時闔上雙眼遙想家園。末二句「令人苦憶湖邊舍，綠蔓黃花正繞門」，作者想起當日離家正是「綠蔓黃花」時節，以今之秋風苦雨對照昔日綠蔓黃花，更襯托出此時思念之苦，而最後以腦海中美麗景象作結，更顯出詞人只得藉著美好回憶暫時麻痺苦思之無奈，結句自愁苦詞境中一筆宕出，令人印象深刻。

思念家鄉妻子者，如〈畫堂春〉：

> 湖鄉一望水雲平。斷腸烟靄層城。斜陽立盡暮鴻聲。無限

〔註15〕此詞或謂秦觀作，見唐圭璋編：《全宋詞》（台北：宏業書局，1985年10月再版）。

　　淒清。　　聚會春風楚峽，相思碧海秦瀛。欲憑遠夢訴離
情。夢也難成。

又如〈長相思〉：

　　春已闌。花已殘。人在天涯信未還。煙波傷玉顏。　　枕
又單。衣又寒。清漏迢迢夜度難。空將珠淚彈。

二闋詞皆情感濃摯，前一首「無限淒清」，末二句「欲憑遠夢訴離情。
夢也難成。」與晏幾道〈阮郎歸〉：「夢魂縱有也成虛，那堪和夢無。」
詞意相近，離別之苦令人難以承受。而後一首〈長相思〉除一仍思妻
作品淒婉情致外，其意境之營造則更見巧思：上半闋「春已闌。花已
殘。人在天涯信未還。煙波傷玉顏。」明顯描寫妻子遙念遠在天涯未
還之人，離別之愁使玉顏憔悴。下半闋「枕又單。衣又寒。清漏迢迢
夜度難。空將珠淚彈。」未明確點出形容任何一方處境，因此，既可
承上半闋形容妻子寒夜吞淚，亦為詞人道出自己思念、憐惜妻子而長
夜擁衾不得成眠之苦。詞之鏡頭轉換，帶出兩處相思人相思之苦，更
顯出兩人距離雖遠，然有情人之心卻始終相同而沒有距離。

　　思念家鄉兄弟者，如〈碧芙蓉・九日咸寧館中獨酌〉：

　　客裏遇重陽，孤館一盃，聊賞佳節。日煖天晴，喜秋光清
絕。霜乍降，寒山凝紫，霧初消、澄潭皎潔。闌干閒倚，
庭院無人，顛倒飄黃葉。　　故園當此際，遙想弟兄羅列。
攜酒登高，把茱萸簪徹。嘆籠鳥、羈蹤難去，望征鴻、歸
心謾切。長吟抱膝，就中深意憑誰說。

重陽佳節與三五好友或兄弟出遊登高好不愜意，然今年卻是「客裏遇
重陽」，身邊無友人兄弟，身處孤館、無人庭院，遙想家人兄弟，好
不悽涼。客裏重陽依然是「日煖天晴」、「秋光清絕」、「澄潭皎潔」之
景，令詞人心頭一喜。然心中孤獨之愁立刻淹沒過外物之喜，佳節勝
景無人共賞，詞人在形容佳節美景中一再提醒此刻之「孤」、「無人」，
為下片重陽思念兄弟之主軸作鋪墊。下片描寫當年重陽節與兄弟們登
高、飲酒、簪茱萸之快樂景象，「把茱萸簪徹」一語，在敘述昔日歡
娛時，尚隱含杜甫「遍插茱萸少一人」之感，此語轉今為昔、轉嘆為

樂，苦語隱藏於樂語之中，較杜詩多一層情感。而「嘆籠鳥、羈踪難去，望征鴻、歸心謾切」，感嘆自己如籠中鳥，思念故園、想念手足，卻只能任歸心持續煎熬。

代天下離人寫懷之作，如〈滿江紅・詠砧聲〉：

> 一派秋聲，年年向、初寒時節。早又是、半天驚籟，滿庭鳴葉。幾處搗殘深院日，誰家敲落高樓月。道聲聲、總是玉關情，情何切。　　闢雲起，偏激烈。隨風去，還幽咽。正歸鴻廉幙，棲鴉城闕。閨閣幽人千里思，江湖旅客經年別。當此時、寂寞倚闌干，成愁結。

與唐・李白〈子夜吳歌〉之秋歌：「長安一片月，萬戶搗衣聲。秋風吹不盡，總是玉關情。何日平胡虜，良人罷遠征。」詩意相近，道出天下旅人之歸心與無奈。

三、閨怨閒愁

明代《花間》、《草堂》二集盛行，故明詞人多以晚唐五代詞為宗，紛紛競效花間詞人綺艷之作，是以明詞多似《花間》「有綺筵公子，繡幌佳人，遞葉葉之花箋，文抽麗錦；舉纖纖之玉指，拍按香檀。不無清絕之詞，用助嬌嬈之態。」〔註16〕作品，張綖詞亦不例外，此類作品以男女情愛為主，或寫女子孤獨寂寥，或寫思念伊人，或寫無端閒愁，殊無深思至情。其描寫閨怨閒愁者凡二十四首，其中十六首作於弘治十四年至十八年；七首作於正德元年至十六年；一首作於嘉靖二十年至二十二年。張綖閨怨閒愁之詞絕大多數作於前期，後期僅出現一首，可見其詞風轉變之脈絡。張綖詞直標「春閨」、「詠閨情」者凡三闋，如〈水龍吟・春閨〉：

> 禁烟時候風和。越羅初試春衫薄。晝長深院，夢回孤枕，風吹鈴索。綺陌花香，芳郊塵軟，正堪遊樂。倚闌干、瘦損

〔註16〕宋・歐陽炯撰：〈花間集序〉（引自《中國歷代詞學論著選》，陳良運主編，南昌：百花洲文藝出版社，1998 年 8 月第一版第一刷），頁20。

　　無人問，重重綠樹圍朱閣。　　　對鏡時時淚落。總無心淡
粧濃抹。晨窗夜帳，幾番誤喜，燈花詹鵲。月下瓊戶，花
前金盞，與誰斟酌。望王孫、甚日歸來，除是車輪生角。

又〈踏莎行・用秦少游韻——詠閨情〉：

　　芳草長亭，垂楊古渡。當時記得分襟處。珠簾小院捲楊花，
綠窗幾度傷春暮。　　　鴛帳心期，鶯箋情素。天涯回首山
無數。寒江日落水悠悠，倚樓目送孤鴻去。

兩詞皆寫情人在遠方，不知相見何期之苦悶愁絕。前闋詞多實景描
述，上片藉由遠景、近景交替，戶外「正堪遊樂」，閨房內「孤枕」，
反襯出女主人翁為情憔悴模樣。下片則藉由傷心姿態、閨房擺飾，呈
現女子孤獨懷人之苦。「晨窗夜帳，幾番誤喜」頗有「隔牆竹影動，
疑是玉人來」之意。末句「除是車輪生角」，結得絕望，清代賀裳《皺
水軒詞筌》云：「小詞以含蓄為佳，亦有作決絕語而妙者。如韋莊『誰
家年少足風流。妾擬將身嫁與，一生休。縱被無情棄，不能羞』之類
是也。」〔註17〕通首大致延續張綖傳統婉約溫雅詞風，唯末句突然出
現近似元曲、民歌之絕決淺顯語，為其作品中罕見有民歌率直言情特
質之詞，李葵生評此詞云：「狠心語。」〔註18〕抒情雖盡而無含蓄之
美，但未加掩飾之抱怨吶喊，反而予人無窮韻味，語盡而情不盡，此
即「似直而紆，似達而鬱」〔註19〕之特殊表現手法。而此寥寥數語訴
說女子於「幾番誤喜」失望後，賭氣道出絕語，恨郎薄倖，亦回應上
片，情人流連於「風吹鈴索。綺陌花香，芳郊塵軟」美景中，獨留閨
中佳人「瘦損無人問」，描繪女子獨守空閨之苦悶與情緒轉變，可謂
生動細緻。第二闋詞則是張綖後期作品，不同於前闋詞多寫實景，此
詞多用虛筆，淡而有致，不惟「用秦少游韻」，亦饒具少游「意在含

〔註17〕清・賀裳撰：《皺水軒詞筌》（《詞話叢編》），冊1，頁697。
〔註18〕清・顧璟芳、李葵生、胡應宸編選，曾œ岷審訂，王兆鵬校點：《蘭
　　　皋明詞匯選》（瀋陽：遼寧教育出版社，1998年3月第一版），頁
　　　165。
〔註19〕陳廷焯評韋莊詞之語，見清・陳廷焯撰：《白雨齋詞話》（《詞話叢編》
　　　本），冊4，頁3779。

蓄，如花初胎，故少重筆」〔註20〕之特色。

時序遞變最惹閨怨思人情事，尤以春景為甚，如〈蝶戀花‧春恨〉：

> 新草池塘煙漠漠。一夜輕雷，折破妖桃萼。驟雨隔簾時一
> 作。餘寒猶泥羅衫薄。　　斜日高樓明錦幬。樓上佳人，
> 癡倚闌干角。心事不知緣底惡。對花珠淚雙雙落。

詞最難於起結，開頭先以「新草」點明時序，結語點出佳人恨之主旨，緊緊扣住「春恨」之詞題，此為一巧；起語、結語所用疊字前後呼應而有意境，此為二巧；以景語起，復以情語結，情思纏綿不盡，此為三巧，此詞因難而見其工巧。「一夜輕雷，折破妖桃萼」則寫得新蒨有致，一「輕」字下得妙，妖桃嬌脆禁不起一夜輕雷摧殘，佳人多愁善感，亦無法承受風雨送寒，末二句寫得含蓄幽微，留予讀者無限想像。明‧李葵生讀此詞後云：「心事亦不難知，對花彈淚，要只是為花耳。」〔註21〕顧璟芳反駁云：「西雯（李葵生字）此語太瞞人也。」〔註22〕所見者池景漠漠，所聞者春雷震震，所感者餘寒襲人，自然勾起佳人內心種種悲哀，故而對花落淚，實非只是為花耳。張綖善於通過環境之描寫來表達人物心境，此詞是為一例。又如〈鷓鴣天‧春思〉二首：

> 窈窕簷櫳淡蕩風。輕寒只在小樓東。黃鶯不語瀟瀟坐，碧
> 水多情處處通。　　花簇簇，柳叢叢。看它新綠映新紅。
> 眼前物物都春色，惟有前思似斷蓬。

> 殘夢樓頭向曉風。教人恨殺玉丁東。御溝紅葉猶能去，弱
> 水青禽也自通。　　巡玉砌，步蘭叢。露花淫透海棠紅。

〔註20〕清‧周濟撰：〈宋四家詞選目錄序論〉（《詞話叢編》本），冊 2，頁 1643。

〔註21〕清‧顧璟芳、李葵生、胡應宸編選，曾昭岷審訂，王兆鵬校點：《蘭皋明詞匯選》（瀋陽：遼寧教育出版社，1998 年 3 月第一版），頁 86。

〔註22〕顧璟芳、李葵生、胡應宸編選，曾昭岷審訂，王兆鵬校點：《蘭皋明詞匯選》（瀋陽：遼寧教育出版社，1998 年 3 月第一版），頁 86。

鸞箋欲寫相思字，心曲春來劇亂蓬。

兩詞皆寫春日思人，作者以「花簇簇」、「柳叢叢」、「新綠映新紅」、「巡玉砌」、「步蘭叢」、「海棠紅」營造出春日生意盎然、多采宜人之景致，然從「輕寒」、「不語」、「斷蓬」、「殘夢」、「恨殺」、「亂蓬」用字，吾人可感受主人翁之心緒已被相思佔滿，而無法融入美麗春景中。

又〈蝶戀花‧春景〉：

紫燕雙飛深院靜。簟枕紗廚，睡起嬌如病。一線碧烟縈藻井，小鬟茶進龍香餅。　　拂拭菱花看寶鏡。玉指纖纖，撚唾撩雲鬢。閑折海榴過翠徑，雪貓戲撲風花影。

此詞約作於弘治十四年至十八年間，為張綖早期作品。《精選古今詩餘醉》云：「『如病』二字，嬌極。」〔註23〕全詞圍繞於「嬌」字，描繪出閨中女子嬌慵之態，首句燕子雙飛景象，襯托深院之靜與寂寥，「嬌如病」寫出女子初醒時迷濛嬌態，一「病」字亦暗示出女子孤寂之心。「拂拭菱花看寶鏡」、「玉指纖纖，撚唾撩雲鬢」生動刻畫出女子天真、百無聊賴之神態。女子在一番整理梳洗後，面對偌大寂靜「深院」，唯有「戲撲風花影」之雪貓能稍解女子寂寞無聊之感，《古今詞統》云：「（『雪貓』句）彼雖一物，有足紀者。」〔註24〕誠然，雪貓雖一物，然以「雪」概括貓兒嬌貴可愛之形象，亦勾起讀者對貓主人形貌個性之無限想像。

除男女情思主題外，張綖亦有數首傷春悲秋，描寫無端閒愁之詞作，如〈憶秦娥〉：

春睡後。黃鸝門外啼清晝。啼清晝。垂楊庭院，落花時候。　　紛紛時見沾襟袖。惜春常是眉兒皺。眉兒皺。綠陰芳草，依然如舊。

〔註23〕明‧潘游龍編，梁穎校點：《精選古今詩餘醉》（瀋陽：遼寧教育出版社，2003年3月第一版第一刷），頁183。

〔註24〕明‧卓人月編，徐士俊評，谷輝之校點：《古今詞統》（瀋陽：遼寧教育出版社，2000年1月第一版第一刷），卷九，頁349。

又〈醉花陰・秋怨〉：

> 遠岫輕雲千萬段。點染秋容艷。午枕酒醒時，簾捲殘陽，
> 影照飛鴉亂。　　鴈書不寄雲間怨。煙鎖梧桐院。莫道更
> 多愁，鎮日無人，黃菊都開遍。

前首寫落花惜春，平淡無奇思，不過詞人無味無致之呻吟耳；後者寫
秋怨，通首詞用字雅潔，造境淡永，沈際飛對此詞評價極高，所謂：
「眞淡永，使陶彭澤降爲塡詞，不是過也。」〔註25〕李葵生評此詞云：
「意中有『菊花從此不須開』七字。」〔註26〕杜甫抱病賞菊不得飲酒，
故令菊花從此不須開，張綖反用此意，言愁思綿密，無處消憂，無人
對飲，黃菊開遍卻無心賞花，不如不開，構思甚爲特殊。

張綖推重秦觀，作詞亦可見秦觀影子，其中又以描寫閨情內容
者，最具秦詞風致，如〈風流子・初春〉：

> 新陽上簾幌，東風轉，又是一年華。正駝褐寒侵，燕釵春
> 裊，句翻詞客，簪鬥宮娃。堪娛處，林鶯啼煖樹，渚鴨睡
> 晴沙。繡閣輕烟，剪燈時候，青旌殘雪，賣酒人家。　　此
> 時因重省，瑤臺畔，曾遇翠蓋香車。惆悵塵緣猶在，密約
> 還睽。念鱗鴻不見，誰傳芳信？瀟湘人遠，空采蘋花。無
> 奈疏梅風景，碧草天涯。

明・潘游龍評此詞云：「『林鶯』二句，梁伯龍亦當遜之。」〔註27〕沈
際飛《草堂詩餘新集》云：「富於材，熟於腕，到處合拍，曲中之梁
伯龍。」〔註28〕黃拔荊云：「此詞受秦觀《望海潮・洛陽懷古》影響
甚深。秦觀詞的『東風暗換年華』、『長記誤隨車』、『新晴履平沙』、『烟

〔註25〕明・沈際飛撰：《古香岑批點草堂詩餘》（明崇禎太末翁少麓刊本，
　　　　台北：國家圖書館藏），新集，卷二，頁 11。
〔註26〕顧璟芳、李葵生、胡應宸編選，曾昭岷審訂，王兆鵬校點：《蘭皋明
　　　　詞匯選》（瀋陽：遼寧教育出版社，1998 年 3 月第一版），頁 50。
〔註27〕明・潘游龍撰：《精選古今詩餘醉》（梁穎校點，瀋陽：遼寧教育出
　　　　版社，2003 年 3 月初版），卷二，頁 75。
〔註28〕明・沈際飛撰：《古香岑批點草堂詩餘》（明崇禎太末翁少麓刊本，
　　　　台北：國家圖書館藏），新集，卷五，頁 18。

暝酒旗斜』、『無奈歸心，暗隨流水到天涯』諸句，對張綖詞有明顯影響。」〔註29〕此詞結構為先寫眼前春日景象，次寫昔日相遇情景，最後再回到今日惆悵之情，以景語作結，以景寄情，曲折含蓄，張綖詞中，此詞較為後人所稱道，然此詞承秦觀餘緒，處處可見模倣秦詞之跡，雖堪稱詠閨情之佳作，然張綖詞中尚有許多可觀者，此詞偏向遊戲之作，詞情不深、情感不真。

張綖閨怨閒愁之作，雖無甚深思、亦無深遠意境，與《花間》詞相較，有其婉曲纖柔而無其側艷纖佻，張綖詞「風流而蘊藉，綺艷而有格調，情思幽深而不浮熱。相對於明代中後期詞壇而言，正足以藥治那種一味風流賣俏而乏蘊藉的缺點。」〔註30〕「風流醖藉」，可謂張綖主要之詞風。

四、酬贈題畫

張綖交遊相當廣泛，其原因在於張綖年輕時與王磐等文人群交往密切，後離開高郵出任官職，亦結交不少官場友人。《南湖先生詩集》中共有五十一人與張綖以詩相互酬贈、唱和，而酬贈唱和詞則僅有七首。

正德元年至十六年間，作〈沁園春‧以西晉樓船下益州分韻得西字或云西晉一作王濬因又以王字作小詞一首〉：

> 暖日高城，東風舊侶，共約尋芳。正南浦春回，東崗寒退，粼粼鴨綠，裊裊鶯黃。柳下觀魚，沙頭聽鳥，坐久時生杜若香。綺陌上，見踏青挑菜，遊女成行。　　人間今古堪傷。春草春花夢幾場。憶淮海當年，英豪滿座，詞翻鮑謝，字壓鍾王。今日重來，昔人何在，把筆蘭皐思欲狂。對麗景，且莫思往事，一醉斜陽。

〔註29〕黃拔荊撰：《中國詞史》（福州市：福建人民出版社，2003 年 5 月第一版第一刷），下卷，頁 69。

〔註30〕張仲謀撰：《明詞史》（北京：人民文學出版社，2002 年 2 月北京第一版第一刷），頁 161。

從詞題中可知此詞爲張綖與其詞友宴集競才之作，上片開頭先點明聚會場地與目的，「共約尋芳」引出接下來一連串美景描述，時序在春回寒退；眼前所見是綠水游魚及遊女成行；品嘗著美酒；聆聽沙頭鳥鳴；空氣中瀰漫杜若香，短短十句中已全面描繪出觸覺、視覺、味覺、聽覺、嗅覺之享受，呈現出這場宴會之雅致與美好。上片所鋪敘者皆爲美景，情調輕鬆有致，下片卻將筆端一轉，將時空拉回北宋，遙想淮海當年亦在此處與文友雅集、競文炫才，當日「英豪滿座」，今日「昔人何在」，人生不過如夢一場，不禁興起人事興衰感慨，道出古今文人共有之喟嘆。上下片所描述之景物、情緒竟如此急遽轉變，但因有「人間今古堪傷。春草春花夢幾場。」一「今古」一「夢」融貫前後愉悅感慨情緒，協調古今時空跳躍之突兀。此外，南宋・沈義父《樂府指迷》曾指出作長調之要訣：「作大詞，先須立間架，將事與意分定了。第一要起得好，中間只鋪敘，過處要清新。最緊是末句，須是有一好出場方妙。」〔註31〕此詞以景語起「暖日高城」同時賦予上片遊賞下片懷古二種情調鋪墊，中間再鋪排景色，末以情語收，「一醉斜陽」將一日中悲喜交織盡付一醉，起語、鋪敘、過處、結語均能安排妥當，前後融貫呼應，且清麗、疏狂融於一詞，雖爲應酬唱和之遊戲詞，亦流露出眞實情感與人事感嘆。

　　此外另一闋酬贈詞〈醉蓬萊・并致語贈周履莊擢北工部〉云：

　　艤舟春江渚，執手東風，依依難別。懊恨征夫，把驪駒歌徹。劍氣橫空，此行何處，指五雲金闕。畫省香爐，粉闈青瑣，十分清絕。　　幾年江湖，高情醞釀，多少經綸，待君施設。想見委蛇，詠羔羊素節。玉燭春熙，金蓮夜靜，做伊周功業。回首關山，相思千里，共看明月。

此詞雖爲友人升遷贈語，雖多稱頌酬酢語，卻不失爲豪語，期許友人能建立「伊周功業」、大展長才同時，其背後未嘗沒有作者羨慕、感慨自身無所施展之隱含，而詞中與描述依依離情，前數句如「執手東

<hr />

〔註31〕南宋・沈義父撰：《樂府指迷》（《詞話叢編》本），冊1，頁283。

風」、「懊恨征夫，把驪駒歌徹」等，雖無甚創新語，然與末數句「回首關山，相思千里，共看明月」相互呼應，亦可見其情眞，在酬贈詞中，可謂不失骨氣高格之佳製。

至於其他如〈喜遷鶯〉（西風落葉）云：「三木論囚，五花判事，箇箇待公方決。鸞鳳清標重覿，駟馬高門須設。揮袂處，望甘棠邵伯，教人淒咽。」〈喜遷鶯〉（梅花春動）云：「華髮方歡，斑衣正舞，飛下九霄丹鳳。溫詔輝煌寵渥，御墨淋漓恩重。平世裏，把榮華占斷，誰人堪共。」〈喜遷鶯・壽百潭二月十五日誕〉云：「聽祝。願多壽多富多男，溥作蒼生福。碧柳緋桃，錦袍烏帽，輝映顏朱鬢綠。」〈喜遷鶯・并致語贈梁寒泉擢東平守〉云：「三木論囚，五花判事，籍籍遍傳荊楚。未展清才金馬，聊寄專城銅虎。共看取，赴雲龍盛會，溥施霖雨。」等一類酬贈、祝壽語，則顯得內容乏味淺薄至極。

中國古代藝術中，詩文、書、畫雖爲各自獨立之藝術形式，然卻相互爲因，關係至爲密切，詩呈現出作者之人格風範，書、畫又未嘗不是如此，王維「詩中有畫，畫中有詩」。而詩、書、畫之藝術發展至宋代，更進而融合爲一體，以詩歌節奏、書法氣勢烘托出畫境，詩人藉者敏銳觀察力，深入畫境，體會畫中妙趣與美感，通過詩人自身之感受妙悟，帶領觀圖者進入生動之藝術世界。題畫詩蔚爲風尚，而詞體新盛，則提供文人題畫時之另一種傳達媒介選擇，題畫詞逐漸爲文人所接受。詩境闊，壯闊豪壯之語言節奏，適宜襯托氣勢磅礡之山水畫；詞境狹，深婉柔美之抒情曼音，適宜描畫情思婉約之人物畫，因此文人最常將詞闌入美人圖中，如蘇軾、秦觀均作有題崔徽眞畫像之詞作。洎入明之後，明詞人創作題畫詞亦所在多有，如祝允明、唐寅等吳中詞派之詞家、畫家，即爲完美結合詞、書、畫三藝術境界爲一體之最佳代表。張綖詞作中題畫詞凡五首，其中四首爲一詞組，名爲「四景圖」，分詠四幅四季圖畫，詠春者爲〈憶秦娥・四景圖──曲江花〉并詩：

詩

帝城東畔富韶華。滿路飄香爛綵霞。

多少春風年少客，馬蹄踏遍曲江花。

曲子

曲江花。宜春十里錦雲遮。錦雲遮。水邊院落，山下人家。　茸茸細草承香車。金鞍玉勒爭年華。爭年華。酒樓青旆，歌板紅牙。

詠夏者爲〈憶秦娥・四景圖——楚臺風〉并詩：

詩

誰將綵筆弄雌雄。長日君王在渚宮。

一段瀟湘涼意思，至今都入楚臺風。

曲子

楚臺風。蕭蕭瑟瑟穿簾櫳。穿簾櫳。滄江浩渺，綺閣玲瓏。　飄飄綵筆搖長虹。泠泠仙籟鳴虛空。鳴虛空。一欄脩竹，幾壑踈松。

詠秋者爲〈憶秦娥・四景圖——庾樓月〉并詩：

詩

碧天如水纖雲滅。可是高人清興發。

徙倚危欄有所思，江頭一片庾樓月。

曲子

庾樓月。水天涵映秋澄澈。秋澄澈。涼風清露，瑤臺銀闕。　桂花香滿蟾蜍窟。胡牀興發霏談雪。霏談雪。誰家鳳管，夜深吹徹。

詠冬者爲〈憶秦娥・四景圖——灞橋雪〉并詩：

詩

驢背吟詩清到骨。人間別是閒勳業。

雲臺烟閣久銷沉，千載人圖灞橋雪。

曲子

灞橋雪。茫茫萬徑人蹤滅。人蹤滅。此時方見，乾坤空闊。　騎驢老子眞奇絕。肩山吟聳清寒冽。清寒冽。祗緣不禁，梅花撩撥。

「四景圖」分詠春、夏、秋、冬四景之圖畫，春花、夏風、秋月、冬雪之描述各有情致，各詞前之「致語」——七言絕句，相當於曲中之引子，先梗概介紹以下長短句之內容，之後再由長短句負起抒發情感、鋪陳畫中之景之主要任務。

　　張綖五首題畫詞中，又以〈蝶戀花·題二喬觀書圖〉最爲人所稱道，詞云：

　　　並倚香肩顏鬪玉。鬢角參差，分映芭蕉綠。厭見兵戈爭鼎足。尋芳共把遺編躅。　　　閩閣風流誰可續。沉想清標，合貯黃金屋。江左百年傳舊俗。後宮只解呈新曲。

此詞爲張綖於弘治十四年至十八年間所作之早期作品，題畫詞最重要之任務，即在介紹一幅畫之布局、結構，其次則是代畫傳達畫境與意涵，這首題二喬觀書圖之題畫詞之上下，亦分別擔負此二項責任。上闋先交代整幅畫面之格局，香肩並倚，活畫出二喬姿態美好與嬌媚，使人不見此圖，亦可想見大小喬之動人形象，此時再將眼光拉近，近一步震懾其容顏澄淨剔透之美，隨著詞人目光層層拉近，使人有一親芳澤之無限遐想。以「玉」形容人物之華膚凝脂；以「芭蕉綠」渲寫背景之悠閒情致，美人鬢角與芭蕉之綠相互映襯，再加上容顏如玉之潔白無暇之色澤，不僅將整幅圖之色彩精準拈出，更巧妙刻畫出二喬嫻靜優雅之美人形象。圖畫寫實，往往侷限住觀畫者之想像空間，題畫詞最重要之任務，則在寫出圖畫所無法觸及之意，寫實寫意相互配合，方能滿足觀畫者之視覺享受與無限想像之美感經驗，因此從上闋末兩句即開始抒發詞人觀畫所感。當讀者仍沉浸於如夢似幻之美好畫面時，筆端陡然一轉，以「厭見兵戈爭鼎足」寫出二喬之時代背景與觀書動機，從美人忽至兵戈，沉重點出美好事物背後往往並存著現實之醜惡，此句承上啓下，爲下闋預留伏筆，使過處不斷曲意，可見張綖筆法整飭與設想周到。下闋繼續從二喬身上進行聯想，頗有「商女不知亡國恨，隔江猶唱後庭花」之感。

　　此首詞誤入秦觀長短句中，致使許多清代詞家誤此首爲秦觀作

品，甚至步其韻，如清・王士祿〈蝶戀花・次韻少游二喬觀書圖〉
云：

> 傾鬢積雲肩韠玉。檠几光凝，雙映休蛾綠。髣髴風光屏外
> 足。攤書停卻尋春躅。　　鑪裡雙烟青斷續。玉砌紅簾，
> 不似牽蘿屋。公瑾伯符皆不俗。知無一事縈心曲。〔註32〕

此詞不惟步韻張綖詞，詞之結構、作法、修辭均有頗多模擬之跡。清
人對明詞多有非訾，對明代詞人評價不高，因此極少步和明代詞人詞
韻，張綖詞因多首詞作誤入秦觀詞中，而得以爲後世人所研讀、讚賞，
甚至將其詞視爲秦觀詞而效法、模擬之。及至今日，仍有許多學者在
批判明詞衰弊同時，給予張綖誤入秦觀詞集之詞「秦觀式」之高度評
價，同一闋詞誤入宋名家之集，立刻身價百倍，置於明代詞集中，則
爲人所鄙夷，豈不令人爲明詞家抱屈！

五、感慨抒懷

　　中國文人於儒家文化薰陶下，多遵循「修身、齊家、治國、平天
下」之歷程，安邦、平天下爲普遍文人逐步實現自我之路程，封建
時代中欲實現此中國文人之共同願望，踏入仕途爲民奉獻則是唯一
可行途徑。張綖亦深受儒家文化薰陶，十三歲時見路有餓殍，感嘆
云：「他日爲政，何以使天下無此餓夫也。」〔註33〕此後念茲在茲，
以解救人民苦難爲己志，而張綖於前賢中最仰慕杜甫、蘇軾、秦觀三
人，杜甫忠君愛民形象鮮明，以「致君堯舜上，再使風俗醇」爲己
任，其詩集滿紙經世願望；蘇軾雄才大略，詩、文、策論縱橫飛馳，
詞則開拓豪放一格；秦觀雖以「情韻兼勝」之詞爲世所重，然張綖所
重者更在於其「灼見一代之利害，建事揆策，與賈誼、陸贄爭長，沉

〔註32〕清・王士祿撰：《炊聞詞》（台北：鼎文書局，1966 年初版），卷下，
頁 1。
〔註33〕明・顧璘撰：〈南湖墓誌銘〉，《南湖先生詩集》（《四庫全書存目叢書》
本，上海圖書館藏明嘉靖三十二年張守中刻本，台南：莊嚴出版社，
1997 年初版），集 68～396。

味幽玄，博參諸子之精蘊，雄篇大筆，宛然古作者之風」〔註34〕，而非「婉約綺麗之句，綽乎如步春時女，華乎如貴游子弟」〔註35〕之「緒餘」。王陽明曾驚嘆張綖為「真豪傑也」，由此足見張綖有其豪放剛強一面。

　　張綖雖認為詞體以「婉約」為本色，然亦間有抒發襟抱之豪放內容出現，不唯吟詠風月、傷春悲秋耳。如〈沁園春‧以西晉樓船下益州分韻得西字或云西晉一作王濬因又以王字作小詞一首〉下片：「人間今古堪傷。春草春花夢幾場。憶淮海當年，英豪滿座，詞翻鮑謝，字壓鍾王。今日重來，昔人何在，把筆蘭皋思欲狂。對麗景，且莫思往事，一醉斜陽。」抒發人事興衰無常之慨，饒有「前不見古人，後不見來者，念天地之悠悠，獨愴然而涕下。」之況味；〈玉燭新〉下片：「早聞橫槊燕然，畫圖裏，爭傳麒麟舊影。臨岐笑問。誰得似、占了山林鍾鼎。古來難並。纔信是、人間英俊。試看取、紫綬金章，朱顏綠鬢。」字句中充滿豪情壯語，無論題材、用典、詞藻均似稼軒；而〈醉江月‧會試書場屋壁〉則似東坡，茲列此詞如次：

> 天門宏啓，風雲會，濟濟英豪奔走。憶昔童顏來校藝，偃蹇今成皓首。抱此一經，誤他半世，撫卷驚嗟久。幽蘭不採，將隨秋草衰朽。　　百歲何事低回，薄田敝舍，粗是吾生守。眷戀明時期一試，豈為輕肥苟苟。五策答成，三場了卻，壯氣遙衝斗。狂言休笑，穿楊看取老手。

此為張綖詞中少見之豪放詞作，詞之場景在會試試場，值此英豪際會之時，作者遙想十餘年前亦曾於此校藝，昔日「童顏」，而今「皓首」，豈不令人感慨，於是興起與杜甫相同之「儒冠多誤身」抱怨牢騷。在感嘆著自己一生可能將守著薄田敝舍度過時，亦幻想著在

〔註34〕明‧張綖撰：〈淮海集序〉（《淮海集》，明嘉靖己亥張綖鄂州刻本，台北：國家圖書館藏）。

〔註35〕明‧張綖撰：〈淮海集序〉（《淮海集》，明嘉靖己亥張綖鄂州刻本，台北：國家圖書館藏）。

盛世中自己大展身手之豪氣。先描述風雲際會之盛況，次感嘆己身無法成就一番大事業，最後以一腔熱情作結，可謂一折三嘆、沉鬱頓挫。

　　此詞除感嘆己身不遇外，亦對當時考試制度作一番批判，張綖啓蒙老師——王磐，對明代科舉制度深惡痛詆，甚至終身不肯應試，張綖無論於做人、爲學方面均受其影響甚鉅，因此雖未追步王磐而終身未試，然對於科舉制度亦有許多不滿，從此首〈酹江月〉詞中即可窺知張綖對科舉考試又愛又恨之矛盾情緒。應試爲古代文人伸展抱負之唯一途徑，明代以八股文取士，許多士子只得「抱此一經」應付考試，然此種取才方式往往無法拔擢出眞正人才，故而許多有志才士被埋沒，張綖爲自己一身才德、一腔熱血無處發揮抱屈，亦道出當日文人普遍之悲哀。明初實行科舉取士，獨崇朱學一家，思想學術日趨封閉、卑下，百餘年來，士子陷溺於科舉功名與富貴爵祿之中，無法自拔，直至明代中葉，王學崛起，思想學術雖未至百家爭鳴地步，亦漸趨多元開放，除舊趨新之風喚醒文人個體意識覺醒，他們開始反省舊有制度，崇尚自由之布衣士子、山林文人，將富貴功名視爲束縛自由之障礙，即使已有功名、沉浮仕途者，多能對功名爵祿保持自覺、清醒之態度，不迷戀爵祿，一本恬淡虛靜初衷將功名視爲經世濟國、實現政治抱負之途徑。張綖在此時代洪流下，亦深具文人自覺意識，儘管他中舉入仕，「素衣一任緇塵染」〔註36〕，但仍時常調整心態，割斷名繮利鎖，此詞直指科舉弊病，表明進則志在經世，而非爲「輕肥苟苟」；退則追求自由，甘守「薄田敝舍」。以詞指時弊，揭露個人心志之作品，爲艷情充斥之明代詞壇中注入一股清流，「詞之形式『豪放』、『婉約』，乃由題材決定」〔註37〕此類擺落男女情思之「豪放」內容作品，均作於後期，可見張綖後期作

〔註36〕明・張綖撰：〈漁家傲・正德丙子渡淮清河作〉（剛過淮流風景變）。
〔註37〕吳世昌撰：《詞林新話》（吳令華輯注、施議對校，北京：北京出版　　　社，2000 年 10 月第一版第一刷），頁 12。

品之兼容並蓄。

　　張綖有志於當世，中舉後入仕，官職雖不大，但時時以臨淵履薄戒慎之心為官，其〈臨江仙‧車上作〉道出其任官時之心境：

　　　　客路光陰渾草草，等閒過了元宵。村雞啼月下林梢。驚聲驚宿鳥，霜氣入重貂。　　漠漠風沙千里暗，舉頭一望魂消。問君何事不辭勞。平生經世意，只恐負清朝。

「月下林梢」已是夜深時刻，舟車勞頓加之以霜氣之寒，使詞人夜深無法成眠，起身向外望，卻是「漠漠風沙千里暗」之景象，此為眼前景，亦是心頭沉重寫照，更有對未來感到惴慄不安之反映。「問君何事不辭勞。平生經世意，只恐負清朝。」因著儒者執著，仍辛勞執事，但求無愧於心，將朝廷、人民置於心中，戰戰兢兢為之奔勞，頗有杜甫忠愛形象在其中。

　　如同許多宦海沉浮中之文人，雖有心成就一番事業，卻因政治環境險惡，有心人之阻撓而絕望於仕宦，〈釵頭鳳‧別武昌〉為張綖對仕途所下之結語：

　　　　臨丹壑。憑高閣。閑吹玉笛招黃鶴。空江暮。重回顧。一洲烟草，滿川雲樹。住。住。住。　　江風作。波濤惡。汀蘭寂寞巖花落。長亭路。塵如霧。青山雖好，朱顏難駐。去。去。去。

此詞為後期作品，張綖曾任武昌通判，後遷知光州，又獲拔擢而至京師述職，本可大展長才，卻遭湖南藩臬誣陷，政治生涯出現重大危機。對張綖而言，武昌是其仕途之始，亦為官宦之終，故對此地有眷戀亦有失落。此詞上片以「住。住。住」作結，下片以「去。去。去」收尾，勾勒出離別時之天人交戰，明‧沈際飛評云：「『去』、『住』字妥辣。」〔註38〕用字可謂精鍊。「江風作。波濤惡。汀蘭寂寞巖花落」透露出張綖對仕途險惡、人情澆薄之無能為力，寫汀蘭、巖花之遭遇，而寓己身感慨於其中，誠如清‧胡應宸評此詞所云：「擊筑悲風

〔註38〕明‧沈際飛撰：《古香岑批點草堂詩餘》（明崇禎太末翁少麓刊本，台北：國家圖書館藏），新集，卷三，頁6。

而不爲怨」〔註39〕傷而不怨，最得諷人之致。

面對他人誣陷，政治生涯面臨最大困境之情勢時，張綖又如何化
解危機、如何自處？二首詠物詞可爲註解：其一，〈木蘭花・舟中有
黃蝶去而復來戲作一詞以贈之〉：「翩翩應被遊蜂妒。不逐名園花上
戲。多情隨我去南湖。野榮繞籬堪作主。」張綖看蝴蝶有其心境投射，
與蝶同病相憐、相伴之痴語，可見其眞。另外一首則爲其生命中最後
兩年間（嘉靖二十年至二十二年）所寫之詠梅詞，更婉轉陳述出晚年
心境——〈驀山溪・贈梅〉：

> 玉人不見。動是經年隔。竹下忽相逢，倚東風、依然素
> 質。孤芳寂寞，無語只含情，風細細，月斜斜，幽獨空林
> 色。　　折花簪鬢，鬢與花爭白。便老向湖鄉，有此君、
> 雅相鄰惜。不須更問，調鼎事何如，但善自，保馨香，無
> 害高標格。

梅花堅忍高節之形象，爲普遍文人所喜好，詩詞中常詠其美好，並藉
此襯托自己清高人格，此詞亦不例外。詞之上片著眼於梅花本身，將
梅花化身爲美人孤高潔淨之形象，詠物時以美人比梅花本爲俗套，然
首四句所營造出之意境自有不俗之處，「依然素質」爲此詞詞眼，點
出梅花受人喜愛之原因，亦爲自己沉浮宦海而人格未曾動搖之寫照。
下片將鏡頭拉回至主人翁身上，直接陳述遲暮老人只願在湖鄉與梅花
相伴，不問政事、無爭無求以無害於高標格。張綖以「依然素質」爲
傲，因此在「調鼎事」與「高標格」無法兩全情形下，他選擇跳出政
治漩渦，以求得晚年清靜生活與維持美好品格。

除表明勤政忠君心跡、自抒生不逢時之牢騷外，人事多變、歲月
不饒人之慨亦寫得感嘆悠長，咀嚼不盡，如〈臨江仙・憶舊〉：

> 十里紅樓依綠水，當年多少風流。高城重上使人愁。遠山
> 將落日，依舊上簾鉤。　　一曲琵琶思往事，青衫淚滿江

〔註39〕清・胡應宸語，《蘭皋明詞匯選・明詞匯選敘》。見清・顧璟芳、李
　　　葵生、胡應宸編選：《蘭皋明詞匯選》（曾昭岷審訂，王兆鵬校點，
　　　瀋陽：遼寧教育出版社，1998 年 3 月第一版），頁 4。

州。訪鄰休問杜家秋。寒煙沙外鳥，殘雪渡傍舟。

此詞約作於正德元年至十六年間，清・胡應宸評此詞云：「題本憶舊，偏從今日景物體想，苦衷獨至。」〔註40〕上片用一逆筆，先寫出眼前景象，遙憶年少時「十里紅樓」盛況與歡娛，後順出「高城重上使人愁」句，以扣住「憶舊」主題，承上道出景物依舊，人事已非之慨；啟下轉出遠山落日之景為重上高樓所見，雖逆筆而終流暢，毫無板滯之弊。「紅樓」、「綠水」與「寒煙」、「殘雪」兩種對比，映襯當年風流旖旎與今日孤寂悽涼之境。「遠山將落日」一「將」字寫得生動有致，「將」有銜、攜之意，李葵生云：「『將』字把遠山看得有意。」〔註41〕張綖於《草堂詩餘別錄》中時以「奇」字、「奇」境評詞，此一「將」字可謂甚「奇」，為詞作實踐與理論結合之一證。詞末以沙鳥之無定，孤舟無依之景作結，頗有東坡「揀盡寒枝不肯棲，寂寞沙洲冷」之含意，饒富韻味。

又如〈菩薩蠻・寫懷〉：

江頭秋色明如鏡。朝來照見行人鬢。照見鬢毛蒼。猶疑是曉霜。　　黯然凝久竚。卻憶金城樹。搔首倚船篷。無言數過鴻。

此詞抒發人事多變之慨，「照見鬢毛蒼。猶疑是曉霜」數語將不信、不知老之將至之驚訝、懷疑心情轉變描繪盡致，「金城樹」事出《晉書・桓溫傳》：「溫自江陵北伐，行經金城，見少為琅琊時所種柳皆已十圍，慨然曰：『木猶如此，人何以堪！』攀枝執條，泫然流涕。」後遂用以為世事興廢之典；「搔首」一語將自己同於杜甫〈春望〉：「白頭搔更短，渾欲不勝簪」之驚心感嘆隱隱道出，下片文字雖短，然用典之精準、詞語之精鍊、詞境之營造均教人折服感佩。

〔註40〕清・顧璟芳、李葵生、胡應宸編選：《蘭皋明詞匯選》（曾昭岷審訂、王兆鵬校點，瀋陽：遼寧教育出版社，1998 年 3 月第一版），頁 77。

〔註41〕同清・顧璟芳、李葵生、胡應宸編選：《蘭皋明詞匯選》（曾昭岷審訂、王兆鵬校點，瀋陽：遼寧教育出版社，1998 年 3 月第一版），頁 77。

又如〈漁家傲・七夕立秋〉中云：「二十年前今日況。玄蟾烏鵲高樓上。回首西風猶未忘。追得喪。人間萬事成惆悵。」、〈何滿子〉：「鴛夢春風錦幄，蛩聲夜雨蓬窗。諳盡悲歡多少味，酒盃付與踈狂。無奈供愁秋色，時時遞入柔腸。」亦為張綖抒發人事興衰感慨之佳作。張綖於「感慨抒懷」詞中，流露寄託身世、時不我予之慨，「沉鬱重濁」，實為明詞壇所罕見。

六、閑適豁達

明代中期商品經濟萌芽發展，物質生活無虞，使得人民思想逐漸活躍，視野開始向外開拓，旅遊因應人們嚮往外在世界之希冀而興盛，而文人旅遊風氣更盛，蓋因「明代自中期以後，因朝廷閹黨專權，政治上的失意使得士大夫漸漸疏於政事，以暢遊山水調節生活情趣，排遣事功追求中的煩惱。」〔註42〕冶遊成為明代文人調解生活情趣、抒發鬱悶之主要活動。

張綖值此氛圍，加之張綖家族經濟本不虞匱乏，故早年頗有餘力讀萬卷書、行萬里路，或單獨冶游寄情山水，或與王磐等人群遊唱和、過著愜意生活；中年時「力止之暇，則弔古尋幽，多所述作。」〔註43〕藉遊山玩水排遣政務壓力；晚年時更辭官歸隱南湖，過著閒適豁達之晚年生活，因此張綖作品中多有「瀏覽岩壑，寄情山水，尋師訪友，寄迹曲中」〔註44〕之作，尤以其詩為然。張綖時常將遊覽心得、眼前美景寫入詩中，如西湖、九江、赤壁、黃鶴樓、鸚鵡洲、承天寺、華嚴寺、錫山寺、金盆寺、樓隱寺、觀音閣等古蹟名勝，均有其足跡。

〔註42〕王凱旋、李洪權編著：《明清生活掠影》（瀋陽：瀋陽出版社，2001年11月初版），頁157。

〔註43〕明・顧璘撰：〈南湖墓誌銘〉《南湖先生詩集》（《四庫全書存目叢書》本，上海圖書館藏明嘉靖三十二年張守中刻本，台南：莊嚴出版社，1997年初版），集68～397。

〔註44〕陳寶良撰：《明代社會生活史》（北京：中國社會科學出版社，2004年3月第一版）。

　　至於其詞作雖未如其詩多記遊之作，然亦間有記述悠游美景之閒適、抒發遊賞感喟之作，如正德元年至十六年〈踏莎行・上巳日過華嚴寺〉：

> 昨日清明，今朝上巳。鶯花著意催春事。東風不管倦遊人，一齊吹過城南寺。　沂水行歌，蘭亭脩禊。韶光曾見風流士。而今臨水漫含情，暮雲目斷空迢遞。

上片節奏輕快流暢，春日遊賞心情愉悅躍於紙上。又如嘉靖十四年至十五年〈念奴嬌・赤壁舟中詠雪〉：

> 中流鼓楫，浪花舞，正見江天飛雪。遠水長空連一色，使我吟懷逸發。寒峭千峰，光搖萬象，四野人踪滅。孤舟垂釣，漁簑眞箇清絕。　遙想溪上風流，悠然乘興，獨棹山陰月。爭似楚江帆影淨，一曲浩歌空闊。禁體詞成，過眉酒熱，把唾壺敲缺。馮夷驚道，坡翁無此赤壁。

以上二詞，一於上巳日遙想過去文人行歌、修禊之景況；一於赤壁勝景環繞中，垂釣浩歌，吟懷逸發。而春日遊賞最爲愜意，張綖數首記春遊之詞，寫來流轉輕巧，精準捕捉春天輕快步調，如〈行香子〉：

> 樹遶村庄。水滿陂塘。倚東風，浩興徜徉。小園幾許，收盡春光。有桃花紅，李花白，菜花黃。　遠遠圍牆，隱隱茆堂。颺青旗，流水橋傍。偶然乘興，步過東岡。正鶯兒啼，燕兒舞，蝶兒忙。〔註45〕

全篇以賦體鋪陳春日景象，從景語入筆，將詞人春日游賞之閒適層層托出，上下片結構相同，上下片首句以「樹遶村庄。水滿陂塘」、「遠遠圍牆，隱隱茆堂」之對仗句子描寫遠景，以工整對仗句精準掌握住農村特徵，而下闋兩疊字之運用，使語調從容不迫，爲這首游春詞醞

〔註45〕明・毛晉汲古閣刻《詞苑英華》本《少游詩餘》、清・康熙敕撰《詞譜》均將此詞視爲秦觀所作，《全宋詞》則列入「存目詞」，注云：「疑亦張綖作」。此詞是否爲秦觀所作仍有爭議，如今人徐培均先生認爲：「余曾至少游故里考察，風光與詞中所寫相似，似以秦作爲宜。」徐先生說法略嫌薄弱，且似乎乎略張綖亦同爲高郵人，又此詞收於張綖《張南湖先生詩集》卷二中，此集爲張綖孫張袞編輯，由張綖子張守中校對刊刻，故此詞實爲張綖作品。

釀出悠閒情致。對仗句後緊接著「倚」、「颺」兩動詞則收喚醒之效，將鏡頭由遠拉至近，承接上句，將詞人悠閒雅致之形象融於詞中，不論是「倚東風，浩興徜徉」或「偶然乘興，步過東岡」，均表現出詞人對自然之陶醉與熱愛。詞中疊句之運用更能看出作者才情，「有桃花紅，李花白，菜花黃」營造百花鬥艷、色彩紛呈之春日靜景；「正鶯兒啼，燕兒舞，蝶兒忙」則勾勒萬物復甦、生氣活潑之春日動景，一靜一動之面向描寫，構成一幅完整春日圖畫。結構整飭、層次井然，卻以自然清新筆觸出之，寓工筆於自然無跡，以人力達於天工；詞雖衰於明，然亦間有佳詞，張綖此詞可為一例。

又如〈鷓鴣天・春日〉：

> 寒食清明節尚遙。湖南景物已盈郊。露桃爭笑湘娥頰，風柳齊翻楚女腰。憑畫閣，俯蘭皋。江山信美轉無聊。鶯花牽惹芒鞋夢，踏遍珠湖柳下橋。

此詞亦描寫春日美好風致，不同於前詞直接真實描述自然景致，後詞將植物擬人化，「露桃爭笑湘娥頰，風柳齊翻楚女腰」，尋常花草霎時變得風情萬種。張綖春遊詞最大特色在於破句技巧之成熟運用，此二詞調俱以單式句作為上、下片之結，「有桃花紅，李花白，菜花黃」、「正鶯兒啼，燕兒舞，蝶兒忙」、「露桃爭笑湘娥頰，風柳齊翻楚女腰」、「鶯花牽惹芒鞋夢，踏遍珠湖柳下橋」收尾處單式句之排列，使得音調輕快跳躍，正與遊春心情相呼應，可見張綖視詞調特色填詞之用心。

明中葉文人個體意識覺醒，寄情山水之人生況味愈發濃厚，民間布衣士子如吳中四子、茗西五隱等自能探幽搜奇，追求自由、超脫之人生，而陳獻章、王陽明等具強烈用世意識學者，對山水亦流連忘返，身居廟堂而存江湖之心。寄情山水者或以哲學眼光與筆墨表現自然之道；或以畫家眼光觀照山水、花草，使詩中有畫、詞中有畫。張綖平生好游，亦癖好山水，他於自然山水中欲追求何種個人樂趣？人與人之間總有太多機心，塵世俗物亦使人變得庸庸碌碌，唯有自然界中山

水、花草、禽鳥之活潑生機，方能提供追求心靈自由者一片淨土，張綖詞中寫下閒情逸致之樂，如「柳陌輕颺，沙汀殘雪，一路風烟好，攜壺自飲，閒聽山畔啼鳥。」（〈念奴嬌〉「畫橋東過」）；又或者追求個體精神自由，打破物我界線，與天地萬物合一，如「雙雙白鳥來沙渚。長鳴似向幽人語。幽人語。從今好共，烟波爲侶。」（〈憶秦娥〉「江風阻」）；更有藉游賞山水抒發心緒者，如〈風入松·西山〉：

> 崇巒雨過碧瑤光。花木遞幽香。青冥杳靄無塵到，比龍宮，
> 分外清涼。霽景一樓蒼翠，薰風滿壑笙簧。　　不妨終日
> 此徜徉。宇宙總俳場。石邊試劍人何在，但荒烟蔓草迷茫。
> 好酹盃中芳酒，少留樹杪斜陽。

張綖探訪西山，雨洗過後之西山，更顯蒼翠、清新，花木遞香，涼風送爽，讓人終日徜徉而流連忘返，好景當前。詞人不禁陷入深思，曩昔孫權於此舞劍，而今惟留一片荒烟蔓草，宇宙之欣欣生意，往往使多愁善感之詞人思及人事之興衰無常。眞正達到身心自由境界之高人、隱士，心無罣礙，游賞山水自能愉悅自樂，張綖游西山而興感慨，形體雖逍遙於山林，心靈仍受羈絆，可見他始終無法超脫，無法眞正與天地合流，與高人之自由境界相去甚遠。

　　赤壁尋幽，「吟懷逸發」；春日遊賞，「收盡春光」，而村居野舍，亦自有一番平淡閒適。張綖有許多透露歸隱思想之詞作，中國文人普遍面對出仕、歸隱選擇之人生問題，無論詩、詞、文等文學作品中均爲重要話題，官場本爲是非之地，險惡之政治環境、有心人士權謀迫害，往往使滿腔熱血之文人疲於奔命，身心經過政治風暴侵襲，多已勞頓、疲乏不堪，故而嚮往一片無塵境地，洗滌蒙塵身心，使殘破、勞累之心靈得以棲息、調養，這似乎是大多士人所不可避免之共同生命歷程，歸隱出世爲士人共同追求之人生態度。張綖自小接受儒家教育，跟隨文人宿命步入仕途，亦在這是非場上遭遇險阻，故張綖自然也具有普遍文人共同心理，同樣面臨生命情志之選擇問題，至於其歸隱意識與動機、形成原因，則有進行探析之必要。

　　張綖歸隱意識可分爲消極與積極兩方面而論，其消極之歸隱意識
主要來自於仕途之不如意。十三歲時，見道旁有殍死者，撫而哭之，
曰：「他日爲政，何以使天下無此餓夫也。」自小即以仁德爲政自勵，
後雖得以中舉，卻八上春官不第，從政志願至中年後方得以實現，陸
續任職武昌通判與光州太守，均以仁政著稱。據《高郵州志・政事》
所載，當時京師士民，咸冀其復來述職，然正於進京述職之同時，湖
南藩臬以耽吟譖之。張綖聞此消息便決意辭歸，隱居武安湖上。其歸
隱之導火線主要爲他人毀謗，至於是否曾因耽吟誤政已不可知，但卻
不應逕視其爲畏罪避禍之人，張綖聞譖而辭官之行爲可從許多方面加
以理解、解釋，首先從其家世影響來看，張氏家族爲元末權貴，入明
降歸，爲避政禍而世居南湖，五世均以儒學傳家，以商賈農業持家，
且均未踏入仕途，直至明代中葉政治箝制漸鬆，先祖之敏感政治色彩
亦逐漸淡去，自張綖一輩，始有入仕者〔註46〕。張氏家族五世僅爲鄉
紳，張綖祖父、父親及兩位兄長，均不仕並終身隱居湖畔，怡情詩酒，
過著恬淡生活。另外，張綖之母舅兼老師——王磐，亦爲不屑仕進之
著名散曲家，王磐喜好居湖畔之樓，且四海文友均喜與王磐於樓台交
遊酬贈。張綖自小即跟隨王磐於西樓雅集吟詩，年輕時所結交之友人
亦多爲不羨權貴、不願汲汲追求功名之民間文人雅士。在父兄及老
師、朋友影響下，自然亦將功名富貴視爲過眼雲煙，然與親友最大不
同者，在於他有相當強烈之社會使命感，因此在他沉浸於吟詩作對、
文人雅集之悠閒生活時，卻有另一種儒家使命感鞭策、提醒他，於是
在歸隱與出世之間，他毅然選擇走入被父兄、師友排斥之官宦路途，
故在張綖身上同時存在著進退間之矛盾。張綖受家族影響，本性即相
當嚮往恬靜無爭之隱居生活，然又因家族中儒家教育之出世觀念深植
發酵，而步入仕途，政治對他而言雖是實現仁民德業之途徑，亦是阻
礙自我眞實生命之發展。況從政之路充滿痛苦，隱士之道德潔癖讓他

〔註46〕除張綖任光州太守外，其弟張繪亦爲浙江定海縣令，而下一輩中綖
　　　　之子張守中及甥張瞻等人，均中進士並任官職。

覺得在官場之自我，彷如一件素衣「一任緇塵染」，為官過程中不斷有隱退之希冀，因此，當張綖感受到政敵之出現與毀謗時，他暢然選擇辭官，重返歸隱生活。

　　從積極層面來看張綖歸隱意識，則是得自於王陽明心學之影響，追求眞實自我、提升人生境界，身處莊禪超然境地，亦不忘儒士所背負之重任。明代中葉陽明心學從民間崛起，影響甚鉅，且張綖曾與王陽明往來，深得王陽明賞識，而從張綖歸隱思想、行為看來，張綖似乎接受並實踐著陽明心學，或可說張綖之思想行為正巧契合心學理論。王陽明於〈別三子序〉中云：「予有歸隱之圖，方將與三子就雲霞，依泉石，追濂洛之遺風，求孔顏之眞趣，灑然而樂，超然而游，忽焉而忘吾之老也。」〔註47〕明代大儒於政治混沌、個人抱負無法於廟堂之上施展時，他走向民間，選擇歸隱，一方面他可眞正享受自由，作自我生命之主人，一方面則以歸隱講學實現拯救天下之願望。張綖號召力與能力雖遠不如王氏，然亦相當重視講學之功用，知光州期間「尤加意學校生徒德之述職」〔註48〕，歸隱後亦未曾荒廢講學論道之使命，其《杜詩通》、《杜律本意》之著作目的，即在於講學之資，以詩聖偉大人格形象，以杜詩忠愛仁德內容授予學生；而編撰《詩餘圖譜》主要目的，亦在指導學生創作。張綖選擇歸隱，決不僅於避禍趨福，亦在擺脫官場束縛，專意讀書、創作與講學，而其中最重要之原因在於獲得身心之舒展，由外求他人肯定到內求自我價值之確認，讓張綖得以從世俗、道德、官場之各種箝制中解脫，以超脫胸襟享受自然，從山水中獲得眞實之人生樂趣。如〈漁家傲・村居〉：

> 門外平湖新雨過。碧烟一抹鷗飛破。水木細將秋色做。雲影墮。滿溪蘆荻西風大。　　沙嘴漁舟來箇箇。霜鱗入膾炊香糯。歌罷滄浪誰與和。閒不那。茅簷獨對青山坐。

〔註47〕明・王陽明撰：《王陽明全集》（台北：河洛圖書出版社，1978 年 5月台景印出版），卷七，頁 48。

〔註48〕清・楊宜崙修：《高郵州志・政事》（《中國方志叢書》，台北：成文出版社，1970 年初版），卷十二，頁 1350。

又〈柳梢青〉：

> 遠遠湖濱，一叢烟樹，村舍新成。籬落橫遮，溪流環抱，
> 儘有餘清。　　野人爛煮蓴羹。正細雨、茆簷晚晴。啼鳥
> 橋邊。眠鷗沙際，一片閒情。

兩闋詞均作於嘉靖元年至十三年。張綖於嘉靖十四年，即四十九歲
才出任官職，張綖世居南湖「歷代業農賈，淳樸皆不仕」〔註49〕，因
此張綖於任官職之前、辭官之後，均於南湖湖濱過著悠閒之農村生
活，兩詞命意清新、造字平淡，而前闋詞用字較爲俚俗，明・沈際飛
評云：「以俚韻收村景」〔註50〕雖俚俗卻仍不失雅潔，有文人雅興而
無村夫子鄙態，爲農村詞中之雅製。此兩詞以平淡字句反映村居生活
面貌，村居景色宜人，清・李葵生評前闋詞云：「涼雨初殘，秋容滿
目，景物之變無逾此時，第忙中人不之覺耳」〔註51〕，村居心情閒適
愉悅，可看出其真心嚮往自然，且悠游於平淡無爭之生活，並非故作
姿態。

　　嘉靖十四年後，張綖便一直過著忙碌仕宦生活，村居生活已成奢
望，直至晚年詞官歸隱故鄉南湖後，描述村居作品才再次出現，如
〈水調歌頭・端陽〉：

> 泛我唱蒲酒，獨酌賞端陽。何事一年佳節，寂寞水雲鄉。
> 門外綠陰千頃，湖上白雲幾片，儘可共徜徉。往來茆屋下，
> 冷笑燕兒忙。　　攜竹杖，乘醉興，過林塘。林塘幽處，
> 風吹花草百般香。俯翫小橋流水，仰看高岑飛鳥，一嘯碧
> 天長。歌罷幽人曲，散髮弄滄浪。

此詞作於嘉靖二十年至二十二年，爲張綖晚年辭官讀書武安湖上之生

〔註49〕張綖〈送世觀弟北赴京畿應試〉詩，見《南湖先生詩集》（上海圖書
　　　　館藏明嘉靖三十二年張守中刻本，《四庫全書存目叢書》本，台南：
　　　　莊嚴出版社，1997年初版），卷四，頁391。
〔註50〕明・沈際飛撰：《古香岑批點草堂詩餘》（明崇禎太末翁少麓刊本，
　　　　台北：國家圖書館藏），新集，卷三，頁18。
〔註51〕顧璟芳、李葵生、胡應宸編選，曾昭岷審訂，王兆鵬校點：《蘭皋明
　　　　詞匯選》（瀋陽：遼寧教育出版社，1998年3月第一版），頁91。

活寫照，住宅附近已是一幅麗景，可自在徜徉其中，亦可攜著竹杖至遠處尋幽探訪，生活過得自在悠閒。如此愜意之幽居生活，使其心境趨於平靜，「往來茆屋下，冷笑燕兒忙」，透露出張綖已萬事不關心，回想過去「華髮緇塵，年來勞碌」，不禁替自己與現在仍在塵世窮忙之人感到可笑。昔日感慨「欲濯滄浪恨未能」〔註52〕，而今「散髮弄滄浪」，終得重返儉樸日子，甘於過著「茅屋經旬閉，往來惟野農，經過鮮交契」〔註53〕之平淡生活，故晚年作品已少見婉媚纏綿與激昂慷慨之內容。「恬淡清新」風格為明詞壇帶來一股清新氣息，且成為張綖詞晚年風格主軸。

第四節　理論與實踐

一、崇婉理論與實踐結合

由前所述，可知張綖於作詞理論上著重婉約，以婉約為正，故云：「大抵詞體以婉約為正」、「詞體本欲精工醞藉」，而其理論與創作實踐是否相副？為本小節探討之重點；唯透過其理論與創作實踐關係之探討，庶可檢視張綖詞學理路是否一貫、縝密，亦即既有理論又有實踐之完整詞論。

王易《詞曲史》云：「明詞好盡之弊，實由於其中枵然。往往意隨詞竭，一覽無餘，俗巧陳穢，自所不免。故為豪放之詞者，多粗獷不經；為婉約之詞者，多纖豔無骨。」〔註54〕明詞人作纖豔無骨之婉約詞久為人所詬病，但有別於多數明詞人為詞僅限於「淺至儇俏」

〔註52〕張綖〈送世觀弟北赴京畿應試〉詩，見《南湖先生詩集》（上海圖書館藏明嘉靖三十二年張守中刻本，《四庫全書存目叢書》本，台南：莊嚴出版社，1997年初版），卷四，頁391。

〔註53〕張綖〈送世觀弟北赴京畿應試〉詩，見《南湖先生詩集》（上海圖書館藏明嘉靖三十二年張守中刻本，《四庫全書存目叢書》本，台南：莊嚴出版社，1997年初版），卷四，頁391。

〔註54〕王易撰：《詞曲史》，《民國叢書》本（上海：上海書店，1990年第一版），第1編，第62冊，頁403～404。

〔註55〕、「幽俊香豔」〔註56〕婉媚詞風，張綖詞風顯較開闊，不拘一格。如「哀悼亡妻」之「深婉哀淒」；「思鄉懷遠」之「幽思淒清」；「閨怨閑愁」之「風流蘊藉」；「感慨抒懷」之「沉鬱重濁」；「閒適豁達」之「明麗清雋」。張綖詞中僅數闋呈現豪放風格，如〈酬江月・過小孤山〉、〈酹江月・會試書場屋壁〉等，其餘絕大多數仍以婉約風格爲主。

在張綖詞論中始終爲捍衛詞體之正而努力，嘗論本體云：

> 詞體本欲精工醖藉，所謂富麗如金堂之張，妖冶如攬嬙施之袪者，故以秦淮海、張子野諸公稱首。六一翁雖尚疏暢自然，而溫雅富麗，猶本體也。至東坡，以許大胸襟爲之，遂不屑繩墨。後來諸老，競相效之，至多用「也」、「者」、「之」、「呼」字樣，詞雖佳，壘壘殆若文字，如此詞之類，回視本體，迥在草昧洪荒之外矣！是知詞曲自是小技專門，不爲高賢傍奪。〔註57〕

從其理論中可推知在張綖心中詞作可分爲三個層次：第一個層次爲「精工醖藉」、「溫雅富麗」，張綖稱之爲婉約體，並視之爲詞之本體；第二個層次爲蘇、辛「以許大胸襟爲之，遂不屑繩墨」之詞，張綖稱之爲豪放體，並視之爲詞之變體，此二層次爲正變之分，而無優劣之分。至於第三層次則明顯爲劣詞，其中包含「至多用「也」、「者」、「之」、「呼」字樣」、「壘壘殆若文字」一類追隨東坡，卻無其大胸襟，畫虎類犬之徒，以及俗詞、俚詞等皆屬之。明白張綖審美標準後，則可進一步來審閱其詞。

首先，張綖既視「精工醖藉」、「溫雅富麗」爲詞體最高境界，故以此二風格檢視張綖詞，亦可知其實踐創作與理論之相關性。

「精工醖藉」，「精工」，從字面上說爲精致工巧；「醖藉」與「蘊

〔註55〕明・王世貞撰：《藝苑巵言》（《詞話叢編》本），冊1，頁385。

〔註56〕清・茅映撰：《詞的・凡例》（《四庫未收書輯刊》本，北京：北京出版社，2000年第一版）。

〔註57〕《草堂詩餘別錄》，頁70～71。

藉」意同，爲含蓄而不顯露之意。晉・葛洪《抱朴子・尚博》載：「若夫翰跡韻略之宏促，屬辭比事之疏密，源流至到之修短，蘊藉汲引之深淺，其懸絕也。」〔註58〕明・陸時雍《詩鏡總論》對「蘊藉」二字有更具體說明：「少陵七言律，蘊藉最深，有餘地，有餘情，情中有景，景外含情，一詠三諷，味之不盡。」〔註59〕張綖用「醞藉」一詞評詞，多用於批評結句，如「結句尤悠雅醞藉」（秦觀〈八六子〉「倚危亭」）、「造語精工，結句醞藉」（解方叔〈永遇樂〉）。此外，張綖以含蓄、無窮之意等醞藉同意詞時，亦多用於批評結句，如「結句尤爲委曲，精工含蓄，無窮之意焉。」（李易安〈如夢令〉「昨夜風疎雨驟」）、「風暖鶯嬌」）、「結語含蓄無窮，言外之情，當與曾純甫〈金人捧露盤〉同看。」（張林甫〈燭影搖紅〉「雙闕中天」）、「結句含蓄不盡之意，最得詞體。」（〈憶秦娥〉「雲垂幙」）、「尾句尤含蓄深思」（《淮海長短句》〈浣溪沙〉「錦帳重重卷暮霞」）等，如同張炎《詞源》所云：「末句最當留意，有有餘不盡之意最佳。」〔註60〕張綖亦特別要求結句須「醞藉」、「含蓄」。因此，將針對張綖詞是否具備「用語精致工巧、結句含蓄不盡」特質，來檢視其詞是否「精工醞藉」。

張綖詞中有許多疊字饒具特色，如〈鷓鴣天・春思〉：

窈窕簾櫳淡蕩風。輕寒只在小樓東。黃鶯不語瀟瀟坐，碧水多情處處通。　　花簇簇，柳叢叢。看它新綠映新紅。眼前物物都春色，惟有前思似斷蓬。

疊字可使語調輕快，此詞寫春思，運用大量疊字更添春日愉悅輕鬆步調。以「瀟瀟坐」形容不語黃鶯，看似突兀，實則將黃鶯沐浴春光之閒適繪出，而「瀟瀟」文字之音節彌補「黃鶯不語」之沉默，彷彿不語中仍有其聽覺上之享受。以「處處通」寫「碧水多情」，既有碧水

<hr>

〔註58〕晉・葛洪撰：《抱朴子》，《諸子集成》本（上海：上海書店，1996年初版），卷三十二，頁158。

〔註59〕明・陸時雍撰：《詩鏡總論》，《全明詩話》本（濟南：齊魯書社，2005年6月第一版第一刷），頁5117。

〔註60〕南宋・張炎撰：《詞源》（《詞話叢編》本），冊1，頁268。

潺湲之聲，又意涵「多情」之廣度，此時不僅碧水，彷彿連春日、景物、遊人均「多情處處」，將春思主題深化。以「簇簇」、「叢叢」形容花、柳之多，亦無形中使讀者感受到「淡蕩風」拂過花間、柳間摩娑之聲與馥郁清香。末二句「眼前物物都春色，惟有前思似斷蓬」，「物物」二字亦極爲精工，「物物」之豐與「惟有」之單形成強烈對比，更顯春日之孤寂落寞；而「物物」二字聲情幽淒鳴咽，爲後一句作伏筆，亦爲前文所描述之各色春景著上一層哀淒色彩，蓋哀傷人眼中一切盡爲哀傷事也。是知此詞九句中即有五處疊字，然全無累贅複沓之感，疊字運用精巧，給予讀者全面聽覺、視覺、嗅覺之新鮮享受。他如〈酹江月・會試書場屋壁〉：「眷戀明時期一試，豈爲輕肥苟苟。」唐宋人詩詞中並無使用過此組疊字；又如〈蝶戀花・泊九江〉：「杳靄昏鴉，點點雲邊樹。」前人雖多用「點點」形容花、雨、淚等細小物象，然以點點形容樹，係唐宋詩詞所未見，此等疊字即下得特殊且妥切。

　　所謂「精工」，亦可從其造語之奇、造境之奇呈現。前文已論及張綖於評詞時一再強調「奇語」爲詞作出色之重要關鍵，如評歐陽脩〈蝶戀花〉（簾幕風輕雙語燕）時云：「『薄雨濃雲』二句奇。」蘇軾〈蝶戀花〉（花褪殘紅青杏小）云：「『燕子來時，綠水人家遶』二句高妙有奇趣。」又如評周邦彥〈解語花〉（風銷焰蠟）詞云：「『桂華流瓦，纖雲散、耿耿素娥欲下。』語甚奇。」欲從眾多前人佳作中造出不同於他人之奇語、奇境，若非經過仔細推敲琢磨實不可得，故奇語、奇境實爲「精工」之工夫。如〈鷓鴣天・春遊〉：「乘淑景，探芳叢。小桃墻角獻新紅。」在春日景致中，百花爭艷、花團錦簇固然美麗，然而在芳叢中突然瞥見牆角一抹新紅，那孤芳之美，堅毅不撓之生命力，更令人驚豔、憐惜，遊人驚喜之情與小桃不甘孤芳自賞盡在一「獻」字，用字警策而動人。又如〈踏莎行・上巳日過華嚴寺〉：「鶯花著意催春事。東風不管倦遊人，一齊吹過城南寺。」〈漁家傲・村居〉：「碧烟一抹鷗飛破。水木細將秋色做。」沈際飛《草堂詩餘新

集》：「『碧烟』、『水木』句，陰鏗肺腸。」〈酹江月・界首遇雪諸友留飲〉：「滿天風雪，向行人、做出征途模樣。回首家山纔咫尺，便有許多離況」〈浪淘沙・九日雨〉：「黃菊亂飄飆。劃地狂飆。天寒萬木向人號。」

　　最後再舉「精工」一例，張綖〈釵頭鳳・別武昌〉詞，上片以「一洲烟草，滿川雲樹。住。住。住。」下片以「青山雖好，朱顏難駐。去。去。去」作結，武昌是其仕途之始亦爲其終，詞人對武昌人民之懸念掛心，對有志不得伸之不甘不捨，對未來仕途無望之無奈不平，盡在此三「住」、三「去」之中矣！明・沈際飛評云：「『去』、『住』字妥辣。」〔註61〕用字可謂精巧，對於塡詞用語方面，可見其琢磨推敲以至「精工」之功力。

　　「醞藉」一直爲張綖所標舉之最高標準，而其詞亦朝此方向邁進，如其〈江城子・感舊〉一詞「情眞則意遠」（明・胡應麟《詩藪》引顧華玉語）；〈臨江仙〉結語「空烟沙外鳥，殘雪渡旁舟」；〈菩薩蠻〉結語「莫望短長亭，歸心正渺冥」；〈醉花陰〉：「莫道還多愁，鎭日無人，黃菊都開遍」等詞，均餘意不盡，張仲謀評其詞云：「以北宋名家爲典範，含蓄蘊藉，與同時代澆薄無餘味的明詞相比，具有明顯的優長。」〔註62〕

　　張綖詞主要風格爲雅致、淒婉、清麗，明中葉時期詞之曲化風氣甚盛，張綖於此風氣下仍堅守傳統婉約詞風，論詞主婉約，評詞時以雅俗與否作爲取捨標準，其詞作更是未見一俗語、俚語，以雅致、清麗爲主要風貌，如此敢向主流對抗之精神，令人不禁想起北宋秦觀。東坡以詩爲詞，並爲詞壇開拓出「豪放詞」一路，秦觀身爲蘇門四學士之一，不但未繼續承東坡豪放詞而發揚之，反而選擇堅持傳統《花

〔註61〕明・沈際飛撰：《古香岑批點草堂詩餘》（明崇禎太末翁少麓刊本，台北：國家圖書館藏），新集，卷三，頁6。

〔註62〕張仲謀撰：《明詞史》（北京：人民文學出版社，2002年2月第一版），頁160～161。

間》詞路，詞作表現範圍侷限於柔情、閑情、逸情三大內容中。秦觀選擇以婉約作爲其主要風格，除因作家本身個性特質之自然傾向外，其原因亦在於秦觀接受傳統詞觀，嚴守詩言志與詞言情兩種迥然不同文體之界線。秦觀既爲張綖家鄉高郵之鄉先賢，而秦觀詞堅守傳統婉約藝術特色，保持詞獨立性之作詞意識，更深得張綖之心，因此張綖對秦觀其人其詞傾慕不已。一不以詩爲詞，一不以曲爲詞，秦觀與張綖同樣有勇於捍衛傳統詞路、堅守詞之婉約風貌，然張綖對傳統詞路之堅持似乎勝過秦觀，秦觀詞雖清新婉麗爲主，然亦間有極俚極俗作品，如〈滿園花〉：

> 一向沉吟久，淚珠盈襟袖。我當初不合、苦摺就。慣縱得軟頑，見底心先有。行待癡心守。甚捻著脈子，倒把人來僝僽。　近日來，非常羅皀丑。佛也須眉皺。怎掩得眾人口？待收了孛羅，罷了從來斗。從今後，休道共我，夢見也、不能得勾。

全篇用方言俗語寫女子怨情，頗具元曲風味，相對於秦觀，張綖對傳統婉約詞風之執著更顯可貴。

二、詞譜格律與實踐出入

　　張綖《詩餘圖譜》以圖示平仄，付梓未加詳校，以致舛誤甚多，如〈柳梢青〉下片第二句作：「●●●○○●●二句七字平叶」圖示爲仄聲，後注卻云「平叶」顯然爲誤刻。此類例子尚有〈更漏子〉末句圖示爲仄聲，注云「平叶」；〈少年遊〉第三句、第五句圖示爲平聲，注云「仄叶」；〈望海潮〉上片末句圖示爲平聲，注云「仄叶」；〈桂枝香〉第三句圖示爲仄聲，注云「平叶」；〈風流子〉下片首句圖示爲仄聲，注云「平叶」。從《詩餘圖譜》於各詞牌押韻字之圖示及其自注觀察，自相矛盾者凡五例，至於非押韻字誤刻現象必定自不在少數。是以以誤刻頗多之《詩餘圖譜》對照張綖詞作格律，統整其理論與實踐狀況，實有未周之處。茲列出南湖詞平仄與《詩餘圖譜》所標不同處：

詞句	譜	說明
〈柳梢青〉（簾幙凝寒）：「久辜卻、秦樓楚**山**」	●●●●○○●● 二句七字平叶	譜既云「平叶」，卻刻●，明顯爲誤刻
〈柳梢青〉（垂柳烟濃）：「秋千**未拆**」	○○●●	詞與譜平仄不符
〈柳梢青〉（垂柳烟濃）：「空倩問、殘鱗斷**鴻**」	●●●●○○●● 二句七字平叶	譜既云「平叶」，卻刻●，明顯爲誤刻
〈木蘭花〉（參差簾影晨光動）：「露**桃**雨**柳矜新寵**」	●●●○●○●●	詞與譜平仄不符。爲改律句之例
〈玉樓春〉（午窗睡起香銷鴨）：「午窗**睡**起香銷鴨」	●○○●●○●	詞與譜平仄不符
〈生查子〉（涼飆動翠簾）：「不住寒**螿**鳴」	●●●○○	詞與譜平仄不符
〈更漏子〉（繡簾垂）：「偎**玉貌**」	●○○	詞與譜平仄不符
〈更漏子〉（繡簾垂）：「調嬌笑」	○●●	詞與譜平仄不符
〈念奴嬌〉（畫橋東過）：「**朱門**下」	●○○●	詞與譜平仄不符
〈念奴嬌〉（畫橋東過）：「黯然**望極**」	●●○●●	詞與譜平仄不符
〈念奴嬌〉（畫橋東過）：「有誰**念**我」	●○●●	詞與譜平仄不符
〈念奴嬌〉（畫橋東過）：「暗把心期**自禱**」	●●●○○●	詞與譜平仄不符
〈念奴嬌〉（畫橋東過）：「攜壺**自飲**」	●○○●	詞與譜平仄不符
〈江神子〉（清明天氣醉遊郎）：「**鶯**兒狂」	●○○	詞與譜平仄不符
〈江神子〉（清明天氣醉遊郎）：「**桃**花香」	●○○	詞與譜平仄不符
〈海棠春〉（探春東郭春猶早）：「道此際、春光**更好**」	●●●●●○○●	詞與譜平仄不符
〈解語花〉（窗涵月影）：「親**逢**一笑」	●○●●	詞與譜平仄不符
〈解語花〉（窗涵月影）：「惟恨相逢**不早**」	●●●○○●	詞與譜平仄不符
〈水龍吟〉（禁烟時候風和）：「越羅**初試**春衫薄」	●●●○●●	詞與譜平仄不符
〈水龍吟〉（禁烟時候風和）：「**重重綠樹**圍朱閣」	●○○●●○●	詞與譜平仄不符
〈水龍吟〉（禁烟時候風和）：「幾番**誤喜**」	●○○●	詞與譜平仄不符

〈水龍吟〉（禁烟時候風和）：「除是重輪生角」	●●◑○○●	詞與譜平仄不符
〈水龍吟〉（瑣牎睡起門重閉）：「無奈楊花輕薄」	○●◑●○○●	詞與譜平仄不符
〈水龍吟〉（瑣牎睡起門重閉）：「霓裳舞燕」	◐○○●	詞與譜平仄不符
〈水龍吟〉（瑣牎睡起門重閉）：「愁邊剩思」	◐○○●	詞與譜平仄不符
〈水龍吟〉（瑣牎睡起門重閉）：「正黯然、對景銷魂」	●○○●●○○	詞與譜平仄不符
〈沁園春〉（錦里繁華）：「峨眉佳麗」	●◐○○	詞與譜平仄不符
〈沁園春〉（錦里繁華）：「遠客初來」	●◐○○	詞與譜平仄不符
〈沁園春〉（錦里繁華）：「憶那處園林」	●○○●●	詞與譜平仄不符
〈沁園春〉（錦里繁華）：「舊家桃李」	○○●◐	詞與譜平仄不符
〈沁園春〉（錦里繁華）：「知他別後」	◐○○●	詞與譜平仄不符
〈沁園春〉（錦里繁華）：「愁絕處」	○○●	詞與譜平仄不符
〈沁園春〉（錦里繁華）：「但日日登高」	●◐◑○○●	詞與譜平仄不符
〈沁園春〉（錦里繁華）：「時時懷古」	●◐○●●	詞與譜平仄不符
〈沁園春〉（錦里繁華）：「偷香人遠」	●◐○●●	詞與譜平仄不符
〈沁園春〉（錦里繁華）：「對落日」	○○●	詞與譜平仄不符
〈風流子〉（新陽上簾幌）：「新陽上簾幌」	○○◐●●	詞與譜平仄不符
〈風流子〉（新陽上簾幌）：「繡閣輕烟」	●●◑○	詞與譜平仄不符
〈風流子〉（新陽上簾幌）：「青旌殘雪」	●○○○	詞與譜平仄不符
〈風流子〉（新陽上簾幌）：「誰傳芳信」	●◐◑●	詞與譜平仄不符
〈風流子〉（新陽上簾幌）：「瀟湘人遠」	◐○●●	詞與譜平仄不符
〈蝶戀花〉（語燕飛來驚晝睡）：「池上晚來微雨霽」	●◐●◑○○●●	詞與譜平仄不符
〈臨江仙〉（十里紅樓依綠水）：「當年多少風流」	●○◐●○○	詞與譜平仄不符

詞句	平仄符號	說明
〈臨江仙〉（十里紅樓依綠水）：「青衫淚滿江州」	●○●◐○○	詞與譜平仄不符
〈酹江月〉（纖腰嫋嫋）：「纖腰嫋嫋」	●◐○●	詞與譜平仄不符
〈酹江月〉（纖腰嫋嫋）：「東風裡、逞盡娉婷態度」	●◐○、◐●○ ○◐●○	詞與譜平仄不符
〈酹江月〉（纖腰嫋嫋）：「瑣窗書靜」	○◐◐●	詞與譜平仄不符
〈玉樓春〉（狂風落盡深紅色）：「狂風落盡深紅色」	◐○◐●○○●	詞與譜平仄不符
〈沁園春〉（暖日高城）：「東風舊侶」	◐●○○	詞與譜平仄不符
〈沁園春〉（暖日高城）：「共約尋芳」	●◐○○	詞與譜平仄不符
〈沁園春〉（暖日高城）：「正南浦春回」	●○○●●	詞與譜平仄不符
〈沁園春〉（暖日高城）：「東崗寒退」	○○●●	詞與譜平仄不符
〈沁園春〉（暖日高城）：「綺陌上」	○○●	詞與譜平仄不符
〈沁園春〉（暖日高城）：「見踏青挑菜」	◐○●●●	詞與譜平仄不符
〈沁園春〉（暖日高城）：「人間今古堪傷」	◐○●○○	詞與譜平仄不符
〈沁園春〉（暖日高城）：「春草春花夢幾場」	●◐●○○◐●	詞與譜平仄不符
〈沁園春〉（暖日高城）：「憶淮海當年」	●◐○○●	詞與譜平仄不符
〈沁園春〉（暖日高城）：「昔人何在」	◐○●●	詞與譜平仄不符
〈沁園春〉（暖日高城）：「對麗景」	○○●	詞與譜平仄不符
〈沁園春〉（暖日高城）：「且莫思往事」	◐○○●●	詞與譜平仄不符
〈酹江月〉（夜涼湖上）：「夜氣沈瀯」	●●○○	詞與譜平仄不符
〈酹江月〉（夜涼湖上）：「天青海碧」	◐○○◐	詞與譜平仄不符
〈漁家傲〉（門外平湖新雨過）：「滿溪蘆荻西風大」	◐○●●○○●	詞與譜平仄不符
〈喜遷鶯〉（西風落葉）：「西風落葉」	◐○◐●	詞與譜平仄不符
〈喜遷鶯〉（梅花春動）：「溫詔輝煌寵渥」	●◐●○○●	詞與譜平仄不符
〈喜遷鶯〉（梅花春動）：「五福隨身」	○●●●	詞與譜平仄不符

〈喜遷鶯〉（梅花春動）：「不數蓬萊仙洞」	●●◐○○●	詞與譜平仄不符
〈憶秦娥〉（秋風烈）：「蕭蕭落葉」	●○○◐	詞與譜平仄不符
〈滿庭芳〉（庭院餘寒）：「相逢未識」	●○◐●	詞與譜平仄不符
〈滿庭芳〉（庭院餘寒）：「脈脈此情誰會」	●●○○●●	詞與譜平仄不符
〈行香子〉（樹遠村庄）：「小園幾許」	●○◐○	詞與譜平仄不符
〈行香子〉（樹遠村庄）：「有桃花紅」	●◐○○	詞與譜平仄不符
〈柳梢青〉（遠遠湖濱）：「正細雨、茆簷晚晴」	●●◐○○●● 二句七字平叶	譜既云「平叶」，卻刻●，明顯爲誤刻
〈酹江月〉（滿天風雪）：「爲君起舞」	●○○●	
〈酹江月〉（天門宏啓）：「天門宏啓」	●○○◐	詞與譜平仄不符
〈酹江月〉（天門宏啓）：「風雲會」	●○◐	詞與譜平仄不符
〈酹江月〉（天門宏啓）：「誤他半世」	○○◐●	詞與譜平仄不符
〈酹江月〉（天門宏啓）：「幽蘭不採」	●○○◐	詞與譜平仄不符
〈酹江月〉（天門宏啓）：「薄田敝舍」	●○○●	詞與譜平仄不符
〈酹江月〉（天門宏啓）：「豈爲輕肥苟苟」	●●◐○○●	詞與譜平仄不符
〈酹江月〉（天門宏啓）：「穿楊看取老手」	●○◐●○◐	詞與譜平仄不符
〈念奴嬌〉（千門明月）：「千門明月」	●○○●	詞與譜平仄不符
〈念奴嬌〉（千門明月）：「天如水」	●○◐	詞與譜平仄不符
〈念奴嬌〉（千門明月）：「此時此夜」	●○○●	詞與譜平仄不符
〈念奴嬌〉（千門明月）：「細思往事」	●○○◐	詞與譜平仄不符
〈點絳唇〉（夾山停舟）：「烟波浩渺」	●○○●	詞與譜平仄不符
〈酹江月〉（長江滾滾東流去）：「長江滾滾東流去」詞與譜平仄不符	●●○○●●◐	詞與譜平仄不符
〈酹江月〉（長江滾滾東流去）：「應是天公」	●●○○	詞與譜平仄不符
〈酹江月〉（長江滾滾東流去）：「恐他瀾倒」	○○◐●	詞與譜平仄不符

詞句	平仄	說明
〈酹江月〉（長江滾滾東流去）：「岸邊無數青山」	◐●◐●○○	詞與譜平仄不符
〈酹江月〉（長江滾滾東流去）：「縈迴紫翠」	○○○●	詞與譜平仄不符
〈酹江月〉（長江滾滾東流去）：「都讓洪濤恣洶湧」	●◐●○○◐●	詞與譜平仄不符
「〈酹江月〉（長江滾滾東流去）：行人過此」	○○○●	詞與譜平仄不符
〈喜遷鶯〉（花香馥郁）：「花香馥郁」	◐○○●	詞與譜平仄不符
〈喜遷鶯〉（花香馥郁）：「願多壽」	●◐●	詞與譜平仄不符
〈喜遷鶯〉（花香馥郁）：「輝映顏朱鬢綠」	◐●●○○●	詞與譜平仄不符
〈喜遷鶯〉（花香馥郁）：「歸掌鸞坡幾軸」	◐●◐○○●	詞與譜平仄不符
〈喜遷鶯〉（花香馥郁）：「冰輪滿足」	○○●●	詞與譜平仄不符
〈醉蓬萊〉（艤舟春江渚）：「粉闈青瑣」	○○●●	詞與譜平仄不符
〈醉蓬萊〉（艤舟春江渚）：「幾年江湖」	◐●○○	詞與譜平仄不符
〈醉蓬萊〉（艤舟春江渚）：「想見委蛇」	◐●○○	詞與譜平仄不符
〈醉蓬萊〉（艤舟春江渚）：「詠羔羊素節」	●●○○●	詞與譜平仄不符
〈醉蓬萊〉（艤舟春江渚）：「金蓮夜靜」	◐●○●	詞與譜平仄不符
〈喜遷鶯〉（驪歌江渚）：「風葉蕭蕭亂舞」	◐●●○○◐	詞與譜平仄不符
〈喜遷鶯〉（驪歌江渚）：「見皎皎玉樹臨風」	◐●●○◐●○	詞與譜平仄不符
〈漁家傲〉（江上涼飆情緒燠）：「明朝相約騎黃鵠」	◐○●●○○●	詞與譜平仄不符
〈念奴嬌〉（中流鼓楫）：「中流鼓楫」	●○●●	詞與譜平仄不符
〈念奴嬌〉（中流鼓楫）：「寒峭千峰」	●●○○	詞與譜平仄不符
〈念奴嬌〉（中流鼓楫）：「坡翁無此赤壁」	◐○●○●●	詞與譜平仄不符
〈漁家傲〉（遙憶故園春到了）：「看鏡倚樓俱草草」	●●◐○●●	詞與譜平仄不符
〈漁家傲〉（遙憶故園春到了）：「真潦倒」	○●●	詞與譜平仄不符

〈風入松〉（崇巒雨過碧瑤光）：「崇巒<u>雨</u>過碧瑤光」	●○○◐●●○○	詞與譜平仄不符
〈風入松〉（崇巒雨過碧瑤光）：「<u>比</u>龍宮、分外清涼」	○○●◐●●○○	詞與譜平仄不符
〈風入松〉（崇巒雨過碧瑤光）：「<u>但</u>荒烟、蔓草迷茫」	○○●◐●●○○	詞與譜平仄不符
〈碧芙蓉〉（客裏過重陽）：「就<u>中</u>深意憑誰說」	●◐●◐●○○●	詞與譜平仄不符
〈石州慢〉（深院蕭條）：「一<u>叢</u>荒菊」	○●○●	詞與譜平仄不符
〈石州慢〉（深院蕭條）：「含霜冷蕊」	◐○○◐	詞與譜平仄不符
〈石州慢〉（深院蕭條）：「全無佳思」	○○●●	詞與譜平仄不符
〈石州慢〉（深院蕭條）：「<u>客</u>邊節序」	○○●●	詞與譜平仄不符
〈驀山溪〉（一丘一壑）：「<u>請</u>纓投筆」	○○●●	詞與譜平仄不符
〈驀山溪〉（一丘一壑）：「金城柳」	○●●	詞與譜平仄不符
〈驀山溪〉（玉人不見）：「<u>玉</u>人不見」	○○◐●	詞與譜平仄不符
〈驀山溪〉（玉人不見）：「<u>月</u>斜<u>斜</u>」	○○●	詞與譜平仄不符
〈驀山溪〉（玉人不見）：「<u>不</u>須更問」	○○●●	詞與譜平仄不符
〈驀山溪〉（玉人不見）：「<u>但</u>善自」	◐●●	詞與譜平仄不符
〈驀山溪〉（玉人不見）：「保馨香」	○○●	詞與譜平仄不符
〈水調歌頭〉（泛我唱蒲酒）：「何<u>事</u>一<u>年</u>佳節」	●◐●◐●○◐●	詞與譜平仄不符
〈水調歌頭〉（泛我唱蒲酒）：「往<u>來</u>茆屋下」	●◐●○●	詞與譜平仄不符

　　南湖詞有〈如夢令〉一首、〈蘭陵王〉一首、〈玉燭新〉一首、〈柳枝〉二首、〈楊柳枝〉三首，《詩餘圖譜》無此調。而《詩餘圖譜》雖收〈漁歌子〉一調，但與張綖所作〈漁歌子〉字數、格律明顯不符，故視為別體，不列入統計。其餘 97 首 6533 字，有 159 字平仄不合，比例約為 2.4%。出律比例雖不算高，然身為《詩餘圖譜》作者，應當完全實踐理論，以己作宣示《詩餘圖譜》可用。以圖譜律初學詞者，

自己卻未恪遵平仄，有此結果不免令人失望。

　　然筆者於〈萬紅友《詞律》初探——以其詞學理論及創作實踐為主〉﹝註63﹞一文寫作過程中，經過詞譜及其作品格律比對，亦發現萬樹創作時也有實踐與理論不符之處，此現象似詞譜作家所不免。萬樹具陽羨詞人通達之音律觀，因此在情與律間寧捨律以就情，而張綖亦有此趨向，且嘗云格律「妙在歌者上下縱橫取協耳」，是以詞譜與詞作格律不甚相符。然音樂俱亡，以何為依據而取協？張綖雖從名曲家王磐學曲，然曲樂畢竟迥異於詞樂，於無法歌唱詞樂時，又如何「妙在歌者上下縱橫取協」？此說法未免語焉不詳、掉弄玄虛。

　　觀南湖詞並無萬樹所云：「按律之學未精，自度之腔乃出，雖云自我作古，實則英雄欺人」﹝註64﹞，及清‧杜文瀾《憩園詞話》卷一乃云：「元季盛行南北曲，競趨制曲之易，益憚填詞之艱，宮調遂從此失傳矣。有明一代，未尋廢墜，絕少專門名家，間或為詞，輒率意自度曲，音律因之益棼。」﹝註65﹞是知明人將拗句妄改「順適」之陋習及擅作「自度曲」之弊，此或為張綖習曲樂所致，諳樂理而深知詞樂自度曲之不可為及其迥異於詩律之特性。

　　張綖〈水龍吟〉一詞，句式與譜列有異，茲列此詞及譜式作一比較：

瑣慵睡起門重閉，無奈楊花輕薄。
◑○◑●○○◑，○●◑○○●。
水沉煙冷，琵琶塵掩，懶親絃索。
◑○◑●，◑○○●，◑○◑●。
檀板歌鶯，霓裳舞燕，當年娛樂。
◑●○○。◑●○○，◑○○●。

<hr>

﹝註63﹞詳見筆者所撰〈萬紅友《詞律》初探——以其詞學理論及創作實踐為主〉一文（《中國古典文學研究》第九期，2003年6月出版），頁37～64。

﹝註64﹞清‧萬樹撰：《詞律‧發凡》。

﹝註65﹞清‧杜文瀾撰：《憩園詞話》（《詞話叢編》本），冊3，頁2851～2852。

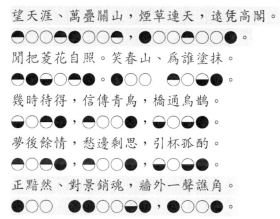

望天涯、萬疊關山，煙草連天，遠凭高閣。

閒把菱花自照。笑春山、爲誰塗抹。

幾時待得，信傳青鳥，橋通烏鵲。

夢後餘情，愁邊剩思，引杯孤酌。

正黯然、對景銷魂，牆外一聲譙角。

張綖實際創作之詞不僅平仄與《詩餘圖譜》所作譜式不同，其句法亦有不同處，然張綖於調後注云：

> 按調中字數，多有兩句相牽連者，此調首句本是六字，第二句本是七字，若「摩訶池上追遊路」則七字；下云「紅綠參差春晚」卻是六字。又如後篇〈瑞鶴仙〉「冰輪桂花滿溢」爲句以「滿」字叶，而以「溢」字帶在下句。別如二句分作三句，三句合作二句者尤多，然句法雖不同，而字數不少，妙在歌者上下縱橫取協耳。〔註66〕

對於同一調句法不同而字數不少之詞，張綖以「妙在歌者上下縱橫取協耳」解釋，可謂通達，較之後世詞譜多一字、少一字即視爲「又一體」更貼近倚聲塡詞之實際情況。「妙在歌者上下縱橫取協耳」說法用於解釋唐宋詞作本貼近事實，但若置於元明以降之實際創作中，顯然陳義過高，不符實際，元明以後詞人無法倚聲塡詞，又依何根據以「取協」？如既無倚聲取協，又不依前人詞式〔註67〕，而任意塡詞改變句法，則實不可取。《詩餘圖譜》以平仄格律規律初學者作詞，卻又以「妙在歌者上下縱橫取協」爲出律作註腳，如此指導初學者塡詞，初學者必將無法窺破塡詞奧秘，不知如何措其手足。

〔註66〕《詩餘圖譜》，頁117。

〔註67〕《詩餘圖譜》於〈水龍吟〉調後列有二首「又」一體例詞，然張綖所作詞式均與之不符。

三、崇尚文人與借鑒實踐

厲鶚〈查蓮坡蔗糖未定稿序〉云：

> 詩之有體，成於時代，關乎性情，真氣之所存，非可以剽
> 擬似，可以陶冶得也。是故去卑而就高，避縟而趨潔，遠
> 流俗而向雅正。少陵所云「多師為師」，荊公所謂「博觀約
> 取」，皆於體是辨。眾制既明，爐鞴自我，吸攬前修，獨造
> 意匠，又輔以積卷之富，而清能靈解即具其中。蓋合群作
> 者之體而自有其體，然後詩之體可得而言也。〔註68〕

詩之體「可以陶冶得也」，故須效法少陵、荊公輩「多師為師」、
「博觀約取」之創作經驗，透過「爐鞴自我，吸攬前修」，以達「獨
造意匠」，完美融合之境界。厲鶚指出詩體與借鑒之關係，此段文字
雖針對詩而論，然於詞體亦如是，凡重「體」之作家，必定注重對文
學遺產之借鑒。張綖曾論及詞分婉約、豪放二體，並主張詞以婉約為
正，由此可知張綖實為一重「體」之作家，對於借鑒前賢作品之重要
必有相當認知。相較於其他未特別重體之詞人而言，其詞作借鑒之
對象選擇意識更加明顯，而從分析其借鑒狀況，亦可再次釐清張綖
詞作風格，故南湖詞之借鑒情況，實有進一步探討之必要。張綖詞
中借鑒最多者為杜甫及白居易，分別借鑒十八次。次多者為陸游作品
十三次，再次者為李白作品十次。而論者每云張綖詞「追步秦觀」，
實際上張綖僅借鑒其作品七次，此論點尚有可商榷處。從作品借鑒
對象之風格可約略勾勒出作者作品風格，故以下分「借鑒杜詩」、「借
鑒白詩」、「追步秦觀」分析、歸納，藉以呈現出張綖之詞風及其詞學
理論。

（一）借鑒杜詩

杜甫「臨大節而不可奪」之人格，以及作品呈顯之內容與思想，
素為中國歷代文人所推許，視之為「詩人第一」、「詩聖」。然杜甫空

〔註68〕清・厲鶚撰：《樊榭山房文集》（《四部叢刊》本，上海：中華書局，
1934 年初版），卷三。

有「致君堯舜上」的滿腔抱負，卻終身不受重用，面對唐王朝的傾頹、
腐敗，只能將無法力挽狂瀾的痛苦，轉化爲勤政愛民的動力，盡責扮
演地方小官的角色；其一生志不得伸的怨忿則全部宣洩在文學創作
上。杜甫所具備的窮儒精神典範，引起天下文士「同是天涯淪落人」
之感，拉近自己與杜甫的距離，對杜甫仰慕之心更加熱切。杜詩之價
值，自宋代以後普遍受到文人的高度肯定，其地位驟然拔高，對於杜
詩之藝術造詣或其高尚人格，宋人莫不竭力推崇，如蘇軾云：

> 古今詩人眾矣，而子美爲首，豈非以其流落飢寒，終身不
> 用，而一飯未嘗忘君也歟？〔註69〕

又如陳師道《後山詩話》中記載：

> 蘇子瞻曰：子美之詩、退之之文，魯公之書，皆集大成者
> 也。〔註70〕

又南宋江西詩派大將楊萬里云：

> 夫今四家者流，蘇似李，黃似杜。蘇李之詩，子列子之御
> 風也；杜黃之詩，靈均之乘桂舟、駕玉車也。無待者，神
> 於詩者歟？有待而未嘗有待者，聖於詩者歟？嗟乎！離神
> 與聖，蘇李蘇李乎爾，杜黃杜黃乎爾；合神與聖，蘇李不
> 杜黃、杜黃不蘇李乎？然則詩可以易而言之哉！〔註71〕

一股「學詩當以子美爲師」〔註72〕之風氣彌漫文壇，影響之深亦擴及
明朝。身爲文人之一員，張綖對杜甫仰慕之心絕不落後於任何人，這
點可由其著手註解杜詩可知。解杜詩而熟杜詩，杜詩之一字一句已刻
印於張綖胸中，在心追手摹之下，其詞作時常可見杜詩影子。如張綖
〈楊柳枝〉（湖上春深柳線齊）：「黃鶯可是緣何事，苦向深叢恰恰

〔註69〕 宋・蘇軾撰：〈王定國詩集敘〉，《蘇軾文集》（孔凡禮點校，北京：
中華書局，1986 年 3 月第一版），頁 318。

〔註70〕 東坡此說見於宋・陳師道《後山詩話》（景印文淵閣四庫全書本，台
北：台灣商務印書館，1983 年），集部 417 冊，頁 281。

〔註71〕 宋・楊萬里撰：〈江西宗派詩序〉，《誠齋集》（四部叢刊編縮本，台
北：台灣商務印書館，1967 年），卷七十九，頁 11。

〔註72〕 同註 71。

啼。」即化用杜甫〈江畔獨步尋花七絕句〉之六：「留連戲蝶時時舞，自在嬌鶯恰恰啼。」將純詠嬌鶯春啼直述句一轉而為藉物疏愁之感情語。黃鶯啼叫本無關「苦」，此「苦」在於聽之者內心愁苦；此「事」在於聽之者內心有事，此「苦」此「事」不得解，黃鶯啼叫更使人惱，將無情鶯啼著人之色彩使之有情，如此化用可謂高妙。

　　杜詩沉鬱風格最為人稱道，是以張綖詞雖主婉約清麗，然在借鑑杜詩過程中亦可見沉鬱之氣，如寫思鄉愁苦之〈畫堂春〉（湖鄉一望水雲平）：「湖鄉一望水雲平。斷腸烟靄層城。」即化用杜甫〈奉和嚴中丞西城晚眺十韻〉：「層城臨霞景，絕域望餘春」；充滿豪情瀟灑者之〈酹江月〉（天門宏啓）：「五策答成，三場了卻，壯氣遙衝斗」化自杜甫〈可歎〉詩：「明月無瑕豈容易，紫氣鬱鬱猶衝斗」；〈滿庭芳〉（庭院餘寒）：「凭闌久，巡簷索笑，冷蕊向青袍」，化用杜甫〈舍弟觀赴藍田取妻子到江陵喜寄三首〉之二：「巡檐索共梅花笑，冷蕊疏枝半不禁」；（天門宏啓）：「天門宏啓，風雲會，濟濟英豪奔走」，係借鑑杜甫〈謁先主廟〉：「慘淡風雲會，乘時各有人」……等，凡此，皆為張綖詞注入不同風貌。

　　從張綖借鑑杜詩整體狀況分析，張綖某些詞作雖饒具沉鬱風格，然杜詩關懷民生社會之寫實內容，張綖卻未援引入詞。如杜甫曾說：「安得廣廈千萬間，大庇天下寒士俱歡顏。」（〈茅屋被秋風所破歌〉）蘇軾將其語義一轉為：「萬里風濤不記蘇，雪晴江上麥千車，但令人飽我愁無。」（〈浣溪沙〉）而張綖詞作中卻無此類內容，由此可知張綖借鑑杜詩有其選擇性。

　　儘管張綖詞中未見社會寫實題材，然此現象並不代表張綖從未將社會寫實化為文字書寫，如其詩作〈滅蝗行〉、〈蝗〉、〈歷沈老自言嘗稱貸先公思其寬惠舊業既凋見於感泣〉等皆具杜甫〈三吏〉、〈三別〉之風。由此亦可證張綖詞雖可入事功詠嘆、閒適豁達，婉約清麗外亦可見沉鬱、豪放風格，然亦有其選擇與堅持。是以張綖雖不侷限於「詩莊詞媚」之傳統窠臼中，然「社會寫實」題材本屬嚴肅而沉痛，且敘

述成分大於抒情成分，如將之援引入詞，未免失去詞體婉約抒情之本色，故寧可以之入詩而不可寫入詞中也。

（二）借鑒白詩

「一種相思，兩處閑愁」，乃詩詞中抒寫思念遠人常用之意境。張綖〈醉蓬萊・并致語贈周履莊擢北工〉亦云：

> 艤舟春江渚，執手東風，依依難別。懊恨征夫，把驪駒歌徹。劍氣橫空，此行何處，指五雲金闕。畫省香爐，粉闈青瑣，十分清絕。　　幾年江湖，高情醞釀，多少經綸，待君施設。想見委蛇，詠羔羊素節。玉燭春熙，金蓮夜靜，做伊周功業。回首關山，相思千里，共看明月。

此詞爲張綖送別友人之作，先寫依依離情，次乃勉勵友人大展才能，作出一番功業，最後借鑒白居易詩〈自河南經亂，關內阻飢，兄弟離散，各在一處。因望月有感，聊書所懷，寄上浮梁大兄，於潛七兄，烏江十五兄，兼示符離及下邽弟妹〉：「共看明月應垂淚，一夜鄉心五處同」，以「回首關山，相思千里，共看明月」作結，不僅呼應前文離別悲痛，亦道出兩人友情堅定，雖分隔千里，卻仍心繫對方，共看明月，以想像別後處境作結，使酬贈語亦深具情感。較之酬贈友人詞作，張綖思鄉作品化用白詩意境益見情深，如〈蝶戀花・元夜〉：

> 今歲元宵明月好。想見家山，車馬應填道。路遠夢魂飛不到。清光千里空相照。　　花滿紅樓珠箔遶。當日風流，更許誰同調。何事霜華催鬢老。把盃獨對嫦娥笑。

「清光千里空相照」一語，翻自於白居易〈答夢得八月十五日夜玩月見寄〉詩：「遠思兩鄉斷，清光千里同」，張綖將「同」字一翻爲「空」字，更能烘托出元夜歡欣佳節中之寂寞與兩地思念之苦，並呼應前句「路遠夢魂飛不到」，道出絕望語，將佳節思鄉之苦悶、無奈寫得哀婉至極。

白居易〈琵琶行〉之名句：「座中泣下誰最多，江州司馬青衫溼。」在張綖詞中有二首化用之，茲移錄如次：

〈蝶戀花・泊九江〉：

舟泊潯陽城下住。杳靄昏鴉，點點雲邊樹。九派江分從此
去。烟波一望空無際。　　今夜月明風細細。楓葉蘆花，
的是淒涼地。不必琵琶能觸意。一樽自濕青衫淚。

〈臨江仙・憶舊〉：

十里紅樓依綠水，當年多少風流。高城重上使人愁。遠山
將落日，依舊上簾鉤。　　一曲琵琶思往事，青衫淚滿江
州。訪鄰休問杜家秋。寒煙沙外鳥，殘雪渡傍舟。

借鑒前賢名作，不僅可收豐富語匯、拓展詞境之效，更可藉由被借鑒
者之形象、遭遇、心境烘托出借鑒者之處境。同樣身在江州，同樣爲
青衫小官，在化用白居易詩之後，讀者心中白居易鮮明之形象，作〈琵
琶行〉當時之心境即躍然於胸，並與張綎作一連結，因此，不須鋪陳
大肆著墨，僅須借鑒寥寥數語佐以藉景抒情，便有文短意長、咀嚼不
盡之感。此二詞用典相同，將之並置齊觀，則未免有重複之感，有失
新意，然仔細觀之，前一首詞「不必琵琶能觸意。一樽自濕青衫淚。」
於白居易本意再翻上一層，在此「淒涼地」，不須琵琶聲，亦不須琵
琶女低語傾訴，就已淚濕青衫，可見張綎善感細膩及其愁苦之甚，亦
可稍解複沓絮叨之弊。而〈琵琶行〉中：「去來江口守空船，遶船月
明江水寒」之孤寂幽遠，張綎將之與李煜〈長相思〉：「山遠天高煙水
寒，相思楓葉丹」相融化用，而成〈長相思〉（對青山）：「淅淅秋風
江水寒。遶船楓葉丹。」秋日孤舟泊江，迷濛江面綴以楓紅，美艷景
色令人印象深刻。

其他化用白居易作品屬佳製者，如〈醉江月〉（夜涼湖上）：「玉
兔銀蟾休道遠，不識愁人情切」，化用白居易〈中秋月〉：「照他幾許
人斷腸，玉兔銀蟾遠不知」；又〈何滿子〉（天際江流東注）：「諳盡悲
歡多少味，酒盃付與疎狂」，化用白居易〈自問〉：「宦途氣味已諳盡，
五十不休何日休。」白居易作品特色平易近人，不故作艱澀、不用僻
典，時而率眞，時而淒婉。張綎詞不僅在借鑒白詩時顯露這些特色，
實亦爲其整體詞作之風格，典雅而不艱澀。

（三）「追步秦觀」下之守與破

在詞學史上學者時常將明代張綖與北宋秦觀作一連結，如張仲謀先生《明詞史》書中〈追步秦觀的張綖詞〉一節所云：「在當今詞學界或講壇上，我們也曾聽到過他自號『秦觀再來』，並把他的詞與秦觀詞合編爲《秦張合璧》的有趣佚事。」〔註73〕關於這些訛傳，張仲謀先生已舉朱曰藩〈南湖集序〉內容辯駁「再來少游」非張綖自詡，《秦張兩先生詩餘合璧》更非其自編。

的確，秦觀爲張綖鄉先輩，於土親人親、鄉土認同之下，張綖自是十分仰慕秦觀。是以不僅著手整理、注解秦觀詞，其《詩餘圖譜》、《草堂詩餘別錄》中亦收錄不少秦觀詞作，以作爲學詞者倚律塡詞、風格仿效之範本。張綖云：「詞體本欲精工醞藉，所謂富麗如金堂之張，妖冶如攬嬙施之袪者，故以秦淮海、張子野諸公稱首。」〔註74〕又〈淮海集序〉云：「蓋其逸情豪興，圍紅袖而寫烏絲，驅風雨於揮毫，落珠璣於滿紙，婉約綺麗之句，綽乎如步春時女，華乎如貴游子弟，此特公之緒餘者耳。至於灼見一代之利害，建事揆策，與賈誼、陸贄爭長，沉味幽玄，博參諸子之精蘊，雄篇大筆，宛然古作者之風，此則其精華也。」〔註75〕對秦觀詞作及其人品、「灼見一代之利害」之政治卓見，張綖可謂仰慕嚮往之至。

除對秦觀推崇備至外，在創作實踐中亦可見秦觀之影響。如張綖〈風流子・初春〉：

> 新陽上簾幌，東風轉，又是一年華。正駝褐寒侵，燕釵春裊，句翻詞客，簪鬥宮娃。堪娛處，林鶯啼煖樹，渚鴨睡晴沙。繡閣輕烟，剪燈時候，青旌殘雪，賣酒人家。　　此時因重省，瑤臺畔曾遇，翠蓋香車。惆悵塵緣猶在，密約

〔註73〕張仲謀撰：《明詞史》（北京：人民文學出版社，2002 年 2 月第一版），頁 156。

〔註74〕《草堂詩餘別錄》，頁 70～71。

〔註75〕明・張綖撰：〈淮海集序〉（《淮海集》，明嘉靖己亥張綖鄂州刻本，台北：國家圖書館藏）。

還賒。念鱗鴻不見，誰傳芳信？瀟湘人遠，空采蘋花。無
奈疏梅風景，碧草天涯。

此詞與秦觀〈望海潮〉詞十分相近，茲將秦詞移錄如次，俾便比較：

梅英疏淡，冰澌溶洩，東風暗換年華。金谷俊游，銅駝巷
陌，新晴細履平沙。長記誤隨車。正絮翻蝶舞，芳思交加。
柳下桃蹊，亂分春色到人家。　　西園夜飲鳴笳。有華燈
礙月，飛蓋妨花。蘭苑未空，行人漸老，重來是事堪嗟。
煙暝酒旗斜。但倚樓極目，時見棲鴉。無奈歸心，暗隨流
水到天涯。

二詞不但韻押同部，甚至首尾兩韻字皆同。二詞粗體字處用字、設景
更是如出一轍，同樣「東風換年華」初春時節，在遍插「酒旗」繁華
街道上，追憶佳人「翠蓋香車」，最後同樣以無奈愁緒寄予遠方作結。
足見張綖整首詞結構、情境創設均刻意模仿秦詞而成。

他如〈鷓鴣天〉（殘夢樓頭向曉風）：「教人恨殺玉丁東」，截取秦
詩（次韻酬周開祖宣義）：「清談初扣玉丁東」；〈柳梢青〉（垂柳烟濃）：
「秋千未拆」，用秦詞〈阮郎歸〉（退花新綠漸團枝）：「千秋未拆水平
堤，落紅成地衣」；〈蝶戀花〉（新草池塘煙漠漠）：「一夜輕雷，折破
妖桃萼」，用秦詩〈春日〉五首之二：「一夕輕雷落萬絲，霽光浮瓦碧
差差」；〈蝶戀花〉（並倚香肩顏鬥玉）：「江左百年傳舊俗，後宮只解
呈新曲」，用秦詩〈送蔡子驤用蔡子駿韻〉：「惟應用下小叢歌，尚有
哀音傳舊俗」；〈踏莎行〉（冰解芳塘）：「燒痕一夜遍天涯，多情莫向
高城望」，用秦詞〈滿庭芳〉（山抹微雲）：「傷情處，高城望斷，燈火
已黃昏」；〈蝶戀花〉（金鳳花開紅滿砌）：「最是人間佳景致」，用秦詩
（睡足軒）二首之一：「最是人間佳絕處，夢殘風鐵響丁東。」而張
綖雖借鑒秦觀作品，然除〈風流子〉刻意仿作饒具秦詞風味外，其他
作品借鑒痕跡則並未明朗；且相較於借鑒杜詩、白詩則相對較少。從
此點亦可佐證張綖詞的確追步秦詞，卻絕非亦步亦趨，於追步中另有
突破、另有個人特色與堅持。

秦詞詞心為人所稱道，尤於東坡以詩為詞、作豪放詞之際，勇

於向《花間》傳統詞風回流，然其詞集中卻時見俚俗之詞，故清‧陳廷焯《白雨齋詞話》曾評秦詞云：「少游名作甚多，而俚詞亦不少，去取不可不慎。」〔註76〕張綖追步秦觀婉約詞路，於當日以曲爲詞、作俚俗詞句同時，疾呼以婉約爲正、以高麗醞藉爲審美趣尚，在張綖詞中未見一首俚俗詞，此爲張綖與秦觀最大不同處，足見詞人之堅持。在張綖詞中或可見沉鬱、清新、甚至豪放風格者，模仿嘗試前人各個風格，唯未見俚俗詞句，自圖譜、詞選、詞論以至詞作俱一貫維持崇雅黜俗。如此強烈堅持，蓋意欲與當日以曲爲詞之俚俗詞風抗顏以對。

秦觀詞除俚俗語爲人所詬病外，「用語助入豔詞」亦爲人視爲「惡劣語」，如清‧陳廷焯《白雨齋詞話》云：「彭駿孫《金粟詞話》云：『詞人用語助入詞者甚多，入豔詞者絕少。惟秦少游『悶則和衣擁』，新奇之甚。用則字亦僅見此詞。』按此乃少游惡劣語，何新奇之有。」〔註77〕反觀張綖，評詞時反對「用語助入詞」，《草堂詩餘別錄》載：「至東坡，以許大胸襟爲之，遂不屑繩墨。後來諸老，競相效之，至多用『也』、『者』、『之』、『呼』字樣，詞雖佳，矗矗殆若文字，如此詞之類，回視本體，迥在草昧洪荒之外矣！」〔註78〕填詞時亦未見此類「以文爲詞」之作法，張綖維護傳統詞風、一意追逐正體之心昭然可見。

劉熙載《藝概‧詞概》云：「秦少游詞得《花間》、《尊前》遺韻，卻能自出清新。」〔註79〕張綖詞亦能擺落《花間》、《尊前》冶艷纖弱，「自出清新」，其一百餘首詞作中時可見閒適悠情之作，即使詠男女情思、女子閨怨題材亦清麗蘊藉，不流於鄙露。誠如張仲謀先生於《明詞史》評張綖詞時云：「……用筆雅潔，多寫靜境，使人感覺風流而

〔註76〕清‧陳廷焯撰：《白雨齋詞話》（《詞話叢編》本），冊4，頁3785。
〔註77〕清‧陳廷焯撰：《白雨齋詞話》（《詞話叢編》本），冊4，頁3958。
〔註78〕《草堂詩餘別錄》，頁70～71。
〔註79〕清‧劉熙載撰：《藝概‧詞概》（《詞話叢編》本），冊4，頁3691。

蘊藉，綺艷而有格調，情思幽深而不浮熱。相對於明代中後期詞壇而言，正足以藥治那種一味風流賣俏而乏蘊藉的缺點。」〔註80〕

　　整體而言，無論用字、技巧、造境各方面，秦觀皆有非凡表現，張綖洵難望其項背，誠如清・馮煦《宋六十一家詞選・例言》云：「他人之詞，詞才也；少游，詞心也，得之於內，不可以傳。」〔註81〕而張綖於此，僅能得其皮相而未能得其詞心。如同為詠七夕詞，張綖〈鷓鴣天・閏七夕戲詠牛女〉云：

> 回首銀津恨未消。牛郎喜得又相邀。重開月帳延龍馭，再整雲鬟度鵲橋。　　光奕奕，旆搖搖。往來誰憚路迢遙。何如乞取羲和曆，總向年年閏此宵。

秦觀〈鵲橋仙〉則云：

> 纖雲弄巧，飛星傳恨，銀漢迢迢暗度。金風玉露一相逢，便勝卻、人間無數。　　柔情似水，佳期如夢，忍顧鵲橋歸路。兩情若是久長時，又豈在、朝朝暮暮。

二詞境界迥異，張綖詞以遊戲筆墨寫閏七夕牛郎織女得以再重逢，「恨」與「喜」直陳紙上，以旁觀者寫其離別、重逢情緒。至於秦觀所作，詞中情感似乎與主人翁融為一體；平日僅在夢中相聚，今日相逢卻如真似幻。而鵲橋既為相會之路，亦為分別之橋，一「夢」字，一「忍」字，道盡箇中滋味，相較於張綖「恨」、「喜」兩字，更切近牛郎、織女之「心」；而其婉約蘊藉、令人咀嚼不盡之餘味，又迥非後世追隨者所能企及也。

〔註80〕張仲謀撰：《明詞史》（北京：人民文學出版社，2002 年 2 月第一版），頁 161。

〔註81〕清・馮煦撰：《宋六十一家詞選》（台北：文化出版社，1956 年初版），頁 5。

附錄二：張綖詞借鑒表 [註82]

	張　綖　詞	次數	借　鑒　內　容
化用	〈酹江月〉（夜涼湖上）：「玉兔銀蟾休道遠，不識愁人情切。」	1	白居易〈中秋月〉：「照他幾許人斷腸，玉兔銀蟾遠不知。」
截取	〈謁金門〉（新雨後）：「瘦損不堪重瘦」	2	白居易〈仲夏齋居偶題八韻寄微之及崔胡州〉：「肌膚雖瘦損，方寸任清虛。」
化用	〈醉蓬萊〉（艤舟春江渚）：「回首關山，相思千里，共看明月。」	3	白居易〈自河南經亂，關內阻飢兄弟離散，各在一處。因望月有感，聊書所懷，寄上浮梁大兄，於潛七兄，烏江十五兄，兼示符離及下邽弟妹〉：「共看明月應垂淚，一夜鄉心五處同。」 杜牧〈寄遠〉：「欲寄相思千里月，溪邊殘照雨霏霏。」
化用	〈何滿子〉（天際江流東注）：「諳盡悲歡多少味，酒盃付與踈狂。」	4	白居易〈自問〉：「宦途氣味已諳盡，五十不休何日休。」 朱敦儒〈鷓鴣天〉：「我是清都山水郎，天教分付與疏狂。」
截取	〈鷓鴣天〉（窈窕簾櫳淡蕩風）：「花簇簇，柳叢叢。」	5	白居易〈奉和汴州令狐令公二十二韻〉：「回燈花簇簇，過酒玉纖纖。」
化用	〈浪淘沙〉（花下酌芳樽）：「私語未明還側耳，不肯重論。」	6	白居易〈長恨歌〉：「七月七日長生殿，夜半無人私語時。」 李白〈將進酒〉：「與君歌一曲，請君爲我側耳聽。」
截取	〈酹江月〉（纖腰嫋嫋）：「閨閣幽人千里思，江湖旅客經年別。」	7	白居易〈送元八歸鳳翔〉：「與君況是經年別，暫到城來又出城。」

〔註82〕王師偉勇於〈綜論兩宋詞人借鑒唐詩之技巧〉（此文收錄於王師所撰之《宋詞與唐詩之對應研究》，台北：文史哲出版社，2003年6月初版，頁23～66）。中所歸納出的「截取唐詩字面」、「鎔鑄唐詩字面」、「增損唐詩字句」、「化用唐詩句意」、「襲用唐詩成句」、「局部檃括唐詩」、「全闋隱括唐詩」、「援引唐詩人故實」、「綜合運用各類方法」共九種借鑒技巧，本論文即據此以進行張綖詞借鑒技巧分析。

截取	〈玉樓春〉（午窗睡起香銷鴨）：「支頤痴思眉愁壓」	8	白居易〈除夜〉：「薄晚支頤坐，中宵枕臂眠。」
化用	〈長相思〉（對青山）：「淅淅秋風江水寒。遠船楓葉丹。」	9	白居易〈琵琶引〉：「去來江口守空船，遶船月明江水寒。」李煜〈長相思〉：「山遠天高煙水寒，相思楓葉丹。」
化用	〈蝶戀花〉（舟泊潯陽城下住）：「不必琵琶能觸意。一樽自濕青衫淚。」	10	白居易〈琵琶行〉：「座中泣下誰最多，江州司馬青衫溼。」
化用	〈臨江仙〉（十里紅樓依綠水）：「一曲琵琶思往事，青衫淚滿江州。」	11	白居易〈琵琶行并序〉：「座中泣下誰最多，江州司馬青衫濕。」
化用	〈蝶戀花〉（今歲元宵明月好）：「清光千里空相照。」	12	白居易〈答夢得八月十五日夜玩月見寄〉：「遠思兩鄉斷，清光千里同。」
截取	〈卜算子〉（素魄照藤床）：「好景無人賞」	13	白居易〈微之宅殘牡丹〉：「殘紅零落無人賞，雨打風吹花不全。」
化用	〈菩薩蠻〉（江頭秋色明如鏡）：「江頭秋色明如鏡。朝來照見行人鬢。」	14	白居易〈酬顏中丞晚眺黔江寄〉：「臨流有新恨，照見白鬚生。」
化用	〈風流子〉（新陽上簾幌）：「堪娛處，林鶯啼煖樹，渚鴨睡晴沙。」	15	白居易〈錢唐潮春行〉：「幾處早鶯爭暖樹，誰家新燕啄春泥。」程垓〈菩薩蠻〉：「小鴨睡晴沙，翠烘三兩花。」
化用	〈玉樓春〉（午窗睡起香銷鴨）：「咬損纖纖銀指甲」	16	白居易〈霓裳舞衣〉：「清絃脆管纖纖手，教得霓裳一曲成。」和凝〈楊柳枝〉：「醉來咬損新花子，拽住仙郎盡同方嬌。」
截取	〈臨江仙〉（客路光陰渾草草）：「問君何事不辭勞。」	17	白居易〈題詩屏風絕句〉：「相憶採君詩作障，自書自勘不辭勞。」
截取	〈摸魚兒〉（傍湖濱）：「聊摘取茱萸，殷勤插鬢，香霧滿衫袖。」	18	白居易〈聽田順兒歌〉：「爭得黃金滿衫袖，一時拋與斷年聽。」
化用	〈醉花陰〉（遠岫輕雲）：「黃菊都開遍」	1	杜甫〈九日〉五首之一：「竹葉於人既無分，菊花從此不須開。」

截取	〈玉樓春〉（午窗睡起香銷鴨）：「雲鬟整罷卻回頭」	2	杜甫〈月夜〉：「香霧雲鬟溼，清輝玉臂寒。」
截取	〈更漏子〉（繡簾垂）：「新燒爐火紅」	3	杜甫〈王命〉：「牢落新燒棧，蒼茫舊築檀。」
截取	〈卜算子〉（素魄照藤床）：「碧瓦翻銀浪」	4	杜甫〈冬日洛城北謁玄元皇帝廟〉：「碧瓦初寒外，金莖一氣旁。」
截取	〈醉江月〉（天門宏啓）：「五策答成，三場了卻，壯氣遙衝斗。」	5	杜甫〈可歎〉：「明月無瑕豈容易，紫氣鬱鬱猶衝斗。」
化用	〈楊柳枝〉（湖上春深柳綠齊）：「黃鶯可是緣何事，苦向深叢恰恰啼。」	6	杜甫〈江畔獨步尋花七絕句〉之六：「留連戲蝶時時舞，自在嬌鶯恰恰啼。」
截取	〈漁家傲〉（七夕湖頭閒眺望）：「人間萬事成惆悵。」	7	杜甫〈宋韓十四江東觀省〉：「兵戈不見老萊衣，歎息人間萬事非。」
化用	〈畫堂春〉（湖鄉一望水雲平）：「湖鄉一望水雲平。斷腸烟靄層城。」	8	杜甫〈奉和嚴中丞西城晚眺十韻〉：「層城臨霞景，絕域望餘春。」
化用	〈滿庭芳〉（庭院餘寒）：「凭闌久，巡簷索笑，冷蕊向青袍。」	9	杜甫〈舍弟觀赴藍田取妻子到江陵喜寄三首〉之二：「巡簷索共梅花笑，冷蕊疏枝半不禁。」
截取	〈醉蓬萊〉（艤舟春江渚）：「畫省香爐，粉闈青瑣，十分清絕。」	10	杜甫〈秋興〉八首之二：「畫省香爐違伏枕，山樓粉堞隱悲笳。」 史浩〈好事近〉：「敧枕不成眠，得句十分清絕。」
截取	〈蝶戀花〉（並倚香肩顏鬥玉）：「沉想清標」	11	杜甫〈哭王彭州掄〉：「夫人先即世，令子各清標。」
截取	〈菩薩蠻〉（江頭秋色明如鏡）：「江頭秋色明如鏡。朝來照見行人鬢。」	12	杜甫〈送沈八丈東美徐膳部員外阻雨未遂馳奉寄此詩〉：「徒懷貢公喜，颯颯鬢毛蒼。」
增損	〈憶秦娥〉（春睡後）：「黃鸝門外啼清晝」	13	杜甫〈乾元中寓居同谷縣作歌七首〉之四：「嗚呼四歌分歌四奏，林猿爲我啼清晝。」
截取	〈鷓鴣天〉（寒食清明節尚遙）：「露桃爭笑湘娥頰，風柳齊翻楚女腰。」	14	杜甫〈清明〉詩之一：「胡童結束還難有，楚女腰枝亦可憐。」

增損	〈長相思〉（春已闌）：「衣又寒」	15	杜甫〈彭衙行〉：「既無禦雨備，徑滑衣又寒。」
截取	〈醉花陰〉（遠岫輕雲）：「點染秋容艷」	16	杜甫〈園官送菜〉：「點染不易虞，絲麻雜羅紈。」
鎔鑄	〈滿江紅〉（風雨蕭蕭）：「曳文履，鏘鳴玉。」	17	杜甫〈殿中楊堅見示張旭草書圖〉：「鏘鏘鳴玉動，落落群松直。」
截取	〈酹江月〉（天門宏啟）：「天門宏啟，風雲會，濟濟英豪奔走。」	18	杜甫〈謁先主廟〉：「慘淡風雲會，乘時各有人。」
截取	〈菩薩蠻〉（星河昨夜天如洗）：「秋水浸銀塘」	1	陸游〈九月一日未明起坐〉：「忽聞雲表新來雁，起讀燈前未竟書。」
截取	〈謁金門〉（新雨後）：「簾外晚晴簷鵲鬧」	2	陸游〈旦起〉：「已賴林鳩枝宿雨，更煩簷鵲報新晴。」
化用	〈浣溪沙〉（窗外雲深月不明）：「鸞鳳衾閑寒不奈，鰥魚夜永夢難成。」	3	陸游〈舟中作〉：「草枯病馬停朝秣，水冷鰥魚廢夜眠。」
化用	〈滿江紅〉（風雨蕭蕭）：「萬頃水雲翻白鳥，一簑烟雨黃犢。」	4	陸游〈作雪寒甚有賦〉：「公子自方痛飲，農家黃犢正深耕。」蘇軾〈定風波〉：「竹杖芒鞋輕勝馬。誰怕一簑烟雨任平生。」
截取	〈臨江仙〉（客路光陰渾草草）：「鶯聲驚宿鳥，霜氣入重貂。」	5	陸游〈初春欲散步畏寒而歸〉：「峭寒漠漠入重貂，酒力欺人凝不消。」
襲用	〈南鄉子〉（月色滿湖村）：「此意與誰論。」	6	陸游〈秋夜〉：「塵囂不到處，此意與誰論。」
截取	〈喜遷鶯〉（西風落葉）：「西風落葉。」	7	陸游〈書李商叟秀才所藏曾文清詩卷後〉：「西風落葉秋蕭瑟，淚灑行間讀舊書。」
增損	〈柳梢青〉（簾幌凝寒）：「曲曲屏圍」	8	陸游〈書適〉詩：「曲曲素屏圍倦枕，斜斜筠架閣殘書。」
增損	〈憶秦娥〉（春睡後）：「綠陰芳草」	9	陸游〈窗下戲詠〉：「綠陰芳草佳風月，不是花時也解來。」
截取	〈酹江月〉（纖腰嫋嫋）：「纖腰嫋嫋，東風裡、逞盡娉婷態度。」	10	陸游〈感懷絕句〉：「纖腰嫋嫋戎衣窄，學射山前看打圍。」

化用	〈醉花陰〉（遠岫輕雲）：「午枕酒醒時」	11	陸游〈醉眠〉：「醉來酣午枕，晴日雷起鼻。」
化用	〈醉江月〉（滿天風雪）：「一樽談舊，驪車門外休唱。」	12	陸游〈贈燕〉：「驪車已在門，戀戀終何爲？」
截取	〈臨江仙〉（客路光陰渾草草）：「鶯聲驚宿鳥，霜氣入重貂。」	13	陸游〈露坐〉：「風枝驚宿鳥，露草淫流螢。」 陸游〈初春欲散步畏寒而歸〉：「峭寒漠漠入重貂，酒力欺人凝不消。」
截取	〈滿江紅〉（風雨蕭蕭）：「恨東風、相望渺天涯，空凝目。」	1	李白〈宣城送別副使入秦〉：「比別又千里，秦吳渺天涯。」
化用	〈蝶戀花〉（語燕飛來驚晝睡）：「綠草離離蝴蝶戲。南園正是相思地。」	2	李白〈思邊〉：「去年何時君別妾，南園綠草飛蝴蝶。」
增損	〈長相思〉（春已闌）：「春已闌」	3	李白〈涇溪東亭寄鄭少府諤〉：「杜鵑花開春已闌，歸向陵陽釣魚晚。」
化用	〈浪淘沙〉（花下酌芳樽）：「私語未明還側耳，不肯重論。」	4	李白〈將進酒〉：「與君歌一曲，請君爲我側耳聽。」 白居易〈長恨歌〉：「七月七日長生殿，夜半無人私語時。」
化用	〈憶秦娥〉（楚臺風）：「泠泠仙籟鳴虛空。」	5	李白〈將遊衡嶽過漢陽雙松亭留別族弟浮屠談皓〉：「涼花拂戶牖，天籟鳴虛空。」 張炎〈掃花游〉（煙霞萬壑）：「聽虛籟泠泠，飛下孤峭。」
化用	〈憶秦娥〉（庾樓月）：「胡牀興發霏談雪。」	6	李白〈陪李中丞武昌夜飲懷古〉：「庾公愛秋月，乘興坐胡牀。」
增損	〈卜算子〉（素魄照藤床）：「漠漠煙如障」	7	李白〈菩薩蠻〉：「平林漠漠煙如織，寒山一帶傷心碧。」
化用	〈蝶戀花〉（新草池塘煙漠漠）：「對花珠淚雙雙落」	8	李白〈閨情〉：「玉箸夜垂流，雙雙落朱顏。」
截取	〈楊柳枝〉（翠眉欲展怯春寒）：「今日南溪橋上過，低枝拂著赤闌干。」	9	李白〈魯郡堯祠送竇明府薄華還西京〉詩：「紅泥亭子赤闌干，碧流環轉青錦湍。」

化用	〈木蘭花〉（舞衣新製黃金縷）：「舞衣新製黃金縷。」	10	李白〈贈裴司馬〉：「翡翠黃金縷，繡成舞衣。」
隱括	〈風流子・初春〉：「新陽上簾幌」	1	秦觀〈望海潮〉：「梅英疏淡」
截取	〈鷓鴣天〉（殘夢樓頭向曉風）：「教人恨殺玉丁東。」	2	秦觀〈次韻酬周開祖宣義〉：「麗句曉披花綽約，清談初扣玉丁東。」
增損	〈柳梢青〉（垂柳烟濃）：「秋千未拆」	3	秦觀〈阮郎歸〉：「千秋未拆水平堤，落紅成地衣。」
化用	〈蝶戀花〉（新草池塘煙漠漠）：「一夜輕雷，折破妖桃萼。」	4	秦觀〈春日〉五首之二：「一夕輕雷落萬絲，霽光浮瓦碧差差。」
化用	〈蝶戀花〉（並倚香肩顏鬪玉）：「江左百年傳舊俗，後宮只解呈新曲。」	5	秦觀〈送蔡子驤用蔡子駿韻〉：「惟應用下小叢歌，尚有哀音傳舊俗。」柴元彪〈水龍吟〉：「江左百年，風流雲散，不堪重舉。」劉禹錫〈和楊師皋給事傷小姬英英〉：「撚弦花下呈新曲，放撥燈前謝改名」
化用	〈踏莎行〉（冰解芳塘）：「燒痕一夜遍天涯，多情莫向高城望」	6	秦觀〈滿庭芳〉：「傷情處，高城望斷，燈火已黃昏。」
鎔鑄	〈蝶戀花〉（金鳳花開紅滿砌）：「最是人間佳景致。」	7	秦觀〈睡足軒〉二首之一：「最是人間佳絕處，夢殘風鐵響丁東。」
截取	〈畫堂春〉（午窗睡起倚樓時）：「平湖春水送斜暉」	1	李商隱〈落花〉：「參差連曲陌，迢遞送斜暉。」
化用	〈柳梢青〉（垂柳烟濃）：「雲波芳信誰通」	2	李商隱〈西溪〉：「京華他夜夢，好好寄雲波。」
化用	〈風流子〉（新陽上簾幌）：「繡閣輕烟，剪燈時候，青旌殘雪，賣酒人家。」	3	李商隱〈夜雨寄北〉：「何當共剪西窗燭，卻話巴山夜語時。」
截取	〈酹江月〉（纖腰嫋嫋）：「聞說灞水橋邊，年年春暮，滿地飄香絮。」	4	李商隱〈淚〉：「朝來灞水橋邊問，未抵青袍送玉珂。」
鎔鑄	〈百字令〉（朝來佳氣鬱葱葱）：「一點心通南極老，錫與長生仙牒。」	5	李商隱〈無題〉：「身無綵鳳雙翼，心有靈犀一點通。」

化用	〈解語花〉（窗涵月影）：「算此情、除是青禽，爲我殷勤報。」	6	李商隱〈無題〉：「蓬山此去無多路，青鳥殷勤爲探看。」
截取	〈沁園春〉（暖日高城）：「人間今古堪傷。」	1	蘇軾〈西江月〉：「酒闌不必看萸。俯仰人間今古。」
化用	〈滿江紅〉（風雨蕭蕭）：「萬頃水雲翻白鳥，一簑烟雨耕黃犢。」	2	蘇軾〈定風波〉：「竹杖芒鞋輕馬。誰怕。一簑烟雨任平生。」 陸游〈作雪寒甚有賦〉：「公子皂貂方痛飲農家黃犢正深耕。」
鎔鑄	〈鷓鴣天〉（山路崎嶇照葦叢）：「登虎豹，度蒙茸。」	3	蘇軾〈後赤壁賦〉：「履巉巖，披蒙茸，據虎豹，登虬龍。」
化用	〈漁家傲〉（江上涼颸情緒煥）：「明朝相約騎黃鵠。」	4	蘇軾〈聞子由瘦〉：「相看會作兩曜仙，還鄉定可騎黃鵠。」
截取	〈滿庭芳〉（庭院餘寒）：「庭院餘寒，簾櫳清曉，東風初破丹苞。」	5	蘇軾〈蝶戀花〉：「泛泛東風初五，江柳微黃，萬萬千千縷。」
鎔鑄	〈摸魚兒〉（傍湖濱）：「一年好景眞須記，橘綠橙黃時候。」	6	蘇軾〈贈劉景文〉：「一年好景君須記，正是橙黃橘綠時候。」
截取	〈望江南〉（吟眺處）：「眺罷，客思轉依依。」	1	元稹〈月三十韻〉：「上絃何汲汲，佳色轉依依。」
截取	〈驀山溪〉（玉人不見）：「動是經年隔。」	2	元稹〈含風夕〉：「悵望牽牛星，復爲經年隔。」
截取	〈楊柳枝〉（翠眉欲展怯春寒）：「翠眉欲展怯春寒。」	3	元稹〈春遊〉詩：「不能辜物色，乍可怯春寒。」
化用	〈木蘭花〉（參差簾影晨光動）：「參差簾影晨光動」	4	元稹〈連昌宮詞〉：「晨光未出簾影動，至今反挂珊瑚鉤。」
截取	〈木蘭花〉（參差簾影晨光動）：「露桃雨柳矜新寵」	5	元稹〈景申秋八首〉：「雨柳枝枝弱，風光片片斜。」
截取	〈玉燭新〉（泰階開景運）：「誰得似、占了山林鍾鼎。」	1	辛棄疾〈水調歌頭〉：「堪笑行藏用舍，試問山林鍾鼎，底事有虧全。」
化用	〈風流子〉（新陽上簾幌）：「惆悵塵緣猶在，密約還賒。念鱗鴻不見，誰傳芳信，瀟湘人遠，空采蘋花。」	2	辛棄疾〈瑞鶴仙〉：「瑤池舊約，鱗鴻更，仗誰托。」

化用	〈鷓鴣天〉（柳外吹來娘娘風）：「多情最是朝來露，滿地流珠泣翠蓬。」	3	辛棄疾〈虞美人〉：「群花泣盡朝來露，爭奈春歸去。」
截取	〈摸魚兒〉（傍湖濱）：「凝思久。向此際、寒雲滿目空搔首。」	4	辛棄疾〈滿江紅〉：「向此際、羸馬獨駸駸，情懷惡。」
截取	〈菩薩蠻〉（江頭秋色明如鏡）：「無言數過鴻。」	5	辛棄疾〈鷓鴣天〉：「誰知止酒停雲老，獨立斜陽數過鴻。」
截取	〈摸魚兒〉（傍湖濱）：「凝思久。向此際、寒雲滿目空搔首。」	1	賀鑄〈小重山〉：「凝思久，不語坐書空。」 辛棄疾〈滿江紅〉：「向此際、羸馬獨駸駸，情懷惡。」 高適〈重陽〉：「真成獨坐空搔首，門柳蕭蕭噪暮鴉。」
截取	〈更漏子〉（繡簾垂）：「雪垂垂」	2	賀鑄〈負心期〉：「驚雁失行風翦翦，冷雲成陣雪垂垂。」
截取	〈憶秦娥〉（楚臺風）：「滄江浩渺，綺閣玲瓏。」	3	賀鑄〈烏江泛舟寓目〉：「滄江浩渺寄星槎，望極紛紛兩眼花。」
截取	〈變體虞美人〉（陌頭柳色春將半）：「洞府空教燕子、占風流。」	4	賀鑄〈喚春愁〉：「天與多情不自由，占風流。」
襲用	〈沁園春〉（暖日高城）：「綺陌上，見踏青挑菜，遊女成行。」	5	賀鑄〈薄倖〉：「自過了收燈後，都不見、踏青挑菜。」
鎔鑄	〈菩薩蠻〉（江頭秋色明如鏡）：「黯然凝久竚。」	1	石孝友〈望海潮〉：「離情冰泮，歸心雲擾，黯然凝竚江皋。」
截取	〈卜算子〉（素魄照藤床）：「惱碎離人九曲腸」	2	石孝友〈滿庭芳〉：「鉤引天涯舊恨，雙眉鎖，九曲腸回。」
截取	〈漁家傲〉（七夕湖頭閒眺望）：「天混漾。」	3	石孝友〈漁家傲〉：「月影徘徊天混漾，金戈鐵馬森相向。」
截取	〈卜算子〉（素魄照藤床）：「碧瓦翻銀浪」	4	石孝友〈漁家傲〉：「披衣望。碧波堆裏排銀浪，月影徘徊天混漾。」
化用	〈浣溪沙〉（風攪花陰舞扇羅）：「玉簫吹月夜涼多」	1	張炎〈桂枝香〉：「山陽怨笛，夜涼吹月。」

化用	〈憶秦娥〉（楚臺風）：「泠泠仙籟鳴虛空。」	2	張炎〈掃花游〉（煙霞萬壑）：「聽虛籟泠泠，飛下孤峭。」 李白〈將衡嶽過漢陽雙松亭留別族弟浮談皓〉：「涼花拂戶牖，天籟鳴虛空。」
截取	〈憶秦娥〉（曲江花）：「水邊院落，山下人家。」	3	張炎〈清平樂〉（黑雲飛起）：「要與閒梅相處，孤山山下人家。」
截取	〈臨江仙〉（十里紅樓依綠水）：「十里紅樓依綠水」	4	張炎〈點絳唇〉：「竹西好。采香歌杳。十里紅樓小。」
截取	〈鷓鴣天〉（寒食清明節尚遙）：「江山信美轉無聊。」	1	黃庭堅〈次韻君庸寓慈雲寺待詔惠錢不至〉：「江山信美思歸去，聽我勞歌亦欲東。」
截取	〈玉燭新〉（泰階開景運）：「試看取、紫綬金章，朱顏綠鬢。」	2	黃庭堅〈鼓笛慢〉：「看朱顏綠鬢，封侯萬里，寫凌煙像。」
增損	〈憶秦娥〉（春睡後）：「眉兒皺」	3	黃庭堅〈點絳唇〉：「聞道伊家，終日眉兒皺。」
化用	〈百字令〉（朝來佳氣鬱蔥蔥）：「亂舞斑衣，齊傾壽酒，滿座笙歌咽。」	4	黃庭堅〈題徐氏姑壽安君壽梅亭〉：「生育劬勞安可報，折梅傾酒著斑衣。」
截取	〈滿庭芳〉（庭院餘寒）：「脈脈此情誰會，和羹事、且付香醪。」	1	王之道〈好事近〉：「作楫合羹事了，歸去騎箕尾。」
增損	〈念奴嬌〉（千門明月）：「來往綺羅，喧闐簫鼓，達旦何曾歇。」	2	王之道〈漁家傲〉：「簫鼓喧闐歌舞妙，人窈窕。也應引動南窗傲。」
鎔鑄	〈酹江月〉（長江滾滾東流去）：「長江滾滾東流去，激浪飛珠濺雪。」	3	王之道〈鵲橋仙〉：「長江滾滾向東流，寫不盡、別離情狀。」
化用	〈玉樓春〉（午窗睡起香銷鴨）：「午窗睡起香銷鴨」	1	朱淑真〈阿那曲〉：「夢回酒醒春愁怯。寶鴨煙銷香未歇。」 朱淑真〈眼兒媚〉：「午窗睡起鶯聲巧，何處喚春愁。」
化用	〈玉樓春〉（午窗睡起香銷鴨）：「午窗睡起香銷鴨」	2	朱淑真〈眼兒媚〉：「午窗睡起鶯聲巧，何處喚春愁。」 朱淑真〈阿那曲〉：「夢回酒醒春愁怯。寶鴨煙銷香未歇。」

增損	〈生查子〉(涼飆動翠簾):「猶自倚闌干」	3	朱淑眞〈菩薩蠻〉:「獨自倚闌干,夜深花正寒。」
襲用	〈喜遷鶯〉(西風落葉):「三十六湖春水,二十四橋秋月。」	1	杜牧〈寄揚州韓綽判官〉:「二十四橋秋月夜,玉人何處教吹簫。」
化用	〈醉蓬萊〉(艤舟春江渚):「回首關山,相思千里,共看明月。」	2	杜牧〈寄遠〉:「欲寄相思千里月,溪邊殘照雨霏霏。」白居易〈自河南經亂,關內阻飢,兄弟離散,各在一處。因望月有感,聊書所懷,寄上浮梁大兄,於潛七兄,烏江十五兄,兼示符離及下邽弟妹〉:「共看明月應垂淚,一夜鄉心五處同。」
化用	〈浪淘沙〉(九日雨蕭蕭):「目送長空孤鳥沒,短髮頻搔。」	3	杜牧〈登樂遊園〉:「長空澹澹孤鳥沒,萬古銷沈向此中。」
襲用	〈風流子〉(新陽上簾幌)「正駝褐寒侵,燕釵春嫋,句翻詞客,簪鬥宮娃。」	1	周邦彥〈西平樂〉:「駝褐寒侵,正憐初日,輕陰抵死須遮。」
化用	〈鷓鴣天〉(山路崎嶇照葦叢):「霑衣暗溼霏霏霧,幔涼生細細風。」	2	周邦彥〈夜飛鵲〉:「銅盤燭淚已流盡,霏霏涼露霑衣。」錢起〈奉和宣城張太守南亭秋夕懷友〉:「捲幔浮涼入,聞鐘永夜清。」
截取	〈鷓鴣天〉(柳外吹來嬝嬝風):「乘淑景,探芳叢。」	3	周邦彥〈驀山溪〉:「檀心未展,誰爲探芳叢,消瘦盡,洗妝勻,應更添風韻。」
化用	〈畫堂春〉(湖鄉一望水雲平):「斜陽立盡暮鴻聲」	1	柳永〈玉蝴蝶〉其一:「指暮天、空識歸航。黯相望。斷鴻聲裏,立盡斜陽。」
增損	〈憶秦娥〉(春睡後):「紛紛時見沾襟袖」	2	柳永〈笛家弄〉:「空遺恨、望仙鄉,一餉銷凝,淚沾襟袖。」
截取	〈蝶戀花〉(今歲元宵明月好):「當日風流,更許誰同調。」	3	柳永〈雙聲子〉:「驗前經舊史,嗟漫載、當日風流。」牟融〈寄永平友人〉:「高風落落誰同調,往事悠悠我獨悲。」
截取	〈南鄉子〉(月色滿湖村):「籬下黃花開遍了,東君。」	1	高適〈九日酬顏少府〉:「簪前白日應可惜,籬下黃花爲誰有。」

截取	〈摸魚兒〉（傍湖濱）：「凝思久。向此際、寒雲滿目空搔首。」	2	高適〈重陽〉：「眞成獨坐空搔首，門柳蕭蕭噪暮鴉。」
截取	〈踏莎行〉（昨日清明）：「而今臨水漫含情，暮雲目斷空迢遞。」	3	高適〈贈別王十七管記〉：「雲沙自迴合，天海空迢遞。」
截取	〈酹江月〉（滿天風雪）：「少歲交游，當時風景，喜得重相傍。」	1	張耒〈寄都下舊友二首〉之一：「當時風景歸何處，須信人生是夢中。」
截取	〈漁家傲〉（門外平湖新雨過）：「門外平湖新雨過。」	2	張耒〈寒食〉：「庭院輕寒新雨過，江城寒食野花飛。」
化用	〈酹江月〉（夜涼湖上）：「夜氣沆瀣，湖光曠邈，風舞蕭蕭葉。」	3	張耒〈齊安今秋酒殊惡對岸武昌可飲故人潘主簿時惠雙榼〉：「衝風時動蕭蕭葉，晚日斜窺寂寂窗。」
襲用	〈驀山溪〉（玉人不見）：「折花簪鬢，鬢與花爭白。」	1	陳子昂〈感遇詩〉三十八首之二：「幽獨空林色，朱蕤冒紫莖。」
截取	〈浣溪沙〉（風攪花陰舞扇羅）：「寶鼎裊雲秋意嫩」	2	陳子昂〈感遇詩〉三十八首之十四：「寶鼎淪伊穀，瑤臺成古丘。」
截取	〈蝶戀花〉（語燕飛來驚畫睡）：「池上晚來微雨霽。」	3	陳子昂〈萬州曉發放舟乘漲還寄蜀中親朋〉：「空濛微雨霽，爛熳曉雲歸。」
化用	〈蝶戀花〉（新草池塘煙漠漠）：「驟雨隔簾時一作」	1	歐陽脩〈阮郎歸〉：「隔簾風雨閉門時，此情風月知。」
截取	〈酹江月〉（夜涼湖上）：「歲月匆匆人老大，又近中秋時節。」	2	歐陽脩〈重贈劉原父〉：「豈知前後不相及，歲月匆匆行無涯。」
化用	〈蝶戀花〉（紫燕雙飛深院靜）：「玉指纖纖，撚唾撩雲鬢。」	3	歐陽脩〈賀明朝〉：「輕轉石榴裙帶，故將纖纖玉指，偷撚雙鳳金線。」
截取	〈踏莎行〉（冰解芳塘）：「無人會得春來況。」	1	蔡伸〈柳梢青〉：「老去情懷，春來況味，那禁離別。」
截取	〈玉燭新〉（泰階開景運）：「幾年淮海，烟波境、貯此風流標韻。」	2	蔡伸〈浣溪沙〉：「約略梳妝隨事好，出塵標韻出清塵。」

增損	〈長相思〉（春已闌）：「人在天涯信未還」	3	蔡伸〈點絳唇〉：「人在天涯，雁背南雲去。」
截取	〈謁金門〉（新雨後）：「夢斷雲窗月牖」	1	蘇轍〈文與可學士墨君堂〉：「風庭響交戛，月牖散凌亂。」
化用	〈木蘭花〉（參差簾影晨光動）：「閑愁多仗酒驅除」	1	蘇轍〈次韻吳興李行中秀才見寄并求醉眠亭詩二首〉：「寵辱何須身自試，窮愁不待酒驅除。」
截取	〈驀山溪〉（玉人不見）：「孤芳寂寞，無語只含情，風細細，月斜斜，幽獨空林色。」	3	蘇轍〈開窗〉：「開窗風細細，窺戶月斜斜。」
截取	〈菩薩蠻〉（星河昨夜天如洗）：「秋水浸銀塘」	1	毛文錫〈虞美人〉：「鴛鴦對浴銀塘暖，水面蒲梢短。」
截取	〈水調歌頭〉（泛我唱蒲酒）：「俯酌小橋流水，仰看高岑飛鳥，一嘯碧天長。」	2	毛文錫〈臨江仙〉：「朱弦淒切，雲散碧天長。」
化用	〈蝶戀花〉（語燕飛來驚晝睡）：「語燕飛來驚晝睡。」	1	牛嶠〈菩薩蠻〉：「舞裙香暖金泥鳳，畫梁語燕驚殘夢。」
截取	〈楊柳枝〉（陌上津頭萬縷金）：「陌上津頭萬縷金。」	2	牛嶠〈楊柳枝〉：「吳王宮裏色偏深，一簇纖條萬縷金。」
截取	〈菩薩蠻〉（星河昨夜天如洗）：「秋水浸銀塘」	1	王昌齡〈少年行〉：「西陵俠少年，送客短長亭。」
截取	〈鷓鴣天〉（窈窕簾櫳淡蕩風）：「黃鶯不語瀟瀟坐，碧水多情處處通。」	2	王昌齡〈洛陽尉劉晏與府縣諸公茶集天宮寺岸道上人房〉：「各有四方事，白雲處處通。」
化用	〈浣溪沙〉（風攪花陰舞扇羅）：「疏簾清簟颭湘波」	1	吳文英〈采桑子〉：「翠破紅殘，半簟湘波生曉寒。」 陳師道〈南柯子〉：「天上雲為瑞，人間睡作魔，疏簾清簟汗成河。」
截取	〈水調歌頭〉（泛我唱蒲酒）：「何事一年佳節，寂寞水雲鄉。」	2	吳文英〈浪淘沙〉：「烏帽壓吳霜。風力偏狂。一年佳節過西廂。」 貫休〈贈景和尚院〉：「窗虛花木氣，衲挂水雲鄉。」
截取	〈百字令〉（朝來佳氣鬱蔥蔥）：「年年今日，華堂醉倒明月。」	1	李山甫〈寒食〉：「年年今日誰相問，獨臥長安棄歲華。」

鎔鑄	〈菩薩蠻〉（星河昨夜天如洗）：「芙蓉印骨涼」	2	李山甫〈贈徐三十〉：「朱排六相助神聳，玉襯一廳浸骨涼。」
化用	〈長相思〉（對青山）：「淅淅秋風江水寒。遠船楓葉丹。」	1	李煜〈長相思〉：「山遠天高煙水寒，相思楓葉丹。」 白居易〈琵琶引〉：「去來江口守空船，遶船月明江水寒。」
截取	〈踏莎行〉（芳草長亭）：「珠簾小院捲楊花，綠窗幾度傷春暮。」	2	李煜〈蝶戀花〉：「漸覺傷春暮，數點雨聲風約住。」
截取	〈謁金門〉（新雨後）：「梧桐飛井甃。」	1	沈約〈郊居賦〉：「決淳湀之汀濴，塞井甃之淪坳。」
截取	〈柳梢青〉（簾幌凝寒）：「久辜卻、秦樓楚山。」	2	沈約〈修竹彈甘蕉文〉：「巫岫斂雲，秦樓開照。」
鎔鑄	〈碧芙蓉〉（客裏遇重陽）：「霜乍降、寒山凝紫，霧初消、澄潭皎潔。」	1	周密〈水龍吟〉：「煙水流紅，暮山凝紫，是春歸處。」
增損	〈如夢令〉（湖上煙銷金鏡）：「依舊去年風景」	2	周密〈夜行船〉：「繡閣藏春，海棠偷暖，還似去年風景。」
截取	〈憶秦娥〉（秋風烈）：「徘徊獨立，黃昏時節。」	1	周紫芝〈秦樓月〉：「看看又是，黃昏時節。」
截取	〈驀山溪〉（玉人不見）：「不須更問，調鼎事何如，但善自，保馨香，無害高標格。」	2	周紫芝〈鷓鴣天〉：「不須更問荊州路，便上追鋒御府車。」
化用	〈漁家傲〉（遙憶故園春到了）：「朝來枝上聞啼鳥。」	1	孟浩然〈春曉〉：「春眠不覺曉，處處聞啼鳥。」
截取	〈臨江仙〉（爲愛西庄花滿樹）：「恍然迷處所，疑入武陵源。」	2	孟浩然〈梅道士水亭〉：「再來迷處所，花下問漁舟。」
截取	〈醉蓬萊〉（艤舟春江渚）：「回首關山，相思千里，共看明月。」	1	韋莊〈出關〉：「馬嘶煙岸柳陰斜，回首關山路轉賒。」
襲用	〈玉樓春〉（狂風落盡深紅色）：「柳外飛來雙羽玉。」	2	韋莊〈謁金門〉：「柳外飛來雙羽玉，弄晴相對浴。」
截取	〈踏莎行〉（芳草長亭）：「芳草長亭，垂楊古渡。」	1	晏殊〈玉樓春〉：「綠楊芳草長亭路，年少拋人容易去。」

化用	〈畫堂春〉（湖鄉一望水雲平）：「聚會春風楚峽，相思碧海秦瀛。」	2	晏殊〈長生樂〉：「閬苑神仙平地見，碧海架蓬瀛。」
化用	〈蝶戀花〉（並倚香肩顏鬥玉）：「江左百年傳舊俗，後宮只解呈新曲。」	1	柴元彪〈水龍吟〉：「江左百年，風流雲散，不堪重舉。」 秦觀〈送蔡子驤用蔡子駿韻〉：「惟應用下小叢歌，尚有哀音傳舊俗。」 劉禹錫〈和楊師皋給事傷小姬英英〉：「撚弦花下呈新曲，放撥燈前謝改名」
化用	〈滿江紅〉（一派秋聲）：「幾處搗殘深院日，誰家敲落高樓月。」	2	柴元彪〈惜分飛〉：「今夜歸心切，砧聲敲碎誰家月。」
截取	〈點絳唇〉（夾口停舟）：「回首家山，幾箇征鴻叫。」	1	殷堯藩〈冬至酬劉使君〉：「異鄉冬至又今朝，回首家山入夢遙。」
截取	〈酹江月〉（滿天風雪）：「回首家山纔咫尺，便有許多離況。」	2	殷堯藩〈冬至酬劉使君〉「異鄉冬至又今朝，回首家山入夢遙。」
截取	〈滿江紅〉（風雨蕭蕭）：「山下紛紛梅落粉，渡頭淼淼波搖綠。」	1	張祜〈華清宮和杜舍人〉：「渭水波遙綠，秦郊草半黃。」
增損	〈柳梢青〉（垂柳烟濃）：「寂寞春風」	2	張祜〈感王將軍柘枝妓歿〉：「寂寞春風舊柘枝，舞人休唱曲休吹。」
截取	〈柳梢青〉（簾幙凝寒）：「霜清畫角」	1	梁簡文帝〈折楊柳〉：「城高短蕭發，林空畫角悲。」
截取	〈卜算子〉（素魄照藤床）：「素魄照藤床」	2	梁簡文帝〈京洛篇〉：「夜輪懸素魄，朝光蕩碧空。」
截取	〈南鄉子〉（月色滿湖村）：「楓葉蘆花共斷魂。」	1	許渾〈京口閒居寄京洛友人〉：「吳門煙月昔同遊，楓葉蘆花並客舟。」
截取	〈蝶戀花〉（舟泊潯陽城下住）：「楓葉蘆花，的是淒涼地。」	2	許渾〈京口閒居寄京洛友人〉：「吳門煙臘同遊，楓葉蘆花並客舟。」
截取	〈酹江月〉（纖腰嫋嫋）：「道聲聲、總是玉關情，情何切。」	1	貫休〈送僧入石霜〉：「師去情何切，人間事莫拘。」

截取	〈水調歌頭〉（泛我唱蒲酒）：「何事一年佳節，寂寞水雲鄉。」	2	貫休〈贈景和尚院〉：「窗虛花木氣，衲桂水雲鄉。」
增損	〈蝶戀花〉（今歲元宵明月好）：「路遠夢魂飛不到。」	1	陳亮〈小重山〉：「往事已成空。夢魂飛不到，楚王宮。」
截取	〈臨江仙〉（客路光陰渾草草）：「客路光陰渾草草，等閑過了元宵。」	2	陳亮〈蝶戀花〉：「隨世功名渾草草。五湖卻共繁華老。」
化用	〈踏莎行〉（昨日清明）：「鶯花著意催春事。」	1	陳師道〈河上〉：「鳥語催春事，窗明報夕陽。」
化用	〈浣溪沙〉（風攪花陰舞扇羅）：「疏簾清簟颭湘波」	2	陳師道〈南柯子〉：「天上雲為瑞，人間睡作魔，疏簾清簟汗成河。」吳文英〈采桑子〉：「翠破紅殘，半簟湘波生曉寒。」
增損	〈柳梢青〉（簾幙凝寒）：「密意憑誰」	1	曾覿〈念奴嬌〉：「禁漏迢迢，邊鴻杳杳，密意憑誰說。」
截取	〈楊柳枝〉（陌上津頭萬縷金）：「一番微雨一番深。」	2	曾覿〈楊柳枝〉：「海上一番微雨，朱門濃綠陰中。」
化用	〈蝶戀花〉（金鳳花開紅滿砌）：「金鳳花開紅滿砌。」	1	馮延巳〈南鄉子〉：「細語泣秋風，金鳳花殘滿地紅。」
截取	〈醉花陰〉（遠岫輕雲）：「煙鎖梧桐院」	2	馮延巳〈南鄉子〉：「煙鎖鳳樓無限事，茫茫。」
截取	〈鷓鴣天〉（回首銀津恨未消）：「光奕奕，旆搖搖。」	1	溫庭筠〈七夕〉：「微光奕奕凌天河，鷙咽鶴淚飄颻歌。」
化用	〈楊柳枝〉（陌上津頭萬縷金）：「若為借得東風力，繫住春來蕩子心。」	2	溫庭筠〈楊柳枝〉「春來幸自長如線，可惜牽纏蕩子心。」
截取	〈蝶戀花〉（舟泊潯陽城下住）：「杳靄昏鴉，點點雲邊樹。」	1	賈島〈送僧〉：「仙掌雲邊樹，巢禽時出關。」
截取	〈鷓鴣天〉（山路崎嶇照葦叢）：「泉聲幾處響玲瓏。」	2	賈島〈就峰公宿〉：「殘月華晻曖，遠水響玲瓏。」
化用	〈畫堂春〉（午窗睡起倚樓時）：「舊事碧雲冉冉，新愁芳草萋萋。」	1	劉克莊〈沁園春〉：「恨佳人來未。碧雲冉冉，王孫去後，芳草萋萋。」

截取	〈酹江月〉（夜涼湖上）：「天青海碧，枉教望斷瑤闕。」	2	劉克莊〈清平樂〉：「醉跨玉龍游八極，歷歷天青海碧。」
截取	〈醉蓬萊〉（艤舟春江渚）：「劍氣橫空，此行何處，指五雲金闕。」	1	劉辰翁〈百字令〉：「撫劍氣橫空，隱見林杪。」
截取	〈臨江仙〉（客路光陰渾草草）：「漠漠風沙千里暗，舉頭一望魂消。」	2	劉辰翁〈酹江月〉：「圓缺不銷青冢恨，漠漠風沙如雪。」
截取	〈更漏子〉（繡簾垂）：「雲漠漠」	1	劉長卿〈硃石遇雨宴前主簿從兄子英宅〉：「硃石雲漠漠，東風吹雨來。」
截取	〈酹江月〉（纖腰嫋嫋）：「閨閣幽人千里思，江湖旅客經年別。」	2	劉長卿〈賈侍郎自會稽使迴篇什盈卷兼蒙見寄一首與余有卦冠之期因書數事率成十韻〉：「暮帆千里思，秋夜一猿啼。」白居易〈送元八歸鳳翔〉：「與君況是經年別，暫到城來又出城。」
化用	〈蝶戀花〉（並倚香肩顏鬭玉）：「江左百年傳舊俗，後宮只解呈新曲。」	1	劉禹錫〈和楊師皋給事傷小姬英英〉：「撚弦花下呈新曲，放撥燈前謝改名」秦觀〈送蔡子驤用蔡子駿韻〉：「惟應用下小叢歌，尚有哀音傳舊俗。」柴元彪〈水龍吟〉：「江左百年，風流雲散，不堪重舉。」
增損	〈念奴嬌〉（千門明月）：「遙想二十年前，此時此夜，共綰同心結。」	2	劉禹錫〈楊柳枝〉：「如今綰作同心結，將贈行人知不知。」
襲用	〈更漏子〉（繡簾垂）：「繡簾垂。朱戶掩。」	1	閻選〈風流子〉：「朱戶掩，繡簾垂。曲院水流花謝，歡罷。」
化用	〈酹江月〉（纖腰嫋嫋）：「傷春人瘦，倚闌半餉延竚。」	2	閻選〈臨江仙〉：「延佇倚闌干，杏杏征輪何處去。」
截取	〈生查子〉（涼颸動翠簾）：「涼颸動翠簾」	1	謝朓〈在郡臥病呈沈尚書〉：「珍簟清夏室，輕扇動涼颸。」
化用	〈漁家傲〉（剛過淮流風景變）：「情莫遣。素衣一任緇塵染。」	2	謝朓〈酬王晉安〉：「誰能久京洛，緇塵染素衣。」

截取	〈滿江紅〉(風雨蕭蕭):「風雨蕭蕭，長塗上、春泥沒足。」	1	韓偓〈金陵〉:「風雨蕭蕭，石頭城下木蘭橈。」
化用	〈木蘭花〉(參差簾影晨光動):「當時誤入飲牛津，何處重尋聞犬洞」	2	韓偓〈無題〉:「櫂尋聞犬洞，槎入飲牛津。」
截取	〈木蘭花〉(參差簾影晨光動):「露桃雨柳矜新寵」	1	顧況〈瑤草春〉:「池上鵁鶄鸂鵡孤影，露桃穠李自成蹊。」
截取	〈憶秦娥〉(曲江花):「金鞍玉勒爭年華。」	2	顧況〈露青竹仗歌〉:「金鞍玉勒錦連乾，騎入桃花楊柳煙。」
截取	〈憶秦娥〉(秋風烈):「水村孤館，蕭蕭落葉。」	1	權德輿〈舟行夜泊〉:「蕭蕭落葉送殘秋，寂寞寒波急暝流。」
化用	〈謁金門〉(新雨後):「新雨後。碧樹含風涼透。」	2	權德輿〈奉和聖製九月十八日賜百寮追賞因書所懷〉:「黃花媚新霽，碧樹含餘清。」韓元吉〈瑞鶴仙〉:「西風吹暮雨，正碧樹涼生。」
截取	〈沁園春〉(暖日高城):「對麗景，且莫思往事，一醉斜陽。」	1	方千里〈應天長〉:「對麗景、易傷岑寂。」
化用	〈楊柳枝〉(湖上春深柳線齊):「半拖煙水半垂堤。」	1	毛滂〈浣溪沙〉:「芳草池塘新漲綠，官橋楊柳半拖青。」張諤〈延平門高齋亭子應岐王教〉:「昨夜蒲萄初上架，今朝楊柳半垂堤。」
增損	〈畫堂春〉(午窗睡起倚樓時):「滿院花飛」	1	毛熙震〈清平樂〉「正是銷魂時節，東風滿院花飛。」
截取	〈酹江月〉(纖腰娬娬):「月榭花臺，珠簾畫檻，幾處堆金縷。」	1	王千秋〈滿庭芳〉:「且放側堆金縷，驪山冷、來浴溫湯。」
截取	〈玉燭新〉(泰階開景運):「幾年淮海，烟波境、貯此風流標韻。」	1	王禹偁〈贈王殿院同年〉:「幾年淮海歎驅馳，美拜初聞入奏時。」蔡伸〈浣溪沙〉:「約略梳妝隨事好，出塵標韻出清塵。」
截取	〈點絳唇〉(夾口停舟):「夾口停舟，江頭一望青山遠。」	1	司空曙〈從王尊師歸湖州〉:「煙蕪滿洞青山遠，幢節飄空紫鳳飛。」
截取	〈醉蓬萊〉(艤舟春江渚):「畫省香爐，粉闈青瑣，十分清絕。」	1	史浩〈好事近〉:「敧枕不成眠，得句十分清絕。」

鎔鑄	〈漁家傲〉（七夕湖頭閒眺望）：「不見雲屏并月帳。」	1	向滈〈菩薩蠻〉：「雲屏月帳姑鸞恨，香消玉減無人問。」
化用	〈畫堂春〉（湖鄉一望水雲平）：「欲憑遠夢訴離情。夢也難成。」	1	朱希真〈失調名〉：「欲寄花牌傳密意，奈無黃耳堪憑。待修錦字訴離情。」 晏幾道〈阮郎歸〉：「夢魂縱有也成虛，那堪和夢無。」
化用	〈何滿子〉（天際江流東注）：「諳盡悲歡多少味，酒盃付與疎狂。」	1	朱敦儒〈鷓鴣天〉：「我是清都山水郎，天教分付與疏狂。」 白居易〈自問〉：「宦途氣味已諳盡，五十不休何日休。」
截取	〈蝶戀花〉（今歲元宵明月好）：「當日風流，更許誰同調。」	1	牟融〈寄永平友人〉：「高風落落誰同調，往事悠悠我獨悲。」
化用	〈木蘭花〉（舞衣新製黃金縷）：「野荣繞籬堪作主。」	1	羊士諤〈尋山家〉：「主人聞語未開門，繞籬野荣飛黃蝶。」
增損	〈謁金門〉（新雨後）：「簾捲遠山閒白晝」	1	吳融〈廢宅〉：「幾樹好花開白晝，滿庭荒草易黃昏。」
截取	〈如夢令〉（湖上煙銷金鏡）：「重省。重省。」	1	呂巖〈卜算子〉：「供養及修行，舊話成重省。」
化用	〈菩薩蠻〉（星河昨夜天如洗）：「星河昨夜天如洗」	1	李之儀〈滿庭芳〉：「天如洗，星河盡掩，全勝異時看。」
增損	〈玉樓春〉（午窗睡起香銷鴨）：「斜倚粧臺開鏡匣」	1	李崇嗣〈覽鏡〉：「今朝開鏡匣，疑是逢故人。」
增損	〈蝶戀花〉（紫燕雙飛深院靜）：「簟枕紗厨」	1	李清照〈醉花陰〉：「佳節又重陽，玉枕紗厨，半夜涼初透。」
化用	〈蝶戀花〉（紫燕雙飛深院靜）：「拂拭菱花看寶鏡」	1	李群玉〈將遊荊州投魏中丞〉：「貧埋病壓老巉岏，拂拭菱花不喜看。」
截取	〈卜算子〉（素魄照藤床）：「別院砧聲響」	1	李頎〈送魏萬之京〉：「關城曙色催寒近，御苑砧聲向晚多。」
截取	〈漁家傲〉（剛過淮流風景變）：「平原落日吟羌管。」	1	李嶠〈軍師凱旋自邕州順流舟中〉：「芳樹吟羌管，幽篁入楚詞。」
鎔鑄	〈臨江仙〉（爲愛西庄花滿樹）：「村醪隨意兩三巡。」	1	汪莘〈浣溪沙〉：「少陵形瘦不封侯，村醪閒飲兩三甌。」

截取	〈醉江月〉（纖腰嬝嬝）：「當此時、寂寞倚闌干，成愁結。」	1	阮逸女〈花心動·春詞〉：「斷魂遠、閒尋翠徑，頓成愁結。」
化用	〈玉樓春〉（午窗睡起香銷鴨）：「咬損纖纖銀指甲」	1	和凝〈楊柳枝〉：「醉來咬損新花子，拽住仙郎盡同方嬌。」 白居易〈霓裳舞衣〉：「清絃脆管纖纖手，教得霓裳一曲成。」
化用	〈浣溪沙〉（窗外雲深月不明）：「幾番欹枕待雞鳴。」	1	孟郊〈西齋養病夜懷多感因呈上從叔子雲〉：「遠客夜衣薄，厭眠待雞鳴。」
截取	〈風入松〉（崇巒雨過碧瑤光）：「青冥杳靄無塵到，比龍宮、分外清涼。」	1	花蕊夫人〈宮詞〉五十七：「玉清迢遞無塵到，殿角東西五月寒。」
增損	〈畫堂春〉（午窗睡起倚樓時）：「流鶯啼斷綠楊枝」	1	金車美人〈與謝翱贈答詩〉：「惆悵金閨卻歸去，曉鶯啼斷綠楊枝。」
化用	〈念奴嬌〉（中流鼓楫）：「禁體詞成，過眉酒熱，把唾壺敲缺。」	1	南朝宋·劉義慶《世說新語·豪爽》：「王處仲（王敦）每酒後輒詠：『老驥伏櫪，志在千里。烈士暮年，壯心不已。』以如意打唾壺，壺口盡缺。」
截取	〈何滿子〉（天際江流東注）：「衰草寒煙無意思。」	1	姜夔〈淒涼犯〉：「馬嘶漸遠，人歸甚處，戍樓吹角，情懷正惡。更衰草寒煙淡薄。」 王安石〈寄吳沖卿二首〉之二：「時節只應無意思，亦如何路判春秋。」
截取	〈醉江月〉（纖腰嬝嬝）：「上苑風和，瑣窗晝靜，調弄嬌鶯語。」	1	姚合〈賞春〉：「嬌鶯語足方離樹，戲蝶飛高駛過牆。」
襲用	〈玉樓春〉（狂風落盡深紅色）：「春色惱人眠不得」	1	柳華淑〈望江南〉：「春色惱人眠不得，卷簾移步下香階。呵凍卜金釵。」
化用	〈風流子〉（新陽上簾幌）：「瀟湘人遠，空采蘋花。」	1	柳惲〈江南春〉：「汀洲采白蘋，日落江南春。洞庭有歸客，瀟湘遇故人。」
鎔鑄	〈浣溪沙〉（風攪花陰舞扇羅）：「風攪花陰舞扇羅」	1	洪适〈滿庭芳〉：「風攪花間，雨慳柳下，人人懶拂愁眉。」

鎔鑄	〈蝶戀花〉（舟泊潯陽城下住）：「九派江分從此去。」	1	皇甫冉〈送李錄事赴饒州〉：「山從建業千峰出，江至潯陽九派分。」
化用	〈酹江月〉（滿天風雪）：「玉洞花光，金城柳眼，何用生淒愴。」	1	胡宿〈感舊〉：「曾迷玉洞花光老，欲過金城柳眼新。」
鎔鑄	〈鷓鴣天〉（寒食清明節尚遙）：「鶯花牽惹芒鞋夢，踏遍珠湖柳下橋。」	1	范成大〈寄題西湖，並送淨慈顯老三絕〉：「南北高峰舊往還，芒鞋踏遍兩山間。」
截取	〈南鄉子〉（月色滿湖村）：「一榻凝塵空掩門。」	1	韋應物〈寓居澧上精舍寄於張二舍人〉：「道心淡泊對流水，生事蕭疏空掩門。」
化用	〈畫堂春〉（湖鄉一望水雲平）：「欲憑遠夢訴離情。夢也難成。」	1	晏幾道〈阮郎歸〉：「夢魂縱有也成虛，那堪和夢無。」 朱希真〈失調名〉：「欲寄花牌傳密意，奈無黃耳堪憑。待修錦字訴離情。」
截取	〈浪淘沙〉（九日雨蕭蕭）：「短髮頻搔。」	1	晁補之〈用寄成季韻呈魯直〉：「窮吟百軸傳未已，短髮頻搔為君喜。」
截取	〈鷓鴣天〉（窈窕簾櫳淡蕩風）：「窈窕簾櫳淡蕩風。」	1	晁端禮〈鷓鴣天〉：「半天樓殿朦朧月，午夜笙歌淡蕩風。」
截取	〈楊柳枝〉（陌上津頭萬縷金）：「若為借得東風力，繫住春來蕩子心。」	1	翁洮〈冬〉：「歸來未得東風力，魂斷三山九萬程。」
鎔鑄	〈風入松〉（崇巒雨過碧瑤光）：「好酌盃中芳酒，少留樹杪斜陽。」	1	袁去華〈菩薩蠻〉：「樹杪又斜陽，迢迢歸路長。」
襲用	〈玉樓春〉（狂風落盡深紅色）：「倚樓無語欲銷魂。」	1	寇準〈踏莎行〉：「倚樓無語欲銷魂，長空黯淡連芳草。」
截取	〈蝶戀花〉（紫燕雙飛深院靜）：「閑折海榴過翠徑」	1	崔湜〈唐都尉山池〉：「金子懸湘柚，珠房折海榴。」
化用	〈生查子〉（涼颼動翠簾）：「玉人來不來。」	1	崔鶯鶯〈答張生〉：「拂牆花影動，疑是玉人來。」
襲用	〈臨江仙〉（為愛西庄花滿樹）：「恍然迷處所，疑入武陵源。」	1	張九齡〈與生公尋幽居處〉：「疑入武陵園，如逢漢陰老。」

鎔鑄	〈如夢令〉（湖上煙銷金鏡）：「十二闌干同凭」	1	張先〈木蘭花慢〉：「尊前有箇好人人，十二闌干同倚。」
化用	〈風流子〉（新陽上簾幌）：「此時因重省，瑤臺畔，曾遇翠蓋香車。」	1	張泌〈浣溪沙〉：「晚逐香車入鳳城，東風斜揭繡簾輕，慢回嬌眼笑盈盈。」
截取	〈醉江月〉（夜涼湖上）：「夜涼湖上，酌芳樽、對此一輪皓月。」	1	張掄〈朝中措〉：「一尊美酒，一輪皓月，一弄山歌。」
截取	〈柳梢青〉（簾幙凝寒）：「久辜卻、秦樓楚山。」	1	張說〈對酒行巴陵作〉：「鳥哭楚山外，猿啼湘水陰。」
化用	〈楊柳枝〉（湖上春深柳線齊）：「半拖煙水半垂堤。」	1	張諤〈延平門高齋亭子應岐王教〉：「昨夜蒲萄初上架，今朝楊柳半垂堤。」 毛滂〈浣溪沙〉：「芳草池塘新漲綠，官橋楊柳半拖青。」
截取	〈更漏子〉（繡簾垂）：「調嬌笑」	1	張籍〈白頭吟〉：「憶昔君前嬌笑語，兩情宛如縈素。」
化用	〈醉蓬萊〉（艤舟春江渚）：「幾年江湖，高情醖釀，多少經綸，待君施設。」	1	曹冠〈桂飄香〉：「傅巖莘野時方隱，心先定，經綸施設。」
化用	〈喜遷鶯〉（梅花春動）：「白雪歌翻瑤瑟，玄露酒傾銀甕。」	1	曹唐〈玉女杜蘭香下嫁於張碩〉：「怨入清塵愁錦瑟，酒傾玄露醉瑤觴。」
截取	〈點絳唇〉（夾口停舟）：「音書杳。」	1	曹組〈小重山〉：「音書杳，前事忍思量。」
化用	〈柳梢青〉（垂柳烟濃）：「杏萼飄紅」	1	梅堯臣〈春鳩〉：「春物況不晚，杏萼已半紅。」
截取	〈浪淘沙〉（九日雨蕭蕭）：「天寒萬木向人號。」	1	許棠〈登山〉：「獼猴呼獨散，隔水向人號。」
截取	〈臨江仙〉（爲愛西庄花滿樹）：「墻頭遙見簇紅雲。」	1	陳允平〈思佳客〉：「簇簇紅雲冷欲凝，東風特地喚花醒。」
襲用	〈玉樓春〉（狂風落盡深紅色）：「炯樹重重芳信隔。」	1	陳克〈謁金門〉：「愁脈脈。目斷江南江北。炯樹重重芳信隔。小樓山幾尺。」

增損	〈長相思〉(春已闌):「清漏迢迢夜度難」	1	陸龜蒙〈和襲美木蘭院次韻〉:「苦吟清漏迢迢極,月過花西尚未眠。」
截取	〈醉蓬萊〉(艤舟春江渚):「燭春熙,金蓮夜靜,做伊周功業。」	1	無名氏〈青玉案〉:「伊周功業何須慕,不學淵明便歸去。」
化用	〈風流子〉(新陽上簾幌):「堪娛處,林鶯啼暖樹,渚鴨睡晴沙。」	1	程垓〈菩薩蠻〉:「小鴨睡晴沙,翠烘三兩花。」 白居易〈錢唐潮春行〉:「幾處早鶯爭暖樹。誰家新燕啄春泥。」
截取	〈酹江月〉(夜涼湖上):「夜涼湖上,酌芳樽、對此一輪皓月。」	1	程珌〈水調歌頭〉:「三拊當時頑石,喚醒隆中一老,細與酌芳尊。」 張掄〈朝中措〉:「一尊美酒,一輪皓月,一弄山歌。」
截取	〈柳枝〉(柳枝復柳枝):「記逢寒食時,一枝垂鬢腳。」	1	舒亶〈木蘭花〉:「傷春還是懶梳妝,想見綠雲垂鬢腳。」
截取	〈臨江仙〉(客路光陰渾草草):「村雞啼月下林梢。」	1	黃滔〈冬暮山舍喜標上人見訪〉:「共談慵僻意,微日下林梢。」
增損	〈長相思〉(春已闌):「煙波傷玉顏」	1	楊巨源〈大提曲〉:「無端嫁與五陵少,離別煙波傷玉顏。」
截取	〈醉花陰〉(遠岫輕雲):「點染秋容艷」	1	楊炯〈折楊柳〉:「秋容凋翠羽,別淚損紅顏。」
增損	〈長相思〉(春已闌):「花已殘」	1	楊萬里〈披僊閣上酴醾〉:「酴醾約我早來看,及至來看花已殘。」
增損	〈蝶戀花〉(紫燕雙飛深院靜):「紫燕雙飛深院靜」	1	楊凝〈春怨〉:「綠窗孤寢難成床,紫燕雙飛似弄人。」
截取	〈踏莎行〉(昨日清明):「東風不管倦遊人,一齊吹過城南寺。」	1	葉夢得〈清平樂〉:「東風不管,燕子初來,一夜春寒。」
截取	〈憶秦娥〉(江風阻):「長鳴似向幽人語。」	1	葛勝仲〈點絳唇〉:「雲外哀鴻,似替幽人語。」
化用	〈憶秦娥〉(秋風烈):「知音去後朱絃絕。」	1	趙鼎〈花心動〉:「綠琴三嘆朱絃絕。與誰唱、陽春白雪。」
截取	〈風入松〉(崇巒雨過碧瑤光):「花木遞幽香。」	1	齊己〈早梅〉:「風遞幽香去,禽窺素豔來。」

截取	〈水調歌頭〉（泛我唱蒲酒）：「俯瞰小橋流水，仰看高岑飛鳥，一嘯碧天長。」	1	劉兼〈訪飲妓不遇招酒徒不至〉：「小橋流水接平沙，何處行雲不在家。」 毛文錫〈臨江仙〉：「朱弦凄切，雲散碧天長。」
截取	〈點絳唇〉（夾口停舟）：「烟波浩渺。」	1	劉滄〈經過建業〉：「烟波浩渺空亡國，楊柳蕭條有幾家。」
鎔鑄	〈憶秦娥〉（秋風烈）：「鴈聲嘹嚦增凄切。」	1	蔣捷〈滿江紅〉：「笑新來、多事是征鴻，聲嘹嚦。」
截取	〈蝶戀花〉（舟泊潯陽城下住）：「今夜月明風細細。」	1	鄭谷〈恩門小諫雨中乞菊栽〉：「遞香風細細，澆綠水瀰瀰。」
截取	〈醉江月〉（夜涼湖上）：「水天一色，坐來肌骨清徹。」	1	盧仝〈蜻蜓歌〉：「黃河中流日影斜，水天一色無津涯。」
截取	〈更漏子〉（繡簾垂）：「新燒爐火紅」	1	盧照鄰〈行路難〉：「不見朱唇將玉貌，唯聞素棘與黃泉。」
化用	〈鷓鴣天〉（山路崎嶇照葦叢）：「露衣暗溼霏霏霧，捲幔涼生細細風。」	1	錢起〈奉和宣城張太守南亭秋夕懷友〉：「捲幔浮涼入，聞鐘永夜清。」 周邦彥〈夜飛鵲〉：「銅盤燭淚已流盡，霏霏涼露霑衣。」
化用	〈生查子〉（涼颭動翠簾）：「月上蒲萄架」	1	儲光羲〈薔薇〉：「低邊綠刺已牽衣，蒲萄架上朝光滿。」
鎔鑄	〈醉江月〉（纖腰嫋嫋）：「掩映夕陽千萬樹，不道離情正苦。」	1	戴叔倫〈畫蟬〉：「斜陽千萬樹，無處避螳螂。」
截取	〈玉燭新〉（泰階開景運）：「試看取、紫綬金章，朱顏綠鬢。」	1	戴復古〈滿江紅〉：「試看取、珠篇玉句，銀鉤鐵畫。」 薛逢〈送西川杜司空赴鎮〉：「黑眉玄髮尚依然，紫綬金章五十年。」 黃庭堅〈鼓笛慢〉：「看朱顏綠鬢，封侯萬里，寫凌煙像。」
截取	〈木蘭花〉（參差簾影晨光動）：「露桃雨柳矜新寵」	1	薛奇童〈楚宮詞〉：「艷舞矜新寵，愁容泣舊恩。」
截取	〈玉燭新〉（泰階開景運）：「試看取、紫綬金章，朱顏綠鬢。」	1	薛逢〈送西川杜司空赴鎮〉：「黑眉玄髮尚依然，紫綬金章五十年。」

截取	〈喜遷鶯〉（驪歌江渚）：「方羨化行南國，又報郡移東土。」	1	薛稷〈儀坤廟樂章二首〉：「化行南國，道盛西陵。」
截取	〈念奴嬌〉（千門明月）：「千門明月，天如水、正是人間佳節。」	1	薛曜〈正夜侍宴夜詔〉：「雙闕祥烟裏，千門明月中。」 京鏜〈念奴嬌〉：「天上良宵，人間佳節，初不分今昔。」
襲用	〈酹江月〉（夜涼湖上）：「自念塵滿征衫，無人爲浣，灑淚今成血。」	1	謝懋〈浪淘沙〉：「倦客意何堪。塵滿征衫。明朝野水幾重山。」
化用	〈謁金門〉（新雨後）：「新雨後。碧樹含風涼透。」	1	韓元吉〈瑞鶴仙〉：「西風吹暮雨，正碧樹涼生。」 權德輿〈奉和聖製九月十八日賜百寮追賞因書所懷〉：「黃花媚新霽，碧樹含餘清。」
截取	〈憶秦娥〉（庾樓月）：「涼風清露，瑤臺銀闕。」	1	韓世宗〈滿江紅〉（萬里長江）：「漫說道、秦宮漢帳，瑤臺銀闕。」
化用	〈漁家傲〉（剛過淮流風景變）：「離腸暗逐車輪轉。」	1	韓愈〈遠游聯句〉：「愈孟郊李翱，別腸車輪轉。」
鎔鑄	〈摸魚兒〉（傍湖濱）：「君念否。最可惜、霜天閑卻傳盃手。」	1	蘇過〈點絳唇〉：「好箇霜天，閒卻傳杯手。」
截取	〈漁家傲〉（剛過淮流風景變）：「情莫遣。素衣一任緇塵染。」	1	蘇頲〈奉和姚令公溫湯舊館詠懷故人盧公之作〉：「新慟情莫遣，舊詞更述。」

第七章　結　論

　　明代中葉的詞遭受俗文學的擠壓，文人競相作詩塡曲，行有餘力而後塡詞，在這種氣氛下，張綖反其道而行，他沒有曲作，以詞爲詩，以專門詞家現身詞壇，他很清楚詞體面臨長久衰微的處境，因此他作詞、作詞譜、詞選、評點，希望帶動塡詞風氣，進而達到推尊詞體的目的，張綖在明詞中興的過程貢獻了一己之力。

　　張綖是少數同時兼具詞譜家、詞論家、詞選家身分的專門詞家，本論文「張綖之生平與著述」一章中，概論作者生平、詩、詞的相關著述。過去論者以楊愼所評點之《草堂詩餘》爲明代第一部評點詞集，然張綖所評點之《草堂詩餘別錄》年代稍早於楊書。是以，張綖《草堂詩餘別錄》當爲明代第一部評點詞集。《草堂詩餘別錄》爲明・吳文節先增刪宋本《草堂詩餘》後，再請張綖作最後刪補並於各詞後評點。選詞目的在去其「猥雜」；選詞標準在「崇雅黜俗」，大抵尚能收去蕪存菁之效。

　　「張綖詞論研究」一章，論張綖詞論，必先釐清婉約、豪放二體說。「豪婉二體」在清・王士禎詮釋下，遂改爲「豪婉二派」說，張綖自此被標舉爲「豪婉二派」首論者。此後，各種分派說法蜂起且莫衷一是。此外，亦有論者回歸問題根本，爲張綖辯稱「豪婉二體」乃指風格而言而非派別，惜均僅就《詩餘圖譜・序》一文著眼，缺乏其他證據，而導致論證薄弱。本論文根據此問題，全面檢視《草

堂詩餘別錄》全文，找出其他論及「體」之相關原文，證明張綖凡言「體」僅涵蓋「風格」一意，未見「派別」一意；再者《杜詩通》中張綖評點文中找出張綖曾爲當代詩家分「派」，用字不用「體」而用「派」，且不僅標舉宗主、流派風格特色，亦指出二派宗祖及其追隨者，與《詩餘圖譜・序》中僅列出二「體」代表人物截然不同。顯然張綖「體」代表風格，「派」代表派別意識清楚，絕非「體」、「派」混用，是以張綖所論爲「豪婉二體」而非「豪婉二派」。釐清此問題後，學生再就己淺見論述豪婉二分風格之合理性。並進而提出「豪婉二體」亦標誌詞學批評史上詞品與人品論批評法之正式開展論點。

張綖首先援引詩論中之「正變」而論詞，自此詞之「正變」說於明清餘波盪漾，影響甚鉅。正變是否隱含高下分別？顯然爲此議題中爭議最多者，因此須回溯首論者原意。首先，張綖在其提出正變論原文中未見高下分別之意；其次從其《草堂詩餘別錄》收蘇詞數量最夥、給予辛詞極高評價看來，在張綖心中「變」詞地位不輸「正」詞；又明代以「正變」論詩者，亦無孰優孰劣之分，張綖援此中性詞語時，當僅取詩之流變現象看詞之流變現象；綜合以上三點，可確知張綖言詞之正變實爲詞史觀點，而非批評觀點。

明人論詞往往有很明顯的詞史意識，張綖對詞體的演進有突破性的見解，陸游首先提到對唐宋五代「能詞不能詩」的疑惑，明代陸深、陳子龍、清代四庫全書都試著解釋，但都不得要領，張綖認爲「情」爲推動文學演進的主因，解釋一個文體經過眾人之手，已用盡抒發「情」的各種方式，後人一再用舊文體抒情，即使「情眞」也不免給人失眞，模仿的感覺，因此新文體的出現又提供文人一個盡情抒「情」的新天地，這可以說是王國維「一代有一代文學」詞史觀的先驅。

「詞譜史觀照中的《詩餘圖譜》」中，對張綖《詩餘圖譜》於詞史上的地位、影響及價值進行探析。擇出明、清二朝著名詞譜，針對

各書著書動機、體例、選詞標準、書序所論做系統整理，爬梳出各詞譜承續關係，並比較其詞論及體例上之特色。此章中特別要強調的是。《詩餘圖譜》所收詞悉依其內容長短排列，其目錄中清楚指出首卷所收者為三十六字至五十七字之詞，名之曰「小令」；卷二收六十字至八十九字之詞，名之曰「中調」；卷三收九十二字至一百二十字之詞，名之曰「長調」，此為詞體分「小令」、「中調」、「長調」之始。一般認為以字數分「小令」、「中調」、「長調」之說法始於顧從敬《類編草堂詩餘》，其實並不正確，顧書刊刻於明嘉靖庚戌年（29 年，西元 1500 年），而張綖《詩餘圖譜》則刊刻於嘉靖丙申年（15 年，西元 1537 年），故詞調分「小令」、「中調」、「長調」三體者，當濫觴張綖《詩餘圖譜》。

「張綖詞作探析」中，過去在各詞學論著中，均僅就已刪汰過之《南湖詩餘》三十闋探析，對張綖詞之評論不免失之偏頗。實際上南湖詞凡 104 闋，主要可分「悼念亡妻」、「思鄉懷遠」、「閨怨閑愁」、「酬贈題畫」、「感慨抒懷」、「閒適豁達」六大內容。其中近於秦觀「風流醞藉」風格為人所熟知，然仔細品味「深婉哀淒」、「沉鬱重濁」、「恬淡清新」之風兼而有之，為其詞作主要風格。於此四大風格之外，間有少數豪放語，南湖詞多方嘗試、不拘一路之創作模式可見一斑。張綖以「崇雅黜俗」為其選詞、論詞之鮮明標幟，而其創作無論各詞體裁、風格為何，俱未超出「雅」詞場域。在這一章中，學生沿襲王師偉勇於〈綜論兩宋詞人借鑒唐詩之技巧〉一文中所整理出之借鑒法，以表格羅列出張綖借鑒前賢作品之面貌。透過借鑒概況探析，借鑒次數較高者為杜甫、白居易、秦觀，張綖不僅借鑒前賢字面，亦接受了杜詩之「沉鬱重濁」、白詩之「恬淡清新」、秦詞之「風流醞藉」。然在「追步秦觀」同時，張綖不承襲秦觀俚詞、語助詞入詞，此可謂張綖嚴守正體，抗拒以曲為詞、以文為詞風氣之一貫堅持。

張綖雖無系統詞話著作，然仔細爬梳零星片語後，發現無論其

詞論、詞選、詞譜或詞作，均相互呼應，以恢復詞之「雅」、「正」爲一貫精神。《詩餘圖譜》兼具詞選功能，注調、分體雖有失疏漏，然影響後世詞譜甚鉅；「豪、婉二體」說，總結宋詞風格可謂宏觀；「正、變說」以詞史觀點，客觀呈現詞體流變；「論詞體之演進」，以「情眞」存、喪與否爲詞體盛、衰關鍵。明朝詞論雖不如清朝深入、系統，然許多詞學論題、重要觀點均濫觴於明代，張綖可謂此之明證。

附錄三：張綖詞箋注

1.〈蝶戀花〉春景

紫燕雙飛深院靜①。簟枕紗厨②，睡起嬌如病。一線碧烟縈藻井③。小鬟茶進龍香餅④。　　拂拭菱花看寶鏡⑤。玉指纖纖⑥，撚唾撩雲鬢。閑折海榴過翠徑⑦。雪貓戲撲風花影。《張南湖先生詩集》、《精選古今詩餘醉》、《草堂詩餘新集》、《少游詩餘》、《古今詞統》、《古今詞話》一，頁 1029、《元明清詞鑑賞辭典》，頁 270、《明詞紀事彙編》、《蝶戀花》收此詞。

【按】

此詞格律與《詩餘圖譜》全合。

【校】

《古今詞話》：詞題作春景。「簟枕」作「寶」枕。

《元明清詞鑑賞辭典》：「紗厨」作紗「窗」。

《精選古今詩餘醉》：「海榴」作海「棠」。

【箋】

① 紫燕雙飛深院靜：唐・楊凝〈春怨〉：「綠窗孤寢難成床，紫燕雙飛似弄人。」紫燕爲燕之一種，亦稱越燕，宋詞中常用以點綴景物或表示傳書之心願。

② 紗厨：亦作紗廚、紗幬。紗帳，室內張施用以隔層或避蚊。唐・司空圖〈王官〉之二：「盡日無人只高臥，一雙白鳥隔紗幬。」李清照〈醉花陰〉：「佳節又重陽，玉枕紗厨，半夜涼初透。」

③ 一線碧烟縈藻井：我國傳統建築中天花板上的一種裝飾處理。一般作成圓形、方形或多邊形的凹面，上面有各種花紋、雕刻和彩畫。《文選・張衡〈西京賦〉》：「蔕倒茄於藻井，披紅葩之狎獵。」此句與陸游〈假中閉戶終日偶得絕句〉：「知是使君初睡起，清香一線透疏簾。」詞意相近。

④ 龍香餅：《草堂詩餘新集》注云：「歐公茶錄：『上品龍茶，仁宗

雖輔相，未嘗輕賜，宮人剪金爲龍鳳餅具上，兩府得之，藏以爲寶。』」

⑤ 拂拭菱花看寶鏡：菱花，指菱花形的花紋。唐・駱賓王〈王昭君〉：「古鏡菱花暗，愁眉柳葉顰。」此句化用唐・李群玉〈將遊荊州投魏中丞〉：「貧埋病壓老巑岏，拂拭菱花不喜看。」

⑥ 玉指纖纖，撚唾撩雲鬢：化用自歐陽脩〈賀明朝〉：「輕轉石榴裙帶，故將纖纖玉指，偷撚雙鳳金線。」

⑦ 海榴：即石榴，又名海石榴，因來自海外，故名。古詩文中多指石榴花。隋・江總〈山庭春日〉詩：「岸綠開河柳，池紅照海榴。」唐・崔湜〈唐都尉山池〉：「金子懸湘柚，珠房折海榴。」

【評】

《古今詞統》：「（『雪貓』句）彼雖一物，有足紀者。」

《精選古今詩餘醉》：「『如病』二字，嬌極。」

沈際飛《草堂詩餘新集》：「『如病』二字，嬌之神。」、「彼雖一物，有足紀者。」

清・沈雄《古今詞話・詞評》卷下：「維揚張世文爲《圖譜》，絕不似《嘯餘譜》、《詞體明辨》之有舛錯，而爲之規規矩矩，亦塡詞家之一助也。乃其自制〈鵲踏枝〉有云：『紫燕雙飛深院靜。寶枕紗廚，睡起嬌如病。一線碧烟縈藻井。小鬟茶進龍香餅。』又『斜日高樓明錦幕。樓上佳人，癡倚闌干角。心事不知緣底惡。對花珠淚雙雙落。』更自新蒨蘊藉，振起一時者。」

「此詞彷彿一幅閨中行樂圖。全圖圍繞一各『嬌』字，著意描寫閨中女子的身姿、神情、動作和心理。開句，燕子雙飛襯托得深院更加寂靜。『嬌如病』，不僅寫出女子初醒乍起的嬌態，也暗示一種孤寂的心情。『拂拭菱花』、『撚唾撩雲鬢』，把女子天眞而又無聊的神態刻畫得唯妙唯肖。」

【編年】

《張南湖先生詩集》於第一卷「弘治十四年至十八年」收之。

2.〈蝶戀花〉題二喬觀書圖

並倚香肩顏鬥玉。鬢角參差，分映芭蕉綠。厭見兵戈爭鼎足。尋芳共
把遺編躅。　　閨閣風流誰可續。沉想清標①，合貯黃金屋②。江左
百年傳舊俗。後宮只解呈新曲。《張南湖先生詩集》、《少游詩餘》

【按】

　　此詞格律與《詩餘圖譜》全合。

【箋】

　　① 清標：杜甫〈哭王彭州掄〉：「夫人先即世，令子各清標。」

　　② 合貯黃金屋：李白・〈姜薄命〉：「漢帝寵阿嬌，貯之黃金屋。」

　　　　江左百年傳舊俗，後宮只解呈新曲：宋・柴元彪〈水龍吟〉：「江

　　　　左百年，風流雲散，不堪重舉。」秦觀〈送蔡子驤用蔡子駿韻〉：

　　　　「惟應用下小叢歌，尚有哀音傳舊俗。」劉禹錫〈和楊師皋給事

　　　　傷小姬英英〉：「撚弦花下呈新曲，放撥燈前謝改名」

【編年】

　　弘治十四年至十八年。

3.〈蝶戀花〉春恨

新草池塘煙漠漠。一夜輕雷，折破妖桃萼①。驟雨隔簾時一作②。餘
寒猶泥羅衫薄。　　斜日高樓明錦幌。樓上佳人，癡倚闌干角。心事
不知緣底惡。對花珠淚雙雙落③。《張南湖先生詩集》、《少游詩餘》，頁1029、
《精選古今詩餘醉》、《草堂詩餘新集》、《蘭皋明詞匯選》、《古今詞話》一

【按】

　　此詞格律與《詩餘圖譜》全合。

【校】

　　《蘭皋明詞匯選》：詞序作「春恨」。

【箋】

　　① 一夜輕雷，折破妖桃萼：妖桃萼，妖桃即夭桃，《詩・周南・桃
　　　　夭》：「桃之夭夭，灼灼其華。」後以「夭桃」稱艷麗的桃花，
　　　　宋・曾鞏〈南湖行〉之二：「蒲芽荇薈自相依，躑躅夭桃開滿

枝。」夭桃萼，即桃花蕾，周邦彥〈蝶戀花・柳〉：「桃萼新香梅
落後，暗葉藏鴉，冉冉垂亭牖。」輕雷，唐・高適〈陪竇侍御靈
雲南亭宴詩得雷字〉：「新秋歸遠樹，殘雨擁輕雷。」此句與陸游
〈歸興〉：「輕雷輾轆斷梅初，殘篲縱橫過箚餘」、秦觀〈春日五
首〉之二：「一夕輕雷落萬絲，霽光浮瓦碧差差。」有異曲同工
之妙。

　②驟雨隔簾時一作：歐陽脩〈阮郎歸〉：「隔簾風雨閉門時，此情風
　　月知。」

　③對花珠淚雙雙落：化用李白〈閨情〉：「玉箸夜垂流，雙雙落朱
　　顏。」

【評】

　李葵生云：「心事亦不難知，對花彈淚，要只是爲花耳。」

　顧璟芳云：「西雯（李葵生字）此語太瞞人也。」

　沈際飛《草堂詩餘新集》云：「不知妙，讀未畢，而目前言表，可
　思可見矣！然終不可知。」

　清・沈雄《古今詞話・詞評》卷下：「維揚張世文爲《圖譜》，絕不
　似《嘯餘譜》、《詞體明辨》之有舛錯，而爲之規規矩矩，亦塡詞家
　之一助也。乃其自制〈鵲踏枝〉有云：『紫燕雙飛深院靜。寶枕紗
　廚，睡起嬌如病。一線碧烟縈藻井。小鬟茶進龍香餅。』又『斜日
　高樓明錦幕。樓上佳人，癡倚闌干角。心事不知緣底惡。對花珠淚
　雙雙落。』更自新蒨蘊藉，振起一時者。」

【編年】

　弘治十四年至十八年間。

4.〈木蘭花〉春思

參差簾影晨光動①。露桃雨柳矜新寵②。閒愁多仗酒驅除③，春思不
禁花從臾。　　倚樓聽徹單于弄。卻憶舊歡空有夢。當時誤入飲牛津，
何處重尋聞犬洞④。《張南湖先生詩集》、《南湖詩餘》、《少游詩餘》、《精選古今詩餘
醉》、《草堂詩餘新集》

【按】

此詞平仄與《詩餘圖譜》三處不合。思、從有仄聲音，故屬合律。

【校】

《張南湖先生詩集》作「花從曳」，《精選古今詩餘醉》作「臾」，《全明詞》作「更」。

【箋】

① 參差簾影晨光動：元稹〈連昌宮詞〉：「晨光未出簾影動，至今反挂珊瑚鉤」

② 露桃雨柳矜新寵：露桃，唐・顧況〈瑤草春〉：「池上鵁鶄鶴孤影，露桃穠李自成谿。」雨柳，元稹〈景申秋八首〉：「雨柳枝枝弱，風光片片斜。」唐・薛奇童〈楚宮詞〉：「艷舞矜新寵，愁容泣舊恩。」

③ 閒愁多仗酒驅除：此句化用蘇轍〈次韻吳興李行中秀才見寄并求醉眠亭詩二首〉：「寵辱何須身自試，窮愁不待酒驅除。」

④ 當時兩句：牛津，天河也。宋・楊億〈戊申年七夕五絕〉之四：「爭如靈匹年年別，莫恨牛津隔風輈。」此二句化用唐・韓偓〈無題〉：「欋尋聞犬洞，槎入飲牛津。」《草堂詩餘新集》注云：「《博物志》：『有人居海上，每年八月，見浮槎來，乃乘之。到一處，見婦人織，丈夫牽牛渚次飲之，即問此是何處？答曰：可問嚴君平。曰：有客星犯牛女，即此人也。』陶潛記：武陵人捕魚緣溪行，忽逢桃花林，林盡便得一山，山有小口，從口入，豁然開朗，有良田美池，桑竹之屬，阡陌交通，雞犬相聞。」

【評】

沈際飛《草堂詩餘新集》：「二句寒亮明媚。」

【編年】

弘治十四年至十八年。

5.〈浪淘沙〉

花下酌芳樽。情意交忻。勸郎①深飲笑郎醺。私語未明還側耳②，不

肯重論。《張南湖先生詩集》、《南湖詩餘》

【按】

　〈浪淘沙〉爲雙調小令，此詞少下片，此詞格律與《詩餘圖譜》全合。

【箋】

　① 勸郎：唐・杜甫〈奉酬薛十二丈判官見贈〉：「不是無膏火，勸郎勤六經。」

　② 私語未明還側耳：唐白居易〈長恨歌〉：「七月七日長生殿，夜半無人私語時。」此句語白居易詩境相似。側耳，唐・李白〈將進酒〉：「與君歌一曲，請君爲我側耳聽。」

【編年】

　弘治十四年至十八年。

6.〈畫堂春〉

湖鄉一望水雲平。斷腸烟靄層城①。斜陽立盡暮鴻聲②。無限淒清。　　聚會春風楚峽，相思碧海③秦瀛。欲憑遠夢訴離情。夢也難成④。《南湖詩餘》、《張南湖先生詩集》

【按】

　此詞格律與《詩餘圖譜》全合。

【校】

　《南湖詩餘》、《明詞彙刊》：層城作層「層」。

【箋】

　① 斷腸烟靄層城：烟靄，雲霧。唐・岑參〈東坡發犍爲至泥溪舟中作〉：「烟靄吳楚連，溯沿湖海通」。層城，高城、重城，南朝宋・劉義慶《世說新語・言語》：「遙望層城，丹樓如霞。」唐・杜甫〈奉和嚴中丞西城晚眺十韻〉：「層城臨霞景，絕域望餘春。」

　② 斜陽立盡暮鴻聲：此句化用宋・柳永〈玉蝴蝶〉其一：「指暮天、空識歸航。黯相望。斷鴻聲裏，立盡斜陽。」

③ 碧海：晏殊〈長生樂〉：「閬苑神仙平地見，碧海架蓬瀛。」

④ 欲憑二句：化用朱希眞（失調名）：「欲寄花牌傳密意，奈無黃耳堪憑。待修錦字訴離情。」與晏幾道〈阮郎歸〉：「夢魂縱有也成虛，那堪和夢無。」二闋詞意。

【編年】

弘治十四年至十八年。

7.〈畫堂春〉

午窗睡起倚樓時。暮寒輕透羅衣。平湖春水送斜暉①。望遍天涯。　　舊事碧雲冉冉，新愁芳草萋萋②。流鶯啼斷綠楊枝③。滿院花飛④。《張南湖先生詩集》、《南湖詩餘》

【按】

此詞格律與《詩餘圖譜》全合。

【箋】

① 送斜暉：截取自唐・李商隱〈落花〉：「參差連曲陌，迢遞送斜暉。」

② 碧雲二句：宋・劉克莊〈沁園春〉：「悵佳人來未。碧雲冉冉，王孫去後，芳草萋萋。」張詞顯化用此詞意，以寓人事已非之慨。

③ 流鶯啼斷綠楊枝：化用唐・金車美人〈與謝翱贈答詩〉：「惆悵金閨卻歸去，曉鶯啼斷綠楊枝。」

④ 滿院花飛：截取自毛熙震〈清平樂〉「正是銷魂時節，東風滿院花飛。」

【編年】

弘治十四年至十八年。

8.〈柳梢青〉

簾幕凝寒。霜清畫角①，月滿雕闌。密意憑誰②，良宵如許，可惜空閒。　　少年底事相關。久辜卻、秦樓③楚山④。曲曲屏圍⑤，昏昏燈火，坐到更闌。《張南湖先生詩集》、《南湖詩餘》

【按】

此詞平仄與《詩餘圖譜》一處不合（《詩餘圖譜》誤刻）。

【校】

《南湖詩餘》：辜卻作「孤」卻。

【箋】

① 畫角：古樂器名，傳自西羌，形如竹筒，本細末大，以竹木或皮革等製成，因表面有彩繪，故稱，古代軍中管樂器，多用以警昏曉，振士氣。南朝‧梁簡文帝〈折楊柳〉：「城高短簫發，林空畫角悲。」

② 密意憑誰：宋‧曾覿〈念奴嬌〉：「禁漏迢迢，邊鴻杳杳，密意憑誰說。」

③ 秦樓：秦穆公爲其女弄玉所建之樓，事見劉向《列仙傳》，南朝梁‧沈約〈修竹彈甘蕉文〉：「巫岫斂雲，秦樓開照。」

④ 楚山：泛指楚地之山，唐‧張說〈對酒行巴陵作〉：「鳥哭楚山外，猿啼湘水陰。」

⑤ 曲曲屏圍：宋‧陸游〈書適〉詩：「曲曲素屏圍倦枕，斜斜筠架閣殘書。」

【編年】

弘治十四年至十八年。

9.〈柳梢青〉

垂柳烟濃。鶯兒哺子，杏萼飄紅①。寒食初過，秋千未拆②，寂寞春風③。　　雲波④芳信誰通。空倩問、殘鱗斷鴻。無限相思，夕陽窗外，新月墻東。《張南湖先生詩集》、《南湖詩餘》、《御選歷代詩餘》

【按】

此詞平仄與《詩餘圖譜》二處不合。

【校】

《南湖詩餘》（《明詞彙刊》）：秋千作「鞦韆」。

【箋】

① 杏萼飄紅：宋・梅堯臣〈春鳩〉：「春物況不晚，杏萼已半紅。」

② 秋千未拆：宋・秦觀〈阮郎歸〉：「千秋未拆水平堤，落紅成地衣。」

③ 寂寞春風：唐・張祜〈感王將軍柘枝妓歿〉：「寂寞春風舊柘枝，舞人休唱曲休吹。」

④ 雲波：雲狀的水波，《藝文類聚》卷七十三錄漢・應瑒《車渠椀賦》：「象蜿虹之輔體，中含曜乎雲波。」唐・李商隱〈西溪〉：「京華他夜夢，好好寄雲波。」李商隱欲憑溪水把夢傳到京中，張綖借用此意，表達相思無處寄之愁。

【編年】

弘治十四年至十八年。

10.〈謁金門〉

新雨後。碧樹含風涼透①。簾捲遠山開白晝②。梧桐飛井甃③。　　夢斷雲窗月牖④。瘦損⑤不堪重瘦。簾外晚情簷鵲鬥⑥。音書何處有。

《張南湖先生詩集》、《南湖詩餘》

【按】

此詞格律與《詩餘圖譜》全合。

【箋】

① 碧樹含風涼透：唐・權德輿〈奉和聖製九月十八日賜百寮追賞因書所懷〉：「黃花媚新霽，碧樹含餘清。」宋・韓元吉〈瑞鶴仙〉：「西風吹暮雨，正碧樹涼生。」

② 簾捲遠山開白晝：唐・吳融〈廢宅〉：「幾樹好花閒白晝，滿庭荒草易黃昏。」

③ 井甃：井壁，南朝梁・沈約《郊居賦》：「決淳湀之汀瀅，塞井甃之淪坳。」李商隱〈井泥四十韻〉：「他日井甃畢，用土益作堤。」

④ 月牖：宋・蘇轍〈文與可學士墨君堂〉：「風庭響交戛，月牖散凌

亂。」

⑤ 瘦損：唐・白居易〈仲夏齋居偶題八韻寄微之及崔胡州〉：「肌膚
雖瘦損，方寸任清虛。」

⑥ 外晚情簷鵲鬪：宋・陸游〈旦起〉：「已賴林鳩枝宿雨，更煩簷鵲
報新晴。」

【編年】

弘治十四年至十八年。

11.〈玉樓春〉

午窗睡起香銷鴨①。斜倚粧臺開鏡匣②。雲鬟整罷卻回頭③，屏上依
稀描楚峽④。　　支頤⑤痴思眉愁壓。咬損纖纖銀指甲⑥。柔腸斷盡
少人知，閒看花簾雙蝶狎。《張南湖先生詩集》、《少游詩餘》

【按】

此詞平仄與《詩餘圖譜》一處不合。

【箋】

① 午窗睡起香銷鴨：宋・朱淑眞〈眼兒媚〉：「午窗睡起鶯聲巧，何
處喚春愁。」朱淑眞〈阿那曲〉：「夢回酒醒春愁怯。寶鴨煙銷香
未歇。」

② 開鏡匣：唐・李崇嗣〈覽鏡〉：「今朝開鏡匣，疑是逢故人。」

③ 雲鬟整罷卻回頭：唐・杜甫〈月夜〉：「香霧雲鬟溼，清輝玉臂寒。」
杜牧〈入茶山下題水口草市絕句〉：「驚起鴛鴦豈無恨，一雙飛去
卻回頭。」

④ 楚峽：楚地峽谷，多指巫峽，唐・孟浩然〈行出東山望漢川〉：「猿
聲亂楚峽，人語帶巴鄉。」

⑤ 支頤：以手托下巴，唐・白居易〈除夜〉：「薄晚支頤坐，中宵枕
臂眠。」

⑥ 咬損纖纖銀指甲：五代・和凝〈楊柳枝〉：「醉來咬損新花子，拽
住仙郎盡同方嬌。」唐・白居易〈霓裳舞衣〉：「清絃脆管纖纖手，
教得霓裳一曲成。」

【編年】

　　弘治十四年至十八年。

12.〈憶秦娥〉

春睡後。黃鸝門外啼清晝。啼清晝①。垂楊庭院，落花時候。　　紛紛時見沾襟袖②。惜春常是眉兒皺③。眉兒皺。綠陰芳草④，依然如舊。《張南湖先生詩集》、《南湖詩餘》

【按】

　　此詞格律與《詩餘圖譜》全合。

【校】

　　《南湖詩餘》(《明詞彙刊》)：庭院作「亭」院。

【箋】

　　①啼清晝：唐·杜甫〈乾元中寓居同谷縣作歌七首〉之四：「嗚呼四歌兮歌四奏，林猿為我啼清晝。」

　　②沾襟袖：宋·柳永〈笛家弄〉：「空遺恨、望仙鄉，一餉銷凝，淚沾襟袖。」

　　③眉兒皺：宋·黃庭堅〈點絳唇〉：「聞道伊家，終日眉兒皺。」

　　④綠陰芳草：宋·陸游〈窗下戲詠〉：「綠陰芳草佳風月，不是花時也解來。」

【編年】

　　弘治十四年至十八年。

13.〈長相思〉

春已闌①。花已殘②。人在天涯信未還③。煙波傷玉顏④。　　枕又單。衣又寒⑤。清漏迢迢夜度難⑥。空將珠淚彈。《張南湖先生詩集》、《南湖詩餘》

【按】

　　此詞格律與《詩餘圖譜》全合。

【校】

　　《張南湖先生詩集》：衣又寒作「衾」又寒。

【箋】

① 春已闌：唐・李白〈涇溪東亭寄鄭少府諤〉：「杜鵑花開春已闌，歸向陵陽釣魚晚。」

② 花已殘：宋・楊萬里〈披僊閣上酴醿〉：「酴醿約我早來看，及至來看花已殘。」

③ 人在天涯信未還：宋・蔡伸〈點絳唇〉：「人在天涯，雁背南雲去。」皇甫冉〈李二侍御丹陽東去新亭〉：「姑蘇東望海陵間，幾度裁書信未還。」

④ 煙波傷玉顏：此句截取唐・楊巨源〈大提曲〉：「無端嫁與五陵少，離別煙波傷玉顏。」

⑤ 衣又寒：唐・杜甫〈彭衙行〉：「既無禦雨備，徑滑衣又寒。」

⑥ 清漏迢迢夜度難：唐・陸龜蒙〈和襲美木蘭院次韻〉：「苦吟清漏迢迢極，月過花西尚未眠。」

【編年】

弘治十四年至十八年。

14.〈如夢令〉

湖上煙銷金鏡。水色天光相映。記得畫樓前，十二闌干同凭①。重省②。重省。依舊去年風景③。《張南湖先生詩集》、《南湖詩餘》

【按】

《詩餘圖譜》無此調。

【箋】

① 十二闌干同凭：唐・張先〈木蘭花慢〉：「尊前有箇好人人，十二闌干同倚。」

② 重省：唐・呂巖〈卜算子〉：「供養及修行，舊話成重省。」

③ 依舊去年風景：宋・周密〈夜行船〉：「繡閣藏春，海棠偷暖，還似去年風景。」

【編年】

弘治十四年至十八年。

15.〈浣溪沙〉

風攪花陰①舞扇羅。疎簾清簟颭湘波②。隔墻誰唱竹枝歌③。　　寶鼎⑤裊雲秋意嫩，玉簫吹月夜涼多⑥。今年新鴈信如何。《張南湖先生詩集》、《南湖詩餘》、《御選歷代詩餘》

【按】

　　此詞格律與《詩餘圖譜》全合。

【校】

　　《南湖詩餘》：今年作今「季」。

　　《南湖詩餘》（《明詞彙刊》）：秋意嫩作秋意「媆」。今年作今「季」。

【箋】

　　①風攪花陰：此句增損自宋・洪适〈滿庭芳〉：「風攪花間，雨慳柳下，人人懶拂愁眉。」

　　②疎簾清簟颭湘波：宋・陳師道〈南柯子〉：「天上雲爲瑞，人間睡作魔，疏簾清簟汗成河。」宋・吳文英〈采桑子〉：「翠破紅殘，半簟湘波生曉寒。」

　　③隔墻誰唱竹枝歌：唐・白居易〈憶夢得〉：「幾時紅燭下，聞唱竹枝歌。」

　　④寶鼎：唐・陳子昂〈感遇詩〉三十八首之十四：「寶鼎淪伊穀，瑤臺成古丘。」

　　⑥玉簫吹月夜涼多：宋・張炎〈桂枝香〉：「山陽怨笛，夜涼吹月。」

【編年】

　　弘治十四年至十八年。

16.〈生查子〉

涼颸①動翠簾，門掩清秋夜。不住寒螿鳴，奈此孤燈下。　　玉人來不來②，月上蒲萄架③。猶自倚闌干④，宿鳥都飛罷。《張南湖先生詩集》、《南湖詩餘》

【按】

　　此詞平仄與《詩餘圖譜》一處不合。

【校】

《南湖詩餘》（明詞彙刊）：蒲萄作「葡」萄。

【箋】

① 涼颸：涼風。南朝齊・謝朓〈在郡臥病呈沈尚書〉：「珍簟清夏室，輕扇動涼颸。」

② 玉人來不來：唐・崔鶯鶯〈答張生〉：「拂牆花影動，疑是玉人來。」

③ 月上蒲萄架：唐・儲光羲〈薔薇〉：「低邊綠刺已牽衣，蒲萄架上朝光滿。」

④ 猶自倚闌干：宋・朱淑眞〈菩薩蠻〉：「獨自倚闌干，夜深花正寒。」

【編年】

弘治十四年至十八年。

17.〈醉花陰〉秋怨

遠岫①輕雲。點染秋容艷②。午枕③酒醒時，簾捲殘陽，影照飛⑤。鴉亂。　　鴈書不寄雲間怨。煙鎖④梧桐院。莫道更多愁，鎮日無人，黃菊都開遍。《張南湖先生詩集》、《南湖詩餘》、《精選古今詩餘醉》、《草堂詩餘新集》、《蘭皋明詞匯選》

【按】

字數、平仄與《詩餘圖譜》完全不同，應爲又一體。

【校】

《蘭皋明詞匯選》：詞序作「秋怨」、《南湖詩餘》（《明詞彙刊》）：作雲「閒」怨。

【箋】

① 岫：峰巒，晉・陶潛〈歸去來辭〉：「雲無心以出岫，鳥倦飛而知還。」

② 點染秋容艷：唐・杜甫〈園官送菜〉：「點染不易虞，絲麻雜羅紈。」唐・楊炯〈折楊柳〉：「秋容凋翠羽，別淚損紅顏。」

③午枕：宋・陸游〈醉眠〉：「醉來酣午枕，晴日雷起鼻。」

④煙鎖：五代・馮延巳〈南鄉子〉：「煙鎖鳳樓無限事，茫茫。」

⑤黃菊都開遍：唐・杜甫〈九日〉五首之一：「竹葉於人既無分，菊花從此不須開。」

【評】

李葵生云：「意中有『菊花從此不須開』七字。」

沈際飛《草堂詩餘新集》：「真淡永，使陶彭澤降爲填詞，不是過也。」

【編年】

弘治十四年至十八年。

18.〈菩薩蠻〉

星河昨夜天如洗①。滿樓客夢西風裏。秋水浸銀塘②。芙蓉印骨涼③。 倚闌愁未散。又是新來鴈④。莫望短長亭⑤。歸心正渺冥。

《張南湖先生詩集》、《南湖詩餘》

【按】

此詞格律與《詩餘圖譜》全合。

【箋】

①天如洗：宋・李之儀〈滿庭芳〉：「天如洗，星河盡掩，全勝異時看。」

②銀塘：唐・毛文錫〈虞美人〉：「鴛鴦對浴銀塘暖，水面蒲梢短。」

③印骨涼：唐・李山甫〈贈徐三十〉：「朱排六相助神聳，玉襯一廳浸骨涼。」

④新來雁：宋・陸游〈九月一日未明起坐〉：「忽聞雲表新來雁，起讀燈前未竟書。」

⑤短長亭：唐・王昌齡〈少年行〉：「西陵俠少年，送客短長亭。」

【編年】

弘治十四年至十八年。

19.〈卜算子〉

素魄①照藤床，碧瓦②翻銀浪③。彷彿姮娥欲見人，漠漠煙如障④。　　夜氣透人涼，別院砧聲⑤響。惱碎離人九曲腸⑥，好景無人賞⑦。《張南湖先生詩集》、《南湖詩餘》

【按】

　此詞格律與《詩餘圖譜》全合。

【校】

　《南湖詩餘》（《明詞彙刊》）：別院作「刖」院。

【箋】

　① 素魄：月的別稱，亦指月光。南朝梁・簡文帝〈京洛篇〉：「夜輪懸素魄，朝光蕩碧空。」唐・孟郊〈立德新居〉：「素魄銜夕岸，綠水生曉濤。」

　② 碧瓦：青綠色的琉璃瓦。唐・杜甫〈冬日洛城北謁玄元皇帝廟〉：「碧瓦初寒外，金莖一氣旁。」

　③ 銀浪：宋・石孝友〈漁家傲〉：「披衣望。碧波堆裏排銀浪，月影徘徊天混漾。」

　④ 漠漠煙如障：唐・李白〈菩薩蠻〉：「平林漠漠煙如織，寒山一帶傷心碧。」

　⑤ 砧聲：擣衣聲。唐・李頎：〈送魏萬之京〉：「關城曙色催寒近，御苑砧聲向晚多。」

　⑥ 九曲腸：宋・石孝友〈滿庭芳〉：「鉤引天涯舊恨，雙眉鎖，九曲腸回。」

　⑦ 無人賞：唐・白居易〈微之宅殘牡丹〉：「殘紅零落無人賞，雨打風吹花不全。」

【編年】

　弘治十四年至十八年。

20.〈更漏子〉

繡簾垂①。朱戶掩。風勁鴈聲清遠。屏麝②裊，盞酥融。新燒③爐火

紅。　　偎<u>玉貌</u>④。調嬌笑⑤。共數幾朝多到。雲漠漠⑥，雪垂垂⑦。江天欲暮時。《張南湖先生詩集》、《南湖詩餘》

【按】

此詞平仄與《詩餘圖譜》三處不合。

【校】

《南湖詩餘》：爐火作「鑪」火。

《南湖詩餘》（明詞彙刊）：爐火作「鑪」火。

【箋】

① 繡簾垂。朱戶掩：五代・閣選〈風流子〉：「朱戶掩，繡簾垂。曲院水流花謝，歡罷。」

② 麝：麝香，泛指香氣。唐・張鷟〈遊仙窟〉：「裙前麝散，髻後龍盤。」

③ 新燒：唐・杜甫〈王命〉：「牢落新燒棧，蒼茫舊築檀。」

④ 偎玉貌：唐・盧照鄰〈行路難〉：「不見朱唇將玉貌，唯聞素棘與黃泉。」

⑤ 調嬌笑：唐・張籍〈白頭吟〉：「憶昔君前嬌笑語，兩情宛如縈素。」

⑥ 雲漠漠：唐・劉長卿〈硤石遇雨宴前主簿從兄子英宅〉：「硤石雲漠漠，東風吹雨來。」

⑦ 雪垂垂：唐・賀鑄〈負心期〉：「驚雁失行風翦翦，冷雲成陣雪垂垂。」

【編年】

弘治十四年至十八年。

21.〈鷓鴣天〉悼亡

風挾霜威響竹廊。小窗殘月正思量。水邊分手梅初落，天畔銷魂①菊又香。　　憑翠枕，擁空床。寒更更比昨宵長。甫能做就乘槎夢②，不記銀河路渺茫。《張南湖先生詩集》、《南湖詩餘》

【按】

此詞格律與《詩餘圖譜》全合。

【校】

《南湖詩餘》〈《明詞彙刊》〉：序作「悼亡」。

【箋】

① 銷魂：梁‧江淹〈別賦〉：「黯然銷魂者，為別而已矣。」

② 乘槎夢：晉‧張華《博物志》卷十：「舊說云天河與海通。近世有人居海渚者，年年八月有浮槎去來，不失期，人有奇志，立飛閣於查上，多賚糧，乘槎而去。十餘日中猶觀星月日辰，自後茫茫忽忽亦不絕晝夜。去十餘日，奄至一處，有城郭狀，屋舍甚嚴。遙望宮中多織婦，見一丈夫牽牛渚次飲之。牽牛人乃驚問曰：『何由至此？』此人具說來意，並問此是何處，答曰：『君還至蜀郡訪嚴君平則知之』竟不上岸，因還如期。後至蜀，問君平，曰：『某年月日有客星犯牽牛宿。』計年月，正是此人到天河時也。」

【編年】

弘治十四年至十八年。

22.〈蘭陵王〉

雨初歇。簾捲一鉤淡月。望河漢、幾點疏星，冉冉①纖雲度林樾。此景清更絕。誰念。柔情蘊結。孤燈暗、獨步畫堂，蟋蟀蜈蚣弄時節。　　沉思恨難說。憶花底相逢，親贈羅纈。春鴻秋燕輕離別。擬尋箇錦鯉，寄將尺素，又恐烟波路隔越。歌殘唾壺缺。　　淒咽。意空切。但醉損瓊卮，夢斷瑤闕。御溝曾解流紅葉。待何日重見，霓裳聽徹。彩樓天遠，夜夜襟袖染啼血。《張南湖先生詩集》、《少游詩餘》

【按】

《詩餘圖譜》無此調。

【校】

《少游詩餘》：畫堂作「華」堂。

【箋】

　　① 冉冉：緩慢徐行的樣子。

【編年】

　　弘治十四年至十八年。

23.〈念奴嬌〉

畫橋東過，朱門下，一水閒縈花草。獨駕一舟千里去，心與長天共渺。午暖扶春，輕寒弄曉。是處人蹤少。黯然望極，酒旗①茆屋斜嬝。　　少年無限風流，有誰念我，此際情難表。遙想藍橋②何日到，暗把心期自禱。柳陌輕颺，沙汀殘雪，一路風烟好，攜壺自飲，閒聽山畔啼鳥。

《張南湖先生詩集》、《少游詩餘》

【按】

　　此詞平仄與《詩餘圖譜》五處不合。

【校】

　　《張南湖先生詩集》：沙汀作「莎」汀。

【箋】

　　① 酒旗：酒帘，酒店的旗幟。唐·劉長卿〈春望寄王涔相〉：「依微水戌聞鉦鼓，掩映沙村見酒旗。」

　　② 藍橋：橋名，在陝西省藍田縣東南藍溪上，相傳其地有仙窟，爲唐裴航遇仙女雲英處。唐·裴鉶《傳奇·裴航》：「一飲瓊漿百感生，玄霜搗盡見雲英。藍橋便是神仙窟，何必崎嶇上玉清。」後常用作男女約會之處。宋·周邦彥〈浪淘沙慢〉：「飛散後，風流人阻，藍橋約，悵恨路斷。」

【編年】

　　弘治十四年至十八年間。

24.〈鷓鴣天〉悼亡

莫怪青銅驟點斑。年來心曲甚潘安。留連夜醉愁仍集，寥落春眠夢亦單。　　敧繡枕，憶前歡①。潸潸珠淚不勝彈。五更簷外風和雨，並入羅衾做曉寒。《張南湖先生詩集》、《南湖詩餘》、《精選古今詩餘醉》、《草堂詩餘新

集》、《蘭皋明詞匯選》

【按】

此詞格律與《詩餘圖譜》全合

【箋】

① 前歡：昔日歡娛。南唐・馮延巳〈鵲踏枝〉：「歷歷前歡無處說，
關山何日休離別。」

【評】

沈際飛《草堂詩餘新集》：「押單字妙。」、「還經得風雨來。」

【編年】

弘治十四年至十八年間。

25.〈江城子〉感舊

清明天氣醉遊郎。鶯兒狂。燕兒狂。翠蓋紅纓，道上往來忙。記得相
逢垂柳下，雕玉珮，縷金裳。　　春光還是舊春光。桃花香。李花香。
淺白深紅，一一鬥新粧。惆悵惜花人不見，歌一闋，淚千行。《張南湖
先生詩集》、《少游詩餘》、《精選古今詩餘醉》、《草堂詩餘新集》

【按】

此詞平仄與《詩餘圖譜》二處不合。

【校】

《張南湖先生詩集》、《精選古今詩餘醉》：俱作〈江神子〉。

《精選古今詩餘醉》、《草堂詩餘新集》：詞題作「感舊」。

【評】

沈際飛《草堂詩餘新集》：「不著力。」

【編年】

弘治十四年至十八年。

26.〈海棠春〉

探春東郭①春猶早。道此際、春光更好。殘雪隴頭梅，微雨溪邊
草。　　東風十里樓臺曉。又領取、一番花鳥。欲抱錦琴彈。誰信知
音少。《張南湖先生詩集》、《南湖詩餘》、《御選歷代詩餘》

【按】

此詞平仄與《詩餘圖譜》一處不合。

【箋】

① 東郭：東邊的城郭。《左傳・襄公十八年》：「晉侯伐齊……壬寅，焚東郭、北郭。」

【編年】

弘治十四年至十八年間。

27.〈解語花〉風情

窗涵月影，瓦冷霜華，深院重門悄。畫樓雲杪①。誰家笛、弄徹梅花新調。寒燈凝照，見錦帳、雙鸞翔繞。當此時、倚几沉吟，好景都成惱。　　曾過雲山煙島。對繡襦甲帳②，親逢一笑。人間年少。多情子、惟恨相逢不早。如今見了。卻又惹、許多愁抱。算此情、除是青禽③，為我殷勤報。《張南湖先生詩集》、《少游詩餘》、《草堂詩餘新集》

【按】

此詞平仄與《詩餘圖譜》二處不合。

【校】

《少游詩餘》：煙島作煙「鳥」。

《草堂詩餘新集》詞題作「風情」。

【箋】

① 雲杪：雲霄、高空，宋・蘇軾〈水龍吟〉：「嚼徵含宮，泛商流羽，一聲雲杪。」

② 甲帳：漢武帝所造的帳幕。《北堂書鈔》卷一三二引〈漢武帝故事〉：「上以琉璃珠玉，明月夜光雜錯，天下珍寶為甲帳，次為乙帳。甲以居神，乙以自居。」

③ 青禽：即青鳥，神話傳說中為西王母取食傳信的青鳥。唐・李商隱〈無題〉：「蓬山此去無多路，青鳥殷勤為探看。」

【評】

沈際飛《草堂詩餘新集》：「團輔圓頤，美口善言。」、「情托於辭，

不受辭沒。」

【編年】

弘治十四年至十八年。

28.〈水龍吟〉春閨

禁烟①時候風和。越羅②初試春衫薄。晝長深院，夢回孤枕，風吹鈴索③。綺陌④花香，芳郊塵軟，正堪遊樂。倚闌干、瘦損無人問，重重綠樹圍朱閣。　　對鏡時時淚落。總無心、淡粧濃抹。晨窗夜帳，幾番誤喜，燈花⑤簪鵲。月下瓊巵⑥，花前金盞⑦，與誰斟酌。望王孫、甚日歸來，除是車輪生角。《張南湖先生詩集》、《少游詩餘》、《古今詞統》、《精選古今詩餘醉》、《草堂詩餘新集》、《蘭皋明詞匯選》

【按】

此詞平仄與《詩餘圖譜》二處不合。

【校】

《古今詞統》：序作「春閨」。簪鵲作「檐」鵲。

《蘭皋明詞匯選》：序作「春閨」。

《蘭皋明詞匯選》：燈花作「烟花」。

【箋】

① 禁烟：猶禁火，亦指寒食節，《全唐詩》卷八六六，〈漢州崇聖寺題壁〉：「禁烟佳節同遊此，正值酴醾夾岸香。」

② 越羅：越地所產的絲織品，以輕柔精緻著稱。唐・劉禹錫〈酬樂天衫酒見寄〉詩：「酒法眾傳吳米好，舞衣偏尚越羅輕。」

③ 鈴索：繫鈴的繩索，唐制翰林院禁署嚴密，內外不得隨意出入，須掣鈴索打鈴以傳呼或通報。唐・韓偓〈雨後月中玉堂閑坐〉詩：「夜久忽聞鈴索動，玉堂西畔響丁東。」

④ 綺陌：繁華的街道，亦指風景美麗的郊野道路。南朝梁・簡文帝〈登烽火樓〉詩：「萬邑王畿曠，三條綺陌平。」

⑤ 燈花：燈心餘燼結成的花狀物。北周・庾信〈對燭賦〉：「刺取燈花持桂燭，還卻燈檠下燭盤。」

⑥ 瓊巵：玉製的酒器，亦用作酒器或酒的美稱。宋・晏殊〈少年
　游〉：「家人拜上千春壽，深意滿瓊巵。」

⑦ 金盞：一作金琖，酒杯的美稱，唐・杜甫〈江畔獨步尋花七絕句〉
　之四：「誰人載酒開金盞，喚取佳人舞繡筵。」

【評】

《古今詞統》：「『仕宦不止車生耳』，古諺也；『烏頭白，馬生角』，
古誓也。末句合而化之。」

李葵生：狠心語。

沈際飛《草堂詩餘新集》：「願得篙櫓折，交郎到頭還。『甚日歸
來』、『車輪生角』，不祥語、不好心，老大深情在此。」

【編年】

弘治十四年至十八年間。

29.〈水龍吟〉春閨

瑣悤①睡起門重閉，無奈楊花輕薄。水沉煙冷，琵琶塵掩，懶親絃
索。檀板歌鶯，霓裳舞燕，當年娛樂。望天涯、萬疊關山②，煙草連
天，遠凭高閣。　　閒把菱花自照。笑春山、為誰塗抹。幾時待得，
信傳青鳥，橋通烏鵲。夢後餘情，愁邊剩思，引杯孤酌。正黯然、對
景銷魂③，牆外一聲譙角。《張南湖先生詩集》、《少游詩餘》、《古今詞統》、《草堂
詩餘新集》、《御選歷代詩餘》

【按】

此詞平仄與《詩餘圖譜》四處不合。

【校】

《御選歷代詩餘》、《草堂詩餘新集》：懶親作「嬾侵」。

【箋】

① 瑣悤：亦作瑣窗，鏤刻有連瑣圖案的窗櫺，南朝宋・鮑照〈玩月
　城西門廨中〉詩：「蛾眉蔽珠櫳，玉鉤隔瑣窗。」

② 關山：關隘山嶺《樂府詩集・橫吹曲辭五・木蘭詩一》：「萬里赴
　戎機，關山度若飛。」

③ 銷魂：梁・江淹〈別賦〉：「黯然銷魂者，爲別而已矣。」

【評】

　《古今詞統》：「語愈詳縷，愈無能竟。」

　沈際飛《草堂詩餘新集》：「語詳縷，愈詳愈無能竟。」

【編年】

　弘治十四年至十八年。

30.〈沁園春〉傳奇

錦里繁華，峨眉佳麗，遠客初來。憶那處園林，舊家桃李，知他別後，幾度花開。月下金罍①，花間玉珮，都化相思一寸灰。愁絕處，又香銷寶鴨②，燈暈③蘭煤。　　東風杜宇④聲哀。歎萬里何由便得回。但日日登高，眼穿劍閣，時時懷古，淚灑琴臺。尺素書沉，偷香人遠，驛使⑤何時爲寄梅。對落日，因凝思此意，立遍蒼苔⑥。《張南湖先生詩集》、《少游詩餘》

【按】

　此詞平仄與《詩餘圖譜》十四處不合。

【校】

　《全明詞》題爲「傳奇」。

【箋】

　① 金罍：飾金的大型酒器。《詩・周南・卷耳》：「我姑酌彼金罍，維以不永懷。」

　② 寶鴨：即香爐，因作鴨形，故稱。唐・孫魴〈夜坐〉詩：「劃多灰雜蒼虬跡，坐久煙消寶鴨香。」

　③ 燈暈：燈焰外圍的光圈，宋・劉過〈賀新郎〉：「一枕新涼眠客舍，聽梧桐，疏雨秋聲顫。燈暈冷，記初見。」

　④ 杜宇：即杜鵑鳥，據《成都記》載：「杜宇又曰杜主，自天而降，稱望帝，好稼穡，治郫城。後望帝死，其魂化爲鳥，名曰杜鵑。」宋・王安石〈雜詠絕句〉：「月明聞杜宇，南北總關心。」

⑤ 驛使：傳遞公文、書信的人，唐・杜甫〈黃草〉：「秦中驛使無消息，蜀道兵戈有是非。」《後漢書・東平憲王蒼傳》：「自是朝廷每有疑政，輒驛使諮問。」

⑥ 蒼苔：青色苔蘚，唐・杜甫〈醉時歌〉：「先生早賦〈歸去來〉，石田茅屋荒蒼苔。」

【編年】

弘治十四年至十八年間。

31.〈風流子〉初春

新陽上簾幌①，東風轉②，又是一年華。正駝褐寒侵③，燕釵春裊④，句翻⑤詞客，簪鬥宮娃⑥。堪娛處，林鶯啼煖樹⑦，渚鴨睡晴沙⑧。繡閣⑨輕烟，剪燈時候⑩，青旌殘雪，賣酒人家。　　此時因重省，瑤臺畔⑪曾遇，翠蓋香車⑫。惆悵塵緣猶在，密約還賒⑬。念鱗鴻⑭不見，誰傳芳信⑮？瀟湘人遠，空采蘋花⑯。無奈疏梅風景，碧草天涯。《張南湖先生詩集》、《少游詩餘》、《精選古今詩餘醉》、《草堂詩餘新集》、《金元明清詞選》、《金元明清詞鑑賞辭典》

【按】

此詞平仄與《詩餘圖譜》二處不合。

【校】

《精選古今詩餘醉》詞題作「初春」

《張南湖先生詩集》、《草堂詩餘新集》：青旌作青「旗」。碧草作「淡」草。

《少游詩餘》：青旌作青「旗」。曾遇作曾「過」。碧草作「淡」草。

《精選古今詩餘醉》：青旌作青「旗」

【箋】

① 新陽上簾幌：新陽，南朝宋・謝靈運〈登池上樓〉：「初景革緒風，新陽改故陰。」唐・李善《文選注》引《神農本草》：「春夏曰陽」。簾幌，猶簾幕。《南史・范縝傳》：「人生如樹花同發，隨風而墮，自有拂簾幌墜於茵席之上，自有關籬牆落於糞溷之

中。」宋・辛棄疾〈玉蝴蝶〉：「貴賤偶然，渾似隨風簾幌，籬落飛花。」

② 東風轉：唐・戴叔倫〈早春曲〉：「青樓昨夜東風轉，錦帳凝寒覺春淺。」

③ 駝褐寒侵：駝褐，用駝毛織成的衣服。宋・孫光憲《北夢瑣言》卷十五：「（昭宗）宴於壽春殿，茂貞肩輿，衣駝褐，入金鸞門，易服赴宴。成以爲前代跋扈，未有此也。」宋・周邦彥〈西平樂〉：「駝褐寒侵，正憐初日，輕陰抵死須遮。」

④ 燕釵春裊：指立春日女子剪彩爲燕掛於釵頭，《荊楚歲時記》云：「立春日，悉剪彩爲燕子以戴之。」唐・李白〈白頭吟〉：「頭上玉燕釵，是妾嫁時期。」

⑤ 句翻：宋・陸游〈風流子〉：「記綠窗睡起，靜吟閒詠，句翻離合，格變玲瓏。」

⑥ 簪鬥宮娃：宮娃，指宮女，唐・王維〈從岐王夜宴衛家山池應教〉：「座客香貂滿，宮娃綺帳張。」鄭毅夫詩云：「漢殿鬥簪雙彩燕，並知春色上釵頭。」簪鬥宮娃用鄭毅夫詩意。

⑦ 林鶯啼暖樹：此句化用自唐・白居易〈錢唐潮春行〉：「幾處早鶯爭暖樹，誰家新燕啄春泥。」

⑧ 渚鴨睡晴沙：宋・程垓〈菩薩蠻〉：「平蕪冉冉連雲綠。斜陽襯雨明溪足。小鴨睡晴沙，翠烘三兩花。」

⑨ 繡閣：唐・韋莊〈清平樂〉：「鶯啼殘月，繡閣香燈滅。」

⑩ 剪燈時候：唐・李商隱〈夜雨寄北〉：「君問歸期未有期，巴山夜雨漲秋池。何當共剪西窗燭，卻話巴山夜語時。」

⑪ 瑤臺畔：瑤臺，美玉砌的樓臺，亦泛指雕飾華麗的樓臺。《楚辭・離騷》：「望瑤臺之偃蹇兮，見有娀之佚女。」瑤臺指仙境，詩詞中常將美人比作仙女。宋・周邦彥〈拜星月〉：「畫圖中、舊識春風面。誰知道、自到瑤臺畔。」

⑫ 曾遇翠蓋香車：翠蓋泛指華美的車輛。漢・辛延年〈羽林郎〉：「銀

鞚何煜燽，翠蓋空踟躕。」此句與五代・張泌〈浣溪沙〉：「晚逐
香車入鳳城，東風斜揭繡簾輕，慢回嬌眼笑盈盈。」

⑬ 密約還賒：失期違約，如唐・韋應物〈西郊期滌武不至書示〉：「非
關春不待，當由期自賒。」與唐・許渾〈酬綿州於中丞使君見寄〉：
「故人書信越褒斜，新意雖多舊約賒。」

⑭ 鱗鴻：魚雁，指書信。晉・傅咸〈紙賦〉：「鱗鴻附便，援筆飛書。」
宋・辛棄疾〈瑞鶴仙〉：「瑤池舊約，鱗鴻更，仗誰托？」

⑮ 芳信：指閨中人的書信。宋・史達祖〈雙雙燕・詠燕〉：「應自棲
香正穩，便忘了天涯芳信。」

⑯ 瀟湘人遠，空采蘋花：此二句化用自南朝・梁柳惲〈江南春〉：「汀
洲彩白蘋，日落江南春。洞庭有歸客，瀟湘遇故人。」

【評】

《精選古今詩餘醉》：「『林鶯』二句，梁伯龍亦當遜之。」

沈際飛《草堂詩餘新集》：「富於材，熟於腕，到處合拍，曲中之梁
伯龍。」、「『林鶯』二句，伯龍遜之。」

【編年】

弘治十四年至十八年。

32.〈變體虞美人〉寓律詩一首

陌頭①柳色春將半。枝上鶯聲喚。客遊曉日綺羅稠。紫陌東風絃
管、咽朱樓②。　　少年撫景③漸虛過。終日看花坐④。獨愁不見主
人留。洞府⑤空教燕子、占風流⑥。《張南湖先生詩集》、《少游詩餘》、《古今
詞話》、《古今詞統》、《詞話叢編》一，頁844

【按】

此詞格律與《詩餘圖譜》全合。

【校】

《全明詞》：「主人」作「玉人」。

【箋】

① 陌頭：路上、路旁，唐・王昌齡〈閨怨〉：「忽見陌頭楊柳色，悔

教夫婿覓封侯。」

② 紫陌東風絃管、咽朱樓：紫陌，指京師郊野的道路，漢・王粲〈羽
獵賦〉：「濟漳浦而橫陣，倚紫陌而立征。」宋・陸游〈秋月曲〉：
「紫陌朱樓歌吹梅，酣宴不覺銀河傾。」

③ 撫景：宋・蘇軾〈小飲西湖，懷歐陽叔弼兄弟，贈趙景貺、陳履
常〉：「撫景方晼晚，懷人重悽涼。」

④ 終日看花坐：宋・彭元遜〈蝶戀花〉：「日晚游人酥粉浣，四雨亭
前，面面看花坐。」

⑤ 洞府：道教神仙居住的地方。南朝梁・沈約〈善館碑〉：「或藏形
於洞府，或栖志靈岳。」

⑥ 占風流：唐・賀鑄〈喚春愁〉：「天與多情不自由，占風流。」唐・
黃滔〈南海幕和段先生輩送韋侍御赴闕〉：「魏闕別當飛羽翼，燕
臺獨且占風流。」

【評】

《古今詞話》：作〈虞美人〉。陌頭作「隄邊」。漸虛過作「慚」虛
過。

《古今詞統》：序作「寓律詩一首」。陌頭作「堤邊」。漸虛過作「慚」
虛過。

《古今詞統》：「沈天羽曰：『維揚張世文作《詩餘圖譜》七卷，於
宮調失傳之日，為之規規而矩矩，誠功臣也。』」

【編年】

弘治十四年至十八年。

33.〈蝶戀花〉

金鳳花開紅滿砌①。簾捲斜陽，雨後涼風細。最是人間佳景致②。小
樓可惜人孤倚。　　蛺蝶飛來花上戲。對對飛來，對對還飛去。到眼
物情都觸意。如何制得相思淚。《張南湖先生詩集》、《少游詩餘》

【按】

此詞格律與《詩餘圖譜》全合。

【校】

《全明詞》：「紅滿砌」作「紅落砌」。

【箋】

① 花開紅滿砌：金鳳，鳳仙花的別稱。明・王象晉《群芳譜・花譜》：「鳳仙……開花頭翅足俱翹然如鳳狀，故又有金鳳之名。」南唐・馮延巳〈南鄉子〉：「細語泣秋風，金鳳花殘滿地紅。」

② 最是人間佳景致：宋・秦觀〈睡足軒〉二首之一：「最是人間佳絕處，夢殘風鐵響丁東。」

【編年】

正德元年至十六年間。

34.〈鷓鴣天〉春遊

柳外吹來嬝嬝風。玉驄嘶①過畫橋東。烟中燒色青青去②，樹裏溪流虢虢通。　乘淑景，探芳叢③。小桃墻角獻新紅④。多情最是朝來露⑤，滿地流珠泣翠蓬。《張南湖先生詩集》、《南湖詩餘》

【按】

此詞格律與《詩餘圖譜》全合。

【校】

《南湖詩餘》：嬝嬝作「裊裊」。

【箋】

① 玉驄嘶：玉驄，玉花驄，泛指駿馬。唐・韓翃〈少年行〉：「千里斑斕噴玉驄，青絲結尾繡纏騣。」

② 烟中燒色青青去：宋・高觀國〈東風第一枝〉：「燒色回青，冰痕綻白，嬌雲先釀酥雨。」

③ 探芳叢：宋・周邦彥〈驀山溪〉：「檀心未展，誰爲探芳叢，消瘦盡，洗妝匀，應更添風韻。」

④ 新紅：宋・李之儀〈江神子〉：「闌干捎遍等新紅，酒頻中，恨匆匆。」

⑤ 多情最是朝來露，滿地流珠泣翠蓬：宋・辛棄疾〈虞美人〉：「群

　　花泣盡朝來露，爭奈春歸去。」

【編年】

　　正德元年至十六年間。

35.〈鷓鴣天〉春思

窈窕簾櫳淡蕩風①。輕寒只在小樓東②。黃鶯不語瀟瀟坐，碧水多情處處通③。　　花簇簇④，柳叢叢。看它新綠映新紅。眼前物物都春色，惟有前思似斷蓬。《張南湖先生詩集》、《南湖詩餘》

【按】

　　此詞格律與《詩餘圖譜》全合。

【校】

　　《南湖詩餘》（《明詞彙刊》）：淡蕩作「澹」蕩。

【箋】

　　①淡蕩風：淡蕩，水迂迴緩流貌，引申爲和舒。唐‧陳子昂〈與東方左史虬修竹篇〉詩：「春風正淡蕩，白露已清冷。」宋‧晁端禮〈鷓鴣天〉：「半天樓殿朦朧月，午夜笙歌淡蕩風。」

　　②輕寒只在小樓東：輕寒，微寒。南朝梁‧簡文帝〈與蕭臨川書〉：「零雨送秋，輕寒迎節。江楓曉落，林葉初黃。」宋‧辛棄疾〈菩薩蠻〉：「見說小樓東，好山千萬重。」

　　③處處通：唐‧王昌齡〈洛陽尉劉晏與府縣諸公茶集天宮寺岸道上人房〉：「各有四方事，白雲處處通。」

　　④花簇簇：唐‧白居易〈奉和汴州令狐令公二十二韻〉：「回燈花簇簇，過酒玉纖纖。」

【編年】

　　正德元年至十六年間。

36.〈鷓鴣天〉春思

殘夢樓頭向曉風。教人恨殺玉丁東①。御溝紅葉②猶能去，弱水青禽也自通。　　巡玉砌，步蘭叢。露花涇透海棠紅。鸞箋③欲寫相思字，心曲春來劇亂蓬。《張南湖先生詩集》、《南湖詩餘》

【按】

此詞格律與《詩餘圖譜》全合。

【校】

《南湖詩餘》：劇亂作「遽」亂。

【箋】

① 玉丁東：丁東，象聲詞。唐・溫庭筠〈織錦詞〉：「丁東細漏侵瓊瑟，影轉高樓月初出。」宋・秦觀〈次韻酬周開祖宣義〉：「麗句曉披花綽約，清談初扣玉丁東。」

② 御溝紅葉：宋・李曾伯〈沁園春〉：「對玉溝紅葉，一番木落，宮牆黃菊，幾度花開。」

③ 鸞箋：宋・蘇易簡《文房四譜・紙譜》：「蜀人造十色牋，凡十幅為一榻……然逐幅于方版之上研之，則隱起花木麟鸞，千狀萬態。」後人因稱彩箋為鸞箋。宋・汪元量〈天香〉：「一幅鸞箋，五雲飛下，賜予內家琴苑。」

【編年】

正德元年至十六年間。

37.〈踏莎行〉

冰解芳塘①，雪消遙嶂②。東風水墨③生綃障④。燒痕⑤一夜遍天涯，多情莫向高城望⑥。　　淡柳橋邊，疎梅溪上。無人會得春來況⑦。風光輸與兩鴛鴦，滿灘晴日眠相向。《張南湖先生詩集》、《少游詩餘》

【按】

此詞格律與《詩餘圖譜》全合。

【校】

《少游詩餘》：滿灘作「暖」灘。

【箋】

① 冰解芳塘：宋・晏殊〈元日詞〉：「玉殿初晨淑氣和，璧池冰解水生波。」權德輿〈浩歌〉：「孤雲淨遠峰，綠水溢芳塘。」

② 遙嶂：唐・戴叔倫〈江行〉：「蘆洲隱遙嶂，露日映孤城。」

③ 水墨：唐‧劉禹錫〈謝柳子厚寄疊石硯〉：「煙嵐餘斐亹，水墨兩氛氳。」

④ 綃障：即綃帳，輕紗帳。晉‧王嘉《拾遺記‧蜀》：「先主甘後⋯⋯至十八，玉質柔肌，態媚容冶。先主召入綃帳中，於戶外望者如月下聚雪。」

⑤ 燒痕：唐‧張籍〈古樹〉：「蠹節梅苔老，燒痕霹靂新。」

⑥ 多情莫向高城望：此句化用秦‧秦觀〈滿庭芳〉：「傷情處，高城望斷，燈火已黃昏。」

⑦ 春來況：宋‧蔡伸〈柳梢青〉：「老去情懷，春來況味，那禁離別。」

【編年】

　　正德元年至十六年間。

38.〈蝶戀花〉

語燕飛來驚晝睡①。起步花闌，更覺無情緒②。綠草離離蝴蝶戲③。南園正是相思地。　　池上晚來微雨霽④。楊柳芙蓉、已作新涼味。目斷雲山君不至。香醪著意催人醉。《張南湖先生詩集》、《少游詩餘》

【按】

　　此詞平仄與《詩餘圖譜》一處不合。

【箋】

① 語燕飛來驚晝睡：此句化用前蜀‧牛嶠〈菩薩蠻〉：「舞裙香暖金泥鳳，畫梁語燕驚殘夢。」

② 無情緒：唐‧白居易〈南院〉：「林院無情緒，經春不一開。」

③ 綠草離離蝴蝶戲。南園正是相思地：此二句化用唐‧李白〈思邊〉：「去年何時君別妾，南園綠草飛蝴蝶。」南園，泛指園圃，晉‧張協〈雜詩〉之八：「借問此何時，終日困香醪。」

④ 微雨霽：唐‧陳子昂〈萬州曉發放舟乘漲還寄蜀中親朋〉：「空濛微雨霽，爛熳曉雲歸。」

【編年】

正德元年至十六年間。

39.〈臨江仙〉憶舊

十里紅樓①依綠水，當年多少風流。高城重上使人愁。遠山將落日②，
依舊上簾鉤。　　一曲琵琶思往事③，青衫淚滿江州。訪鄰休問杜家
秋。寒煙沙外鳥，殘雪渡傍舟。《張南湖先生詩集》、《少游詩餘》、《蘭皋明詞匯
選》、《精選古今詩餘醉》、《草堂詩餘新集》、《御選歷代詩餘》、《臨江仙》

【按】

此詞平仄與《詩餘圖譜》二處不合。

【校】

《蘭皋明詞匯選》、《精選古今詩餘醉》、《草堂詩餘新集》：詞題作
「憶舊」。

【箋】

① 十里紅樓：指富貴人家聚居之所。宋・張炎〈點絳唇〉：「竹西好。
采香歌杳。十里紅樓小。」

② 遠山將落日，依舊上簾鉤：唐・杜甫〈落日〉：「落日在簾鉤，溪
邊春事幽。」

③ 一曲琵琶思往事，青衫淚滿江州：此二句用唐・白居易〈琵琶行
并序〉：「座中泣下誰最多，江州司馬青衫濕。」之典故。

【評】

李葵生云：「『將』字把遠山看得有意。」

胡應宸云：「題本憶舊，偏從今日景物體想，苦衷獨至。」

沈際飛《草堂詩餘新集》：「末句毫不像詞。」

【編年】

正德元年至十六年間。

40.〈何滿子〉

天際江流東注，雲中塞鴈①南翔。衰草寒煙無意思②，向人只會淒涼。
吟斷鑪香裊裊，望窮海月茫茫。　　鶯夢③春風錦幄④，蛩聲⑤夜雨

蓬窗⑥。諳盡悲歡多少味⑦，酒盃付與疎狂⑧。無奈供愁秋色，時時遞入柔腸。《張南湖先生詩集》、《少游詩餘》

【按】

此詞格律與《詩餘圖譜》全合。

【箋】

① 塞雁：塞外的鴻雁，塞雁秋季南來，春季北去，故古人常以之作比，表示對遠離家鄉的親人的懷念。

② 衰草寒煙無意思：宋·姜夔〈淒涼犯〉：「馬嘶漸遠，人歸甚處，戍樓吹角，情懷正惡。更衰草寒煙淡薄。」宋·王安石〈寄吳沖卿二首〉之二：「時節只應無意思，亦如何路判春秋。」

③ 鶯夢：唐·金昌緒〈春怨〉：「打起黃鶯兒，莫教枝上啼。啼時驚妾夢，不得到遼西。」

④ 錦幄：錦制的帷幄，亦泛指華美的帳幕。唐·溫庭筠〈題翠微寺二十二韻〉：「嵐涇金鋪外，溪鳴錦幄傍。」

⑤ 蛩聲：蟋蟀的鳴聲。唐·白居易〈禁中聞蛩〉：「西窗獨闇坐，滿耳新蛩聲。」

⑥ 蓬窗：宋·蘇軾〈萬州太守高公宿約遊岑公洞，而夜雨連明，戲贈小二詩〉其二：「蓬窗高枕雨如繩，恰似糟床壓酒聲。」

⑦ 諳盡悲歡多少味：此句化用唐·白居易〈自問〉：「宦途氣味已諳盡，五十不休何日休。」

⑧ 酒盃付與疎狂：此句化用宋·朱敦儒〈鷓鴣天〉：「我是清都山水郎，天教分付與疏狂。」

【編年】

正德元年至十六年間。

41.〈酹江月〉詠柳

纖腰嫋嫋①，東風裡、逞盡娉婷態度。應是青皇偏著意，儘把韶華付與②。月榭③花臺，珠簾④畫檻，幾處堆金縷⑤。不勝風韻，陌頭又過朝雨。　　聞說灞水橋邊⑥，年年春暮，滿地飄香絮⑦。掩映夕陽

千萬樹⑧，不道離情正苦⑨。上苑⑩風和，瑣窗晝靜，調弄嬌鶯語⑪。傷春人瘦，倚闌半餉延竚⑫。《張南湖先生詩集》、《少游詩餘》

【按】

此詞平仄與《詩餘圖譜》五處不合。

【校】

《張南湖先生詩集》：灞水作「霸」水。

【箋】

① 纖腰嫋嫋：宋・陸游〈感懷絕句〉：「纖腰嫋嫋戎衣窄，學射山前看打圍。」

② 應是青皇偏著意，儘把韶華付與：青皇，即青帝，我國古代神話中的五天帝之一，是位於東方的思春之神，又稱蒼帝、木帝。韶華，美好的時光，常指春光。唐・戴叔倫〈暮春感懷〉：「東皇去後韶華盡，老圃寒香別有秋。」

③ 月榭：賞月的臺謝，南朝梁・沈約〈郊居賦〉：「風臺累翼，月榭重栭。」

④ 珠簾：唐・杜牧〈贈別〉詩：「春風十里揚州路，捲上珠簾總不如。」

⑤ 堆金縷：宋・王千秋〈滿庭芳〉：「且放側堆金縷，驪山冷、來浴溫湯。」

⑥ 灞水橋邊：此指灞橋附近，據《三輔黃圖・橋》：「灞橋，在長安東，跨水作橋，漢人送客至此橋，折柳贈別。」唐・李商隱〈淚〉：「朝來灞水橋邊問，未抵青袍送玉珂。」

⑦ 香絮：唐・白居易〈能無愧〉：「一團香絮枕，倚坐穩于人。」

⑧ 掩映夕陽千萬樹：唐・戴叔倫〈畫蟬〉：「斜陽千萬樹，無處避螳螂。」

⑨ 不道離情正苦：唐・溫庭筠〈更漏子〉：「梧桐樹，三更雨，不道離情正苦。」

⑩ 上苑：皇家的園林。南朝梁・徐君倩〈落日看還〉：「妖姬競早春，

上苑逐名辰。」

⑪ 調弄嬌鶯語：唐‧姚合〈賞春〉：「嬌鶯語足方離樹，戲蝶飛高駛
過牆。」

⑫ 倚闌半餉延竚：此句化用唐‧閻選〈臨江仙〉：「延竚倚闌干，杳
杳征輪何處去。」

【編年】

正德元年至十六年間。

42.〈滿江紅〉詠砧聲

一泓秋聲①，年年向、初寒時節。早又是、半天驚籟，滿庭鳴葉②。
幾處搗殘深院日，誰家敲落高樓月③。道聲聲、總是玉關情④，情何
切⑤。　　鬭雲起，偏激烈。隨風去，還幽咽。正歸鴻⑥簾幙，樓鴉
城闕。閨閣幽人千里思，江湖旅客經年別⑦。當此時、寂寞倚闌干，
成愁結⑧。《張南湖先生詩集》、《少游詩餘》

【按】

此詞格律與《詩餘圖譜》全合。

【箋】

① 一泓秋聲：宋‧王安石〈千秋歲引〉：「別館寒砧，孤城畫角。一
派秋聲入寥廓。」

② 鳴葉：宋‧秦觀〈擬題織錦圖〉：「悲風鳴葉秋宵冷，寒絲縈手淚
殘妝。」

③ 誰家敲落高樓月：唐‧王昌齡〈殿前曲〉：「新聲一段高樓月，聖
主千秋樂未休。」此句化用宋‧柴元彪〈惜分飛〉：「今夜歸心切，
砧聲敲碎誰家月。」

④ 總是玉關情：指戍邊征人思鄉之情。唐‧李白〈子夜吳歌〉之秋
歌：「長安一片月，萬戶擣衣聲。秋風吹不盡，總是玉關情。何
日平胡虜，良人罷遠征。」

⑤ 情何切：唐‧貫休〈送僧入石霜〉：「師去情何切，人間事莫拘。」

⑥ 歸鴻：歸雁，詩文中多用以寄託歸思。三國魏‧嵇康〈贈秀才入

軍〉詩之四：「目送歸鴻，手揮五絃。」

⑦ 千里思：唐·劉長卿〈賈侍郎自會稽使迴篇什盈卷兼蒙見寄一首與余有卦冠之期因書數事率成十韻〉：「暮帆千里思，秋夜一猿啼。」

⑧ 經年別：唐·白居易〈送元八歸鳳翔〉：「與君況是經年別，暫到城來又出城。」

⑨ 成愁結：宋·阮逸女〈花心動·春詞〉：「斷魂遠、閒尋翠徑，頓成愁結。」

【編年】

正德元年至十六年間。

43.〈玉樓春〉集句

狂風落盡深紅色。春色惱人眠不得①。淚沿紅粉濕羅巾②，怨入青塵③愁錦瑟④。　　豈知一夕秦樓⑤客。烟樹重重芳信隔⑥。倚樓無語欲銷魂⑦，柳外飛來雙羽玉⑧。《張南湖先生詩集》、《少游詩餘》

【按】

此詞平仄與《詩餘圖譜》二處不合。

【箋】

① 春色惱人眠不得：宋·柳華淑〈望江南〉：「春色惱人眠不得，卷簾移步下香階。呵凍卜金釵。」

② 羅巾：絲製手巾。唐·白居易〈後宮詞〉：「淚濕羅巾夢不成，夜深前殿按歌聲。」

③ 青塵：青煙、灰塵。《西遊記》第二回：「天子庶人，同歸無有；皇妃村女，共化青塵。」

④ 錦瑟：漆有織錦文的瑟。唐·杜甫〈曲江對雨〉：「何時詔此金錢會，暫醉家人錦瑟傍。」

⑤ 秦樓：指妓院。宋·柳永〈笛家弄〉：「未省，宴處能忘管絃，醉裏不尋花柳，豈知秦樓，玉簫聲斷，前事難重偶。」

⑥ 烟樹重重芳信隔：宋·陳克〈謁金門〉：「愁脈脈。目斷江南江北。

烟樹重重芳信隔。小樓山幾尺。」

⑦ 倚樓無語欲銷魂：宋・寇準〈踏莎行〉：「倚樓無語欲銷魂，長空
黯淡連芳草。」

⑧ 柳外飛來雙羽玉：唐・韋莊〈謁金門〉：「柳外飛來雙羽玉，弄晴
相對浴。」

【編年】

正德元年至十六年間。

44.〈漁家傲〉正德丙子渡淮清河作

剛過淮流風景變①。飛沙四面連天捲②。霜拆凍髭③如利剪。情莫遣
④。素衣一任緇塵染⑤。　　回首雲山家漸遠。離腸暗逐車輪轉⑥。
古木荒烟鴉點點。人不見。平原落日吟羌管⑦。《張南湖先生詩集》、《少游
詩餘》

【按】

此詞格律與《詩餘圖譜》全合。

【箋】

① 風景變：宋・蘇軾〈石鼻城〉：「漸入西南風景變，道邊修竹水潺
潺。」

② 連天捲：宋・蘇舜欽〈宿錢塘安濟亭觀潮〉：「連天卷雲霧，徹曉
下雷霆。」

③ 凍髭：宋・范成大〈乾道癸巳臘後二日，桂林大雪尺餘，郡人雲
前此未省見也。郭季勇機宜賦古風爲賀，次其韻〉：「歸撚凍髭搜
好句，山館青燈對明滅。」

④ 情莫遣：唐・蘇頲〈奉和姚令公溫湯舊館詠懷故人盧公之作〉：「新
慟情莫遣，舊遊詞更述。」

⑤ 素衣一任緇塵染：素衣，泛指白色的衣服，亦比喻清白的操守。
緇塵，黑色灰塵，常喻世俗污垢。南朝齊・謝朓〈酬王晉安〉：「誰
能久京洛，緇塵染素衣。」

⑥ 離腸暗逐車輪轉：此句化用唐・韓愈〈遠游聯句〉：「愈孟郊李翺，

別腸車輪轉。」

⑦ 吟羌管：羌管，即羌笛。唐‧李嶠〈軍師凱旋自邕州順流舟中〉：
「芳樹吟羌管，幽篁入楚詞。」

【編年】

正德元年至十六年間。

45.〈沁園春〉以西晉樓船下益州分韻得西字或云西晉一作王濬因又以王字
　作小詞一首

暖日高城，東風<u>舊侶</u>①，共<u>約</u>尋芳。正南<u>浦春回</u>，東崗<u>寒退</u>，粼粼鴨
綠，裊裊鵝黃②。柳下觀魚，沙頭聽鳥，坐久時生杜若香。綺<u>陌</u>上，
見<u>踏青挑菜</u>③，遊女成行。　　人間<u>今古</u>④堪傷。<u>春草春花</u>夢幾場。
憶淮<u>海</u>當年，英豪滿座，詞翻鮑謝⑤，字壓鍾王⑥。今日重來，昔人
<u>何</u>在，把筆蘭皋⑦思欲狂。<u>對麗</u>景⑧，且<u>莫</u>思往事，一醉斜陽。《張南
湖先生詩集》、《少游詩餘》

【按】

此詞平仄與《詩餘圖譜》二十一處不合。

【箋】

① 舊侶：舊友，南朝宋‧謝靈運〈晚出西射堂〉：「羈雌戀舊侶，迷
　鳥懷故林。」

② 正南浦春回四句：此四句化用自宋‧王安石〈南浦〉：「南浦東岡
　二月時，物華撩我有新詩。含風鴨綠粼粼起，弄日鵝黃裊裊垂。」
　南浦，南面的水邊。《楚辭‧九歌‧河伯》：「子交手兮東門，送
　美人兮南浦。」東岡，向陽的山岡。《後漢書‧周燮傳》：「自先
　世以來，勳寵相承，君獨何為守東岡之陂乎？」鴨綠，喻水色如
　鴨頭濃綠。鵝黃，指酒。

③ 踏青挑菜：宋‧賀鑄〈薄倖〉：「自過了收燈後，都不見、踏青挑
　菜。」

④ 人間今古：宋‧蘇軾〈西江月〉：「酒闌不必看茱萸。俯仰人間今
　古。」

⑤鮑謝：唐‧杜甫〈遣興五首〉之五：「賦詩何必多，往往凌鮑謝。」

⑥鍾王：宋‧蘇軾〈龍尾硯歌〉：「詩成鮑謝石何與，筆洛鍾王硯不知。」

⑦蘭皋：長蘭草的涯岸。《楚辭‧離騷》：「步余馬於蘭皋兮，馳椒丘且焉止息。」

⑧對麗景：宋‧方千里〈應天長〉：「對麗景、易傷岑寂。」

【編年】

正德元年至十六年間。

46.〈踏莎行〉上巳日過華嚴寺

昨日清明，今朝上巳①。鶯花著意催春事②。東風不管倦遊人③，一齊吹過城南寺。　　沂水行歌④，蘭亭脩禊⑤。韶光曾見風流士。而今臨水漫含情，暮雲目斷空迢遞⑥。《張南湖先生詩集》《少游詩餘》

【按】

此詞格律與《詩餘圖譜》全合。

【箋】

①上巳：舊時節日名，漢以前以農曆三月上旬巳日爲「上巳」，魏晉以後，定爲三月三日，不必取巳日。《後漢書‧禮儀志上》：「是月上巳，官民皆絜於東流之上，日洗濯祓除去宿垢疢爲大絜。」

②鶯花著意催春事：宋‧陳師道〈河上〉：「鳥語催春事，窗明報夕陽。」

③東風不管倦遊人：宋‧葉夢得〈清平樂〉：「東風不管，燕子初來，一夜春寒。」唐‧王勃〈臨江〉：「歸驂將別櫂，俱是倦遊人。」

④沂水行歌：謂知時處世，逍遙游樂。語本《論語‧先進》（曾點曰）：「莫春者，春服既成，冠者五、六人，童子六、七人，浴乎沂，風乎舞雩，詠而歸。」

⑤ 蘭亭脩禊：蘭亭，亭名，浙江省紹興市西南之蘭渚山上。東晉永
　和九年（353）王羲之與謝安等同游於此，羲之作〈蘭亭集序〉。
　脩禊，古代於農曆上巳日到水邊嬉戲采蘭，以驅除不祥。宋・張
　元幹〈燕集葉尙書蕊香堂賞海棠〉：「脩禊當日蘭亭，群賢弦管裏，
　英姿如汗。」

⑥ 空迢遞：唐・高適〈贈別王十七管記〉：「雲沙自迴合，天海空迢
　遞。」

【編年】

　正德元年至十六年間。

47.〈玉燭新〉

泰階開景運①。見金鎖綠沉，轅門②春靜。幾年淮海③，烟波境、貯
此風流標韻④。連天笳鼓⑤，又催把、經綸⑥管領。文武事，細柳長
楊，從頭屬君齊整。　　早聞橫槊⑦燕然，畫圖裏，爭傳麒麟舊影⑧。
臨岐⑨笑問。誰得似、占了山林鍾鼎⑩。古來難並。纔信是、人間英
俊。試看取⑪、紫綬金章⑫，朱顏綠鬢⑬。《張南湖先生詩集》、《少游詩餘》

【按】

　《詩餘圖譜》無此調。

【校】

　《少游詩餘》：「從頭屬君齊整」作「從頭屬齊整」。

【箋】

① 泰階開景運：泰階，古星座名，即三臺，上臺、中臺、下臺共六
　星，兩兩並排而斜上，如階梯，故名。《漢書・東方朔傳》：「願
　陳《泰階六符》以觀天變。」宋・王之望〈風流子〉：「向此際，
　上天開景運，王國產英才。」

② 轅門：古代帝王巡狩、田獵的止宿處，以車爲藩，出入之處，仰
　起兩車，車轅相向以表示門，稱轅門。《周禮・天官・掌舍》：「設
　車宮、轅門。」

③ 幾年淮海：宋・王禹偁〈贈王殿院同年〉：「幾年淮海歎驅馳，美

拜初聞入奏時。」

④ 標韻：風韻、韻致。宋・蔡伸〈浣溪沙〉：「約略梳妝隨事好，出塵標韻出清塵。」

⑤ 笳鼓：笳聲與鼓聲，借指軍樂。《南史・曹景宗傳》：「時韻已盡，唯餘競病二字。景宗便操筆，斯須而成，其辭曰：『去時兒女悲，歸來笳鼓競，借問行路人，何如霍去病？』帝歡不已。」唐・杜甫〈八哀詩之贈左僕射鄭國公嚴公武〉：「江山少使者，笳鼓凝皇情。」

⑥ 經綸：治理國家的抱負和才能。宋・秦觀〈滕達道挽詞〉：「經綸未了埋黃土，精爽還應屬斗牛。」

⑦ 橫槊：橫持長矛。指從軍或習武。《南齊書・垣榮祖傳》：「若曹操、曹丕上馬橫槊，下馬談論，此於天下可不負飲食矣。」

⑧ 畫圖裏，爭傳麒麟舊影：漢代未央宮中，漢宣帝時曾圖霍光等十一功臣像於麒麟閣上，表示卓越功勳和最高榮譽。唐・杜甫〈秋野〉之五：「身許麒麟畫，年衰鴛鷺群。」

⑨ 臨岐：本爲面臨岐路，後亦用爲贈別之辭。唐・鮑照〈舞鶴賦〉：「指會規翔，臨岐矩步。」

⑩ 山林鍾鼎：宋・辛棄疾〈水調歌頭〉：「堪笑行藏用舍，試問山林鍾鼎，底事有虧全。」

⑪ 試看取：宋・戴復古〈滿江紅〉：「試看取、珠篇玉句，銀鉤鐵畫。」

⑫ 紫綬金章：紫色印綬和金印，古丞相所用，借指貴官。《漢書・百官公卿表上》：「相國、丞相，皆秦官，金印紫綬。」唐・薛逢〈送西川杜司空赴鎭〉：「黑眉玄髮尚依然，紫綬金章五十年。」

⑬ 朱顏綠鬢：宋・黃庭堅〈鼓笛慢〉：「看朱顏綠鬢，封侯萬里，寫凌煙像。」

【編年】

嘉靖元年至十三年間。

48.〈酹江月〉八月十三日對月悼亡

夜涼湖上，酌芳樽①、對此一輪皓月②。歲月匆匆人老大③，又近中
秋時節。夜氣沈瀯，湖光曠邈，風舞蕭蕭葉④。水天一色⑤，坐來肌
骨清徹。　　自念塵滿征衫⑥，無人為浣，灑淚今成血。玉兔銀蟾休
道遠⑦，不識愁人情切。繡帳香銷，畫屏燭冷，此意憑誰說。天青海
碧⑧，枉教望斷瑤闕。《張南湖先生詩集》、《少游詩餘》

【按】

此詞平仄與《詩餘圖譜》二處不合。

【箋】

①　酌芳樽：宋‧程珌〈水調歌頭〉：「三拊當時頑石，喚醒隆中一老，
細與酌芳尊。」

②　一輪皓月：宋‧張掄〈朝中措〉：「一尊美酒，一輪皓月，一弄山
歌。」

③　歲月匆匆人老大：宋‧歐陽脩〈重贈劉原父〉：「豈知前後不相及，
歲月匆匆行無涯。」

④　風舞蕭蕭葉：此句化用宋‧張耒〈齊安今秋酒殊惡對岸武昌酒
可飲故人潘主簿時惠雙榼〉：「衝風時動蕭蕭葉，晚日斜窺寂寂
窗。」

⑤　水天一色：唐‧盧仝〈蜻蜓歌〉：「黃河中流日影斜，水天一色無
津涯。」

⑥　塵滿征衫：宋‧謝懋〈浪淘沙〉：「倦客意何堪。塵滿征衫。明朝
野水幾重山。」

⑦　玉兔銀蟾休道遠：唐‧白居易〈中秋月〉：「照他幾許人斷腸，玉
兔銀蟾遠不知。」

⑧　天青海碧：宋‧劉克莊〈清平樂〉：「醉跨玉龍游八極，歷歷天青
海碧。」

【編年】

嘉靖元年至十三年間。

49.〈摸魚兒〉重九

傍湖濱、幾椽茆屋，依然又過重九。烟波望斷無人見，惟有風吹踈柳。凝思久①。向此際②、寒雲滿目空搔首③。何人送酒。但一曲溪流，數枝野菊，自把唾壺扣。　　休株守，塵世難逢笑口。青春過了難又。一年好景眞須記④，橘綠橙黃時候。君念否。最可惜、霜天閑卻傳盃手⑤。鷗朋鷺友。聊摘取茱萸，殷勤插鬢，香霧滿衫袖⑥。《張南湖先生詩集》《少游詩餘》

【按】

　此詞格律與《詩餘圖譜》全合。

【箋】

　① 凝思久：凝，《詩詞曲語辭匯釋》卷五云：「凝，爲一往情深專注不已之義，由今所云『發痴』、『發怔』、『出神』、『失魂』也。」賀鑄〈小重山〉：「凝思久，不語坐書空。」

　② 向此際：宋・辛棄疾〈滿江紅〉：「向此際、羸馬獨駸駸，情懷惡。」

　③ 空搔首：唐・高適〈重陽〉：「眞成獨坐空搔首，門柳蕭蕭噪暮鴉。」

　④ 一年好景眞須記，橘綠橙黃時候：蘇軾〈贈劉景文〉：「一年好景君須記，正是橙黃橘綠時候。」

　⑤ 霜天閑卻傳盃手：宋・蘇過〈點絳唇〉：「好箇霜天，閒卻傳杯手。」

　⑥ 滿衫袖：唐・白居易〈聽田順兒歌〉：「爭得黃金滿衫袖，一時拋與斷年聽。」

【編年】

　嘉靖元年至十三年間。

50.〈浣溪沙〉

窗外雲深月不明。百蟲含雨作悲聲①。此時那得不傷情。　　鸞鳳衾閑寒不奈，鰥魚夜永夢難成②。幾番欹枕待雞鳴③。《張南湖先生詩集》、

《南湖詩餘》

【按】

此詞格律與《詩餘圖譜》全合。

【箋】

①百蟲含雨作悲聲：唐・孟郊〈獨愁〉：「常恐百蟲鳴，使我芳草歇。」

②鰥魚夜永夢難成：宋・陸游〈舟中作〉：「草枯病馬停朝秣，水冷鰥魚廢夜眠。」

③幾番欹枕待雞鳴：唐・孟郊〈西齋養病夜懷多感因呈上從叔子雲〉：「遠客夜衣薄，厭眠待雞鳴。」

【編年】

嘉靖元年至十三年間。

51.〈木蘭花〉舟中有黃蝶去而復來戲作一詞以贈之

舞衣新製黃金縷①。風槳勤依如欲語。飛飛細雨綠楊溪，戀戀夕陽青草渚。翩翩應被遊蜂妬。不逐名園花上戲。多情隨我去南湖。野菜繞籬堪作主②。《張南湖先生詩集》

【按】

此詞格律與《詩餘圖譜》全合。

【校】

《張南湖先生詩集》中未題詞牌名，按其字數、平仄、押韻判斷，此闋詞詞牌當爲〈木蘭花〉。

【箋】

①舞衣新製黃金縷：唐・李白〈贈裴司馬〉：「翡翠黃金縷，繡成歌舞衣。」

②野菜繞籬堪作主：唐・羊士諤〈尋山家〉：「主人聞語未開門，繞籬野菜飛黃蝶。」

【編年】

嘉靖元年至十三年間。

52.〈漁家傲〉村居

門外平湖新雨過①。碧烟一抹鷗飛破。水木細將秋色做。雲影墮。滿
溪<u>蘆</u>荻西風大。　　沙嘴漁舟來箇箇。霜鱗入膾炊香糯。歌罷滄浪誰
與和。閒不那。茅簷獨對青山坐。《張南湖先生詩集》、《少游詩餘》、《古今詞統》、
《精選古今詩餘醉》、《草堂詩餘新集》、《蘭皋明詞匯選》

【按】

　此詞平仄與《詩餘圖譜》一字不合。

【校】

　《古今詞統》、《精選古今詩餘醉》、《蘭皋明詞匯選》：詞題作「村
　居」。

　《古今詞統》：茅簷作茅「檐」。

　《精選古今詩餘醉》：門外作「門過」。

【箋】

　① 新雨過：唐・張耒〈寒食〉：「庭院輕寒新雨過，江城寒食野花
　　飛。」

【評】

　《古今詞統》：「『碧烟』、『水木』句，陰鏗肺腸。」

　李葵生云：「涼雨初殘，秋容滿目，景物之變無逾此時，第忙中人
　不之覺耳。」

　沈際飛《草堂詩餘新集》：「以俚韻收村景，『碧烟』、『水木』句，
　陰鏗肺腸。」

【編年】

　嘉靖元年至十三年間。

53.〈喜遷鶯〉

西風<u>落葉</u>①。正祖席②將收，離歌三疊。鶴喜仙還，珠愁主去，立
馬城頭難別。三十六湖春水，二十四橋秋月③。爭羨道，這水如膏
澤，月同瑩潔。　　殊絕。郊陌上，桑柘陰陰，聽得行人說。三木論
囚④，五花判事⑤，箇箇待公方決。鸞鳳清標重覩，駟馬高門須設。

揮袂處，望甘棠邵伯⑥，教人淒咽。《張南湖先生詩集》、《少游詩餘》

【按】

此詞平仄與《詩餘圖譜》一處不合。

【校】

《少游詩餘》：邵伯作「召」伯。

【箋】

① 西風落葉：唐‧陸游〈書李商叟秀才所藏曾文清詩卷後〉：「西風
落葉秋蕭瑟，淚灑行間讀舊書。」

② 祖席：唐‧孟浩然〈峴山宋張去非遊巴東〉：「祖席宜城酒，征途
雲夢林。」

③ 二十四橋秋月夜：二十四橋有二說，一說爲唐時揚州繁盛，城內
共有二十四座橋，一說即吳家磚橋，因古時有二十四位美人吹簫
於橋上而得名。清‧李斗《揚州畫舫錄》卷十五：「二十四橋即
吳家磚橋，一名紅藥橋，在熙春臺後。……揚州鼓吹詞序云：是
橋因古二十四美人吹簫於此，故名；或曰即古之二十四橋，二說
皆非。」唐‧杜牧〈寄揚州韓綽判官〉：「二十四橋秋月夜，玉人
何處教吹簫。」

④ 三木論囚：《文選》卷四十一，漢‧司馬遷〈報任少卿書〉：「魏
其，大將也，衣赭衣，關三木。」古代加於囚犯手、足及頸部之
三種刑具，合稱三木。三木論囚，指審理囚犯。

⑤ 五花判事：唐宋時，中書省各官員，對軍國大事因所見不同，須
分別在文書上籤具意見並署名，謂之「五花判事」。《資治通鑑‧
唐太宗貞觀三年》：「故事：凡軍國大事，則中書舍人各執所見，
雜署其名，謂之五花判事。」

⑥ 望甘棠邵伯：周召公曾休於甘棠樹下，爲感念其德政，人民對於
甘棠樹愛護有加，如李商隱〈武侯廟古柏〉：「大樹思逢異，甘棠
憶召公。」此句以甘棠邵伯比喻友人。

【編年】

　　嘉靖元年至十三年間。

54.〈喜遷鶯〉

梅花春動。見佳氣充庭，祥烟縈棟。華髮方歡，斑衣正舞，飛下九霄
丹鳳。溫詔①輝煌寵渥，御墨淋漓恩重。平世裏，把榮華占斷，誰人
堪共。　　聽頌。天付與，五福隨身，總是陰功種。簾幙籠雲，樓臺
麗日，不數蓬萊仙洞。白雪歌翻瑤瑟，玄露酒傾銀瓮②。更願取，早
起來廊廟，爲蒼生用。《張南湖先生詩集》、《少游詩餘》

【按】

　　此詞平仄與《詩餘圖譜》三處不合。

【箋】

　　① 溫詔：宋·陸游〈感皇恩〉：「溫詔鼎來，延英催對。」

　　② 玄露酒傾銀瓮：此句化用唐·曹唐〈玉女杜蘭香下嫁於張碩〉：

　　　　「怨入清塵愁錦瑟，酒傾玄露醉瑤觴。」

【編年】

　　嘉靖元年至十三年間。

55.〈百字令〉壽吳廷儀

朝來佳氣鬱蔥蔥，報道懸弧①良節。綠水朱華秋色嫩，景比蓬萊更
別。萬縷銀鬚②，一枝鐵杖③，信是人中傑。此翁八十，怪來精彩殊
絕。　　聞道久種陰功④，杏林橘井⑤，此輩都休說。一點心通南極
老⑥，錫與長生仙牒。亂舞斑衣，齊傾壽酒⑦，滿座笙歌咽。年年今
日⑧，華堂醉倒明月。《張南湖先生詩集》、《少游詩餘》

【按】

　　此詞格律與《詩餘圖譜》全合。

【箋】

　　① 懸弧：唐·韋應物〈始建封侯〉：「男子本懸弧，有志在四方。」

　　② 銀鬚：宋·楊萬里〈霜草〉：「偷喫瑤臺青女粉，都生瓊髮與銀

　　　　鬚。」

③ 鐵杖：蘇軾〈樂全先生生日，以鐵拄杖爲壽二首〉之一：「每向銅人話疇昔，故教鐵杖鬥清堅。」

④ 陰功：唐‧貫休〈續姚梁公座右銘〉：「及物陰功，子孫必封。」

⑤ 橘井：唐‧杜甫〈奉送二十三舅錄事之攝郴州〉：「郴州頗涼冷，橘井尙淒清。」

⑥ 一點心通南極老：唐‧李商隱〈無題〉：「身無綵鳳雙飛翼，心有靈犀一點通。」唐‧杜甫〈寄韓諫議〉：「周南留滯古所惜，南極老人應壽昌。」

⑦ 亂舞斑衣，齊傾壽酒：此句用老萊子娛親典故並化用宋‧黃庭堅〈題徐氏姑壽安君壽梅亭〉：「生育劬勞安可報，折梅傾酒著斑衣。」

⑧ 年年今日：唐‧李山甫〈寒食〉：「年年今日誰相問，獨臥長安棄歲華。」

【編年】

嘉靖元年至十三年間。

56. 〈憶秦娥〉①

秋風烈。鴈聲嘹嚦增淒切②。增淒切。水村孤館，蕭蕭落葉③。　　知音去後朱絃絕④。年來心事無人說。無人說。徘徊獨立，黃昏時節⑤。

《張南湖先生詩集》、《南湖詩餘》

【按】

此詞平仄與《詩餘圖譜》一處不合。

【箋】

① 王磐約嘉靖九年去世，此詞可能爲悼念其師所作。

② 鴈聲嘹嚦增淒切：宋‧蔣捷〈滿江紅〉：「笑新來、多事是征鴻，聲嘹嚦。」

③ 蕭蕭落葉：唐‧權德輿〈舟行夜泊〉：「蕭蕭落葉送殘秋，寂寞寒波急暝流。」

④ 知音去後朱絃絕：朱絃，用熟絲制的琴絃。此句化用宋‧趙鼎

〈花心動〉:「綠琴三嘆朱絃絕。與誰唱、陽春白雪。」

⑤ 黃昏時節:宋・周紫芝〈秦樓月〉:「看看又是,黃昏時節。」

【編年】

　　嘉靖元年至十三年間。

57.〈南鄉子〉

月色滿湖村。楓葉蘆花①共斷魂。好箇霜天堪把盞,芳樽。一榻凝塵空掩門②。　　此意與誰論③。獨倚闌干看鴈群④。籬下黃花開遍了⑤,東君。一向天涯信不聞。《張南湖先生詩集》、《少游詩餘》

【按】

　　此詞格律與《詩餘圖譜》全合。

【箋】

① 楓葉蘆花:唐・許渾〈京口閒居寄京洛友人〉:「吳門煙月昔同遊,楓葉蘆花並客舟。」

② 一榻凝塵空掩門:唐・李賀〈傷心行〉:「古壁生凝塵,羈魂夢中語。」、唐・韋應物〈寓居灃上精舍寄於張二舍人〉:「道心淡泊對流水,生事蕭疏空掩門。」

③ 此意與誰論:宋・陸游〈秋夜〉:「塵囂不到處,此意與誰論。」

④ 看鴈群:唐・梅堯臣〈宋劉職芳知汾州〉:「不必汾水上,秋風看鴈群。」

⑤ 籬下黃花:唐・高適〈九日酬顏少府〉:「簷前白日應可惜,籬下黃花爲誰有。」

【編年】

　　嘉靖元年至十三年間。

58.〈滿庭芳〉竹居宅賞梅

庭院餘寒,簾櫳清曉,東風初破丹苞①。相逢未識,錯認是夭桃。休道寒香較晚,芳叢裏、更覺孤高。憑闌久,巡簷索笑②,冷蕊向青袍。　　揚州春興動,主人情重③,招集吟豪。信冰姿瀟灑,趣在風騷。脈脈此情誰會④,和羹事⑤、且付香醪⑥。歸來後,湖頭月淡,

佇立看烟濤。《張南湖先生詩集》、《少游詩餘》

【按】

此詞平仄與《詩餘圖譜》二處不合。

【箋】

① 東風初破丹苞：宋・蘇軾〈蝶戀花〉：「泛泛東風初破五，江柳微黃，萬萬千千縷。」

② 巡簷索笑，冷蕊向青袍：化用唐・杜甫〈舍弟觀赴藍田取妻子到江陵喜寄三首〉之二：「巡簷索共梅花笑，冷蕊疏枝半不禁。」

③ 主人情重：宋・黃庭堅〈定風波〉：「歌舞闌珊退晚妝，主人情重更留湯。」

④ 脈脈此情誰會：宋・朱敦儒〈念奴嬌〉：「除卻清風并皓月，脈脈此情誰識。」

⑤ 和羹事：宋・王之道〈好事近〉：「作楫合羹事了，歸去騎箕尾。」

⑥ 香醪：唐・杜甫〈崔駙馬山亭宴集〉：「清秋多宴會，終日困香醪。」

【編年】

嘉靖元年至十三年間。

59.〈行香子〉

樹遶村庄。水滿陂塘①。倚東風②、浩興徜徉。小園幾許，收盡春光。有桃花紅，李花白，菜花黃。　　遠遠圍牆，隱隱茆堂。颺青旗③、流水橋傍。偶然乘興，步過東岡。正鶯兒啼，燕兒舞，蝶兒忙。《張南湖先生詩集》

【按】

此詞平仄《詩餘圖譜》二處不合。

【箋】

① 水滿陂塘：陂塘，蓄水池塘，《國語・周下》：「陂塘污庳，以鍾其美。」宋・王安石〈歌元豐五首〉：「茅簷斜日曉雞號，水滿陂

塘薺麥高。」

② 倚東風、浩興徜徉：倚東風，乘著東風。徜徉，來回走動。《淮
南子・人間訓》：「鴻翱翔乎忽荒之上，徜徉乎虹蜺之間。」

③ 青旗：酒店市招。唐・白居易〈杭州春望〉：「紅袖織綾誇柿蒂，
青旗沽酒趁梨花。」

【編年】

嘉靖元年至十三年間。

60.〈臨江仙〉西庄看花值雨

為愛西庄花滿樹，朝朝來叩柴門①。墻頭遙見簇紅雲②。恍然迷處所
③，疑入武陵源④。　　花外飛來寒食雨，一時留住遊人。村醪隨意
兩三巡⑤。折花頭上戴，記取一年春⑥。《張南湖先生詩集》、《少游詩餘》

【按】

此詞格律與《詩餘圖譜》全合。

【校】

《少游詩餘》：詞題作「看花」。

【箋】

① 叩柴門：唐・白居易〈送張山人歸張嵩陽〉：「掌生娶階衣且單，
夜扣柴門與我別。」

② 簇紅雲：宋・陳允平〈思佳客〉：「簇簇紅雲冷欲凝，東風特地喚
花醒。」

③ 迷處所：唐・孟浩然〈梅道士水亭〉：「再來迷處所，花下問漁
舟。」

④ 疑入武陵源：唐・張九齡〈與生公尋幽居處〉：「疑入武陵園，如
逢漢陰老。」

⑤ 村醪隨意兩三巡：宋・汪莘〈浣溪沙〉：「少陵形瘦不封侯，村醪
閒飲兩三甌。」

⑥ 一年春：唐・韓愈〈早春呈水部張十八員外二首〉：「最是一年春
好處，絕勝煙柳滿皇都。」

【編年】

　嘉靖元年至十三年間。

61.〈柳梢青〉

遠遠湖濱，一叢烟樹，村舍新成。籬落橫遮，溪流環抱，盡有餘清
②。　　野人爛煮蓴羹①。正細雨、茆簷晚晴。啼鳥橋邊。眠鷗沙際，
一片閒情。《張南湖先生詩集》、《南湖詩餘》、《御選歷代詩餘》

【按】

　此詞平仄與《詩餘圖譜》一處不合。（《詩餘圖譜》誤刻）

【校】

　《御選歷代詩餘》：作「啼鳥樹邊」。

【箋】

　① 蓴羹：用蓴菜烹制的羹。《晉書·文苑傳·張翰》：「翰因見秋風
　　 起，乃思吳中菰菜、蓴羹、鱸魚膾，曰：『人生貴得適志，何能
　　 羈官數千里以要名爵乎！』遂命駕而歸。」後因以「蓴羹」用爲
　　 思鄉辭官的典故。

　② 餘清：唐·杜甫〈江陵節度陽城郡王新樓成王請嚴侍御官七字句
　　 同作〉：「杖鉞褰帷瞻具美，投壺散帙有餘清。」

【編年】

　嘉靖元年至十三年間。

62.〈漁家傲〉七夕立秋

正德甲戌之歲，七夕立秋，予有詩云：「秋信今年向爾晚，西風有意
待良宵。銀河天上雙星渡，金井人間一葉飄。頗憶漢槎遊汗漫，未聞
楚賦感蕭條。玄蟾烏鵲爭佳節，人在高樓興正饒。」迄今嘉靖癸巳，
復值七夕立秋，二十年間，人事變態，何可勝言，感今念舊，爲賦此
詞。

七夕湖頭閒眺望。風烟做出秋模樣。不見雲屏并月帳①。天淀漾②。
龍軺暗渡銀河浪③。（是日風霾）　　二十年前今日況。玄蟾烏鵲高
樓上。回首西風猶未忘。追得喪。人間萬事成惆悵。《張南湖先生詩集》、

《少游詩餘》

【按】

　此詞格律與《詩餘圖譜》全合。

【校】

　《少游詩餘》：不見雲屏并月帳作「不見雲屏月帳」。

【箋】

　①雲屏并月帳：宋・向滈〈菩薩蠻〉：「雲屏月帳姑鸞恨，香消玉減
　　無人問。」

　②天混漾：宋・石孝友〈漁家傲〉：「月影徘徊天混漾，金戈鐵馬森
　　相向。」

　③龍軿暗渡銀河浪：唐・劉言史〈贈成鍊師四首〉：「曾隨阿母漢宮
　　齋，鳳駕龍軿列玉階。」宋・劉克莊〈沁園春〉：「待銀河浪靜，
　　金針穿了，藍橋路近，玉杵攜將。」

　④人間萬事成惆悵：唐・杜甫〈宋韓十四江東覲省〉：「兵戈不見老
　　萊衣，歎息人間萬事非。」

【編年】

　嘉靖元年至十三年間。

63.〈浪淘沙〉九日雨

九日雨蕭蕭。情思無憀①。杖藜閒步過前郊。獨把一盃臺上望，也當
登高。　　黃菊亂飄颻。剗地狂飆。天寒萬木向人號②。目送長空孤
鳥沒③，短髮頻搔④。《張南湖先生詩集》、《南湖詩餘》、《精選古今詩餘醉》、《草
堂詩餘新集》

【按】

　此詞格律與《詩餘圖譜》全合。

【校】

　《南湖詩餘》：無憀作無「聊」。

　《南湖詩餘》(《明詞彙刊》)：無憀作無「聊」。

　《精選古今詩餘醉》、《草堂詩餘新集》：蕭蕭作「瀟瀟」。

【箋】

① 無寥：唐・齊己〈寄東林言之禪子〉：「可惜東窗月，無寥過一年。」

② 向人號：唐・許棠〈登山〉：「獼猴呼獨散，隔水向人號。」

③ 目送長空孤鳥沒：唐・杜牧〈登樂遊園〉：「長空澹澹孤鳥沒，萬古銷沈向此中。」

④ 短髮頻搔：宋・晁補之〈用寄成季韻呈魯直〉：「窮吟百軸傳未已，短髮頻搔為君喜。」

【評】

《精選古今詩餘醉》：「世文有〈浪淘沙〉單調：『花下酌芳樽，情意交忻，勸郎深飲笑郎醺。私語未停還側耳，不肯重論。』亦妙，備錄。」

沈際飛《草堂詩餘新集》：「正騎馬騎驢之解，人要知足。」、「世文有〈浪淘沙〉單調：『花下酌芳樽，情意交忻，勸郎深飲笑郎醺。私語未停還側耳，不肯重論。』軟婉可備覽。」

【編年】

嘉靖元年至十三年間。

64.〈酹江月〉界首遇雪諸友留飲

滿天風雪，向行人、做出征途模樣。回首家山①繞咫尺，便有許多離況。少歲交游，當時風景②，喜得重相傍。一樽談舊，驪車門外休唱③。　　自笑二十年來，扁舟來往，慚愧湖頭浪。獻策彤庭④身漸老，惟有丹心增壯。玉洞花光，金城柳眼⑤，何用生淒愴。為君起舞，驚看豪氣千丈。《張南湖先生詩集》、《少游詩餘》

【按】

此詞平仄與《詩餘圖譜》一處不合。

【校】

《少游詩餘》：驪車作驪「駒」，此句乃化用陸游詩意，故當以「驪車」為是。

【箋】

① 回首家山：唐‧殷堯藩〈冬至酬劉使君〉「異鄉冬至又今朝，回首家山入夢遙。」

② 當時風景：宋‧張耒〈寄都下舊友二首〉之一：「當時風景歸何處，須信人生是夢中。」

③ 驪車門外休唱：宋‧陸游〈贈燕〉：「驪車已在門，戀戀終何為？」

④ 彤庭：唐‧杜甫〈自京赴奉先縣詠懷五百字〉：「彤庭所分帛，本自寒女出。」

⑤ 玉洞花光，金城柳眼：此二句化用唐‧胡宿〈感舊〉：「曾迷玉洞花光老，欲過金城柳眼新。」

【編年】

嘉靖元年至十三年間。

65.〈臨江仙〉車上作

客路光陰渾草草①，等閑過了元宵。村雞啼月下林梢②。鶯聲驚宿鳥③，霜氣入重貂④。　　漠漠風沙⑤千里暗，舉頭一望魂消。問君何事不辭勞⑥。平生經世意⑦，只恐負清朝。《張南湖先生詩集》、《少游詩餘》

【按】

此詞格律與《詩餘圖譜》全合。

【校】

《張南湖先生詩集》：林梢作林「稍」。

【箋】

① 渾草草：宋‧陳亮〈蝶戀花〉：「隨世功名渾草草。五湖卻共繁華老。」

② 下林梢：唐‧黃滔〈冬暮山舍喜標上人見訪〉：「共談慵僻意，微日下林梢。」

③ 驚宿鳥：宋‧陸游〈露坐〉：「風枝驚宿鳥，露草溼流螢。」

④ 霜氣入重貂：宋‧陸游〈初春欲散步畏寒而歸〉：「峭寒漠漠入重貂，酒力欺人凝不消。」

⑤漠漠風沙：漠漠，廣漠無聲。宋·劉辰翁〈酹江月〉：「圓缺不銷
青冢恨，漠漠風沙如雪。」

⑥不辭勞：唐·白居易〈題詩屏風絕句〉：「相憶採君詩作障，自書
自勘不辭勞。」

⑦經世意：宋·王安石〈車載板二首〉之二：「洛陽多少年，擾擾
經世意。」

【編年】

嘉靖元年至十三年間。

66.〈酹江月〉會試書場屋壁

天門宏啓，風雲會①，濟濟英豪奔走。憶昔童顏來校藝，傴僂今成皓
首②。抱此一經，誤他半世，撫卷驚嗟③久。幽蘭不採，將隨秋草衰
朽。　　百歲何事低回，薄田敝舍，粗是吾生守。眷戀明時期一試，
豈爲輕肥苟苟。五策答成，三場了卻，壯氣遙衝斗④。狂言休笑，穿
楊看取老手。《張南湖先生詩集》

【按】

此詞平仄與《詩餘圖譜》七處不合。

【箋】

①風雲會：唐·杜甫〈謁先主廟〉：「慘淡風雲會，乘時各有人。」

②皓首：唐·孟郊〈暮秋感思〉：「上有噪日蟬，催人成皓首。」

③驚嗟：唐·孟郊〈弔盧殷〉：「零落難苦言，起坐空驚嗟。」

④壯氣遙衝斗：唐·李白〈少年行二首〉之一：「少年負壯氣，奮
烈自有時。」唐·杜甫〈可歎〉：「明月無瑕豈容易，紫氣鬱鬱猶
衝斗。」

【編年】

嘉靖元年至十三年間。

67.〈念奴嬌〉

嘉靖辛卯嘉平月十日之夕婚娶特盛予初是夕匄撫景感懷輒成短詞

千門明月①，天如水②、正是人間佳節③。開盡小梅春氣透，花燭家

家羅列。來往綺羅，喧闐簫鼓④，達旦⑤何曾歇。少年當此，風光眞是殊絕⑥。　遙想二十年前，此時此夜，共綰同心結⑦。窗外冰輪⑧依舊在，玉貌⑨已成長別。舊著羅衣，不堪觸目，灑淚都成血。細思往事，祇添鏡裏華髮。《張南湖先生詩集》、《少游詩餘》

【按】

此詞平仄與《詩餘圖譜》三處不合。

【箋】

① 千門明月：唐・薛曜〈正夜侍宴夜詔〉：「雙闕祥烟裏，千門明月中。」

② 天如水：唐・趙嘏〈江樓舊感〉：「獨上江樓思渺然，月光如水水如天。」

③ 人間佳節：宋・京鏜〈念奴嬌〉：「天上良宵，人間佳節，初不分今昔。」

④ 喧闐簫鼓：宋・王之道〈漁家傲〉：「簫鼓喧闐歌舞妙，人窈窕。也應引動南窗傲。」

⑤ 達旦：唐・韓愈〈示爽〉：「冬夜豈不長，達旦燈燭然。」

⑥ 殊絕：唐・杜甫〈奉觀嚴鄭公廳事岷山沱江畫圖十韻〉：「繪事功殊絕，幽襟興激昂。」

⑦ 共綰同心結：同心結，舊時以絲織物所編成的連環回文樣式的結，用以象徵堅貞愛情。梁武帝〈有所思〉：「腰中雙綺帶，夢爲同心結。」唐・劉禹錫〈楊柳枝〉：「如今綰作同心結，將贈行人知不知。」

⑧ 冰輪：唐・朱慶餘〈十六夜月〉：「昨夜忽已過，冰輪始覺虧。」

⑨ 玉貌：唐・盧照鄰〈行路南〉：「不見朱脣將玉貌，惟聞素棘與黃泉。」

【編年】

嘉靖元年至十三年間。

68.〈菩薩蠻〉寫懷

江頭秋色明如鏡。朝來照見行人鬢①。照見鬢毛蒼②。猶疑是曉霜。　　黯然凝久竚③。卻憶金城樹。搔首倚船篷。無言數過鴻④。《張南湖先生詩集》、《南湖詩餘》

【按】

　此詞格律與《詩餘圖譜》全合。

【箋】

　①江頭秋色明如鏡。朝來照見行人鬢：宋・晁說之〈秋歡〉：「爲起秋風有所懷，江頭秋色信多哉。」宋・蘇軾〈臺頭寺雨中送李邦直赴史館，分韻得憶字人字，兼寄孫巨源二首〉之二：「看君兩眼明如鏡，休把春秋坐素臣。」宋・黃裳〈桂枝香〉：「倚欄白盡行人鬢，但沈沈、群岫凝碧。」此二句化用唐・白居易〈酬顏中丞晚眺黔江見寄〉：「臨流有新恨，照見白鬚生。」

　②鬢毛蒼：唐・杜甫〈送沈八丈東美徐膳部員外阻雨未遂馳奉寄此詩〉：「徒懷貢公喜，颯颯鬢毛蒼。」

　③黯然凝久竚：宋・石孝友〈望海潮〉：「離情冰泮，歸心雲擾，黯然凝佇江皋。」

　④無言數過鴻：宋・辛棄疾〈鷓鴣天〉：「誰知止酒停雲老，獨立斜陽數過鴻。」

【編年】

　嘉靖十四年至十五年間。

69.〈點絳唇〉泊夾口

夾口停舟，江頭一望青山遶①。臨風長嘯。自覺清顏②老。　　回首家山③，幾箇征鴻叫。音書杳④。烟波浩渺⑤。霜落霾蕪草。《張南湖先生詩集》、《南湖詩餘》

【按】

　此詞平仄與《詩餘圖譜》一處不合。

【箋】

① 青山遶：唐・司空曙〈從王尊師歸湖州〉：「煙蕪滿洞青山遶，幢節飄空紫鳳飛。」

② 清顏：唐・孟浩然〈贈蕭少府〉：「聞君秉高節，而得奉清顏。」

③ 回首家山：唐・殷堯藩〈冬至酬劉使君〉：「異鄉冬至又今朝，回首家山入夢遙。」

④ 音書杳：宋・曹組〈小重山〉：「音書杳，前事忍思量。」

⑤ 烟波浩渺：唐・劉滄〈經過建業〉：「烟波浩渺空亡國，楊柳蕭條有幾家。」

【編年】

嘉靖十四年至十五年間。

70. 〈長相思〉泊夾口

對青山。愛青山。山色參差烟霧間。孤雲何處還。　　泊沙灣。宿沙灣。淅淅秋風江水寒①。遶船楓葉丹。《張南湖先生詩集》、《南湖詩餘》、《御選歷代詩餘》

【按】

此詞格律與《詩餘圖譜》全合。

【校】

《御選歷代詩餘》：烟霧作「雲」霧。

【箋】

① 淅淅秋風江水寒。遶船楓葉丹：此二句同時化用唐・白居易〈琵琶行〉：「去來江口守空船，遶船月明江水寒。」南唐・李煜〈長相思〉：「山遠天高煙水寒，相思楓葉丹。」

【編年】

嘉靖十四年至十五年間。

71. 〈酹江月〉過小孤山①

長江滾滾東流去②，激浪③飛珠④濺雪。獨見一峰青崒嵂，當住中流萬折。應是天公，恐他瀾倒，特向江心設。屹然今古，舟郎指點爭

說。　　岸邊無數青山，縈迴<u>紫翠</u>，掩映雲千疊。都讓洪濤恣洶湧，卻把此峰孤絕。薄暮烟霏，高空日煥，謂歷陰晴徹。行人<u>過此</u>，爲君幾度擊楫。《張南湖先生詩集》、《少游詩餘》、王醒《秦觀集》

【按】

此詞平仄與《詩餘圖譜》九處不合。

【校】

《張南湖先生詩集》：作〈酬江月〉，應爲〈酹江月〉。

《秦觀集》〔註1〕：作「鶯迴紫翠，掩映雪千疊。」

【箋】

① 小孤山：《皖詞紀勝》中引遲大魁〈小孤山志〉云：「宿松縣（今屬安徽）東有山在水中央，爲小孤山，鄰彭澤間，突兀嶙峋，一柱直插天半。舊云髻山，相沿日久，遂指小孤爲小姑，非也。以特立不倚，故得名。其云小者，則從彭澤之大孤別言之耳。」

② 長江滾滾，東流去：宋·王之道〈鵲橋仙〉：「長江滾滾向東流，寫不盡、別離情狀。」

③ 激浪：唐·杜甫〈大曆三年春白帝城放船出瞿塘峽久居夔府將適江陵漂泊有詩凡四十韻〉：「擺闔盤渦沸，敧斜激浪輪。」

④ 飛珠：唐·李白〈望廬山瀑布水二首〉之一：「飛珠散輕霞，流末沸穹石。」爲君幾度擊楫：事本《晉書·祖逖傳》：「（祖逖）仍將本流徙部曲百餘家渡江，中流擊楫而誓曰：『祖逖不能清中原而復濟者，有如大江。』」

【編年】

嘉靖十四年至十五年間。

72.〈蝶戀花〉泊九江

舟泊潯陽①城下住。杳靄昏鴉，點點雲邊樹②。九汇江分從此去③。烟波一望空無際。　　今夜月明風細細④。楓葉蘆花⑤，的是

〔註1〕王醒解評：《秦觀集》（山西：山西古籍出版社，2004年1月第一版第一次印刷），頁216。

淒涼地⑥。不必琵琶能觸意。一樽自濕青衫淚⑦。《張南湖先生詩集》、
《少游詩餘》

【按】

　此詞格律與《詩餘圖譜》全合。

【校】

　《少游詩餘》：杳「靄」作杳「藹」。

【箋】

　① 潯陽：江名。長江流經江西省九江市北一段。唐·白居易〈琵琶
　　　行〉：「潯陽江頭夜送客，楓葉荻花秋索索。」
　② 點點雲邊樹：唐·賈島〈送僧〉：「仙掌雲邊樹，巢禽時出關。」
　③ 九泒江分從此去：唐·皇甫冉〈送李錄事赴饒州〉：「山從建業千
　　　峰出，江至潯陽九派分。」
　④ 今夜月明風細細：唐·鄭谷〈恩門小諫雨中乞菊栽〉：「遞香風細
　　　細，澆綠水瀰瀰。」
　⑤ 楓葉蘆花：唐·許渾〈京口閒居寄京洛友人〉：「吳門煙臘同遊，
　　　楓葉蘆花並客舟。」
　⑥ 的是淒涼地：唐·劉禹錫〈酬樂天揚州初逢席上見贈〉：「巴山楚
　　　水淒涼地，二十三年棄置身。」
　⑦ 不必琵琶能觸意。一樽自濕青衫淚：用唐·白居易〈琵琶行〉：「座
　　　中泣下誰最多，江州司馬青衫溼。」典故。

【編年】

　嘉靖十四年至十五年間。

73.〈滿江紅〉風雨自蒲圻至汀泗橋口占

風雨蕭蕭①，長塗上、春泥沒足。謾回首、青山無數，笑人勞碌。
山下紛紛梅落粉，渡頭淼淼波搖綠②。想小園、寂寞鎖柴扉，繁花
竹。　　曳文履③，鏘鳴玉④。綺樓疊，雕欄曲。又何如、湖上芒鞋
草屋。萬頃水雲翻白鳥，一簑烟雨耕黃犢⑤。悵東風、相望渺天涯⑥，
空凝目。《張南湖先生詩集》、《少游詩餘》

【按】

此詞格律與《詩餘圖譜》全合。

【箋】

① 風雨蕭蕭：唐‧韓偓〈金陵〉：「風雨蕭蕭，石頭城下木蘭橈。」

② 渡頭淼淼波搖綠：唐‧張祜〈華清宮和杜舍人〉：「渭水波遙綠，秦郊草半黃。」

③ 文履：飾以文彩之鞋。漢‧劉向《說苑‧反質》：「夫衛國雖貧，豈無文履，一奇以易十稷之繡哉。」

④ 鏘鳴玉：唐‧杜甫〈殿中楊堅見示張旭草書圖〉：「鏘鏘鳴玉動，落落群松直。」

⑤ 一蓑烟雨耕黃犢：此句同時化用宋‧蘇軾〈定風波〉：「竹杖芒鞋輕勝馬。誰怕。一蓑烟雨任平生。」宋‧陸游〈作雪寒甚有賦〉：「公子皂貂方痛飲，農家黃犢正深耕。」

⑥ 相望渺天涯：唐‧李白〈宣城送別副使入秦〉：「此別又千里，秦吳渺天涯。」

【編年】

嘉靖十四年至十五年。

74.〈踏沙行〉東湖驛

曉樹啼鶯，晴洲落鴈。酒旗風颭村烟淡。山田過雨正宣耕，畦塍處處春泉漫。　　踏翠郊原，尋芳野澗。風流舊事嗟雲散。楚山①誰遣送愁來，夕陽回首青無限。《張南湖先生詩集》、《少游詩餘》

【按】

此詞格律與《詩餘圖譜》全合。

【校】

《全明詞》「宣耕」作「宜耕」。

《張南湖先生詩集》：作〈踏沙行〉，應做〈踏莎行〉。

【箋】

① 楚山：泛指楚地之山。唐‧張說〈對酒行巴陵作〉詩：「鳥哭楚

山外，猿啼湘水陰。」

【編年】

嘉靖十四年至十五年間。

75.〈喜遷鶯〉壽百潭二月十五日誕

花香馥郁。正春色平中，海籌添屋。金馬清才，玉麟①舊守，帝譴暫臨江國。冠蓋光生南楚，川嶽靈鍾西蜀。堪羨是、有汪洋萬傾，珠璣千斛。　聽祝。願多壽，多富多男，溥作蒼生福。碧柳緋桃②，錦袍烏帽，輝映顏朱鬢綠。早見鶴樓風彩，歸掌鸞坡幾軸。百歲裏，慶團圞長似，冰輪③滿足。《張南湖先生詩集》、《少游詩餘》

【按】

此詞平仄與《詩餘圖譜》六處不合。

【校】

《少游詩餘》：帝譴作帝「遣」。萬傾作萬「頃」。

【箋】

① 玉麟：指麒麟閣，漢代閣名，上圖功臣像。宋・梅堯臣〈送魯玉太博輓詞〉之二：「自昔稱王謝，于今亦盛門。尚看珠樹秀，應見玉麟存。」

② 緋桃：唐・唐彥謙〈緋桃〉：「短牆荒圃四無鄰，烈火緋桃照地春。」

③ 冰輪：指明月，唐・王初〈銀河〉詩：「歷歷素榆飄玉葉，娟娟清月溼冰輪。」

【編年】

嘉靖十四年至十五年間。

76.〈醉蓬萊〉并致語贈周履莊擢北工部

艤舟春江渚，執手東風，依依難別。懷恨征夫，把驪駒歌徹①。劍氣橫空②，此行何處，指五雲金闕③。晝省香爐④，粉闈青瑣⑤，十分清絕⑥。　幾年江湖，高情醞釀，多少經綸⑦，待君施設。想見委蛇，詠羔羊素節。玉燭春熙，金蓮夜靜，做伊周功業⑧。回首關山⑨，

相思千里⑩，共看明月。《張南湖先生詩集》

【按】

此詞平仄與《詩餘圖譜》六處不合。

【箋】

① 把驪駒歌徹：唐・韓翃〈贈袞州孟都督〉：「願學平原十日飲，此時不忍歌驪駒。」

② 劍氣橫空：宋・劉辰翁〈百字令〉：「撫劍氣橫空，隱見林杪。」

③ 五雲金闕：五雲，指皇帝所在地，唐・王建〈贈郭將軍〉詩：「承恩新拜上將軍，當值巡更近五雲。」指天子所居之宮闕，北齊・顏之推〈觀我生賦〉：「指金闕以長鎩，向玉路而蹶張。」

④ 晝省香爐：唐・杜甫〈秋興〉八首之二：「晝省香爐違伏枕，山樓粉堞隱悲茄。」

⑤ 粉闥青瑣：尚書省之別稱。闥，宮中小門。唐・李山甫〈送職方王郎中吏部劉員外自太原鄭相公幕繼奉徵書歸省署〉詩：「此生長掃朱門者，每向人間夢粉闥。」青瑣，借指宮廷，《晉書・夏侯湛傳》：「出草苗，起林藪，御青瑣，入金墉者，無日不有。」

⑥ 十分清絕：宋・史浩〈好事近〉：「敧枕不成眠，得句十分清絕。」

⑦ 多少經綸，待君施設：宋・曹冠〈桂飄香〉：「傅巖莘野時方隱，心先定，經綸施設。」

⑧ 伊周功業：伊周，指商・伊尹與西周・周公旦，兩人均曾攝政，後常並稱。《漢書・張陳王周傳贊》：「周勃為布衣時，鄙樸庸人，至登輔佐，匡國家難，誅諸呂，立孝文，為漢伊周。」宋・無名氏〈青玉案〉：「伊周功業何須慕，不學淵明便歸去。」

⑨ 回首關山：唐・韋莊〈出關〉：「馬嘶煙岸柳陰斜，回首關山路轉賒。」

⑩ 相思千里，共看明月：二句化用自唐・杜牧〈寄遠〉：「欲寄相思千里月，溪邊殘照雨霏霏。」唐・白居易〈自河南經亂，關內阻

飢，兄弟離散，各在一處。因望月有感，聊書所懷，寄上浮梁大
兄，於潛七兄，烏江十五兄，兼示符離及下邽弟妹〉：「共看明月
應垂淚，一夜鄉心五處同。」

【編年】

　嘉靖十四年至十五年。

77.〈喜遷鶯〉并致語贈梁寒泉擢東平守

驪歌江渚。正落日烟波，寒山凝紫。當轍搴裳，臨岐把袂①，風葉<u>蕭
蕭亂</u>舞。方羨化行南國②，又報郡移東土。堪仰處、是霜裁老練，冰
操清苦。　　爭覩。見皎皎<u>玉</u>樹臨風，喜氣盈眉宇。三木論囚③，五
花判事④，籍籍遍傳荊楚⑤。未展清才金馬⑥，聊寄專城⑦銅虎⑧。
共看取，赴雲龍盛會⑨，溥施霖雨。《張南湖先生詩集》

【按】

　此詞平仄與《詩餘圖譜》三處不合。

【箋】

　①臨岐把袂：本為面臨歧路，後亦用為贈別之辭。唐・杜甫〈送李
　　校書〉詩：「臨岐意頗切，對酒不能喫。」〈送孔巢父謝病歸遊江
　　東兼程李白〉：「我擬把袂苦留君，富貴何如草頭露。」

　②化行南國：唐・薛稷〈儀坤廟樂章二首〉：「化行南國，道盛西
　　陵。」

　③三木論囚：見〈喜遷鶯〉「西風落葉」注釋。《文選》卷四十一，
　　漢・司馬遷〈報任少卿書〉：「魏其，大將也，衣赭衣，關三木。」
　　古代加於囚犯手、足及頸部之三種刑具，合稱三木。三木論囚，
　　指審理囚犯。

　④五花判事：見〈喜遷鶯〉「西風落葉」注釋。唐宋時，中書省各
　　官員，對軍國大事因所見不同，須分別在文書上簽具意見並署
　　名，謂之「五花判事」。《資治通鑑・唐太宗貞觀三年》：「故
　　事：凡軍國大事，則中書舍人各執所見，雜署其名，謂之五花判
　　事。」

⑤ 荊楚：荊爲楚之舊號，略當古荊州地區，在今湖北、湖南一帶。
《詩・商頌・殷武》：「撻彼殷武，奮伐荊楚。」

⑥ 金馬：指朝廷或帝都。唐・張祐〈送韋正字片貫赴制舉〉：「木雞
方備德，金馬正求賢。」

⑦ 專城：指任主宰一城之州牧、太守等地方官。漢・王充《論衡・
辨祟》：「居位食祿，專城長邑以千萬數，其遷徙日未必逢吉時
也。」

⑧ 銅虎：即銅虎符，漢代發兵所用之銅製虎形兵符，後亦借指官
印。《史記・孝文本紀》：「九月，初與郡國守相爲銅虎符、竹使
符。」裴駰集解引應劭曰：「銅虎符第一至第五，國家當發兵，
遣使者至郡合符，符合乃聽受之。」

⑨ 雲龍盛會：《易・乾》：「雲從龍，風從虎，聖人作而萬物睹。」
唐・孔穎達疏：「龍是水畜，雲是水氣，故龍吟則景雲出，是雲
從龍也。」後因以「雲龍」比喻君臣風雲際會。

【編年】

嘉靖十四年至十五年間。

78.〈漁家傲〉七月十五夜泊漢江口

江上涼颷①情緒燠。片雲消盡明團玉。水色山光相與綠。烟樹簇。移
舟旋傍漁燈宿。　　風外何人吹紫竹②。夢中聽是飛鸞曲。葉落楓林
聲簌簌。幽興觸。明朝<u>相</u>約騎黃鵠③。《張南湖先生詩集》、《少游詩餘》、《草
堂詩餘新集》、《古今詞統》、《御選歷代詩餘》

【按】

此詞平仄與《詩餘圖譜》一處不合。

【校】

《御選歷代詩餘》：詞序作「秋日泊漢江口」。

《御選歷代詩餘》：情緒作「清」緒。

《少游詩餘》：旋傍作「旋旁」。

《古今詞統》：情緒作「清」緒。（末句後注「杜詩：『安能騎黃

鵲。』」）

【箋】

  ① 涼颸：見〈生查子〉「涼颸動翠簾」注釋。涼風。南朝齊・謝朓
    〈在郡臥病呈沈尚書〉：「珍簟清夏室，輕扇動涼颸。」

  ② 紫竹：竹之一種。亦名黑竹，莖成長後爲紫黑色，故稱。可製笙、
    竽、簫、管、手杖、几架等。

  ③ 明朝相約騎黃鵠：宋・蘇軾〈聞子由瘦〉：「相看會作兩曜仙，還
    鄉定可騎黃鵠。」

【評】

  《古今詞統》：「『相與』二字，得和合山水道理。」

  沈際飛《草堂詩餘新集》：「『相與綠』，得和合山水道理。」

【編年】

  嘉靖十四年至十五年間。

79.〈鷓鴣天〉金牛鎮懷家信不至用古詞韻

雨過鳴蟬斷續聞。石梁新水漲溪痕。秋風銀鹿①無來信，落日金牛銷
旅魂。   登小閣，倒孤樽。故山回首暮烟昏。令人苦憶湖邊舍，綠
蔓黃花正繞門。《南湖詩集》、《南湖詩餘》、《御選歷代詩餘》

【按】

  此詞格律與《詩餘圖譜》全合。

【校】

  《南湖詩餘》（《明詞彙刊》）：序作「悼亡」。

【箋】

  ① 銀鹿：唐・顏眞卿家僮名。唐・李肇《唐國史補》卷上：「顏魯
    公之在蔡州，再從姪峴家僮銀鹿始終隨之。」後用以代稱僕
    人。宋・王邁〈賀新郎〉：「銀鹿諸孫來定省，對金屏、繡幕輝雲
    母。」

【編年】

  嘉靖十四年至十五年間。

80.〈釵頭鳳〉別武昌

臨丹壑。憑高閣。閑吹玉笛招黃鶴。空江暮。重回顧。一洲烟草,滿川雲樹。住。住。住。　　江風作。波濤惡。汀蘭寂寞巖花落。長亭路。塵如霧。青山雖好,朱顏難駐。去。去。去。《張南湖先生詩集》、《少游詩餘》、《草堂詩餘新集》

【按】

此詞格律與《詩餘圖譜》全合。

【評】

沈際飛《草堂詩餘新集》:「『去』、『住』字妥辣。」

【編年】

嘉靖十四年至十五年間。

81.〈念奴嬌〉赤壁舟中詠雪

中流鼓楫,浪花舞、正見江天飛雪。遠水長空連一色,使我吟懷逸發。寒峭千峰,光搖萬象,四野人踪滅。孤舟垂釣,漁簑真箇清絕。　　遙想溪上風流,悠然乘興,獨棹山陰月。爭似楚江帆影淨,一曲浩歌空闊。禁體詞①成,過眉酒熱,把唾壺敲缺②。馮夷③驚道,坡翁無此赤壁。《張南湖先生詩集》、《少游詩餘》

【按】

此詞平仄與《詩餘圖譜》二處不合（「過」視爲平聲則合韻）。

【箋】

① 禁體詞:詩有禁體詩,禁體詩爲一種遵守特定禁例寫作之詩。據宋·歐陽脩〈雪〉自注、《六一詩話》及宋·蘇軾〈聚星堂雪詩敘〉所記,其禁例大略爲不得運用通常詩歌中常見之名狀體物字眼,如詠雪不用玉月梨梅練絮白舞等,意在難中出奇。參閱清·趙翼《陔餘叢考·禁體詩》。

② 唾壺敲缺:南朝宋·劉義慶《世說新語·豪爽》:「王處仲（王敦）每酒後輒詠:『老驥伏櫪,志在千里。烈士暮年,壯心不已。』以如意打唾壺,壺口盡缺。」後以「唾壺敲缺」形容心情憂憤或

感情激昂。

　③ 馮夷：傳說中之黃河之神，即河伯，泛指水神。《莊子‧大宗師》：
　　「馮夷得之，以遊大川」成玄英疏：「姓馮名夷，弘農華陰潼鄉
　　堤首里人也。服八石，得水仙。大川，黃河也。天帝錫馮夷爲河
　　伯。故游處盟津大川之中也。」

【編年】

　嘉靖十四年至十五年間。

82.〈憶秦娥〉池州阻風

江風阻。歸舟信宿①停秋浦②。停秋浦。青燈小榻，寒城疎雨。　　雙
雙白鳥來沙渚。長鳴似向幽人語③。幽人語。從今好共，烟波爲侶。

《張南湖先生詩集》、《南湖詩餘》

【按】

　此詞格律與《詩餘圖譜》全合。

【箋】

　① 信宿：連宿兩夜。《詩‧豳風‧九罭》：「公歸不復，於女信宿。」
　　《毛傳》：「再宿曰信；宿，猶處也。」
　② 秋浦：秋日之水濱。唐‧張九齡〈別鄉人南還〉詩：「東南行舫
　　遠，秋浦念猿吟。」
　③ 長鳴似向幽人語：宋‧葛勝仲〈點絳唇〉：「雲外哀鴻，似替幽人
　　語。」

【編年】

　嘉靖十四年至十五年間。

83.〈望江南〉池州阻風

吟眺處，江雨正霏霏。九疊雲華蒼巘秀，一川烟浪白鷗飛。此景十分
奇。　　吟眺罷，客思轉依依①。拄杖尋詩雙葛履，扁舟垂釣一簑衣，
此趣幾人知。《張南湖先生詩集》、《少游詩餘》

【按】

　此詞格律與《詩餘圖譜》全合。

【箋】

　①轉依依：唐‧元稹〈月三十韻〉：「上絃何汲汲，佳色轉依依。」

【編年】

　嘉靖十四年至十五年間。

四景圖

84.〈憶秦娥〉曲江花

　　　　　　帝城東畔富韶華。滿路飄香爛綵霞。

　　　　　　多少春風年少客，馬蹄踏遍①曲江花。

曲江花。宜春十里錦雲遮。錦雲遮。水邊院落，山下人家②。　　茸茸細草承香車。金鞍玉勒③爭年華。爭年華。酒樓青斾，歌板紅牙。

《張南湖先生詩集》、《少游詩餘》

【按】

　此詞格律與《詩餘圖譜》全合。

【校】

　原無調名，格律與〈憶秦娥〉調同，故補之。

【箋】

　①馬蹄踏遍：宋‧歐陽脩〈蝶戀花〉：「紫陌閒適隨轆轆，馬蹄踏遍

　　春郊綠。」

　②山下人家：宋‧張炎〈清平樂〉（黑雲飛起）：「要與閒梅相處，

　　孤山山下人家。」

　③金鞍玉勒：唐‧顧況〈露青竹仗歌〉：「金鞍玉勒錦連乾，騎入桃

　　花楊柳煙。」

【編年】

　嘉靖十四年至十五年間。

85.〈憶秦娥〉楚臺風

　　　　　　誰將綵筆弄雌雄。長日君王在渚宮。

　　　　　　一段瀟湘涼意思，至今都入楚臺風。

楚臺風①。蕭蕭瑟瑟穿簾櫳。穿簾櫳。滄江浩渺②，綺閣玲瓏。　　飄

飄綵筆搖長虹。泠泠仙籟鳴虛空③。鳴虛空。一欄脩竹，幾壑踈松。

《張南湖先生詩集》、《少游詩餘》

【按】

　　此詞格律與《詩餘圖譜》全合。

【箋】

　①楚臺風：楚臺，楚王臺。宋玉〈高唐賦序〉中記楚襄王與宋玉游
　　雲夢之臺，謂楚懷王游、晝寢、夢高唐，與巫山神女歡會事。
　　宋‧柳永〈夏雲峰〉（宴堂深）：「楚臺風快，湘簟冷，永日披
　　襟。」

　②滄江浩渺：宋‧賀鑄〈烏江泛舟寓目〉：「滄江浩渺寄星槎，望極
　　紛紛兩眼花。」

　③泠泠仙籟鳴虛空：此句化用唐‧李白〈將遊衡嶽過漢陽雙松亭留
　　別族弟浮屠談皓〉：「涼花拂戶牖，天籟鳴虛空。」宋‧張炎〈掃
　　花游〉（煙霞萬壑）：「聽虛籟泠泠，飛下孤峭。」

【編年】

　　嘉靖十四年至十五年間。

86.〈憶秦娥〉庾樓月

　　　　碧天如水纖雲滅①。可是高人清興發②。
　　　　徙倚危欄有所思③，江頭一片庾樓月。

庾樓月。水天涵映④秋澄澈。秋澄澈。涼風清露，瑤臺銀闕⑤。　　桂
花香滿蟾蜍窟⑥。胡牀興發⑦霏談雪。霏談雪。誰家鳳管，夜深吹徹。

《張南湖先生詩集》、《少游詩餘》

【按】

　　此詞格律與《詩餘圖譜》全合。

【校】

　　《張南湖先生詩集》：「江頭一片庾樓月。庾樓月。」作「江頭一片
　　南樓月。南樓月。」

　　《少游詩餘》：澄澈作「澄徹」。

【箋】

① 碧天如水纖雲滅：纖雲，纖細之雲絲，晉·傅玄〈雜詩三首〉：
「纖雲時彷彿，渥露沾我裳」。此句化用唐·溫庭筠詩〈瑤瑟
怨〉：「冰簟銀床夢不成，碧天如水夜雲輕」。

② 可是高人清興發：宋·蘇軾〈凌虛台〉：「浩歌清興發，放意末禮
刪。」

③ 徙倚危欄有所思：宋·陸游〈晚登望雲〉：「君恩未報身今老，徙
倚危樓一泫然。」

④ 涵映：唐·元結〈登白雲亭〉：「涵映滿軒戶，娟娟如鏡明。」

⑤ 瑤臺銀闕：宋·韓世宗〈滿江紅〉（萬里長江）：「漫說道、秦宮
漢帳，瑤臺銀闕。」

⑥ 蟾蜍窟：宋·史達祖〈滿江紅〉（萬水歸陰）：「聲直上，蟾蜍窟。」

⑦ 胡牀興發：此句化用唐·李白〈陪李中丞武昌夜飲懷古〉：「庾公
愛秋月，乘興坐胡牀。」

【編年】

嘉靖十四年至十五年間。

87.〈憶秦娥〉灞橋雪

驢背吟詩清到骨。人間別是閒勳業。

雲臺烟閣久銷沉，千載人圖灞橋雪。

灞橋雪①。茫茫萬徑人蹤滅。人蹤滅。此時方見，乾坤空闊。　　騎
驢老子眞奇絕②。肩山吟聳清寒冽。清寒冽。祇緣不禁，梅花撩撥。

《張南湖先生詩集》、《少游詩餘》

【按】

此詞格律與《詩餘圖譜》全合。

【箋】

① 灞橋雪：宋·張炎〈淒涼犯〉（蕭疏野柳嘶寒馬）：「正淒迷，天
涯羈旅，不似灞橋雪。」

② 騎驢老子：唐·杜甫〈奉贈韋左丞丈二十二韻〉：「騎驢三十載，

旅客京華春。」

【編年】

　嘉靖十四年至十五年間。

88.〈漁家傲〉

遙憶故園春到了。朝來枝上聞啼鳥①。春到故園人未到。空眊矂②。
年年落得梅花笑。　　且對芳尊舒一嘯。不須更鼓高山調。看鏡倚樓
俱草草③。眞潦倒。醉來唱箇漁家傲。《張南湖先生詩集》、《少游詩餘》

【按】

　此詞平仄與《詩餘圖譜》二處不合。

【箋】

　①朝來枝上聞啼鳥：此句化用唐・孟浩然〈春曉〉：「春眠不覺曉，
　　處處聞啼鳥。」

　②空眊矂：因失意而煩惱。宋・蘇軾〈浣溪沙・和前韻〉：「遷客不
　　應常眊矂，使君爲出小嬋娟。翠鬟聊著小詩纏。」

　③草草：憂慮勞神貌。《詩・小雅・巷伯》：「驕人好好，勞人草草。」
　　《毛傳》：「草草，勞心也。」

【編年】

　嘉靖十六年至十九年間。

89.〈蝶戀花〉元夜

今歲元宵明月好。想見家山，車馬應塡道。路遠夢魂飛不到①。清光
千里空②相照。　　花滿紅樓珠箔③遶。當日風流④，更許誰同調⑤。
何事霜華催鬢老。把盃獨對嫦娥笑。《張南湖先生詩集》、《少游詩餘》

【按】

　此詞格律與《詩餘圖譜》全合。

【箋】

　①路遠夢魂飛不到：宋・陳亮〈小重山〉：「往事已成空。夢魂飛不
　　到，楚王宮。」

　②清光千里空相照：清光，清亮之月光，南朝齊・謝朓〈侍宴華光

殿曲水〉詩：「歡飫終日，清光欲暮。」此句化用唐・白居易〈答
夢得八月十五日夜玩月見寄〉：「遠思兩鄉斷，清光千里同。」

③ 珠箔：即珠簾。《漢武故事》：「武帝起神室，以白珠織爲箔。」
唐・李白〈陌上贈美人〉詩：「美人一笑褰珠箔，遙指紅樓是妾
家。」

④ 當日風流：宋・柳永〈雙聲子〉：「驗前經舊史，嗟漫載、當日風
流。」

⑤ 更許誰同調：唐・牟融〈寄永平友人〉：「高風落落誰同調，往事
悠悠我獨悲。」

【編年】

嘉靖十六年至十九年間。

90.〈風入松〉西山

崇巒雨過碧瑤光①。花木遞幽香②。青冥杳靄無塵到③，比龍宮、分
外清涼。霽景一樓蒼翠，薰風④滿壑笙簧。　　不妨終日此徜徉。宇
宙總俳場。石邊試劍⑤人何在，但荒烟、蔓草迷茫。好酹盃中芳酒，
少留樹杪斜陽。《張南湖先生詩集》、《少游詩餘》

【按】

此詞平仄與《詩餘圖譜》五處不合。

【箋】

① 崇巒雨過碧瑤光：崇巒，唐・吳筠〈苦春霖作寄友〉：「俯望失平
陸，仰瞻隱崇巒。」瑤光，唐・駱賓王〈秋晨同淄川毛司馬秋九
詠之秋雲〉：「泛斗瑤光動，臨陽瑞色明。」

② 花木遞幽香：唐・齊己〈早梅〉：「風遞幽香去，禽窺素豔來。」

③ 青冥杳靄無塵到：唐・花蕊夫人〈宮詞〉五十七：「玉清迢遞無
塵到，殿角東西五月寒。」

④ 薰風：指初夏時之東南和暖之風。《呂氏春秋・有始》：「東南曰
薰風」。唐・白居易〈首夏南池獨酌〉：「薰風自南至，吹我池上
林。」

⑤ 石邊試劍：在湖北省鄂州市鄂城西山上，相傳三國孫權試劍於
　此。宋・陸游〈十月二十六日，夜夢行南鄭道中，既覺恍然，
　攬筆作此詩，時且五鼓矣〉：「高皇試劍石爲分，草沒苔封猶故
　處。」

⑥ 少留樹杪斜陽：宋・袁去華〈菩薩蠻〉：「樹杪又斜陽，迢迢歸路
　長。」

【編年】

　嘉靖十六年至十九年間。

91.〈鷓鴣天〉春日

寒食清明節尙遙。湖南景物已盈郊。露桃爭笑湘娥①頰，風柳齊翻楚
女腰②。　　憑畫閣，俯蘭皋③。江山信美轉無聊④。鶯花牽惹芒鞋
夢⑤，踏遍珠湖柳下橋。《張南湖先生詩集》、《南湖詩餘》

【按】

　此詞格律與《詩餘圖譜》全合。

【箋】

① 湘娥：指傳說中死於湘中的舜妃娥皇女英，後人常用以點綴湘中
　地方色彩。三國魏・曹植《曹子建集》卷六〈仙人篇〉：「湘娥拊
　琴瑟，秦女吹笙竽。」

② 楚女腰：泛指女子細腰。唐・杜甫〈清明〉詩之一：「胡童結束
　還難有，楚女腰枝亦可憐。」

③ 蘭皋：長蘭草之涯岸。《楚辭・離騷》：「步余馬於蘭皋兮，馳椒
　丘且焉止息。」

④ 江山信美轉無聊：宋・黃庭堅〈次韻君庸寓慈雲寺待詔惠錢不
　至〉：「江山信美思歸去，聽我勞歌亦欲東。」

⑤ 鶯花牽惹芒鞋夢，踏遍珠湖柳下橋：牽惹，五代・毛熙震〈浣溪
　沙〉：「玉纖時急繡裙腰，春心牽惹轉無憀。」宋・范成大〈寄題
　西湖，並送淨慈顯老三絕〉：「南北高峰舊往還，芒鞋踏遍兩山
　間。」

【編年】

　　嘉靖十六年至十九年間。

92.〈鷓鴣天〉閏七夕戲詠牛女

回首銀津恨未消。牛郎喜得又相邀。重開月帳延龍馭，再整雲鬟度鵲橋。　　　光奕奕①，旆搖搖。往來誰憚路迢遙。何如乞取羲和曆，總向年年閏此宵。《張南湖先生詩集》、《南湖詩餘》

【按】

　　此詞格律與《詩餘圖譜》全合。

【校】

　　《南湖詩餘》（《明詞彙刊》）：未消作未「銷」。迢遙作「遙遙」。羲和曆作羲和「屑」。

【箋】

　　① 光奕奕：唐・溫庭筠〈七夕〉：「微光奕奕凌天河，鸞咽鶴淚飄颻歌。」

【編年】

　　嘉靖十六年至十九年間。

93.〈鷓鴣天〉夜行大冶道中

山路崎嶇照葦叢。朱光隨地散金蟲①。霑衣暗溼霏霏霧②，捲幔涼生細細風。　　　登虎豹，度蒙茸④。泉聲幾處響玲瓏⑤。卻思睡熟松窗月，敧枕聽殘遠寺鐘。《張南湖先生詩集》、《南湖詩餘》、《御選歷代詩餘》

【按】

　　此詞格律與《詩餘圖譜》全合。

【箋】

　　① 金蟲：婦女首飾，以黃金制成蟲形，故稱。南朝梁・吳均〈和蕭洗馬顯古意〉之一：「蓮花銜青雀，寶粟鈿金蟲。」

　　② 霑衣暗溼霏霏霧：此句化用宋・周邦彥〈夜飛鵲〉：「銅盤燭淚已流盡，霏霏涼露霑衣。」

　　③ 捲幔涼生細細風：化用唐・錢起〈奉和宣城張太守南亭秋夕懷

友〉：「捲幔浮涼入，聞鐘永夜清。」

④ 登虎豹，度蒙茸：虎豹，形容怪石。蒙茸，葱蘢叢生之草木。
宋・蘇軾〈後赤壁賦〉：「履巉巖，披蒙茸，據虎豹，登虯
龍。」

⑤ 泉聲幾處響玲瓏：玲瓏，玉聲，形容清越之聲。唐・賈島〈就峰
公宿〉：「殘月華暗暗，遠水響玲瓏。」

【編年】

嘉靖十六年至十九年間。

94.〈碧芙蓉〉九日咸寧館中獨酌

客裏遇重陽，孤館一盃，聊賞佳節。日煖天晴，喜秋光清絕。霜乍
降、寒山凝紫①，霧初消、澄潭皎潔。闌干閒倚，庭院無人，顛倒飄
黃葉。　　故園當此際，遙想弟兄羅列。攜酒登高，把茱萸②簪徹。
嘆籠鳥、羈踪難去，望征鴻、歸心謾切③。長吟抱膝④，就中深意憑
誰說。《張南湖先生詩集》、《少游詩餘》

【按】

此詞平仄與《詩餘圖譜》一處不合。

【箋】

① 寒山凝紫：宋・周密〈水龍吟〉：「煙水流紅，暮山凝紫，是春歸
處。」

② 茱萸：植物名，香氣辛烈，可入藥。古俗農曆九月九日重陽節，
配茱萸能祛邪避惡。唐・王維〈九月九日憶山東兄弟〉詩：「遙
知兄弟登高處，遍插茱萸少一人。」

③ 謾切：唐・沈佺期〈紅樓院應制〉：「支遁愛山情謾切，曇摩泛海
路空長。」

④ 長吟抱膝：以手抱膝而坐，有所思貌。《三國志・蜀志・諸葛亮》：
「亮躬耕壟畝，好為〈梁父吟〉」裴松之注三國魏魚豢《魏略》：
「每晨夕從容，常抱膝長嘯。」唐・駱賓王〈敘寄員半千〉：「長
吟空抱膝，短翮詎沖天。」

【編年】

　嘉靖十六年至十九年間。

95.〈石州慢〉九日咸寧館中獨酌

深院蕭條，滿地蒼苔，一<u>叢</u>荒菊。含霜冷蕊，全無<u>佳</u>思①，向人搖綠②。<u>客</u>邊節序，草草付與清觴，孤吟衹把羈懷觸。便擊碎歌壺，有誰知中曲。　　凝目。鄉關何處，華髮緇塵③，年來勞碌。契闊④山中松徑，湖邊茅屋。沉思此景，幾度夢裏追尋，青楓⑤路遠迷烟竹。待倩問麻姑⑥，借秋風黃鵠⑦。《張南湖先生詩集》、《少游詩餘》

【按】

　此詞平仄與《詩餘圖譜》四處不合。

【箋】

　① 佳思：唐・皮日休〈太湖詩之縹緲峰〉：「遇歇有佳思，緣危無倦容。」

　② 搖綠：南唐・馮延巳〈早朝〉：「階前御柳搖綠，仗下宮花散紅。」

　③ 緇塵：〈漁家傲〉「剛過淮流風景變」注釋。見黑色灰塵，常喻世俗污垢。南朝齊・謝朓〈酬王晉安〉：「誰能久京洛，緇塵染素衣。」

　④ 契闊：懷念，《歷代名畫記》卷六引南朝宋・宗炳〈畫山水序〉：「余眷戀廬衡，契闊荊巫，不知老之將至。」

　⑤ 青楓：指青楓浦，唐・杜甫〈歸夢詩〉：「雨急青楓暮，雲深黑水遙。」

　⑥ 麻姑：神話中仙女名，事見晉・葛洪《神仙傳》。宋・司馬光〈昌言有詠石髮詩三章強為三詩以繼其後〉之二：「金闕銀城仙客居，欲傳消息問麻姑。」

　⑦ 黃鵠：鳥名《商君書・畫策》：「黃鵠之飛，一舉千里。」

【編年】

　嘉靖十六年至十九年間。

96.〈漁歌子〉夏日村居和吳公甫詞四首其一

喬木陰陰草屋低。纖塵不到水雲西①。傾綠蟻，煮黃雞。醉來細詠壁
間題。《張南湖先生詩集》

【按】

《詩餘圖譜》無此體。

【校】

《張南湖先生詩集》未標詞牌，將之歸於「雜體」，然就詞題及其
形式判知應爲詞作，又此詞二十七字，觀其平仄、押韻應屬〈漁歌
子〉無誤。

【箋】

①纖塵不到水雲西：纖塵，唐·韋應物〈詠琉璃〉：「有色同寒
冰，無物隔纖塵。」唐·劉倉〈早行〉：「聽鐘煙柳外，問渡水雲
西。」

【編年】

嘉靖十六年至十九年間。

97.〈漁歌子〉夏日村居和吳公甫詞四首其二

綠樹依依①暗遠村。烏麗寂寂臥柴門。鳴社鼓，醉隣樽。歸來新月掛
黃昏。《張南湖先生詩集》

【按】

《詩餘圖譜》無此體。

【箋】

①綠樹依依：宋·歐陽脩〈玉樓春〉：「風遲日媚煙光好，綠樹依依
芳意早。」

【編年】

嘉靖十六年至十九年間。

98.〈漁歌子〉夏日村居和吳公甫詞四首其三

村北村南日往來。楊花飛盡練花開①。溪水碧，玉無埃。鸕鶿見慣不
生猜。《張南湖先生詩集》

【按】

　《詩餘圖譜》無此體。

【箋】

　① 楊花飛盡練花開：唐・盧仝〈送王儲詹事西遊獻兵書〉：「美酒潑醅酌，楊花飛盡時。」唐・李嶠〈江〉：「霞津錦浪動，月浦練花開。」

【編年】

　嘉靖十六年至十九年間。

99.〈漁歌子〉夏日村居和吳公甫詞四首其四

梅子黃垂荇帶長。鯉魚上水麥登場。邀靖節，樂長康。花前一醉濁醪觴。《張南湖先生詩集》

【按】

　《詩餘圖譜》無此體。

【箋】

　① 麥登場：唐・白居易〈孟夏思渭村舊居寄舍弟〉：「日暮麥登場，天時蠶坼簇。」

【編年】

　嘉靖十六年至十九年間。

100.〈驀山溪〉用黃山谷韻

一丘一壑①。適意良非偶。小小搆亭臺，領春風、紅芳綠秀②。美人何處，長夜費相思，窗月透。梅痕瘦。夢破三更候③。　　尋常中酒④，睡到鶯啼後。萬事不經心⑤，又何論、南山荒豆⑥。讀纓投筆，總是沒來由，金城柳⑦，還看否。勳業詩千首。《張南湖先生詩集》

【按】

　此詞平仄與《詩餘圖譜》二處不合。

【箋】

　① 一丘一壑：唐・劉憲〈奉和聖製幸韋嗣立山莊〉：「非吏非隱晉尚

書，一丘一壑降乘輿。」

②紅芳綠秀：宋‧盧祖皋〈水龍吟〉：「蘭階更喜，孫枝相映，紅芳
綠秀。」

③窗月透。梅痕瘦。夢破三更候：化用宋‧蘇軾〈蝶戀花〉：「夢破
五更心欲折，角聲吹落梅花月。」

④尋常中酒：中酒，醉酒。唐‧杜牧〈睦州四韻〉詩：「殘春杜陵
客，中酒落花前。」此句截取宋‧辛棄疾〈醜奴兒〉：「尋常中酒
扶頭後，歌舞支持。歌舞支持。」

⑤萬事不經心：唐‧元稹〈贈樂天〉：「不是眼前無外物，不關心事
不經心。」

⑥南山荒豆：為楊惲典故，楊惲〈報孫會宗書〉云：「田彼南山，
蕪穢不治，種一頃豆，落而為箕。」

⑦金城柳：金城，即京城，《文選‧張協〈詠史〉》：「朱軒曜金城，
供帳臨長衢。」劉良注：「金城，長安城也。」《舊唐書‧東夷
傳‧新羅》：「王之所居曰金城，周七、八里。」金城柳，事出
《晉書‧桓溫傳》：「溫自江陵北伐，行經金城，見少為琅邪時所
種柳皆已十圍，慨然曰：『木猶如此，人何以堪！』攀枝執條，
泫然流涕。」後遂用以為世事興廢之典。宋‧李清照〈上韓公樞
密胡尚書詩〉：「賢寧無半千，運已遇重陽。勿勒燕然銘，勿種金
城柳。」

【編年】

嘉靖二十年至二十二年間。

101.〈踏莎行〉用秦少游韻

芳草長亭①，垂楊古渡②。當時記得分襟處。珠簾③小院捲楊花，綠
窗幾度傷春暮④。　　鴛帳⑤心期，鸞箋⑥情素。天涯回首山無數。
寒江日落水悠悠，倚樓目送孤鴻去。《張南湖先生詩集》

【按】

此詞格律與《詩餘圖譜》全合。

【箋】

① 芳草長亭：宋‧晏殊〈玉樓春〉：「綠楊芳草長亭路，年少拋人容易去。」

② 古渡：古老渡口，唐‧戴叔倫〈京口懷古〉：「大江橫萬里，古渡渺千秋。」

③ 珠簾：唐‧杜牧〈贈別〉詩：「春風十里揚州路，捲上珠簾總不如。」

④ 綠窗幾度傷春暮：綠窗，綠色紗窗，指女子居室。唐‧李紳〈鶯鶯歌〉：「綠窗嬌女字鶯鶯，金雀婭鬟年十七。」傷春暮，五代‧李煜〈蝶戀花〉：「漸覺傷春暮，數點雨聲風約住。」

⑤ 鴛帳：五代‧尹鶚〈何滿子〉：「方喜正同鴛帳，又言將往皇州。」

⑥ 鸞箋：即蜀箋。宋‧楊億《談苑》載韓浦〈寄弟〉詩：「十樣鸞箋出益州，寄來新自浣花頭。」明‧陳耀文《天中記》：「唐中國紙未備，故唐人詩多用『鸞箋』字。」

【編年】

嘉靖二十年至二十二年。

102.〈玉樓春〉

曉來一雪仍飛雨。粧點前村春滿路，迢迢草色淡籠烟，嫋嫋柳枝輕帶霧。　　誰家茆屋低垂素。清景佳辰天賜與，丁寧①青帝②好司花，留意莫教啼鴃妬。《張南湖先生詩集》

【按】

此詞格律與《詩餘圖譜》全合。

【箋】

① 丁寧：囑咐、告誡。《詩‧小雅‧采薇》：「曰歸曰歸，歲亦莫止。」漢‧鄭玄箋：「丁寧歸期，定其心也。」

② 青帝：見〈酹江月〉「纖腰嫋嫋」注釋。我國古代神話中的五天帝之一，是位於東方的思春之神，又稱蒼帝、木帝。韶華，美好的時光，常指春光。唐‧戴叔倫〈暮春感懷〉：「東皇去後韶華盡，

老圃寒香別有秋。」

【編年】

　嘉靖二十年至二十二年間。

103.〈驀山溪〉贈梅

<u>玉</u>人不見。動是經年隔①。竹下忽相逢，倚東風、依然素質。孤芳寂寞，無語只含情，風細細②，<u>月斜斜</u>，幽獨空林色③。　　折花簪鬢④，鬢與花爭白⑤。便老向湖鄉⑥，有此君、雅相鄰惜。<u>不須更問</u>⑦，調鼎⑧事何如，但善自，<u>保馨香</u>，無害高標格⑨。《張南湖先生詩集》

【按】

　此詞平仄與《詩餘圖譜》六處不合。

【箋】

　① 經年隔：唐・元稹〈含風夕〉：「悵望牽牛星，復爲經年隔。」

　② 風細細，月斜斜：宋・蘇轍〈開窗〉：「開窗風細細，窺戶月斜斜。」

　③ 幽獨空林色：此句襲用唐・陳子昂〈感遇詩〉三十八首之二：「幽獨空林色，朱蕤冒紫莖。」

　④ 折花簪鬢：唐・馬懷素〈奉和立遊苑迎春應制〉：「唯有裁花飾簪鬢，恆隨聖藻狎年光。」

　⑤ 鬢與花爭白：宋・周密〈清平樂・三白圖〉：「靜香眞色，花與人爭白。」

　⑥ 便老向湖鄉：便老，唐・劉得仁〈送僧歸玉泉寺〉：「玉泉歸故刹，便老是僧期。」湖鄉，宋・陸游〈秋晚村舍雜詠〉：「秋晚年中熟，湖鄉未寂寥。」

　⑦ 不須更問：宋・周紫芝〈鷓鴣天〉：「不須更問荊州路，便上追鋒御府車。」

　⑧ 調鼎：喻宰相治理國家。語本《韓詩外傳》卷七：「伊尹，故有莘氏僮也，負鼎操俎調五味，而立爲相，其遇湯也。」唐・孟浩然〈郡下送辛大之鄂〉：「未逢調鼎用，徒有濟川心。」

⑨ 標格：風範、風度。《藝文類聚》卷七十七引北魏溫子昇〈寒陵
　　山寺碑序〉：「大丞相渤海王，命世作宰，惟機成務。標格千刃，
　　崖岸萬里。」唐・杜甫〈奉贈李八丈判官〉：「早年見標格，秀氣
　　衝星斗。」

【編年】

　嘉靖二十年至二十二年間。

104.〈水調歌頭〉端陽

泛我唱蒲酒，獨酌賞端陽。何<u>事一年</u>佳節①，寂寞水雲鄉②。門外綠
陰千頃，湖上白雲幾片，儘可共徜徉。往<u>來茆屋</u>下，冷笑燕兒忙。　　攜
竹杖，乘醉興，過林塘。林塘幽處，風吹花草百般香③。俯瞰小橋流
水④，仰看高岑飛鳥，一嘯碧天長⑤。歌罷幽人曲，散髮弄滄浪⑥。

《張南湖先生詩集》

【按】

　此詞平仄與《詩餘圖譜》四處不合。

【箋】

① 一年佳節：宋・吳文英〈浪淘沙〉：「烏帽壓吳霜。風力偏狂。一
　　年佳節過西廂。」

② 水雲鄉：唐・貫休〈贈景和尚院〉：「窗虛花木氣，衲桂水雲鄉。」

③ 風吹花草百般香：宋・王安石〈懷歸〉：「吹破春冰水放光，山花
　　澗草百般香。」

④ 小橋流水：唐・劉兼〈訪飲妓不遇招酒徒不至〉：「小橋流水接平
　　沙，何處行雲不在家。」

⑤ 碧天長：五代・毛文錫〈臨江仙〉：「朱弦淒切，雲散碧天長。」

⑥ 滄浪：《孟子・離婁六》：「有孺子歌曰：『滄浪之水清兮，可以濯
　　我纓；滄浪之水濁兮，可以濯我足。』」

【編年】

　嘉靖二十年至二十二年間。

參考書目

一、經、子、史等

1. 晉・張華撰，范寧校證：《博物志校證》，台北：明文書局，1990
   年初版。

2. 晉・葛洪撰：《抱朴子》，《諸子集成》本，上海：上海書店，1996
   年初版。

3. 宋・錢謙益撰：《列朝詩集小傳》，《明代傳記叢刊》本，台北：明
   文出版社，1991 年初版。

4. 宋・司馬光撰：《資治通鑑》，《景印文淵閣四庫叢書》本，台北：
   台灣商務印書館，1983 年初版。

5. 宋・黃虞稷撰：《千頃堂書目》，上海：上海古籍出版社，1990 年初
   版。

6. 元・脫脫等撰：《宋史》，台中：暢談國際文化，2004 年初版。

7. 清・楊宜崙修：《高郵州志》，《中國方志叢書》，台北：成文出版
   社，1970 年初版。

8. 清・王寶仁纂：《建陽縣志》，《中國方志叢書》，台北：成文出版
   社，1975 年台一版。

9. 清・姚文田纂：《揚州府志》，《中國方志叢書》，台北：成文出版
   社，1974 年台一版。

10. 清・紀昀等奉敕撰：《四庫全書總目提要》，台北：台灣商務印書
    館，1983 年初版。

11. 繆荃孫、吳昌綬、董康撰：《嘉業堂藏書志》，上海：復旦大學出版
    社，1997 年初版。

二、詞總集

1. 宋・不著編人：《草堂詩餘》，明末虞山毛氏汲古閣刊《詞苑英華》本，台北：國家圖書館藏。

2. 宋・汪莘撰：《方壺詩餘》，《彊村叢書》本，台北：廣文書局，1970年初版。

3. 宋・曾慥撰：《樂府雅詞》，《四部叢刊》本，台北：藝文出版社，1975年初版。

4. 宋・黃昇撰：《中興以來絕妙詞選》，《四部叢刊》本，台北：台灣商務印書館，1979年初版。

5. 宋・不著編人：《草堂詩餘》，景印文淵閣四庫全書本，台北：台灣商務印書館，1986年初版。

6. 宋・黃昇撰：《花庵詞選》，瀋陽：遼寧教育出版，1997年初版。

7. 宋・林正大撰：《風雅遺音》，《四庫全書存目叢書》本，台南：莊嚴文化出版公司，1997年初版。

8. 明・張綖撰：《草堂詩餘別錄》，明嘉靖戊戌年抄本，北京：中國科學研究院藏。

9. 明・沈際飛撰：《古香岑批點草堂詩餘》四集，明崇禎太末翁少麓刊本，台北：國家圖書館藏。

10. 明・顧從敬編，錢允治續補：《類編箋釋草堂詩餘》六卷、續二卷、國朝詩五卷，明萬曆甲寅四十二年刊本，台北：國家圖書館藏。

11. 明・毛晉編：《詞苑英華》，明崇禎間海虞毛氏汲古閣刊本，台北：國家圖書館藏。

12. 明・卓人月編，徐士俊評：《古今詞統》，明崇禎年間刊本，台北：國家圖書館藏。

13. 明・陳敏政編：王兆鵬等點校：《天機餘錦》，瀋陽：遼寧教育出版社，2000年1月第一版。

14. 明・卓人月編，徐士俊評，谷輝之校點：《古今詞統》，瀋陽：遼寧教育出版社，2001年一版一刷。

15. 明・潘游龍編，梁穎校點：《精選古今詩餘醉》，瀋陽：遼寧教育出版社，2003年3月第一版第一刷。

16. 清・鄒祇謨、王士禎輯：《倚聲初集》，清順治十七年大冶堂刻本，台北：中央研究院史語所傅斯年圖書館藏。

17. 清・馮煦撰：《宋六十一家詞選》，台北：文化出版社，1956年初版。

18. 清‧周濟撰：《宋四家詞選》，《百部叢書集成》本，台北：藝文印書館，1965 年初版。

19. 清‧汪森撰：《詞綜》，臺北：世界書局，1957 年初版。

20. 清‧王昶撰：《明詞綜》，台北：台灣中華書局，1970 年 6 月台二版。

21. 清‧趙尊嶽編：《明詞彙刊》，上海：上海古籍出版社，1992 年 7 月第一版。

22. 清‧顧璟芳、李葵生、胡應宸編選，曾昭岷審訂，王兆鵬校點：《蘭皋明詞匯選》瀋陽：遼寧教育出版社，1998 年 3 月第一版。

23. 清‧王奕清等奉敕編：《御選歷代詩餘》，《景印文淵閣四庫叢書》本，台北：台灣商務印書館，1983 年。

24. 清‧茅映評選：《詞的》，《四庫未收書輯刊》本，北京：北京出版社，2000 年第一版。

25. 中華書局編：《全唐詩》，北京：中華書局，1960 年 4 月第一版，1996 年 1 月第六刷。

26. 趙萬里輯：《校輯宋金元人詞》，台北：台聯國風出版社，1972 年 3 月重刻。

27. 唐圭璋編：《全宋詞》，台北：宏業書局，1985 年 10 月再版。

28. 孔凡禮編：《全宋詞補輯》，台北：源流文化公司，1982 年 12 月初版。

29. 唐圭璋編：《全金元詞》，台北：洪氏出版社，1980 年 11 月初版。

30. 夏承燾、張璋編：《金元明清詞選》，北京：人民出版社，1983 年初版。

31. 曾昭岷、曹濟平、王兆鵬、劉尊明主編：《全唐五代詞》，北京：中華書局，1999 年 12 月第一版第一刷。

32. 嚴迪昌編：《金元明清詞精選》，蘇州：江蘇古籍出版社，2002 年 9 月第一版第一刷。

33. 饒宗頤、張璋編：《全明詞》，北京：中華書局，2004 年 1 月第一版第一刷。

三、詞別集

1. 宋‧秦觀撰：《淮海集》，明嘉靖己亥張綖鄂州刻本，台北：國家圖書館藏，微卷資料。

2. 宋‧楊萬里撰：《誠齋集》，《四部叢刊》編縮本，台北：台灣商務

印書館，1967 年初版。

3. 宋・李清照撰；王仲聞校注：《李清照集校注》，北京：人民文學出版社，1997 年初版。

4. 宋・辛棄疾著；鄧廣銘箋注：《稼軒詞編年箋注》，上海：上海古籍出版社，1993 年 10 月第一版，1998 年 12 月第三刷。

5. 宋・秦觀撰；徐培均、羅立綱編著：《秦觀詞新釋輯評》，北京：中國書店，2003 年 1 月第一版第一刷。

6. 明・凌雲翰撰：《柘軒詞》，台北：新文豐出版公司，1989 年台一版。

7. 明・瞿佑撰：《樂府遺音》，台南：莊嚴文化出版公司，1997 年初版。

8. 明・王磐撰，李慶點校：《王西樓樂府》，上海：上海古籍出版社，1988 年初版。

9. 明・張綖撰：《南湖詩餘》，明末毛氏汲古閣刻《詞苑英華》本，台北：國家圖書館藏。

10. 明・楊慎撰：《升庵長短句》，蘭州：蘭州大學出版社，2003 年初版。

11. 清・王士祿撰：《炊聞詞》，台北：鼎文書局，1966 年初版。

12. 清・陳維崧撰：《迦陵詞全集》，《四庫續修》本，上海：上海古籍出版社，2002 年初版。

13. 鄒同慶、王宗唐撰：《蘇軾詞編年校註》，北京：中華書局，2002 年 9 月第一版。

四、詞　話

1. 宋・張炎撰：《詞源》，《詞話叢編》本，台北：新文豐出版公司，1988 年 2 月台一版。

2. 宋・沈義父撰：《樂府指迷》，《詞話叢編》本，台北：新文豐出版公司，1988 年 2 月台一版。

3. 明・楊慎撰：《詞品》，《詞話叢編》本，台北：新文豐出版公司，1988 年 2 月台一版。

4. 明・陳霆撰：《渚山堂詞話》，《詞話叢編》本，台北：新文豐出版公司，1988 年 2 月台一版。

5. 明・俞彥撰：《爰園詞話》，《詞話叢編》本，台北：新文豐出版公司，1988 年 2 月台一版。

6. 清・張宗橚撰：《詞林紀事》，台北：鼎文書局，1971 年 3 月初版。

7. 清‧周濟選，譚獻評：《詞辨》，程千帆主編：《清人選評詞集三種》，濟南：齊魯書社，1988 年 9 月。

8. 清‧賀裳撰：《皺水軒詞筌》，《詞話叢編》本，台北：新文豐出版公司，1988 年 2 月台一版。

9. 清‧王世貞撰：《藝苑卮言》，《詞話叢編》本，台北：新文豐出版公司，1988 年 2 月台一版。

10. 清‧鄒祗謨撰：《遠志齋詞衷》，《詞話叢編》本，台北：新文豐出版公司，1988 年 2 月台一版。

11. 清‧彭孫遹撰：《金粟詞話》，《詞話叢編》本，台北：新文豐出版公司，1988 年 2 月台一版。

12. 清‧周濟撰：〈宋四家詞選目錄序論〉，《詞話叢編》本，台北：新文豐出版公司，1988 年 2 月台一版。

13. 清‧胡薇元撰：《歲寒居詞話》，《詞話叢編》本，台北：新文豐出版公司，1988 年 2 月台一版。

14. 清‧沈祥龍撰：《論詞隨筆》，《詞話叢編》本，台北：新文豐出版公司，1988 年 2 月台一版。

15. 清‧江順詒撰：《詞學集成》，《詞話叢編》本，台北：新文豐出版公司，1988 年 2 月台一版。

16. 清‧馮金伯輯：《詞苑萃編》，《詞話叢編》本，台北：新文豐出版公司，1988 年 2 月台一版。

17. 清‧徐珂撰：《近詞叢話》，《詞話叢編》本，台北：新文豐出版公司，1988 年 2 月台一版。

18. 清‧先著、程洪撰：《詞潔輯評》，《詞話叢編》本，台北：新文豐出版公司，1988 年 2 月台一版。

19. 清‧丁紹儀撰：《聽秋聲館詞話》，《詞話叢編》本，台北：新文豐出版公司，1988 年 2 月台一版。

20. 清‧謝章鋌撰：《賭棋山莊詞話》，《詞話叢編》本，台北：新文豐出版公司，1988 年 2 月台一版。

21. 清‧郭麐撰：《靈芬館詞話》，《詞話叢編》本，台北：新文豐出版公司，1988 年 2 月台一版。

22. 清‧田同之撰：《西圃詞話》，《詞話叢編》本，台北：新文豐出版公司，1988 年 2 月台一版。

23. 清‧陳廷焯撰：《白雨齋詞話》，台北：新文豐出版公司，1988 年 2 月台一版。

24. 清‧劉熙載撰：《藝概》，《詞話叢編》本，台北：新文豐出版公司，

1988 年 2 月台一版。

25. 清‧吳衡照撰：《蓮子居詞話》，《詞話叢編》本，台北：新文豐出版公司，1988 年 2 月台一版。

26. 清‧沈雄撰：《古今詞話》，《詞話叢編》本，台北：新文豐出版公司，1988 年 2 月台一版。

27. 清‧況周頤撰：《蕙風詞話》，《詞話叢編》本，台北：新文豐出版公司，1988 年 2 月台一版。

28. 清‧王國維撰：《人間詞話》，《詞話叢編》本，台北：新文豐出版公司，1988 年 2 月台一版。

29. 清‧毛先舒撰：《填詞名解》，《四庫全書存目叢書》本，台北：莊嚴文化出版公司，1997 年 6 月初版。

30. 金啓華等編：《唐宋詞集序跋匯編》，台北：台灣商務印書館，1993 年 2 月初版。

31. 施蟄存主編：《詞集序跋萃編》，北京：中國社會科學出版社，1994 年 12 月初版。

32. 尤振中、尤以丁：《明詞紀事會評》，合肥：黃山書社，1995 年 12 月第一版第一刷。

33. 曾棗莊、曾濤編：《蘇詞彙評》，台北：文史哲出版社，1998 年 5 月初版。

34. 陳良運主編：《中國歷代詞學論著選》，南昌：百花洲文藝出版社，1998 年 8 月第一版第一刷。

35. 吳世昌撰，吳令華輯注、施議對校：《詞林新話》，北京：北京出版社，2000 年 10 月第一版第一刷。

36. 張璋等編：《歷代詞話》，鄭州：大象出版社，2003 年 3 月第一版第一刷。

五、詞　譜

1. 明‧張綖撰：《詩餘圖譜》，明嘉靖丙申十五年刊本，台北：國家圖書館藏。

2. 明‧張綖撰：《詩餘圖譜》，明崇禎乙亥八年虞山毛氏汲古閣刊《詞苑英華》本，台北：國家圖書館藏。

3. 明‧程明善撰：《嘯餘譜》，明萬曆己未四十七年刊本，台北：國家圖書館藏。

4. 明‧程明善撰，清張漢重訂：《嘯餘譜》，清康熙壬寅元年刊本，台北：國家圖書館藏。

5. 明‧萬惟檀撰：《詩餘圖譜》，《明詞彙刊》本，明崇禎惜陰堂刻本，頁 886～932。

6. 明‧徐師曾撰：《詩餘》，收於其《詩體明辯》之後，台北：廣文書局，1972 年初版。

7. 明‧程明善撰：《嘯餘譜》，《四庫全書存目叢書》本，台南：莊嚴文化出版公司，1997 年 6 月初版。

8. 明‧周瑛撰：《詞學筌蹄》，《續修四庫全書》本，上海：上海古籍出版社，2002 年初版。

9. 明‧張綖撰，謝天瑞補：《詩餘圖譜》，清‧江順詒編：《詞學集成》本，據明萬曆二十七年謝天瑞刻本，上海：上海古籍出版社，2002 年初版。

10. 清‧萬樹撰：《詞律》，台北：世界書局，1959 年 12 月初版。

11. 清‧萬樹撰：《索引本詞律》，台北：廣文書局，1971 年 9 月初版。

12. 清‧戈載撰：《詞林正韻》，台北：新文豐出版公司，1989 年台一版。

13. 清‧賴以邠撰：《填詞圖譜》，《四庫全書存目叢書》本，台南：莊嚴文化出版公司，1997 年初版。

14. 清‧陳廷敬、王奕清等奉敕編：《欽定詞譜》，長沙：岳麓書社，2000 年 10 月第一版第一刷。

15. 潘慎撰：《詞律辭典》，太原：山西人民出版社，1991 年 9 月第一版山西第一版。

16. 龍沐勳撰：《唐宋詞格律》，台北：里仁書局，1995 年 8 月 31 日初版。

17. 盛配撰：《詞調詞律大典》，北京：中國華僑，1998 年初版。

六、研究專著

1. 劉子庚撰：《詞史》，台北：盤庚出版社，未著出版年月。

2. 張相撰：《詩詞曲語詞匯釋》，北京：中華書局，1955 年 1 月第三版，2001 年 8 月北京第十九次印刷。

3. 葉德輝撰：《書林清話》，北京：中華書局，1957 年第一版，1999 年 9 月北京第四次印刷。

4. 吳梅撰：《詞學通論》，台北：盤庚出版社，1978 年初版。

5. 夏承燾撰：《作詞法》，台北：偉文出版社，1978 年初版。

6. 唐圭璋編：《唐宋詞論叢》，上海：上海古籍出版社，1986 年第一版。

7. 趙爲民、程郁綴選輯：《詞學論薈》，台北：五南圖書出版公司，1989 年 7 月初版。

8. 吳梅撰：《詞學通論》，台北：台灣商務印書館，1988 年 9 月第二版。

9. 吳熊和撰：《唐宋詞通論》，杭州市：浙江古籍出版社，1989 年初版。

10. 王步高撰：《金元明清詞鑒賞辭典》，南京：南京大學出版社，1989 年初版。

11. 王易撰：《詞曲史》，《民國叢書》本，第 1 編，第 62 冊，上海：上海書店，1990 年第一版。

12. 唐圭璋撰：《金元明清詞鑒賞辭典》，台北：新地文學出版社，1992 年初版。

13. 蕭鵬撰：《群體的選擇——唐宋人選詞與詞選通論》，台北：文津出版社，1992 年 11 月初版。

14. 謝桃枋撰：《中國詞學史》，成都：巴蜀書社，1993 年 6 月初版。

15. 方智範等撰：《中國詞學批評史》，北京：中國社會科學出版社，1994 年初版。

16. 朱崇才撰：《詞話學》，台北：文津出版社，1995 年 1 月初版。

17. 王易撰：《詞曲史》，北京：東方出版社，1996 年 3 月第一版北京第一刷。

18. 夏承燾撰：《夏承燾集》，浙江：浙江古籍出版社，1997 年初版。

19. 蔡嵩雲撰：《樂府指迷箋釋》，北京：人民文學出版社，1998 年 5 月初版。

20. 劉揚忠撰：《唐宋詞流派史》，福州：福建人民出版社，1999 年 2 月第一版第一刷。

21. 簡錦松撰：《明代文學批評研究》，台北：台灣學生書局，1989 年 2 月初版。

22. 楊海明撰：《唐宋詞史》，天津：天津古籍出版社，1998 年 12 月第一版第一刷。

23. 孫琴安撰：《中國評點文學史》，上海：上海社會科學院出版社，1999 年 6 月初版。

24. 嚴迪昌撰：《清詞史》，南京：江蘇古籍出版社，1999 年 8 月第二版。

25. 趙維江撰：《金元詞論稿》，北京：中國社會科學出版社，2000 年 2 月初版。

26. 葉嘉瑩撰：《王國維及其文學評論》，保定：河北教育出版社，2000年12月第二版，2001年5月第四次印刷。

27. 王凱旋、李洪權編著：《明清生活掠影》，瀋陽：瀋陽出版社，2001年11月初版。

28. 夏咸淳撰：《情與理的碰撞：明代士林心史》，保定：河北大學出版社，2001年11月第一版。

29. 張仲謀撰：《明詞史》，北京：人民文學出版社，2002年2月第一版。

30. 黃拔荊撰：《中國詞史》，福州：福建人民出版社，2003年5月第一版第一刷。

31. 王師偉勇撰：《詞學專題研究》，台北：文史哲出版社，2003年4月初版。

32. 王師偉勇撰：《宋詞與唐詩之對應研究》，台北：文史哲出版社，2003年6月初版。

33. 趙前撰：《明本》，南京：江蘇古籍出版社，2003年8月第一版第一次印刷。

34. 王澄撰：《揚州刻書考》，揚州：廣陵書社，2003年8月第一版第一刷。

35. 皮述平撰：《晚清詞學的思想與方法》，北京：學苑出版，2004年第一版。

36. 陳文新撰：《中國文學流派意識的發生和發展：中國古代文學流派研究導論》，武漢：武漢大學出版社，2003年11月初版。

37. 陳寶良撰：《明代社會生活史》，北京：中國社會科學出版社，2004年3月第一版。

38. 陳水云撰：《明清詞研究史》，武漢：武漢大學出版社，2006年9月第一版第一刷。

七、詩話、詩文集、詩文評、筆記雜著等

1. 宋·王灼撰：《碧雞漫志》，台北：藝文印書館，1971年初版。

2. 宋·胡仔撰：《苕溪漁隱叢話》，台北：木鐸出版社，1982年初版。

3. 宋·吳曾撰：《能改齋漫錄》，台北：新文豐出版公司，1985年初版。

4. 宋·陳師道撰：《後山詩話》，《景印文淵閣四庫全書》本，台北：台灣商務印書館，1983～1986年初版。

5. 宋・蘇軾撰，孔凡禮點校：《蘇軾文集》，北京：中華書局，1986年3月第一版。

6. 宋・趙令畤撰：《侯鯖錄》，北京：中華書局，2002年初版。

7. 宋・秦觀撰；王醒解評：《秦觀集》，山西：山西古籍出版社，2004年1月第一次印刷。

8. 明・徐師曾撰，羅根澤校點：《文體明辨序說》，北京：人民文學出版社，1962年8月北京第一版，1998年北京第一刷。

9. 明・徐師曾撰：《詩體明辯》，台北：廣文書局，1972年初版。

10. 明・張綖撰：《杜詩通》，《杜詩叢刊》本，黃永武主編，台北：台灣大通書局，1974年初版。

11. 明・李夢陽撰：《空同集》，《景印文淵閣四庫全書》本，台北：台灣商務印書館，1983年初版。

12. 明・張綖撰：《張南湖先生詩集》，上海圖書館藏明嘉靖三十二年張守中刻本，《四庫全書存目叢書》本，台南：莊嚴文化出版公司，1997年初版。

13. 明・王守仁撰，吳光、錢明、董平，姚延福編校：《王陽明全集》，上海：上海古籍出版社，1992年12月第一版第一刷。

14. 明・陸深撰：《儼山外集》，上海：上海古籍出版社，1993年初版。

15. 明・王守仁撰：《王陽明傳習錄》，台北：廣文書局，1994年5月第三版。

16. 明・陳子龍撰：《安雅堂稿》，《續修四庫全書》本，上海：上海古籍出版社，1995年初版。

17. 明・王驥德撰：《曲律》，《續修四庫全書》本，上海：上海古籍出版社，1995年初版。

18. 明・張泰撰：《滄洲詩集》，《四庫全書存目叢書》本，台南：莊嚴文化出版公司，1997年初版。

19. 明・陸時雍撰：《詩鏡總論》，《全明詩話》本，濟南：齊魯書社，2005年6月第一版第一刷。

20. 清・厲鶚撰：《樊榭山房文集》，《四部叢刊》本，上海：中華書局，1934年初版。

21. 清・朱彝尊撰：《靜志居詩話》，《明代傳記叢刊》本，台北：明文書局，1991年初版。

22. 清・譚獻撰：《復堂日記》，《叢書集成》本，台北：新文豐出版公司，1989年台一版。

23. 清‧錢謙益撰:《列朝詩集小傳》,台北:明文書局,1991 年初版。

24. 清‧張玉書、汪霦奉敕編:《御定佩文齋詠物詩選》,景印文淵閣四庫全書本,台北:台灣商務印書館,1993 年初版。

25. 清‧王國維撰:《宋元戲曲考》,台北:藝文印書館,1996 年初版四刷。

26. 吳文治主編:《宋詩話全編》,南京:江蘇古籍出版社,1998 年初版。

27. 蔡景康撰:《明代文論選》,北京:人民文學出版社,1999 年初版。

28. 周維德校集:《全明詩話》,濟南:齊魯書社,2005 年 6 月第一版第一刷。

八、學位論文

1. 朴永珠撰,王熙元教授導:《明代詞論研究》,文化大學中國文學研究所碩士論文,1982 年 6 月。

2. 陳美撰:《明末忠義詞人研究》,張子良教授指導,東吳大學中國文學研究所碩士論文,1986 年 4 月。

3. 李娟娟撰,王師偉勇先生指導:《草堂四集及古今詞統之研究》,高雄師範大學碩士論文,1995 年。

4. 陳清茂撰:《楊慎的詞學》,台灣師範大學國文研究所碩士論文,1994 年 5 月。

5. 李若鶯撰,應裕康教授指導:《唐宋詞欣賞架構理論研究》,高雄師範大學國文研究所博士論文,1995 年。

6. 白芝蓮撰,汪中教授指導:《夏完淳詩詞研究》,東海大學中國文學研究所碩士論文,1995 年 4 月。

7. 黃慧禎撰,王師偉勇先生指導:《王世貞詞學研究》,東吳大學中國文學研究所碩士論文,1997 年 5 月。

8. 郭娟玉撰,王師偉勇先生指導:《沈謙詞學及其沈氏詞韻研究》,東吳大學中國文學研究所碩士論文,1998 年 1 月。

9. 江俊亮撰,鐘慧玲教授指導:《楊慎及其詞研究》,東海大學中國文學研究所碩士論文,1998 年 7 月。

10. 鄺秀容撰,徐照華教授指導:《雲間詞派研究》,中興大學中國文學研究所碩士論文,1998 年 6 月。

11. 杜靜鶴撰,王師偉勇先生指導:《陳霆詞學研究》,東吳大學中國文學研究所碩士論文,2000 年 5 月。

12. 李雅雲撰，王師偉勇先生指導：《高啓扣舷詞研究》，東吳大學中國文學研究所碩士論文，2000 年 6 月。

13. 陳美朱撰，廖美玉教授指導：《明末清初詩詞正變觀研究——以二陳、王、朱為對象之考察》，成大中文研究所博士論文，2000 年。

14. 陶子珍撰，黃文吉教授指導：《明代詞選研究》，東吳大學中國文學研究所博士論文，2000 年。

15. 雷怡珮撰，王師偉勇先生指導：《楊基眉菴詞研究》，東吳大學中國文學研究所碩士論文，2000 年 6 月。

16. 潘麗琳撰，王師偉勇先生指導：《劉基寫情集研究》，東吳大學中國文學研究所碩士論文，2000 年 6 月。

17. 謝仁中撰，王師偉勇先生指導：《瞿佑詞研究》，東吳大學中國文學研究所碩士論文，2001 年。

18. 林惠美撰，張子良教授指導：《楊慎及其詞學研究》，高雄師範大學國文研究所碩士論文，2002 年。

19. 謝旻琪撰，王師偉勇先生指導：《明代評點詞集研究》，東吳大學中國文學研究所碩士論文，2003 年。

20. 蘇菁媛撰，黃文吉教授指導：《陳子龍詞學理論及其詞研究》，彰化師範大學國文研究所碩士論文，2003 年。

21. 王秋文撰，王師偉勇先生指導：《明代女詞人群體關係研究》，東吳大學中國文學研究所碩士論文，2004 年。

22. 沈伊玲撰，汪中文教授指導：《柳如是及其詩詞研究》，國立台南大學教育經營與管理研究所碩士論文，2004 年。

23. 徐德智撰，徐照華教授指導：《明代吳門詞派研究》，中興大學中國文學研究所碩士論文，2006 年 6 月。

九、期刊論文

1. 穀永撰：〈王靜安先生之文學批評〉，《學衡》第 64 期，1928 年。

2. 鄭騫撰：〈論詞衰於明曲衰於清〉，《景午叢編》，台北：台灣中華書局，1972 年 1 月初版，上集，頁 162～169。

3. 劉乃昌撰：〈宋詞的剛柔與正變〉，《文學評論》第 2 期，1984 年。

4. 周篤文撰：〈金元明清詞選序〉，《詞學》創刊號，1981 年。

5. 張璋撰：〈聽我說句公道話——論明代的詞及《全明詞》的編纂〉，《國文天地》第 6 卷第 6 期，1990 年 7 月。

6. 黃天驥撰：〈元明詞平議〉，《文學遺產》第 4 期，1994 年。

7. 曹濟平撰：〈略論張綖及其《詩餘圖譜》〉，《汕頭大學學報》（人文科學版），1998 年第 1、2 期，頁 87～90。

8. 張利群撰：〈中國古代文藝批評方法論研究〉，《海南大學學報》（社會科學版）第 4 期，1994 年。

9. 周絢隆撰：〈論清詞中興的原因〉，《東岳論叢》，1997 年第 6 期，頁 87～93。

10. 段學儉撰：〈明代詞論的主情論與音律論〉，《學術月刊》，1998 年第 6 期，頁 97～101。

11. 謝桃坊撰：〈唐宋詞研究遺存難題述略〉，《社會科學研究》第 2 期，1999 年。

12. 鄧紅梅撰：〈明詞綜論〉，《中國韻文學刊》第 1 期，1999 年。

13. 孫家政撰：〈論明詞衰敝的原因〉，《寧波大學學報》（人文科學版），1999 年 12 月第 12 卷第 4 期，頁 17～21。

14. 葉輝撰：〈試論《草堂詩餘》在明代的盛行及其原因〉，《唐都學刊》，2000 年第 16 卷第 4 期總 66 期，頁 76～79。

15. 張仲謀撰：〈明代詞學的建構〉，《徐州師範大學學報》（哲學社會科學版）第 26 卷第 3 期，2000 年 9 月，頁 16～23。

16. 于立君、王安節撰：〈評點的涵義和性質〉，《語言文字應用》，2000 年 11 月第 4 期。

17. 揚萬里撰：〈論《草堂詩餘》成書的原因〉，《文學遺產》，2001 年第 5 期，頁 51～59。

18. 葉輝撰：〈從明代的《草堂詩餘》批評看明人的詞學思想〉，《人文雜志》，2002 年第 6 期，頁 95～97。

19. 張仲謀撰：〈論明詞的價值及其研究基礎〉，《西北師大學報》（社會科學版），2002 年 9 月第 39 卷第 5 期，頁 62～67。

20. 聶付生撰：〈論晚明文人評點本的價值和傳播機制〉，《復旦學報》（社會科學版），2003 年第 5 期。

21. 張仲謀撰：〈《全明詞》補輯〉，《徐州師範大學學報》（哲學社會科學版）第 30 卷第 6 期，2004 年 11 月，頁 47～52。

22. 王兆鵬、胡曉燕撰：〈《全明詞》的缺失訂補〉，《中國文化研究》春之卷，2005 年，頁 123～130。

23. 王兆鵬、胡曉燕撰：〈《全明詞》漏收 1000 首補目〉，《上海大學學報》（社會科學版），2005 年 1 月第 12 卷第 1 期，頁 5～11。

24. 張仲謀撰：〈《全明詞》採錄作品考源〉，《南京師大學報》（社會科學版），2005 年 5 月第 3 期，頁 115～119。

25. 趙尊嶽撰：〈詞籍提要〉，《詞學季刊》第 3 卷第 1 號，頁 50～52。
26. 林玫儀撰：〈罕見詞話——張綖《草堂詩餘別錄》〉，《中國文哲研究通訊》第 14 卷，第 4 期，頁 191～230。

十、專科目錄

1. 黃文吉等編：《詞學研究書目（1912～1992）》，台北：文津出版社，1993 年 4 月初版。
2. 林玫儀等編：《詞學論著總目（1901～1992）》，台北：中研院文哲所，1995 年 6 月初版。